봄 아닌 봄

이재기 소설집

뿌리출판사

작가약력
1938년 일본 오사카 출생
천주교 선교사 / 중·고 교사 / 신문사 논설위원
1969년 '현대문학' 에 「인생외상」으로 등단
1978년 '남부문학' 소설 신인상
소 설 집 〈낙제생〉
장편소설 〈햇무리〉 〈부활의 쓴잔 채우기〉
　　　　〈생명의 길 전 3권〉 등이 있음.

봄 아닌 봄

2001년 3월 24일 발행
2001년 3월 30일 1쇄

지은이 / **이 재 기**
펴낸이 / **윤 현 호**
펴낸곳 / **뿌리출판사**
주　소 / 서울시 동대문구 답십리동 463-11 동방빌딩 2층 우편번호 / 130-033
전　화 / (O2)2247-1115(代)　팩 스 / (O2)2247-7865
출판등록 / 서울시 등록(카) 제 1-551호 1987.11.23

ⓒ 2000. 이재기

값 / 8000원
ISBN 89-85622-26-9

차 례

작가의 말

　내 작품에 결코 만족하지 못하고 있다. 이십년 전에 써놓은 것들이 도시 마음에 들지 않아 다시 쓰고 고쳐 쓰기를 수도 없이 거듭해 왔다. 게다 사소한 교열은 또 몇 십 번이나 보았는지 모른다. 그래 놓고도 다음에 읽어보면 또 불만투성이다. 그래서 아내로부터 새로운 것을 쓰려 하진 않고, 왜 자꾸 이미 써놓은 것에만 집착하느냐는 바가지를 곧잘 긁히게 마련이다.

　내가 완벽주의여서 그런 건 아니지만, 그러지 않곤 배기지 못하는 성미다. 좀 더 좋은 것, 아주 좋은 걸 희구하다 보니 그렇게 되는 것 같다. 적어도 부끄러운 작품은 내놓지 말아야지 하는 생각이기 때문이다. 그렇다고 여태까지 그리 대단한 작품도 써내지 못했는데 말이다.

　나는 나름대로 몇 가지 룰을 가지고 있다. 거의 절대로 동일한 말미어를 반복하지 않는다는 게 그 첫째다. 같은 단어로 되풀이되

는 종결 어미가 왠지 거슬리기 때문이다. 쉽게 쓰려는 게 그 둘째
다. 글을 읽을 줄 아는 사람이면 누구나 이해할 수 있게 하기 위해
서다. 소설이라는 이를테면 이야기를 굳이 어렵게 쓸 필요가 있을
까.

　내딴은 아끼면서 다듬고 가꾸어온 작품들을 참으로 오랜만에 출
간하게 되어 기쁘지만, 그러한 감회보다 책을 손에 들었을 때 나
부터 실망하지 않을까 두렵다. 부디 그렇게 되지 않기를 빌고 빌
따름이다.

2001년 입춘에

이 재 기

벌과 죄

　남편으로서 산고를 치르는 아내를 곁에서 지켜보고 있기보다 더 지겨운 노릇이 있을까. 더욱이 난산인 경우 제 아무리 아들을 원하던 사람이라도 무엇이든 어서 낳기나 했으면 좋겠다 할 것이다. 그랬다가 막상 딸을 낳을 땐 어쩐지 섭섭한 생각이 들게 마련이리라. 그리도 어렵게 출산하면서 같은 값이면 아들을 낳지 딸을 낳을 건 뭐냐 하기 십중팔구이므로. 그러나 은근히 바라던 아들을 낳으면, 자기도 모르게 기분이 좋아서 싱글벙글 웃을 게 틀림없다. 그건 거의 누구나 마찬가지일 터였다.

　경태라고 결코 예외는 아니었다. 다른 사람보다 오히려 더하면 더했지 조금도 덜하진 않았다. 결혼한 지 자그만치 5년만에 보는 아이였기 때문에.

　아내에게 몸서리치는 산고를 안겨주고야 고고의 소리를 터뜨리며 아이가 분만되었을 때였다.

"뼈대가 굵직한 걸로 봐선 영락없이 장군감이군. 이러니 산모가 애먹을 수 밖에."

싱겁게 지껄이는 조산사의 말에 경태는 가슴부터 쿵덕거리며 마음이 둥실둥실 하늘로 떠올랐다. 첫 아이인 데다 그것도 또 아들이라니까. 나도 남들처럼 자식을 얻었다구. 이제야 소원을 푸는구나. 내게도 이런 감격스런 일이 있다니 정말 꿈만 같다.

그런데 경태가 아이와 첫 대면을 한 뒤였다. 얼굴빛이 금세 소태씹은 표정으로 돌변하며 거칠게 침을 퉤,퉤, 뱉았다. 기분이 언짢으면 곧잘 그랬던 것처럼.

경태는 자신이 저주스러웠다. 혀를 빼물고 팍 죽고 싶었다. 내가 괜히 지레짐작을 한 게 아닐까. 제대로 확인을 한 게 아니므로 어쩌면 잘못 봤을 수도 있을지 모른다. 아직은 핏덩이에 불과한 애를 놓고 속단하는 건 이르지 않는가. 그러나 경태의 머리는 좌우로 크게 저어졌다. 그게 무턱댄 생각이거나 그릇된 판단이라고는 여겨지지 않았다. 틀림없다는 생각으로 경태의 확신은 굳어지고 있었다.

느리던 경태의 걸음걸이에 어느 새 속력이 가해지기 시작했다. 그렇다고 걸음과 걸음의 폭과 리듬이 일정한 건 아니었다. 헛딛고 있는 것 같은 휘청거리는 걸음걸이였다. 발을 앞으로 내딛는 대로 몸이 그저 따라 가고 있는 듯 했다. 가고 있는 방향은 시장쪽이었다. 그러나 방향이 어쩌면 금방 바뀔지도 모른다. 가변성이 얼마든지 있는 걸음걸이였으므로. 평소엔 하얀 편이었던 경태의 얼굴빛이 그 날 따라 주황색에 가깝게 변해 버렸다. 부아가 얼굴에 처발려 있었기 때문일까.

흔히 할일도 없는 마을 사람들이 몰려들어, 시끌쩍하게 떠들고 있기 일쑤인 약방엔 아무도 보이지 않았다. 경태가 지나가노라면 미소띤 눈길로 곧잘 내다보곤 하던 약방주인마저 볼 수 없었다. 거의 언제나

발쪽이 열어놓다시피 하는 출입문까지 굳게 닫혀 있었다. 거기만 그런 게 아니었다. 사람이 끓기로는 약방에 뒤지지 않을 이발소도 그 날 따라 휑뎅그렁했다. 다들 어디로 가버렸는지 사람들이 별로 눈에 띄지 않았다. 온 마을이 왠지 텅 빈 공동처럼 느껴졌다. 갑자기 마을이 왜 이렇게 조용해진 것일까. 그러자 경태는 야릇한 고독감에 휩싸였다.어쩌면 모두들 자기를 피하는 게 아닌가 하는. 그래서 사람들로부터 따돌림 당하고 있는 것 같은 묘한 기분까지 들었다.

경태는 이내 머리를 주억거렸다. 까닭을 알 것 같았다. 아침 식전에 반장이 집집마다 한 바퀴 돌면서 모두 마을회관으로 모여달라던 일이 문득 뇌리를 스쳤다. 망령을 달래기 위한 굿판을 곁들여 추수감사제도 드릴 뿐 아니라, 마을을 위해 노고가 많은 사람들과 효자 효부는 물론, 갖가지 수범자들에게까지 표창을 하게 될 거라 했다. 특히 경태 자기에겐 큼지막한 부상과 함께 기념패도 주어질 거라며 꼭 나와야 한다고 당부하는 게 아닌가. 경태는 어안이 벙벙할 수 밖에 없었다. 무엇 때문에 내가 그런 것을 받아야 하는가.

"오늘이 옛날부터 이름있던 바로 그 중양절이잖은가. 우리 마을에서는 올해부터 오늘을 특별히 마을의 명절로 정해서 연례적인 행사를 벌이기로 결정을 보았다네. 그거는 지난 봄에 있었던 '평화 만세' 사건을 길이 기념하려는 뜻이라네. 허물어져가고 있는 마을의 기강을 바로 잡으려는 목적도 없지는 않네만, 점점 더 각박해지기만 하는 마을 인심을 상부상조할 줄 아는, 전통적인 마을의 풍토로 환원해 보자는 것이고, 근면·자조·협동하는 새마을 운동의 정신을 새롭게 진작시켜서, 우리 마을부터 살기 좋은 마을로 바꿔놓자는 것일세."

반장은 꽤나 유식한 체하며 입담좋게 잘도 주워섬겼다. 경태는 반장의 말을 듣고 심경이 착잡해졌다. 봄에 치렀던 그 일이 계기가 되어 그런다는 데 대해 쉽사리 수긍이 가지 않았다. 그렇다고 자신이 표창 받게 되어 있다는 게 쑥스러워서는 아니었다. 꼭 그렇게 해야만 할 필요가 과연 있는 것일까. 아무리 표상을 받으러 나와야 한다 하더라도 자기는 나가고 싶지 않은 것이다. 그러나 반장에게 그렇게 말할 수는 없는 일이었다. 바로 그때 부엌에서 조반을 짓다 말고 갑자기 그의 아내가 아랫배를 틀어안으며 안방으로 엉금엉금 기어들어갔다. 경태는 옳지 됐다 싶었다. 저 사람이 지금 보셨듯이 산기가 있어서 저러는 것 같으니 오늘 마을 모임에 나가지 못하더라도 양해해 달라고 얼른 둘러댔다. 그러자

"오 그런가? 그럼 할 수가 없네만, 그거야말로 아주 경사로운 일일 쎄 그려. 그러고 보니 자넨 경사가 곱빼기로 겹치게 되는구먼. 자네 부인을 빨리 병원으로 데리고 가든가, 그렇잖으면 산파라도 불러야 되잖는가? 아마도 초산이라서 힘들 테니까 부인을 욕뵈지 않으려거든 속히 서둘게나. 심부름할 사람 없으면 우리 앨 불러서 시키게. 내가 집에 가는 대로 앨 하나 읍내로 얼른 쫓아보낼까? 아니야 전화로 연락하겠네. 그리고 우리 할망구를 보내서 자네 부인 해산을 돕도록 하지. 그런데 내 생각인데 구태여 산모를 힘들게 읍내 산부인과 병원으로 데려가기보다는 산판지 조산산지를 오라는 게 훨씬 덜 번거로울 걸쎄. 야튼 자네 부인이 이번에 귀염둥이 아들이나 하나 낳았으면 좋겠네. 제발 그러기를 기원하겠네."

반장은 남의 일 같지 않게 세심한 배려까지 해 주었다. 출산에 관한 상식이라곤 거의 없는 데다, 경험 또한 전무한 경태로서는 반장이 고맙지 않을 수 없었다.

지금 마을 사람들 대부분은 한 곳에 모여 있을는지 모른다. 그 곳은 마을회관 아니면 그 앞 광장인 지난 날의 그 공터일 터였다. 봄에 그

몸서리치는 일을 치른 뒤 마을에선 거기다 4백 명 가까이 수용할 수 있는 공회당인 마을회관을 지었다. 마을 사람들 대다수가 모일 수 있는 장소라면 그 곳 밖엔 없다. 그쪽에선 아까부터 사람들이 웅성대는 소리가 바람결에 묻어오고 있었다.

"염병들 하고 있네"

경태는 자기도 모르게 입 밖으로 욕설을 배설했다. 마음 같아선 한 걸음에 달려가 휘저어놓고 싶을 따름이었다. 아무리 예부터 해오던 설사 오래된 풍습일지라도, 시대변화에 따라 비합리적인 것은 과감히 타파하는 게 현명한 처사일 텐데, 추수를 끝낸 다음 사사로이 해온 손비빔 같은 것도 근절된 지 오래인 이제 와서, 새삼스레 마을에서 추수 감사젠가 뭔가를 왜 드린단 말인가. 그리도 할일들이 없는 것일까. 동제라는 것도 없애버린 지 이미 옛날이 아닌가. 그것을 파기하고 나니까 몸과 마음들이 한결 홀가분하지 않던가. 그땐 가리는 것도 너무 많았고, 하지 못하도록 금지하는 것도 한 두 가지가 아니었던 것이다. 추수감사제에 곁들여 어쩌면 다시 동제까지 부활시키자 하지나 않을지 모른다. 추수감사제라는 것을 지낸답시고 요즘같은 첨단과학 시대에 미신행위라 할 수 있는, 굿판을 비공개도 아닌 그것도 대대적인 마을행사로 벌인다니, 그야말로 웃기는 일이 아닐 수 없으며 기가 막힐 노릇이 아닐 수 없었다. 만일 잡귀나 잡신이 존재한다면 그들 역시 너무 어처구니가 없어서 가가대소하다가, 어쩌면 하도 기가 차서 포복절도할지 모른다. 그런데 그게 누구 때문인가. 말하나마나 그건 윤식이 그 놈 때문이 아니겠는가. 그 놈 하나만 없어지면 모든 게 잘 될 줄 알았더니 결코 그렇지도 않았던 것이다. 경태는 심적 고뇌가 자기 한 사람에게만 있을 것으로 생각하고 있었는데, 알고 보니 그런 것만도 아닌 것 같았다. 윤식이 그 놈이 온 마을에다 뿌려놓은 작폐의 뿌리가 얼마나 깊고 큰지를 헤아릴 수 없을 지경이었다.

경태의 코가 절로 실룩거렸다. 냉소도 고소도 아닌 묘한 웃음이 벌레처럼 입가에 구물구물 기었다. 그의 생각으론 실로 어이없는 게 한 가지 있다면 그건 다수라는 집단의 무력(無力)이었다. 보편적인 상황으로는 진실이니 정의니 하는 건 강자의 소유이기 일쑤였다. 그렇다고 강자와 다수가 반드시 일치하지는 않았다. 의외로 또 소수가 강한 반면에 다수는 무력하기도 했다. 올 봄까지만 해도 그게 경태네 마을을 이끌어왔던 엄연한 불문율이었다. 4백 50여 명을 구성원으로 하여 취락을 형성하고 있는 자연부락이요, 또한 마을 사람들이건만, 사실 따지고 보면 보잘것 없는 약자에 불과한 한 인간 앞에서, 숨 한번 크게 쉬어보지도 못한 실로 나약하기 이를데 없는 허울좋은 한 개의 집단일 뿐이었다. 독재자도 어쩌면 무력한 군중의 약점을 교묘히 이용함으로써 권력을 휘두를 수 있었지 알았을까. 인류역사도 소수 인간들의 연출에 의한 연극의 옴니버스 같은 것인지 모른다. 주인공들도 반드시 선택을 받을 만한 엘리트들이었다고 할 수는 없는 것 같았다. 절대 다수가 2류 혹은 3류에 지나지 않는 인간들이 역사를 주름잡아 왔기 때문이다. 그렇게 정의를 내릴 때 인류역사를 비극의 점철이라 할까, 그렇지 않으면 희극의 연속이라 할까. 아무튼 아이러니가 아닐 수 없는 게 바로 인류역사일지도 모를 일이다.

그런 생각을 하다 말고 경태는 문득 홍소를 터뜨리고 싶은 충동을 느꼈다. 누가 만일 자기 마을의 역사를 기록한다면 어떻게 기록될 것인지 상상해 본 것이었다. 모르긴 해도 '김경태'라는 자기 이름 석자도 버젓이 기록될 게 아닌가. 그렇다면 무엇을 한 사람으로 씌여질까, 하며 봄에 치른 악몽같은 그 사건을 머리에 떠올렸다. 그러자 경태의 마음은 얼음장처럼 차갑게 굳어졌다. 웃고 싶었던 충동이 금세 말끔히 가셨다. 마을 사람들이 빙 둘러 서서 주시하고 있는 가운데, 윤식이 그 놈을 처치할 때 느낄 수 있었던 그 통쾌감도 일시적인 감정에 불과했을 뿐이었다. 형사범으로 입건되어 교도소에 수감됨으로써, 모든 게 끝난 줄만 알았던 고통스런 기억이 따갑게 되살아나는 것이었다.

6개월 동안의 교도소 생활은 한 마디로 표현하면 따분하고 지겹기만 한 나날의 연속이었다. 그건 사회에서의 6개년에 대비시킬 수 있는 지리멸렬한 기간이었기도 하다. 도시 용서받을 수 없는 잘못을 저지른 큰 죄인이라면 또 모른다. 결코 그렇지도 않은 내가 이게 무슨 기구한 운명인가 하자, 경태는 적지 않이 억울하다는 생각이 들었다. 그대로 두면 피해만 점점 더 증폭할 게 뻔한, 돼먹지 않은 놈을 그것도 자기 혼자가 아니라, 여러 사람이 함께 처단해 버렸는데도 어쩌다 나 혼자만 이렇게 되고 말았단 말인가. 내가 주모자였기 때문이란다. 이를테면 주범이라는 것이었다. 그러나 주모자나 주범이 따로 있었다고 단정지을 수도 없지 않은가. 엄격히, 아니 냉정히 따지면 마을 사람들 전체가 주모자 또는 주범일 수 있었고, 또한 공범이라 할 수도 있는 게 아닌가. 그렇다고 마을 사람 전원을 기소할 수도 구속할 수도 없다는 법률적 한계 때문이었음을 알게 되었다. 결국은 자기 혼자서 십자가를 질 수 밖에 없다는 이유가 자명해졌던 것이다. 그래서 한 동안까지는 내가 우리 마을 사람들 전체를 대표하여 이렇게 된 것이라는, 가슴 뿌듯한 명분과 자부심을 가져보지 않은 것도 아니었다. 그러다가 어느 기간이 지나자 명분도 자부심도 간 곳없고, 내가 미친 놈이 아니냐며 자신에 대한 혐오감이 고개를 들기 시작했다. 그리하여 경태의 마음엔 어느 새 고뇌로 채워졌다. 내가 교도소에서 수인생활을 하다니 이게 말이나 되는 소리인가. 그 동안 많이 개선되었다고 떠벌

리긴 하나, 교도소는 별수없이 교도소지 크게 달라진 것이라곤 없었다. 아니, 달라진 게 분명히 있었다. 그 동안 감옥이 형무소, 그게 다시 구치소 또는 교도소로 창씨개명을 했다고 할까, 변성명을 했다고 할까. 기껏 그 정도에 지나지 않았다. 그러니 거기에서의 생활이라는 것도 예나 이제나 그게 그것인 것이었다.

사흘이 멀게 마을 사람들이 잇달아 다녀갔고, 아내도 물론 면회를 자주 오곤 했다. 그 때마다 사식을 비롯한 일상용품의 차입도, 허용되는 대로 넣어주어 아쉬운 게 별로 없을 정도였다. 아무리 그렇긴 해도 그런 게 교도소 생활엔 큰 보탬이 되지는 못했다. 마을에선 아내의 생활비는 말할 것도 없고, 농사까지 죄다 지어줄 뿐 아니라, 관계요로에 끊임없이 진정도 하고 탄원도 하고 있으니 안심하라며, 면회오는 이들마다 격려와 위로를 아끼지 않았다. 그러나 누가 뭐래도 딱한 마음으로야 어떻게 당사자에게 비길 수 있을 것인가. 더욱이 일심에서 3년 징역이 선고되었을 때는 미칠 것만 같은 심정이었다. 죽고 싶은 생각까지 들었다. 며칠 동안이나 오열로 밤을 지새우며 몸부림도 많이 쳤고 발악도 적지 않이 해 보았다. 아까운 내 인생을 할일 없이 왜 이런 데서 3년씩 썩혀야 하나 하자, 억울하기 그지없는 것이었다. 이렇게 사느니보다 차라리 죽어버리는 게 낫겠다고 식음을 일체 거부하기에 이르렀다. 면회마저 사절했다. 면회를 온다 해 봐야 늘 그렇고 그런 소리일 뿐, 좀처럼 기대를 걸 수 있는 소식이라곤 없었기 때문이다. 게다 이미 형이 확정되어버린 이제 와서 사면되기를 바라는 것부터가 잘못된 것 아니냐 싶었다. 그래 항소를 하라는 마을 사람들의 권유도 들은 체 하지 않았다. 마땅히 벌을 줄만 하니까 그러한 판결이 내려진 게 아니냐는 나름대로의 판단에서였던 것이다.

마을 사람들의 끈질긴 탄원과 계속된 진정이 마침내 주효했는지 모르지만, 무슨 조사반원인가 하는 이들이 몇 차례 찾아와서 철저히 진상파악을 하고 가더니, 충분히 재고할 필요가 있다고 판정을 내렸을까. 6개월이 넘어서야 형집행정지론지 무언지로 가출옥하기에 이른 것이었다. 그러나 당시로선 완전히 진이 빠질대로 빠져버린 상태여서 누군가에게 고맙다는 마음도 없었고, 기쁘다는 생각조차 들지 않았다. 그 밖에 다른 어떠한 감정도 기분도 느낄 수 없었다. 완전히 의욕을 상실한 채 될 대로 되라는 심정이었으므로, 산다는 그 자체까지 거추장스럽게 여겨졌었다. 그러한 자기가 지난 날은 어떻게 그런 용기가 있었는지 의심스럽지 않을 수 없었다. 더욱이 앞장서서 설치다가 주모자니 주범이니 하는 영광 아닌 영광마저 차지할 수 있었던 자신이 가소롭기도 하지만, 저주스럽기도 한 것이었다.

"그래 어떻게 결판날 것 같더노?"
읍내에서 왔다는 낯선 청년과 윤식이 결투를 벌이고 있더라는 말을 방금 들려준 경태에게, 형식은 자기완 상관없는 남의 일처럼 대수롭지 않게 물어왔다. 남들 같으면 동생이 낯선 사람과 생사를 건 싸움을 하고 있다면, 모르긴 하지만 아마도 마음 편하게 앉아 있지는 못할 터였다. 그리도 무심할 수는 없을 것이니까.
"결과야 두고 봐야 알겠지만, 너는 어떻게 되기를 원하고 있노? 내가 보기엔 아무래도 한 놈이 죽기 전엔 그리 쉽게 결판 날 것 같지가 않던데?"
경태는 다분히 저의가 있는 조크를 형식에게 던졌다. 전엔 더 없이 가까운 사이였던 그가 윤식이 그 놈의 친형이라는 이유 때문에 어느새 서로 소원한 사이로 변하고 말았다. 일찍부터 부친이 계시지 않아 자기가 엄연히 보호자 또는 후견인임에도, 어쩌다 윤식이 그 놈을 천하에 몹쓸 개망나니로 만들어 놓았을까 하자, 안쓰러우면서도 한편으론 화가 나기도 하는 것이었다.

방안에 있는 같은 또래의 마을 친구들 십여 명이 흘끔흘끔 형식을 훔쳐보았다. 그들은 그 날 마을의 음식점에다 점심식사를 시켜 먹었다 반주로 소주까지 몇 잔씩 곁들였다. 편을 짜서 하투놀이를 벌였는데, 경태네가 지고 형식이네가 이겼다. 그 날의 경비는 결국 경태네가 부담하게 되었다.

"나는 이미 걔를 동생으로 여기지 않고 원수처럼 생각하고 있기 때문에, 그깐 놈이야 뒈지든 말든 나하곤 아무 상관도 없다니까."

그 마음 충분히 헤아릴 수 있을 정도로 형식의 말은 꽤나 솔직했다. 그러나 아무리 형식이 그런다 해도 '그렇다면 우리가 그 놈을 어떻게 해버려도 좋겠나?' 라는 말을 선뜻 입에 올리는 사람이 그들 중에는 아무도 없었다. 사실은 그 날 마을의 큰 사랑방에 그들이 모여, 윤식이 그 놈에 대한 의견들을 충분히 교환한 다음, 자기 집에 있는 형식을 불러낸 것이었다.

"언제까지 우리 마을 사람들이 윤식이한테 피해를 입고 있을 수만은 없는 일 아니겠어? 정말 지긋지긋하지도 않느냐구. 이젠 어떻게든 결말을 내지 않으면 안 될 것 같단 말야. 우리가 제대로만 마음을 합친다면 그깐 한 놈쯤이야 패조져서라도 다시는 그러지 못하도록 단단히 다짐을 받을 수 있는 일 아니겠어. 인정사정 볼 것 없이 디립다(들입다) 조져대면 제 놈인들 별수 있을 거야. 그래도 안 될 때는 말야. 최후의 수단으로 그 놈을 없애버리는 문제까지 검토해야 한다니깐."

그들 마음 속에는 어쩌면 오래 전부터 그런 생각들이 싹트고 있었는지 모른다. 놈이 해온 행위로야 열 번을 더 맞아죽어도 쌀 놈이었다. 놈도 우리와 똑같은 인간인데 아무려면 죽이기까지야 하겠느냐고, 가

능한 한 그것만은 피하자는 놈에 대한 동정론도 물론 없지는 않았으나,

"개를 없애버리자는 것만은 나도 되도록이면 피하자는 사람중에 하나다. 개도 우리하곤 한 마을 사람으로서 날마다 조석으로 만나게 되는데 어떻게 그럴 수 있느냐, 길이나 단단히 들여 놓으면 저도 알아서 기지 않겠느냐 하는 생각은 나도 어젯밤까지는 했던 사람이었다. 개가 제발 우리 말을 고분고분 잘 들어주기만 하면야 얼마나 좋겠노. 하기야 그럴 놈이었으면 처음부터 아예 그런 짓도 하지 않았겠지. 그런데 다른 건 또 그런대로 감수한다고 해도, 젊은 여편네가 있고 나이 찬 누이들이 있는 집이면 절대로 개를 그냥 두자고 하지는 못할 거다. 너무 어처구니 없고 하도 기가 차서 다들 쉬쉬하고 있는가 본데, 우리끼리만 모인 자리니까 너희들 솔직히 털어놔 봐라. 기절초풍하고 뒤로 벌렁 나자빠질 일이 니 집 내 집 할 것 없이 설마 없다고는 아무도 장담 못할 거다. 나부터 먼저 고백하는데 말야. 우리 여편네가 어젯밤에 아무래도 하는 짓거리가 수상쩍어서, 꼼짝을 못하게 단단히 붙잡고 디립다 족쳤더니 두 손 싹싹 비비면서 뭐라고 했는지 아나? 저는 그래도 단 한번 뿐이지만, 누군 몇 번, 누군 몇 번, 누군 또 몇 번 하더란 말야. 그 소릴 듣고 나는 그만 까무러칠뻔 했다. 그런 가증스런 일이 어딨겠노. 말짱 다 헛기란 말이다. 정말 한심하대 한심해. 생명하고 고걸 놓고 양자택일을 강요했을 때 요즘 세상에 고거 지킬려고 제 생명 내어 놓을 년이 하나라도 있을 줄 아나. 그러니까 한심하다는 거다. 그래도 떡실댁네 순자는 말야. 윤식이한테 정조를 잃은 게 분하고 원통해서 고민을 거듭하던 끝에 뒤 늦게나마 목숨을 끊었다니 얼마나 가상한 일이고. 그만 해도 개는 현대판 춘향이쯤은 될 수 있다구. 그런데 너희들은 언제까지 모르는 척 꿀먹은 벙어리 노릇하고 있을기

가? 이제부터라도 우리는 가일층 비상한 각오를 하지 않으면 안 된단 말야. 나는 그것 한 가지만 가지고서도 절대로 그 짐승같은 새끼를 그냥 둘 수 없다고 생각한다. 너희들 어쩔기고?"

문규의 이 말이 크게 주효하여 만장일치로 의견을 통일시킬 수 있었다. 그러고는 일부러 형식을 불러내어 자기네의 비장한 결의를 그에게 전하려 했던 것이다. 같은 마을에 사는 그야말로 죽마고우들로서, 지금까지 나누어온 우정으로 보아서도 그에게 미리 알려야 할 것 같아서였다. 그러나 형식이 막상 그들 앞에 나타났을 때 그에게 선뜻 입을 열려는 사람은 아무도 없었다. 입을 떼기가 어려워서 서로 눈치만 살폈다. 아무리 굳게 다진 결의이긴 하나, 차마 발설할 수 없었기 때문이다. 자기들의 난처한 입장과 어색한 분위기를 바꾸기 위한 궁여지책으로 화투놀이를 했던 것이다.

오랜만에 함께 먹어보는 점심식사도 어느 새 끝났다. 그러나 아직 술잔들은 다 비워지지 않았다.

"이봐 형식이."

두어 잔 마신 술로 볼때기에 앵두물을 들인 문규가 한 동안이나 지속된 방안의 침묵을 깼다. 그러나 다음 말을 잇기가 못내 망서려졌을까,

"술들게나."

말씨까지 점잖게 바꾸었다. 여느 땐 형식과 예사로 반말 지껄이하던 문규였다. 그가 먼저 자기 앞의 소주잔을 집어들고 톡 털어 넣듯이 한입에 훌짝 들이마셨다. 그러자 방안의 눈길들이 일제히 그에게로 집중되었다. 술을 마시지도 못하는 사람이 왜 저러나 해서보다, 어떻게 허두를 떼려는지가 궁금한 눈치들임에 틀림없었다.

"형식이 자네 말이다. 내가 지금부터 하는 말에 대해서 나한테나

여기 있는 친구들한테 조금도 섭섭하게 여기진 말게나."

이렇게 문규는 말을 꺼내고 있었다. 술 기운 때문이겠으나 여느 때 같지 않게 그의 얼굴이 발갛게 상기되었다. 그렇게 들려서인지 목소리까지 떨렸다. 그의 표정은 그만큼 진지했던 것이다. 잠싯동안 어느 누구도 숨소리마저 내지 않았다.

"우리가 오늘 이 자리에 자네를 나오라 한 것은 에또, 다름이 아니고 말일쎄... 자네한테서 성의있는 말을 듣고 싶어서 그러는 거라네."

의외로 차분히 말하기는 했지만, 정작 해야 할 말은 한 마디도 하지 않고, 형식에게 미리 다짐부터 받고 있었다.

"..."

형식도 이미 어느 정도 눈치를 챈 것 같았다. 얼굴빛이 하얗게 변하고 있는 것으로 보아.

"다음 얘기는 내가 할게."

분위기를 너무 진지하게 몰아가는 문규에게 은근히 거부감을 느낀 경태가 보다 못해, 그를 옆으로 제치듯이 하며 형식이 앞으로 나섰다.

"결론부터 말한다면 오늘 우리가 하려는 행위에 대해서, 네가 협조는 못하더라도 제발 방해는 하지 말아달라는 부탁이다. 우리는 네 동생 윤식이를 이 이상 방치할 수가 없다는 결정을 오늘 내렸다. 우리가 너하고는 어릴 적부터 한 마을에 같이 자라온 친구로서, 아무래도 너한테는 사전통보하는 것이 도리일 것 같아서 너를 부른 것이다. 그래야 너도 마음의 준비를 할 수 있지 않을까 해서였다."

"그 방법은?"

형식은 경태를 지그시 쳐다보며 말을 잘랐다. 마치 좌불(坐佛)이 한 마디 하는 것 같은 기분이 형식에게서 느껴졌다.

"그걸 알고 싶어 하는 의도가 무언지 모르겠다만, 전부터 네가 곧잘 말했던 그대로 우리가 하게 될 거다."

형식은 눈을 크게 떴다. 그게 사실인지 확인하려는 듯 따가운 눈길로, 그는 친구들 한 사람 한 사람의 얼굴을 쭉 훑었다. 한결같이 그들은 굳어 있는 표정들이었다. 실내 분위기마저 무겁게 가라앉아 있었다. 형식의 눈길이 마지막으로 경태의 얼굴에 와서 고정되었다. 너희가, 아니 네가 어쩌면 그럴 수 있느냐는 것 같은 눈빛으로 그는 경태를 원망스럽게 쏘아보았다. 눈빛에 노기가 일며 속눈썹이 파르르 떨렸다. 표정이 금세 푸르락붉으락했다. 그러한 형식의 얼굴은 '너희가 내 동생을 골백 번 그런다 해도 나는 할말이 없다마는, 아무리 그렇다 해도 제발 개를 죽이진 말아다오 응. 부탁이다.' 하는 강렬한 애원으로, 경태를 비롯한 친구들의 눈엔 비쳐지고 있는 것이다.

"네가 동의하고 않고가 중요한 건 아니다. 이 마을의 평화를 비롯하여 마을 사람들의 안정된 생활과, 극도로 문란해 있는 마을의 기강을 세우기 위해서라도 물론 그래야 하지만, 우리 마을에도 민주화가 실현되어 동민들이 자유로이 생존권을 영위하게 해야 한다는 사명감에서, 그렇게 결정을 내릴 수 밖에 없었던 우리의 고충을 같은 젊은이인 네가 이해하지 않으면 안 될 거다. 무슨 말인지 알아듣겠나?"

형식을 무시해버린 채 경태는 눈썹 하나 까딱하지 않고 말했다. 법정에서 검사가 피고에게 논고라도 하듯이 하는 준열함까지 그에게선 엿보였다. 문득 경태는 아까 문규가 하던 말을 뇌리에 되살리며 적지 않은 전율을 가슴에 느꼈다. 제 아무리 막 되어먹은 놈이지만, 어쩌면 그럴 수 있단 말인가. 제 명에 죽지 못해 환장한 놈이 아니고서야 그러진 않을 터였다. 경태는 소주잔을 들어 한 입 그득히 털어넣었다. 그 놈이 내 마누라도 건드렸을까. 아직 모를 일이긴 하다. 내 마누라는 마을의 젊은 아낙들 중에서도 어느 모로나 별로 빠지지 않는 여자가 아닌가. 그렇다면 윤식이 그 놈의 눈에 띄지 않았을리 만무하다. 게다 어느 누구에게나 상냥스럽고 붙임성있는 여자고 보면... 거기까지 생각하다가 별안간 경태는 집으로 달려가서, 자기 아내에게 확인하고 싶은 충동을 강하게 느꼈다. 누군가 그 때 형식에게 말을 시키고 있었으나, 경태의 귀엔 한마디도 들리지 않았다. 경태의 의식은 어느새 자기 육체에서 이탈해 있었다. 아까 소변보러 가는 체 하고 잠깐 가 보았을 때 집에 없던 아내의 행방을, 그는 지금 추적하고 있는 것이다. 이웃집에 놀러간 것일까. 밭이라도 매러간 것일까.

봄에 치른 그 일을 뇌리에 떠올릴 적마다. 경태는 자연 형식이 생각을 하지 않을 수 없었다. 동생 하나 잘못 둔 죄로 끝내 스스로 목숨을 끊은 그를, 생각하면 할수록 마음이 괴로웠기 때문이다. 그와는 아주 어릴 때부터 입안에 든 음식까지 꺼내어 서로 나누어 먹을 만큼, 어느 누구보다 가장 가까이 지냈던 사이였다. 그런데 하나 밖에 없는 자기 동생 윤식이 그 놈이 죽자, 그 충격으로 결국 자살을 하고 말았던 것이다. 그러한 형식에 대해 죄책감이 느껴질 때마다 경태는 괴로운 심정이 될 수 밖에 없는 것이었다.

형식은 윤식이 그 놈 때문에 직장에서도 쫓겨났다. 봉급만 받아 오면 걸핏하면 윤식이 그 놈은 그것을 탈취해가기 일쑤였다. 고이 내어주지 않으면 죽여버리겠다고 목에 칼을 들이대며 협박을 일삼는 데야 어쩔 수가 없었다. 봉급이라는 것을 받아 보았자 곧잘 그렇게 되었으므로, 살기 위한 비상수단을 쓸 수 밖에 없었을 것인가. 목구멍이 포도청이라고 어쩔 수 없이 공금에 손을 대기 시작한 것 같았다. 그러나 형식의 그와 같은 사정을 윤식이 그 놈이 알리 없었으리라. 설령 그 놈이 알고 있었다 한들 그런 것에 대해 눈곱만큼도 괘념하지 않았을 것이다. 그럴 놈이었다면 아예 그런 짓을 하지도 않았을 것이었다. 그리하여 결국 형식의 목은 공금유용이라는 예리한 칼날에 의해, 자기 직장에서 댕그랑 잘리고 말았다. 그렇다고 어디에다 호소할 수도 없는 노릇이었다. 사필귀정이었기 때문에. 그렇게 되자 형식의 아내마저 몰래 보따리를 챙겨 친정으로 가 버렸다. 아이까지 데리고. 그렇지 않아도 시동생 등쌀에 살기가 몹시나 힘들었기에 차라리 그거 잘 됐다 싶었는지 모른다. 저는 다리는 들수록 더 좋다 하지 않던가. 아무리 살기가 겨워도 참고 살다 보면 언젠가는 나아지지 않겠냐며, 곧잘 형식을 위로하곤 했다는 그녀였는데, 아내까지 그럼으로써 형식은 엎친데 덮친 격이 되어 버렸다. 고민에 고민을 거듭하던 끝에 에라 모르겠다면서 그도 결국 집을 뛰쳐나갔다. 몇 달 동안 소식도 없이 어딘가에 가 있다가, 아무래도 집에 혼자 남아 있는 늙은 홀어머니가 눈에 밟혀 귀가하기에 이르렀다. 그 때 집으로 돌아오지만 않았던들 같은 마을 자기 친구들에게, 동생인 윤식이 그 놈이 뭇매맞아 죽는 것을 형식은 보지 않게 되었을 것이다. 그랬으면 형식에겐 적어도 스스로 목숨을 끊어버리는 불행은 없었을지도 모른다.

부모의 피를 함께 나눈 같은 혈육인 윤식이 그 놈임에도, 몸서리치리만큼 저주스럽다는 형식으로선 남들이야 말해 무엇하느냐 하곤 했다. 못된 그 놈의 형이 되어 마을 사람들 대하기 송구스럽다는 말을 입버릇처럼 하고 있었다. 아무 것도 모르는 철부지라면 철부지라서 그런가 보다 하고 그런 대로 이해할 수도 있으리라는 것이었다. 자그만치 스물다섯 살이나 처먹은 게 인간 구실도 제대로 못하고 있다며, 형인 그마저 윤식이 그 놈을 구제불능의 아예 틀려먹은 인간 쓰레기로 치부해 버렸다. 굵직한 허우대에다 이목구비가 준수한, 한 마디로 생긴 것 하나는 나무랄 데 없이 미끈한 윤식이 그 놈이었다. 그래서 장차 쓸만한 인물이 될까 봐 오냐 오냐 하며, 조금도 간섭하지 않고 제 하는 대로 두어버렸다는 것이다. 어쩌면 처음부터 그게 잘못이었던 것 같았다. 어쩌다 개가 그렇게 돼 버렸을까 하고 형식은 어처구니가 없다며 한숨만 들내곤 했다. 중학교 다닐 때까지만 해도 윤식이 그 놈이 그렇진 않았다. 고집스럽고 인정머리가 좀 없긴 해도 골치 아플 만한 말썽은 별로 부리지 않았던 아이였다. 그랬던 애가 고등학생이 되면서부터 질 나쁜 친구들과 어울리며, 공부와는 아예 담을 쌓더니 말버릇이 점차 거칠어졌는가 하면, 하루가 다르게 행동거지가 비뚤어져 갔다. 굳이 착실하게 살아가려고 할 필요가 있을까. 그러는 놈만 바보가 되는 것 아닐까. 사람이 세상을 자기 마음대로 살아갈 때에야 참으로 산다는 맛이 느껴질 것만 같다. 설사 다른 인간들을 짓밟고서라도 자신의 욕구만 충족시킬 수 있다면 좋지 않을까. 나는 그렇게 살아갈 것이다. 오늘의 우리 현실이 어떤 수단과 방법을 동원하더라도 오로지 강자가 되는 것만 요구하고 있다. 공익을 위한다, 남을 생각한다는 것은 교과서에서나 찾을 수 있는 것이지 실제로 그렇게 살다간 성공은 커녕 실패 밖에 할 것이 없다. 돈과 권력과 명예를 가진 자들 중에서 정당한 방법보다, 부당한 방법으로 그렇게 된 사례가 얼마든지 있는 우리 나라에서, 그런 인간들의 지배를 받지 않기 위해서 나는 절대로 못난 속물들처럼 살지는 않을 것이다.

이러한 낙서가 당시 윤식이 그 놈의 공책 여기 저기에 어지럽게 적혀 있었단다. 어쩌면 그게 그 놈 나름대로의 인생관이나 철학이 되어 버렸는지 모른다. 그 때부터 이래선 안 되겠다고 은근히 걱정하기 시작했으나, 미처 제대로 손도 써보기 전에 그예 걷잡을 수 없는 막바지까지 이르렀다는 것이다.

윤식이 그 놈은 제가 필요할 땐 언제든지 남에게 돈을 요구하기 일

쓰였다. 그 대상은 만만한 마을 사람들이 대부분이었다. 마을 사람인 경우 상대가 누구든 간에 놈은 별로 개의치 않았다. 놈의 눈엔 아마도 마을 사람들 모두가 제 밥처럼 여겨졌는지 모른다. 말로야 언제든지 그리고 누구에게나 꼭 갚겠다면서, 비록 형식적이긴 하나 차용증서 같은 것을 아무렇게 찍찍 써주곤 했다. 하지만 놈이 입을 한번 뗐다가 만일 거절이라도 당하게 되었을 때 절대로 곱게 물러서는 경우가 없었다. 집에다 불을 싸지르겠다면서 어디든지 마구 라이터를 그어대거나, 때려 죽이겠다며 누구건 상관않고 함부로 주먹을 휘둘렀다. 결코 엄포로 그러는 게 아니었다. 얼마든지 그러고도 남을 놈이었다. 법은 멀리 있고 주먹은 바로 코 앞에 있었기에, 집안에 현금이 없으면 빌려서라도 놈의 요구를 들어주지 않으면 안 되었다. 차라리 그러는 게 현명한 방법이었으므로. 반드시 그렇다고 할 수는 없으나 비굴하게 구는 상대보다 당당하게 나오는 상대일수록 놈은 더욱 더 그러는 것 같았다. 어떤 경우라도 사람을 관용으로 대할 줄 아는 놈은 아니었다. 거의 누구에게든 폭력으로만 군림하려는 무자비한 독재자와도 다를 게 없었다.

어떻게 그리도 돈냄새를 잘 맡는지 그 방면에 있어 놈은 귀신이나 다름없는 존재였다. 어느 집에 돈이 있는 눈치만 채면 그대로 넘어가는 법이란 별로 없었다. 그 집으로 놈이 반드시 행차하게 마련이었다. 놈이 나타나기만 하면 마치 힘없는 채무자를 힘있는 채권자처럼 완력으로 으르는 것이었다. 놈에겐 아예 구차스런 변명같은 건 늘어놓을 필요가 없었다. 그런 건 놈에게 통하지도 않았다. 아무리 속으론 화가 나더라도 놈이 달라는 대로 군말없이 내어주는 게 오히려 나았다. 울며 겨자먹기란 그러한 경우에 써야 할 말일지 모른다. 당하는 편에선 벙어리 냉가슴앓기 같은, 억울하기도 하고 분하기도 한 심정일 테니까.

　그러한 돈을 바르게나 쓴다면 모르지만, 유행비로 거침없이 날려버리는 것을 보면 기가 찰 노릇이었다. 그래도 윤식이 그 놈이 마구 돈을 쓰고 다니는 동안엔 마을은 외형적으로나마 잠시 평온할 수 있었지만, 그건 어디까지나 얼핏 보기에 그러할 뿐이었다. 놈으로 인해 가정적인 분란은 물론, 놈에게 저주를 끓여붓는 집들이 있게 마련이었고, 언제까지 우리가 이렇게 당하고 살아야 하느냐고, 이를 갈아붙이며 울분을 토하는 이들도 한두 사람이 아니었다. 놈에게 당한 거의 대다수는 형식을 찾아가 고추먹은 소리를 하기 일쑤였다. 장본인이 없는 틈을 타서. 하지만 형식인들 어쩔 것인가. 그런 이들이 한 두 사람이거나 적은 액수면 또 몰라도, 이러지도 저러지도 못하는 난감한 입장이 될 수 밖에 없는 형식이었다.

　그러나 그런 것쯤은 부분적인 문제에 불과했다. 윤식이 그 놈이 저지른 일들을 일일이 다 열거하자면 입이 아플 지경이었다. 무슨 일이거나 마음 내키는 대로 저질러대는 놈인 데다, 하는 짓거리라곤 잘 하는 일이란 한 가지도 없었다. 어떻게 그럴 수가 있을까 싶게 못된 짓만 골라가며 일부러 저지르는 것 같았다. 마을 사람들은 놈을 단순히 암적인 존재로 보는 데서만 그치지 않고, 공공연히 악마로 규정짓기에 이르렀다. 모든 것을 법적으로 제대로 대처했다면 그 나이에 놈은 전과자라는 별을 벌써 수십 개쯤 달고도 남았을 터였다 그렇다고 갈수록 눈곱만큼씩이라도 나아지긴커녕, 오히려 점점 더해가고 있었던 것이다. 조금이나마 반성하거나 개전하는 기미 같은 건 볼 수가 없었다. 일말의 양심적인 가책도 놈은 느끼지 못하는 것 같았다. 놈에게 양심 운운한다는 건 썩어빠진 침출수에서 청량 음료수를 추출하는 것보다 어쩌면 더 어려울는지 모른다.

"요놈의 여편네를 단단히 족쳐 봐야지."

마음을 다져먹은 경태는 친구들과 함께 점심도 먹지 않고 슬그머니 사랑방을 빠져나갔다. 먼저 집으로 가 봤으나 아내가 없었으므로, 그녀를 찾기 위해 이 집 저 집 기웃거렸다. 평소에 잘 다니는 집과 갈 만한 데부터 가 보았다. 하지만 그 어디에도 그녀는 오지 않았다는 것이었다.

공터가 멀찍이 바라보이는 곳에 이르렀을 때, 경태는 무심코 지나가려다 말고 자기도 모르게 발걸음이 멈추어졌다. 흥미있는 구경거리라도 생긴 듯, 공터에선 마을의 조무래기들이 이리 우르르 몰리고 저리우르르 몰리며, 탄성과 경악을 합창으로 연발하고 있었다. 무엇엔가탐닉되어 버린 마치 신들이 들린 것처럼 잔뜩 들떠 있는 아이들이 아니겠는가. 왜 그러는지 경태는 궁금한 생각이 들었다. 무슨 일인지 알고 싶었다. 그렇다고 조무래기만 몰려 있는 데를 가까이 가본다는 것도 우스울 것 같았다. 다가가지도 못한 채 멀찌감치서 지켜볼 수 밖에없었다. 두 사람이 한데 엉겨붙었다 떨어졌다 하며 악을 박박 쓰거나고함을 꽥꽥 지르기도 하고, 홀쩍홀쩍 뛰어오르기도 하면서 손길질발길질을 서로 주고받는 것이었다. 결투를 벌이고 있는 게 틀림없었다. 어떤 놈들인지는 모르지만, 할일이 얼마나 없기에 비싼 밥 처먹고밝은 대낮에 왜 저렇게 싸우고 있을까. 아니 저건, 하며 머리를 갸웃거리고 있는데, 마침 이웃집에 사는 아이 하나가 공터쪽에서 오고 있었다. '똘똘이'란 별명을 가진 여남은 살 된 초등학교 5학년 아이였다.

"저기서 지금 싸우고 있는 기 누구 누구더노?"

"윤식이 그 사람하고 읍내 청년하고라예."

"왜 싸우는데?"

"읍내 청년이 아가씨를 하나 데리고 공터를 지나가는 걸 윤식이 그 사람이 이유도 없이 아가씨를 애멕일라 카니까 읍내 청년이 먼저 주먹질하면서 대들었어예. 그래서 싸움이 붙었는데예 읍내 그 청년 말입니더, 웃통을 훌렁 벗어제치니까 알통이 울퉁불퉁 튀어나온 기 운동을 여간 많이 한 사람 같지 않데예. 싸움도 아주 잘 하데예."

아이는 퍽이나 재미있는 구경이라도 한 듯 싱글벙글거리며 신나게 지껄였다.

"누가 이길 것 같더노?"

"잘 모르겠어예. 윤식이 그 사람이 싸움을 잘 하는 줄 알았는데, 오늘 보니까 술이 취해서 그런지 읍내 청년한테 많이 얻어맞데예. 그러나 싸움이라는 거야 알 수가 있습니꺼. 끝장이 나기 전에 모르는 거 아닌가예. 윤식이 그 사람이 오죽이나 지독해야 말입니더."

알 만한 일이라고 경태는 머리를 끄덕였다. 낯선 읍내 청년이 반반하게 생긴 아가씨라도 하나 끼고 마을에 나타났다면 절대로 고이 보낼 윤식이 그 놈이 아니었다. 그만큼 심술보가 고약하기도 했지만, 워낙 여자를 밝히는 놈이기도 했으므로. 그러나 완력깨나 쓴다는 사내 치고 함께 다니는 아가씨를 집적이는 놈을 그냥 둘리 만무하다. 그럴 땐 필연적으로 마찰이 생기게 마련이었다. 경태는 이건 어쩜 그 날 자기네가 추진하려는 일에, 플러스 요인이 되지 않을까 하는 생각이 얼핏 들었다. 그 길로 곧 친구들이 있는 사랑방으로 돌아간 것이었다.

"나로선 무슨 말이든 한 마디도 입 밖에 낼 수 없는 입장이다마는...."

형식은 무겁게 입을 열었다. 잠시 말을 끊었다가 다시 이었다.

"엄격히 따져보면 나도 사실은 가해자가 아닌 피해자의 한 사람이라는 걸 아는 사람은 다 알 거다. 너희가 아무리 그래싸도 나만큼 마음이 괴롭겠나? 솔직히 말해서 안 그렇나 말이다... 인제 와서 새삼스럽게 내가 이런 말 해봤자 무슨 소용있겠노마는 약을 먹여서 죽인 다음, 나도 같이 죽을라는 생각을 하루에도 몇 번씩 했는지 아나? 너희야 그걸 알 턱도 없겠지. 그것도 내 마음대로 되진 않더란 말이다... 너흰 내 오랜 동무들이기 때문에 염치불구하고 말하겠는데, 못난 이 인간의 간곡한 부탁 하나 안 들어줄래? 이건 내 마지막 부탁인데 말이다. 너희가 꼭 우리 윤식일 안 죽이고는 안 되겠나?"

눈물어린 눈으로 숫제 형식은 애원하고 있었다.

"그렇게 될 수 있으면 얼마나 좋겠노. 그기 엿장수 마음대로 될 수 있다고 너는 생각하나? 우리가 그 놈을 물론 다른 방법으로 응징할 수도 있긴 하다만, 그 놈이 우리 요구를 순순히 받아줄 것 같나? 모르긴 하나 어림 반푼도 없을 것 같다. 그만큼 융통성이 있는 놈이면 처음부터 그런 짓들을 할 수 있었겠나?"

여느 때와 같은 반말 투로 문규가 말했다.

"이런 말 할 필요조차 없는 줄 안다만, 될 수만 있으면 최후 최악의 방법보다는 단단히 길을 들이는 차선의 방법을 선택하면 어떻겠느냐는 부탁도 내가 감히 할 수가 없을 것 같구나. 너희들 태도를 보니 말이다. 너희들한테 몇 번이라도 내가 부탁하고 싶은 말은 걜 제발 좀 죽이지만은 말아달라, 오직 그 말 한 마디 뿐이란다. 걔가 잘못한 게 너무나 많은 줄 안다만, 그렇더라도 걘 나한테는 단 하나 밖에 없는 동생이다. 그리고 우리와 조금도 다를 게 없는 똑 같은 인간 아니가. 그런데 걜 어떻게 내 친구들인 너희들이 그렇게 할 수 있나 그 말이다 난. 걔 대신에 차라리 나를 응징할 수 없겠냐? 걜 그런 나쁜 놈으로 만들어놓은 형이라는 죄로 말이다. 나도 인제 더 살고 싶은 생각이 없어서 그런다... 그렇다고 절대로 나는 너희들한테 강요할 생각은 없다. 강요가 아니라 애원하고 싶은 거다. 일찍부터 편모 슬하에서 단둘이 살아온 개가 불쌍해서 그런다. 나도 그 놈을 때려죽이고 싶도록 밉지만... 나 너희들한테 할말 다 했다. 내사 모르겠다. 칼자루를 쥐고 있는 너희들 마음대로 해라. 나는 갈란다. 그깐 놈 죽이든 살리든 내가 알 게 뭐꼬."

울먹이는 음성으로 말을 끝낸 형식이 몸을 추스려 일으켰다. 더 이상 앉아 있을 기분이 아니었나 보다. 술기운도 없진 않았으나, 형식의 얼굴은 바로 쳐다보기 민망스러울 정도로 침울해 보였다. 거의 흙빛으로 얼굴빛이 변해 있었다.

경태도 몸을 일으켰다. 그렇다고 형식을 따라 나가 개인적으로 위로할 생각에서가 아니었다. 그러고 싶은 생각은 추호도 없었던 것이다. 내가 무슨 도덕군자라고 남이 하지도 않는 짓을 한단 말인가. 경태는 지금쯤 어쩌면 아내 윤희가 집에 들어와 있을지 모른다는 생각을 하고 있었다. 무엇보다 먼저 아까 문규에게 들은 그 일부터 먼저 확인해야겠다고 단단히 마음을 굳혔다.

윤희만은 제발 윤식이 그 놈과 불미스런 관계를 갖지 않았기를 경태는 간절히 희원했다. 그건 신앙인에게 있어서라면 절실한 기도와도 다름없었다. 그러나 경태의 마음은 그녀를 믿을 수 없다는 생각으로 처음부터 기울어져 있었다. 여자라면 조금 도사리거나 옹동고리는 면도 없지 않아야 하는데, 어쩐지 헤픈 것 같은 그녀는 한 마디로 너무 사람이 좋은 편이었다. 게다 결정적인 약점이 그녀에겐 있었다. 경태와 결혼하기 전에 룸펜 같은 어떤 사내와 1년 가까이 동거하며, 아이까지 가졌다가 지워버렸다는. 자신의 그러한 과거를 솔직히 고백해왔을 때, 당장 갈라설 생각까지 경태는 안 해본 게 아니었다. 하지만 워낙 붙임성이 좋은 데다 자기를 끔찍히도 위해주며, 열심히 살아보겠다는 강한 생활력을 가지고 있었기에 생각을 바꾸게 되었던 것이다. 기껏 고등학교 졸업의 학력으로 '빽'이든 기술이든 쥐뿔도 없어, 기껏해야 농사 밖에 짓지 못할 주제에, 그 정도 여자나마 두 번 다시 만날 수 있을 것 같지가 않아서였다. 그만하면 얼굴 생김도 반반한가 하면, 괜찮게 빠졌다 싶은 그녀의 몸뚱이를 남 주기는 아까웠다. 좀처럼 부부관계에 권태를 느끼지 않게 하고 있는 그녀였다. 이제까지 전혀 불만이라곤 없이 살을 섞으며 함께 살아온 그녀였다. 그러나 아무리 그렇다 하더라도 윤식이 그 놈과 관계를 가진 것만 확인된다면 도저히 묵과할 수 없다는 생각이었다. 그녀로선 불가항력이었다 해도 결론은 마찬가지였다. 절대로 용납할 수 없구 말구. 그러한 더러운 년을 어떻게, 아니 왜 데리고 산단 말인가. 더욱이 악질 중에서도 악질인 그 놈과 붙어먹은 그 따위 계집을.

어느 새 공터 가까이까지 와 있는 자신을 발견한 경태는 숙이고 있던 고개를 번쩍 들었다. 그들의 결투가 어떻게 마무리되었는지 궁금했다. 그 때문에 어쩌면 자기도 모르게 발걸음이 공터로 향해졌는지도 모를 일이다. 조무래기들이 아까처럼 이리 몰렸다 저리 몰렸다 하지 않고 있는 것으로 보아, 싸움은 이미 끝나버린 것 같았다. 그런데 이상한 일이었다. 그 때까지 마을 아이들이 공터에 그냥 남아 있는 게. 그렇다고 저희끼리 재미있는 놀이를 하는 것도 아니면서. 그들은 멀찌감치에서 커다랗게 반원을 그리고 둘러서서, 무엇인가를 주의깊게 지켜보고 있었다. 볼 만한 구경거리라도 있는지 아이들 사이엔 적지 않은 어른들까지 눈에 띄었다. 대다수가 부녀자들이었다. 그들은 너나 할 것 없이 공터 한쪽을 점유한 돌담 밑에서 눈길을 떼지 못하고 있었다. 한결같이 눈빛들이 반짝거리는가 하면, 표정들 또한 여간 진지해 보이지 않았다. 어쩐지 상황이 예사로운 것 같지 않아 경태는 그들에게로 몸을 옮겨갔다. 그도 거기 몰려 서 있는 여느 사람들처럼 아이들 틈바구니로 비집고들었다.

"싸움이 어떻게 끝났노?"

경태는 좌우의 아이들을 돌아보며 궁금한 것부터 우선 물었다.

"같이 온 아가씨가 전화로 택시를 불러 지금 막 청년을 읍내로 싣고 들어갔다오."

아이들이 아무도 대꾸하지 않자 곁에 있던 중년부인이 대답해 주었다. 같은 마을에 살아도 집이 서로 멀리 떨어져 있어 자주 만날 수 없었던 아주머니였다.

"누가 더 많이 맞았는가예?"

경태는 무엇보다 궁금한 게 그것이었다.

"둘 다 어지간히 상한 것 같애요. 택시에 실려간 읍내 청년도 청년이지만, 저기 저 꼬라지 자세히 살펴보소. 저 화상도 단단히 골병 안 들었는가 모르겠소. 택시에 청년을 실어보냈기 망정이지, 그냥 됐으면 아마 둘 다 끝장이 나고 말았을 거요. 윤식이 저 화상이 원치(체) 인간이 고 모양이라서, 저래 돼 있는데도 어느 한 사람 동정은 고사하고 우선 나부터도 제발 저 화상 안 뒤지나, 인젠 정말 몸서리난다 카고 있으니 그리도 행실이 패악스러워 가지고서야 앞으로 마을에서 얼마나 더 부지할지 모르겠구만은. 맨날 지 행패부리고 못된 짓 하는 걸 언제까지 그냥 두겠능교? 지가 자꾸 그러면 안 되지오. 안 되구 말구요. 우리끼리 하는 말이지만, 이럴 때 저 화상을 고만 어떻게 할 수가 없겠능교? 제발 그럴 수만 있었으면 얼마나 좋을꼬."

경태는 목구멍으로 가벼운 신음을 삼켰다. 윤식이 놈에 대한 아주머니의 저주섞인 말 때문이 아니었다. 오라질 그 놈의 꼬락서니를 자세히 봄으로써였다. 그렇다고 놈이 연민스러워서가 아닌 것이다. 아무리 죄는 미워도 사람은 미워하지 않아야 한다지만, 자신은 그럴 수 없을 것 같았다. 방금 그런 말을 입 밖에 낸 아주머니 역시 어쩌면 그와 같은 마음이 아니었을까. 그게 비단 아주머니 한 사람만의 마음이 아닐 거라는 생각을 경태는 하고 있는 것이다. 형식의 간절한 호소로 아무래도 행동이 주저되지나 않을까 염려스러웠는데, 아주머니가 깨우쳐준 것 같아 그녀에게 고마운 생각이 드는 것이었다.

경태는 커다랗게 반원을 그리고 서 있는 대열에서 이탈하여, 윤식이 놈과의 오륙 미터 거리까지 접근했다. 경태가 그런 용기를 낼 수 있었던 것도 그 아주머니 덕분인지 모른다.

그럼 그렇지. 뛰는 놈 위에 나는 놈 있다고 별수있을라구. 제 놈이 만만한 우리 동네 사람들에게나 그러지, 다른 사람에게까지 제 기분대로 할 수는 없겠지. 함부로 까불고 설치다가 잘 됐지 뭐.

피와 흙이 범벅되어 덕지덕지 말라붙은 놈의 입성이 영 엉망이었다. 여기 저기 여러 군데가 찢겨져 너덜거리기도 했다. 더 볼썽사나운 건 놈의 머리와 얼굴이었다. 온통 찢어지고 터져서 보기 흉하게 일그러져 있었다. 한 마디로 몰골이 영 말씀이 아니었다. 그런데도 죽지는 않았나 보다. 몸을 뒤틀고 있는 것으로 보아. 경태는 눈살이 절로 찌푸려질 수 밖에 없었다. 그 때

"어. 어. 어이쿠우."

윤식이 놈이 헛기침을 하듯 음울한 신음소리를 토해냈다. 놈이 점유하고 있는 공터 한 구석엔 음산하다 할 수 밖에 없는 무거운 저기압이 감돌았다. 그래서 더 접근하기 저어스러웠는지 모르나, 가까이 다가가 놈의 상처를 돌봐주는 사람은 아무도 없었다. 범접하기 두려워서

그러는 이도 있을 테지만, 그래도 싸다는 심사로 더 그러는지 모른다. 놈이 마을 사람들로부터 그만큼 철저히 경원시되는 증오의 대상이라는 게 확연히 드러났다.

경태는 윤식이 놈과의 거리를 더욱 좁혀 곁에까지 바싹 다가갔다. 놈이 밉기로는 어느 누구 못지 않을 경태였다. 그러나 경태는 놈이 얼마나 다쳤는지를 알고 싶었다. 단순히 알고 싶은 게 아니었다. 자기 눈으로 직접 보고 똑똑히 확인하고 싶었다. 그렇다고 놈을 도와주고 싶은 마음은 결코 없었다. 나름대로 어떤 계산을 하고 있었던 것이다.

"이봐 윤식이."

꿈에서도 불러보고 싶지 않은 놈의 이름을 입에 올렸다. 지금 같은 상황이라면 다시는 못된 짓 하지 않도록, 단단히 다짐을 받을 수 있지 않을까 해서였다. 피로 얼룩지고 상처로 일그러진 안면근육을 놈은 실룩이며 부어오른 눈두덩을 힘들여 틔웠다. 간신히 떼어진 놈의 눈엔 쉽게 가실 것 같지 않은 고통이 그득히 어려 있었다.

"네가 어쩌다 이렇게 됐는지 몰라도 여기서 이러고 있을 게 아니라 집으로 들어가지?"

썩 내키지 않은 말을 경태는 입 밖에 냈다. 고양이가 쥐 생각하는 것이나 다름없는 말이었다. 자기가 뭐 그리 자비심이 많은 인간이라고 이러나 하자 싱겁다는 생각도 들었다.

"아쿠우. 아이쿠우."

온 몸이 결리는지 놈은 마음대로 움직이지 못했다. 오만상을 잔뜩 찡그리며 괴로워하는 것으로 보아 혼자서는 운신할 수 없다는 것을 알 수 있었다. 그러나 경태는

"여기서 이러고 있어서는 안 된다. 어서 집에 가서 상처를 다스려야지. 이봐 윤식이."

짐짓 생각하는 체 나긋나긋 말하며 경태는 발끝으로 놈을 슬쩍 건드
렸다. 짓궂게 일부러 그런 것이었다. 놈의 입에선 따가운 비명 소리가
터져 나왔다. 경태의 입가엔 고소가 지어졌다. 재미가 있었다. 경태가
이번엔 놈을 걸어찼다.

　"어이쿠우. 어. 어."

　놈은 눈을 휩뜨고 두 손을 내둘렀다.

　"아. 그 새끼가 날 이래 짓이개놨는데도 모른 척들 할 수 있나 말이
다. 아. 내 이런 꼴 보는 기 그리도 고소하나? 아. 어디 두고 보자. 절
대로 가만 안 둘 기다. 아. 모조리 때려 죽여도 시원찮을 이 년놈들아.
아. 하늘에서 벼락이 떨어져 꺼빠러뒤질 것들아. 아. 지기미 씨팔 염
병하고 나자빠질 년놈들아. 아. 조놈의 아새끼들까지 못 맞아 뒈져서
환장을 했나. 아..."

　그 꼴에도 놈은 바락바락 악을 쓰며 쥐어터진 입으론 험한 욕설을
마구 뱉았다. 경태는 그 꼬락서니가 가관이구나 싶었다. 몸만 회복되
면 얼마든지 보복을 하고도 남을 놈 같았다. 우리에게 보복? 하자 경
태는 기가 차서 열을 받은 가슴이 쿵덕거렸다. 그게 이내 머리로 옮겨
져 현기증으로 발전했다. 경태의 뇌리엔 놈을 도저히 이대로 두어선
안 되겠다는 생각이 깊이 각인되었다. 자기네의 계획을 기필코 오늘
실행해야 한다고 경태는 마음을 단단히 다잡았다. 읍내 청년과의 결
투로 상처 입은 제놈을 돌봐주긴 커녕, 몰려나와서 구경만 하고 있는
마을 사람들에게 놈이 언젠가 반드시 보복(?)을 할 게 틀림없었기 때
문이다. 못 먹을 것을 먹고 두드러기가 일듯이 경태의 온 몸에 소름이
쫙 돋았다. 지금 같은 상황이라면 그리 어려울 게 없겠으나, 두고 두
고 놈에게 당할 후환을 염두에 두면 절로 몸서리가 치는 것이었다.

"술 한 병 더 주소."

소주 두 병이 벌써 바닥났다. 세 병째를 달라 한 것이다. 그 날 따라 이상하게도 경태는 술이 취하지 않았다.

"기분 나쁜 일이 있었나? 무슨 술을 대낮부터 그리 많이 마시노?"

두 홉들이 진로 한 병을 더 갖다주며 떡실댁의 두 눈에는 의아심이 가득 고여 있었다.

"아지매 거기 좀 앉으소."

경태가 탁자 너머 맞은편 의자를 턱짓했으나, 떡실댁은 자리에 앉으려 하지 않았다.

"한 잔 하소."

경태는 비어 있는 잔에다 방금 떡실댁이 가져온 술을 따라 그녀에게 건넸다. 선 채로 떡실댁이 사양하지 않고 술잔을 받았다. 안주는 구운 오징어에 고추장 한 종발 뿐이어서 주탁이 너무 단조로웠다.

"오라는 데론 안 가고 왜 이리로 왔노?"

경태가 아까 홀에 처음 들어설 때 했던 말을 떡실댁은 다시 반복했다. 이유를 알고 싶은지 그녀의 두 눈에 기름기가 돌았다.

"그러는 아지맨 왜 안 갔능교? 내나 아지매나 매일반이면서 따지긴 왜 따지능교?"

경태는 괜히 만만한 그녀에게 시비를 걸듯이 했다.

"나야 혼자 사는 할망구 아니가. 내같은 기야 사람 축에 낄 수가 있나?"

그녀의 얼굴에 그늘이 지어졌다.

"왜 그런 소리 하능교? 혼자 사는 사람일수록 사람들이 많이 모이는 곳에 가야 덜 외로울 거 아닝교. 아무도 아지매를 오라는 사람 없등교?"

"오라고야 하더라마는..."

떡실댁은 시무룩한 표정이 되었다.

"무슨 일 있었는데요?"

활달한 성격인 그녀가 왜 그러는지 경태로선 알 수 없었다.

"아무 일도 없었네."

"들다 만 그 술이나 드소."

경태가 권하자 반 넘게 남아 있는 소주를 떡실댁은 한 입에 홀짝 털어넣었다. 그러더니 술을 빈 잔에 가득 부어 그에게 건넸다. 그제야 그녀가 탁자를 사이에 두고 맞은편 의자에 주저앉았다. 그녀에게서 잔을 받기 무섭게 경태는 마파람에 게눈감추듯 단숨에 꼴깍 마셔버렸다. 그러면서도 눈썹 하나 찡그리지 않았다.

"그래 마셔도 속이 안 상하나?"

당사자보다 오히려 떡실댁의 양미간이 찌푸려졌다.

"속 좀 상하는 기 그리 대순교. 그런 건 아무 걱정도 안 하요. 아지매한테니까 말인데요, 오늘 여편네가 생남 안 했능교."

그제야 경태는 술기운이 오르기 시작하는지 얼굴빛이 발그레해지는 것이었다.

"참말이가?"

떡실댁이 눈을 화들짝 키우며 반문해왔다.

"야. 그런데 고기 아무래도 요상스럽더란 말이오. 지기미 떡을 친 년 같으니."

"소문없이 그 사람이 몸을 풀었단 말이가? 그래 순산했나? 산후 탈은 없고?"

한꺼번에 몇 가지를 물어오는 그녀였다.

"야. 야. 그런데 고기 요상스럽더라 그 말이오. 빌어먹을 염병할 거."

"무슨 말을 하고 있는 기고? 알아들을 수 있기 말 좀 해봐라."

"애가 어쩐지 내 자식 같지 않더란 말이오. 이 일을 아지매 어쩌면 좋은교?"

"뭐라 카노? 자네 새끼가 아니면 그기 뉘 새끼란 말이고? 그 사람이 자네 모르게 어떤 놈을 놉이라도 댔단 말이가?"

"어떤 개새끼를 놉을 댔는지 품을 팔았는지 모를 일이지만, 굵직한 뼈대하고 희멀건 혈색이 여성스럽(닮았)더란 말이오."

"누구 여성스럽더라고?"

"모르겠소마. 입에 담기도 싫으니까."

홧김에 경태는 상체를 앞으로 내던지다시피 크게 동작을 취하다가 탁자에 이마를 호되게 들이받았다. 그 바람에 탁자가 기우뚱하며 소주병이 옆으로 넘어졌다. 술이 쏟아지는 술병을 떡실댁이 얼른 잡아 바로세웠다. 그러지 않았으면 술이 다 쏟아졌을 뿐만 아니라, 단단한 시멘트 바닥으로 영락없이 술병은 굴러떨어져, 파열음과 함께 박살나 버렸을지 모른다.

"아지매요?"

경태의 이마엔 금세 파르스름하게 멍이 들었다. 부얼부얼 부어오른 표까지 났다. 떡실댁을 빤히 쳐다보는 경태의 두 눈이 형광처럼 반짝였다. 이글거리는 그 눈빛에 떡실댁은 섬쩍지근한 느낌을 받았다. 살기띤 눈길이 여간 무섭게 여겨지지 않았다

"한 가지 물어 봅시다. 순자가 작년에 자살했능교? 그렇지 않으면 윤식이한테 당하지 안 할라고 끝까지 반항을 하다가 혹시 맞아 죽은 건 아닌교?"

경태는 진작부터 그것을 알고 싶었다. 무엇보다 그건 지난 날 큰 사

랑방 모임에서의 문규의 발설에 대한 신빙성을 얻기 위함이었다. 윤희에게서 미처 그것을 밝혀내지 못한 채 구속되었기 때문이다. 교도소에서 나온 뒤로도 한번 따져볼 겨를없이 지금에 이르렀다. 이제 와서 새삼스레 윤희를 추궁하기보다 순자의 사인을 놓고서도 간접적으로 그것을 유추할 수 있지 않을까 싶었다. 그래서 순자가 자신을 지키지 못한 자책감에서 자살을 했는지, 아니면 끝까지 자기를 지키려다 피살되었는지 알아야 할 것 같았다. 아내 윤희의 부정에 대한 단서를 순자의 죽음을 통해 알 수 있지 않을까 해서였다. 떡실댁이 그 문제를 풀 수 있는 열쇠를 쥐고 있었으므로, 경태는 그녀에 대해 자못 기대를 걸고 있었던 것이다.

"인제 와서 새삼스럽게 그 이야긴 왜 꺼내노?"

뜻밖이라는 듯 떡실댁은 놀라는 시늉을 하더니 이내 씁쓸한 표정으로 바꾸었다.

"알아야 할 일이 있어서 그런단 말이오."

"…"

"말하기 곤란한교?"

"다 지나간 일을 가지고 곤란할 거야 없다마는, 새삼스럽게 그걸 알아서 뭐 할라 카노?"

"그럼 좋소. 아지매는 순자가 내 아를 뱄던 건 알고 있었능교?"

지난 날 누군가로부터 얼핏 주워들은 적이 있기에, 유도질문을 하기 위해 경태는 일부러 그 말을 한 것이다. 그러자 떡실댁에게서 즉각반응이 나타났다.

"그걸 자네 아로 알았나?"

떡실댁은 연민어린 눈길로 경태를 쳐다보았다.

"지금 무슨 말씀 하시능교?"

"그러니까 그건 자네 아가 아니라, 윤식이 고놈의 아였단 말일쎄. 순자는 꼭 자네 아를 하나 낳아줄라고 소원하고 있었지. 그래서 자네하고 몇 번 잠자리를 같이한 거네. 갠 어찌된 기 에미인 나보다 어릴 적부터 자넬 오히려 더 좋아했거든. 만일 그기 자네 아였다면 자네도 물론 좋았겠지만, 순자 개한테도 얼마나 좋았겠노. 나한테도 물론 나쁘진 않았을 기고. 그랬던들 갠 죽지 안 했을 기니까 말일쎄. 개가 일편단심 민들레처럼 자네 생각을 하면서, 자네한테 아가 없는 걸 걱정해쌓다가 지 몸에 아가 생기니까, 그기 자네 안 줄 알고 좋아서 어쩔 줄을 몰라 했다네. 따져 보고 또 따져보더니 자네 아는 아니라면서 실망을 이만 저만 안 하더란 말일쎄. 첫째는 자네를 대할 면목이 없을 뿐 아니라, 더러운 놈의 씨를 가진 기 무엇보다도 원통해서 죽겠다고 며칠 동안 울고 불고 해쌓더니, 나도 없는 사이에 수면제를 처먹고 그만 죽고 만 거라네. 지가 살아 있었으면 내가 훨씬 덜 외로울 긴데, 고런 불효막심한 년이 어딨노 말이다."

떡실댁의 눈엔 물기가 어렸다. 목이 마른지 경태 앞에 놓인 빈 잔을 당기더니 손수 술을 따라 입으로 가져갔다. 그것을 천천히 마시고는 다시 말을 이었다.

"오늘이 바로 순자의 귀빠진 날일쎄. 아침부터 자꾸 울적해져서 공회당에도 아무 데도 안 갔다네. 나같이 팔자 기박한 할망구가 그런 덴 가서 뭐할 기고. 누구하고도 만나기 싫어서 집에 그냥 있었던 거라네. 윤식이 고놈이 살아 있을 적에는 고놈 등쌀에 하루를 사는 것도 지엽고 고달팠는데, 고놈이 없어지고부터 그런 걱정은 안 해도 됐지마는, 마을에서 지금 하고 있는 짓들이 그 뜻이야 그럴듯 한 것 같으면서도, 온 마을의 일을 이장하고 몇이서만 마음대로 하는 기 영 마음에 안 든단 말일쎄. 오늘 일만 해도 그렇지, 마을 사람들하고는 의논도 두루두루 안 해보고 즈그끼리만 머리를 맞대고 결정한 기 아니가. 나같은 다 늙은 할망구야 하자는 대로 따라 하면 되겠지마는, 뭐 한다고 요새같은 개명천지에 그런 날굿이를 할 기고? 적지 않은 돈 거둬서 그 일에는 다 쓰지도 않고 즈그끼리 갈라먹기 한 것 같단 말이네. 요즘 사흘이 멀다고 즈그 몇이 읍내 나가서 흥청거린다는 소문도 자넨 못들었나? 그리고 즈그만 택도 없이 농협융자를 척척 잘 받아챙기는가 하면, 괜찮은 건 저희끼리만 나눠먹는단 말도 있다네. 윤식이 고놈이야 워낙 지 행우가 그러니까 백 번 맞아죽어도 쌀 놈이었지마는, 지금은 윤식이 고놈하곤 다른 방법으로 마을 사람들한테 음으로 양으로 피해를 주고 있단 말일쎄. 물론 그 사람들 중에서도 다 그런 건 아니라는구면."

지금 마을에서 하고 있는 일들에 대해 떡실댁으로선 불평불만이 적지 않은 것 같았다. 그녀의 말 중에선 사실에 어느 정도 접근해 있는 것도 없진 않았다. 윤식이 그놈의 전철이 있었기에 드러내놓고 이러쿵저러쿵하진 않아도, 지금 하고 있는 짓들을 석연치 않아 하는 이들이 적지 않아 있나 보다.

경태는 떡실댁이 하는 이야기엔 별로 흥미가 없었다. 그런데도 취기가 오르던 술이 갑자기 깼다. 자기는 결국 남자 구실도 제대로 못하는 인간임을 알았기 때문이다. 그러자 감당할 수 없는 고뇌가 엄습했다. 이제까지는 그래도 자신이 설마 씨없는 수박은 아닐 거라는 희망을 잃지 않았던 경태였다. 그러한 한 가닥의 막연한 희망마저 무너져내린 참담한 기분이 되었다. 대상이 분명치 않은 어떤 존재를 지금 당장 요절이라도 내버리고 싶은 충동을 강하게 경태는 느꼈다.

마을 사람들이 거의 다 몰려나온 것일까. 공터는 어느 새 빈 틈없이 메워졌다. 몰려 있는 그들에게선 작지 않은 웅성거림이 일고 있었다. 그들 대부분은 오늘 무슨 일이 일어날지를 예견하고 있는 것 같았다. 불안스런 표정을 하고 있는 사람들도 그들 중엔 전혀 없지 않았으나, 그보다 희망어린 기대감으로 눈빛을 반짝거리는 사람들이 훨씬 더 많은 것이었다.

그게 경태는 나쁘지 않은 조짐으로 받아들여졌다. 자기네 또래 청년들만 나서기보다 마을 사람들 모두가 나서는 게 그만큼 의의가 더 있지 않을까 생각했다. 만일의 경우 형사사건으로 이어지더라도 자기들에게 그건 훨씬 더 유리하게 작용할 수 있을 게 아닌가 싶었다. 일부 청년들만의 의사가 아닌, 어디까지나 그건 마을 사람 전체의 의사를 한데 결집시킨 것이라는 점에서, 누구도 무시할 수 없는 막강한 파워가 될 수 있을 것 같았기 때문에.

"무슨 구경거리가 있다고 문딩이 떼같이 몰려왔노? 아이쿠. 이 떡을 칠 놈들아. 내 이 흉한 꼴이 그리도 보기 좋나? 이 씨팔 놈들아. 어이쿠우."

윤식이 놈이 마을 사람들에게 심한 욕설을 신음에 섞어 내뱉았다. 제놈이 그렇게 된 것을 그들의 탓으로 돌리는 듯 험상궂게 두 눈을 부라렸다. 살기를 띤 살모사처럼 잔뜩 독을 피웠다. 여느 때 놈이 만일 술이 취해 길바닥 같은 데 정신을 잃은 채 쓰러져 있다면, 아예 근처엔 얼씬도 못할 나약하기 짝이 없던 마을 사람들이었다. 가까이 있다가도 천리만리 피해버리기 일쑤였던 그들이었다. 그 날 따라 어떻게 된 건지 마을 사람들은 놈을 멀리하긴 커녕, 아무도 꼼짝을 하지 않고 그대로 있었다. 공터를 빼곡히 메운 그들은 놈이 하고 있는 짓거리를 지켜보기에 여념이 없었다. 그러나 그들 중 한 사람도 놈에게 가까이 접근하진 못했다. 놈이 지금은 비록 힘을 쓰지 못하지만, 그래도 두렵긴 여전히 두려운가 보다."

"여러분."

모여 있는 마을 사람들 앞으로 경태가 천천히 걸어나가며 말했다. 놈이 두려워서 멀찍이 둘러선 채 구경만 하고 있는 그들에게 용기를 불어넣어야겠다고 생각한 것이다. 경태는 처음부터 목청을 적당히 높였다.

"좀 전에 여러분은 윤식이 저놈이 지껄이는 소리를 들었을 것입니다. 그런 저주를 받고도 아무렇지 않습니까? 4백 50명의 우리 마을 주민들이 언제까지 저런 못된 놈 한 놈한테 희생을 당하고만 있을 작정입니까? 참는 데도 한계가 있지 않겠습니까? 우리는 지금까지 저놈한테 얼마나 많은 것을 잃고 빼앗겼습니까? 앞으로도 그대로 두고 보십시오. 결과는 불을 보듯이 너무나 뻔할 것입니다. 저놈이 좀 전에 지껄이던 말을 들었으면 아실 테지만, 저놈이 건강을 회복했을 때를 상상해 보십시오. 우리가 그 때 또 얼마나 더 큰 곤욕을 치르게 될지 눈에 훤하지 않습니까? 아무 잘못도 없는 우리가 마치 속죄의 양이기나 한 듯, 왜 저놈한테 언제까지 당하고만 있어야 한단 말입니까? 그래야 할 이유라도 있는 것입니까? 저놈 등쌀에 우리가 전전긍긍하다 보니 생업에나 제대로 종사할 수가 있었습니까? 언제나 우리가 불안과 공포 속에서 그렇게 살아야 할 이유가 어디에 있는 것입니까? 저희 청년들 십여 명은 더 이상 좌시할 수 없다는 판단 아래, 한 자리에 모여서 의논했습니다. 진지한 토의끝에 저희는 비상조치를 취하기로 결정을 보게 되었습니다. 가능한 한 윤식이 저놈이 다시는 못된 짓 못하도록 단단히 약속을 받을 작정이지만, 그렇게 되지 않을 때는 부득이 최후의 수단까지 강구하기로 한 것입니다. 그러나 절대로 저희는 개인적인 보복이나 원한에 목적을 두고 있지 않습니다. 저희는 어디까지나 마을의 평화와 우리들 개개인의 안정된 생존권을 되찾기 위해서 그러는 것 뿐입니다. 이러한 저희의 취지를 충분히 이해하시고 오늘 저희가 하려는 일에 대해서 여러분의 적극적인 협조를 바랍니다."

경태의 말은 그대로 웅변이라 할 수도 있었다. 그만큼 열정적으로 그가 말했던 것이다. 고등학생 때 잠깐 웅변을 해 보았던 숨은 실력을 발휘한 것인지 모른다. 그런데 이상한 일이다. 마을 사람들의 반응이 별로인 게. 선뜻 찬동하고 나서는 사람이 하나도 없을 뿐더러, 의외로 심각한 표정을 짓는 이들이 절대다수였다.

공터의 분위기는 무겁게 가라앉았다. 마을 사람들이 형성하고 있는 분위기에 압도된 듯 함께 앞장서기로 약속했던 청년들까지 멈칫거렸다. 그들에게 경태는 부아가 날 수 밖에 없었다. 이렇게 못난 놈들이 있나 싶었다. 화가 잔뜩 난 음성으로 외치듯이 경태는 입을 열었다.

"친구들아. 지금 우리가 이러고 있어서야 되겠나? 이 일에 젊은 우리가 나서지 않으면 누가 나선단 말이냐? 인도적 차원에선 물론 그래서 안 된다고 생각하고 있다. 하나 짐승만도 못한 저런 놈을 인도적으로 대할 수가 있나 말이다. 나는 저놈을 동정할 일고의 가치조차 없는 놈이라고 생각한다. 가능하면 나도 최후의 방법은 물론, 다짐을 받는 것마저 별로 하고 싶지 않다. 하지만 그럴 수는 없는 상황 아니가? 저놈이 아까 우리한테 퍼붓던 욕설을 듣지도 못했나? 요새같은 문명사회에 저 따위 인간이 존재할 수 있다고 생각하나? 옛날같은 어수룩한 세상이라면 몰라도 말이다. 제놈이 마치 전제군주 시대의 폭군 연산군 같은 제왕이나 된 줄 아나 본데, 우리 마을이니까 제놈이 아직까지 맞아죽지 않았지, 의식수준이 조금이라도 높은 마을만 돼 봐라. 애시당초 그따위 못된 행위는 하지도 못할 뿐 아니라, 이제까지 저런 놈을 그냥 놔뒀을 성싶나? 다른 마을에선 우리 마을을 두고 뭐라 카는지 아나? 그 마을엔 사람이 그리도 없나, 왜 그런 놈을 가만히 놔두고 있나 하더란 말이다. 생각하면 정말 챙피해 죽겠다. 그러니 자 친구들아. 우리들의 생존권과 우리 마을의 자존심을 살리기 위해서도 이대로 있어선 안 된다구. 이러고 있지 말고 집약된 우리의 의지를 행동으로 보이잔 말야."

말을 마친 경태가 손에 쥔 몽둥이를 머리 위로 치켜들었다. 그러는데도 선뜻 호응하고 나서는 사람은 단 두 사람에 지나지 않았다. 그들은 처음부터 경태와 함께 행동하기로 단단히 약속한 문규와 남달리 과묵한 성격인 진수였다. 하긴 아까 사랑방에서도 그들 세 사람 외에는 별로 적극성을 띠지 않고 있던 청년들이었다. 그렇다고 동참할 뜻이 전혀 없는 것 같진 않으면서, 그런 일로 많은 이들의 시선을 받는 게 아무래도 주저되나 보다. 자신에게 직접적인 손해나 이익이 있는 일에도 과연 그럴 수 있을지 의심스러웠다. 좋은 게 좋은 거 아니냐는 무사안일적인 군중심리에 언제부터 그들이 그리도 잘 길들여져 있었는지 모를 일이었다.

보다 못해 그들에게 문규가 소리를 팩 질렀다.

"느그들이 정말 이럴 기가? 바보 멍청이같은 이 새끼들아. 너희가 X을 찬 사내 새끼들이라면 X찬 값을 하란 말이다. 이 못난 개자식들아."

그보다 더 위협적이요 모욕적인 언사도 없을 것 같았다. 눈까지 무섭게 부릅뜨고 문규는 그들을 노려보았다. 그래도 그들에게서 별로 이렇다 할 반응을 얻지 못하자 문규가 경태를 집적였다.

"안 되겠다 야. 우리까지 이러고 있을 순 없다. 까짓 것 우리 셋이서 해치우자. 못난 놈들은 믿을 것도 없다."

"그래. 우리 셋이 하자. 우리만 힘을 합쳐도 얼마든지 해낼 수가 있다구."

　진수도 한 마디 거들었다. 그러면서 꽁무니를 슬슬 빼고 있는 친구들에게다 진수는 침을 뱉으며, 그들을 노골적으로 경멸한다는 표정까지 지어 보이는 것이었다.

　"좋다. 우리끼리 하자. 윤식이 저놈이 성할 땐 우리 셋이 한꺼번에 덤벼도 상대가 안 될지 모르지만, 지금은 우리한테 아주 유리한 기회다. 자, 행동을 개시하자."

　사실 평상시 같으면 그들 셋으로는 감히 엄두도 내지 못할는지 모른다. 아무리 십여 명의 청년들이 뜻을 모았다 해도, 처음부터 각오를 단단히 하지 않고선 될 수도 없는 일이었다. 윤식이 그 놈에겐 누구나 지레 겁을 집어먹게 마련이기 때문이었다. 놈의 뚝심과 완력은 실제로 마을에서도 함부로 대적할 상대가 없을 만큼 셌다. 게다 남달리 두둑한 배짱이 있나 하면, 별나게 성깔이 포악스럽고, 하는 짓거리마다 악랄하기 짝이 없는 놈이었다. 더욱이 제놈이 하는 일에 대해 누구에게든 간섭받는 것을 절대로 용납하려 하지 않았다. 일단 무슨 일이나 한번 손을 댔다 하면, 그예 끝을 내지 않곤 못배기는 근성 또한 놈에겐 있었다. 그래서 어떤 사람이라도 섣불리 어떻게 할 수조차 없는 놈이었던 것이다.

　경태는 몽둥이를 좌우로 흔들며 앞으로 나갔다. 그에 뒤질세라 문규와 진수도 손에 쥔 몽둥이를 휘둘러대며 경태의 좌우에 바싹 붙어섰다. 그들이라고 긴장하지 않는 건 아니었다. 그런만큼 또 결연해 보이기까지 한 그들의 모습이었다. 나름대론 당당하기도 한 그들 세 사람을 주시하고 있던 청년들 사이에도 비록 밍그적거리기는 하나, 그제야 조금씩 움직이는 빛이 보이기 시작했다. 그러나 그건 너무 미온적이고도 소극적인 행위에 지나지 않았다. 그렇다고 방관자의 입장을 끝까지 고수할 눈치들은 아닌 것 같았다. 사태진전 여하에 따라 얼마든지 변할 수 있는, 지극히 약삭빠른 속물적인 근성을 충분히 발휘할 가능성마저 배제할 수 없는 것이었다. 윤식이 그 놈에겐 다들 한두 번 당한 것도 아닌 터여서, 잘못하다간 큰 코 다친다는 생각에서 헤어나지 못하고 있는지 모른다. 마을 사람들로부터 윤식이 놈이 그렇게 터브시되고 있는 것도 어쩌면 당연한 귀결이 아니었을까. 제놈 스스로 그렇게 만들기도 했지만, 마을 사람들 또한 놈을 그렇게 만들어버린 것 같았다. 경태네 마을에서라면 얼마든지 그건 가능할 수도 있었던 일이었으므로. 현재까지 실로 요상하게 돌아가고만 있었던 게 바로 마을의 풍토였으니 말이다.

언제부터인지 윤식이 놈이 돌담에다 등을 기대고 상체를 곧추세운 채 앉아 있었다. 일어나기 위해 그러는지 모르나, 몸을 그 이상 더 움직이지 못하고 볼썽사나운 상판대기를 찡그려붙였다 폈다 하며, 앉은뱅이 앉아서 용쓰듯이 용만 써댔다. 모르긴 해도 어쩌면 고통을 이기지 못해 그러는 것 같았다.

그러한 윤식이 놈을 경태가 몽둥이 끝으로 슬쩍 건드렸다.

"윤식이."

의외로 경태는 정중히 놈의 이름을 불렀다. 그라고 놈에 대한 두려운 생각이 전연 없는 건 아니었다. 평소 같았으면 다른 이들과 별로 다를 것도 없는 그였다. 그 역시 범속하기 이를데없는 평범한 인간이었으므로. 하지만 그 날 따라 경태는 다른 사람들과는 달라 보이는 모습이었다. 달라 보여도 그저 달라 보이는 게 아니었다. 그 날은 여느 때완 완전히 다른 사람으로 변해 있었던 것이다.

윤식이 놈은 자기 앞에 와서 턱하니 버티고 서는 경태를 눈을 멀뚱거리며 힐끔 쳐다보았다. 네간 놈이 뭔데 앞장서서 설치나 하는 듯한,

다분히 경멸하는 눈빛임에 틀림없었다. 속으로 경태는 움츠려드는 기분이 들었으나, 마음을 가다듬으며 차분히 입을 열었다.

"여태까지 네가 저지른 행위들에 대해서 너는 어떻게 생각하고 있는지 그것부터 먼저 알고 싶다. 너는 그런 행위들을 잘 했다고 생각하는지 솔직히 말해줄 수 있겠나? 스스로 생각해봐도 잘못했다고 생각한다면 여기 이렇게 모여 있는 마을 사람들 앞에서 공개적으로 사과할 순 없겠나? 사과는 물론이요, 잘못한 데 대한 참회와 함께 용서를 빌 뿐만 아니라, 절대로 이제부터는 그러지 않겠다고 약속할 수 있겠나? 그러지 않았다간 너한테 오늘 엄청난 위해가 가해질 거란 말야."

거기까지는 그래도 경태의 말씨가 비교적 부드러운 편이었다. 그러나 다음부터 말씨는 차츰 준열해지고 있었다.

"그러지 않으면 결국 너는 우리를 원망하게 될 사태가 발생할지도 모른다. 네가 우리 말을 순순히 받아들이지 않을 땐 미리 경고하는 바이지만, 오늘 우리는 너를 결코 그냥 두진 않을 거란 말이다. 네가 인간이라면 마을 사람들이 왜 이렇게 모여들었는지 알 거다. 여기 모인 이들이 지금 너한테 무엇을 요구하고 있는지 네 눈으로 직접 사람들의 표정을 똑똑히 읽어보란 말이다. 그리고 이 많은 강렬한 눈빛들이 우리 세 사람에겐 무엇을 지시하고 있는지도 잘 알 거다. 오늘 우리는 너를 공개적으로 책벌하기로 작정했다. 비록 우리 청년들끼리 내린 결정이긴 해도, 그것은 어디까지나 온 마을 사람들의 뜻과도 일치하고 있는 거란 말이다. 그러므로 네 행위 여하에 따라선 오늘이 네 제삿날이 될 수도 있다는 걸 명심해야 할 거다. 그러니 어쩔래 윤식아? 네 입으로 어디 말 좀 해 봐라."

경태는 놈의 눈 앞에다 몽둥이 끝을 바싹 들이댔다. 그러자 놈이 그것을 얼른 빼앗으려 했다. 그러다가 경태가 내려치는 몽둥이를 호되게 한 대 얻어맞고 질겁을 하며 손을 거두어들이더니, 고통을 참으면서 입을 열었다.

"이이봐."

마땅히 공대말을 써야 할 형 친구에게 한다는 소리가 대뜸 반말 투였다. 언제나 그런 놈이었기에 그 문제를 가지고 놈을 굳이 나무랄 수는 없을는지 모른다.

"네가 지금 나를 뭘로 보고 이러노? 아. 가소롭구나. 너같은 기 감히 이러니 말이다. 아. 조금 지나쳤는지는 몰라도 나만 없어봐라. 틈 있을 때마다 우리 동네 사람들을 괴롭힐라는 북촌 놈들 생각 네가 한 번이나 해봤나? 아. 나를 괜히 이러지 말란 말이다. 나같은 거라도 있으니까 그래도 우리 동네가 이만치나마 편히 살 수가 있잖아. 아. 배은망덕도 유분수지."

놈은 말도 안 되는 소리를 지껄이고 있었다. 그리 멀지도 않은 위치에 좀 드센 인간들이 사는 고약한 마을이 하나 있었다. 그 마을에도 특히 심성이 바르지 않은 것들이 서너 명이나 있어서, 여러 차례에 걸쳐 경태네 마을 사람들에게 피해를 주었다. 사람을 계획적으로 붙잡아가서 일부러 애를 먹였다. 자기네 마을에 도난사건이 발생했다는 게 근본적인 이유였으나, 어쩌면 그건 한갓 구실에 불과했을지 모른다. 윤식이 놈도 그 때마다 그 마을 사람들을 두서너 명 납치해와서 몇 배로 보복을 감행했다. 그래 봐야 결국은 만만한 피해자들만 뻔질나게 지서 같은 데나 불려다닐 수 밖에 없었다. 경태네 마을 속담에 '너불레기(뱀의 일종으로 물뱀을 이름) 잔치에 죽어나는 건 엉머구리(개구리의 일종) 밖에 없다.' 했듯이, 언제나 마지막으로 당하고 마는 건 힘없고 어진 사람들 뿐이었다. 그들은 잘못한 것도 없으면서 까닭 모르고 위자료니 치료비니 하는 것을 억울하게 물어야 했다. 물론 명

목이야 다른 것이었지만. 그런데 도와준답시고 바지런히 쏘다니는 체하면서 윤식이 놈은 돈이나 울궈내려들었다. 이래저래 손해를 보게 되는 사람들은 거의 언제나 정해져 있었다. 호랑이 담배 피울 적 이야기 같지만, 실제로 그러한 사례가 없지도 않았던 것이다.

하도 어이가 없어 경태는 때릴 듯이 몽둥이로 놈을 겨냥하며, 말은 하지 않고 행동으로만 잔뜩 으르고 있었다. 그러자 놈의 입에선

"왜 이래? 이 새..."

거침없이 욕설이 튀어나오려 했다.

"네가 이 놈아. 골백 번 용서를 빌어도 시원찮을 터에 욕까지 함부로 해?"

경태는 놈의 콧등을 몽둥이로 건드렸다.

"이이걸 그저..."

"앞으로도 네가 계속해서 그럴 기가? 안 그런다고 말 안 할 기가?"

"제미 씨팔 놈, 염병 개지랄하고 계시네. 아. 네가 정말 나한테 못 맞아 죽어서 환장을 했지. 아앗..."

놈이 일어나려고 안간힘을 쓰다가 터덜썩 도로 주저앉고 말았다. 그러면서도 놈의 입에선 여전히 욕설이 튀어나오고 있었다.

그 때까지 용케 참아온 경태의 감정이 심지에 불을 당기듯 슬슬 불꽃을 피우기 시작했다. 손에 쥐고 있는 몽둥이 끝으로 경태는 놈의 가슴팍을 힘주어 눌렀다.

"아앗, 이 캐새끼야."

옆으로 몸을 비틀며 놈은 몽둥이를 제 가슴에서 제쳐냈다.

"네가 이 놈아 사람의 탈을 쓴 놈이면 하다 못해 닭똥만큼이라도 반성할 줄 알아야 할 거 아니가. 네 놈이 정말 마음을 고쳐먹지 않을 작정이가? 이래도? 이래도? 이래도?"

기어이 경태는 놈의 양 어깨쭉지를 번갈아 두어 번, 아니 서너 번이나 잇달아 내려쳤다. 그것도 꽤 세차게.

"아앗. 아앗. 이 놈의 새끼야. 네가 날 죽일 기가? 아앗 네깐..."

놈은 반성은 고사하고 욕설만 더욱 푸짐하게 쏟아냈다.

"이 놈을 아무래도 곱게 다뤄선 안 될 것 같지? 반성이나 회개 같은 건 도무지 할 놈 같지 않아? 이 놈한텐 그런 걸 바라는 것부터가 잘못된 생각이야. 어떻게들 생각하노?"

문규와 진수를 돌아보며 경태가 말했다.

"암튼 예사로 다뤄선 될 놈이 아닌 성싶다. 하지만 제놈이 독종이면 얼마나 독종인지 까짓 거 끝까지 해보자구. 설마 죽을 만큼 조져대면 제놈인들 굴복을 안 하고 말 기가. 몸뚱이가 쇳덩어리가 아닌 터에야."

"그래 맞다. 기왕 나선 이상 기어이 끝장을 내자. 제가 이기나 우리가 이기나 해볼 테면 해보란 밖엔 없을 것 같다."

경태에게 동의를 표한 두 사람은 누가 먼저랄 것도 없이, 윤식이 놈에게로 다가가 인정사정 볼 것 없이 놈의 허벅다리를 몽둥이로 연거푸 후려쳤다. 그럼에도 좀처럼 놈은 기가 꺾이지 않고, 욕설과 악담을 비명과 함께 계속 퍼붓는 것이었다.

"그 정도 가지고는 아직 어림도 없을 것 같지 않나?"

경태가 문규와 진수의 의견을 타진했다. 두 사람은 대답 대신 머리만 끄덕였다. 그러자 이번엔 윤식이 놈에게

"너 이 놈아. 우리한테 하고 싶은 말 없나? 있거던 지금 말해 봐라. 죽을 마당인데 설마 없지는 않을 거니까."

냉엄한 음성으로 말하는 경태였다. 그의 표정 또한 그만큼 엄숙하기도 했다. 그러자 윤식이 놈이 입을 실룩거렸다. 눈까지 희번덕였다.

삼백 평도 넘는 공터의 분위기는 조용하다 못해 그 때 적막감마저 감돌았다. 어느 한 사람 예외도 없이 마을 사람들은 깊은 침묵 속에 침잠했다. 윤식이 놈이 왠지 좀처럼 입을 열지 않고 있었다. 자신이 어떻게 되리라는 것을 이젠 확실히 알고 있을 것 같았다. 그래서일까. 표정이 적지 않이 우울해 보이기까지 했다.

"할말 있거든 하란 말이다. 유언을 한다고 생각하고서."

몽둥이로 집적이며 경태는 놈을 다그쳤다. 그제야 놈은 기가 다소 꺾인 것 같은 음성으로

"너희가 날 어쩌겠다고 이러노?"

하다가 일단 말을 끊었다. 어쩌면 '네깐 놈이 감히 나를?' 아니면 '나를 너희가 언감생심?' 을 첨언하려 했을지 모른다. 고통을 못이기는 잔뜩 찡그려붙인 상판으로 윤식이 놈이 그들 세 사람을 쳐다보았다. 아직도 경멸이 완전히 가셔 있는 눈길은 아니었다. 경태는 놈에겐 역시 남다른 구석이 있구나 싶었다. 이미 제 운명을 간파하고 있을 텐데도 저토록 냉정한 체 할 수 있다는 게 경태로서는 신기하게 느껴졌다. 아직 나이가 몇 살 되지 않은 젊은 녀석이 그것 하나만은 그래도 제법이라는 생각이 들었다.

"네놈이 결코 할말이 없진 않을 테니까 기회를 줄 때 말해보란 말야. 그렇지 않으면 천추에 한이 될지도 모르잖아. 네놈의 철학으로라면 말야."

경태는 놈이 마음의 여유를 갖도록 일부러 느긋이 말하고 있었다. 놈은 쉽사리 입을 열 것 같지 않았다. 놈의 함구가 그들 세 사람을 김빠지게 만들었다. 잠시 가라앉혔던 경태의 감정이 다시 고개를 들기 시작했다. 가슴 뿐 아니라 온 몸이 금세 분노로 화끈거렸다. 자기도 모르게 몽둥이를 쥐고 있는 손아귀에 경태는 힘을 불끈 주었다.

단 한 대로 놈의 골통을 바수어놓을 듯이, 경태는 몽둥이를 단단히 움켜진 두 손을 머리 위로 높직이 치켜올렸다. 그의 손에 쥐어 있는 몽둥이가 신이라도 든 것처럼 푸들푸들 떨었다. 여유를 둘 것도 없이 단숨에 해치우겠다는 생각으로, 표적을 정조준하고 있는 경태였다. 그 때 윤식이 놈이 입을 여는 것이었다.

　"내 입으로 이런 말 하긴 싫지만, 이제야 밝히는 건데, 아. 옛날 조선조에 명문거족으로 떵떵거렸던 우리 가문이 당파싸움으로 풍비박산되어, 할아버지 때 이 마을로 기어들어 아. 마을 사람들로부터 대우를 받긴 커녕, 멸시만 당하고 살아온 걸 내가 고등학생이 되어서야 알게 됐단 말야. 아. 우리 부모가 사실 이 마을에서 젊을 때부터 머슴질하고 식모살이한 것 밖에 더 있었나. 아. 그러한 한을 나는 풀고 싶었던 것이다. 그것도 물론 그렇지만, 요새같은 세상에선 어떤 수단과 방법으로라도 저만 잘 살면 되지, 아. 남 생각할 것 있나 말이다. 그러지 못하는 놈만 바보 등신 아닌가. 아. 정치인 기업가 · 학자 · 교육자 · 예술가 · 공무원 · 군인들도 아. 그 밖에 그 어떤 놈이라도 그러지 않으면 도태 당하게 마련인 기 우리 나라 우리 사회가 아니고 뭐꼬? 아. 누구라도 남을 위해서 세상을 사나, 다 자기를 위해서 살지. 아. 나는 비록 짧긴 하지만, 그 동안 원도 한도 없이 살아왔다고 자부한다. 아. 내가 마지막으로 말하고 싶은 것은 너희가 나를 어쩌질 못할 것 같아서 그기 좀 걱정이다. 너흰 나를 감히 죽일 수도 없거니와, 아. 너희가 만약에 그랬다간 어떻게 되는지나 알고 있나? 설사 내가 너희한테 죽는다 해도 너희를 가만 둘 것 같나? 아. 죽어서라도 이 동네를 나는 쑥대밭으로 만들어버릴 거다. 아. 내가 지금 한 이 말을 반드시 명심하고 있거라. 아. 특히 경태 너. 그리고…"

　절체절명의 순간임에도 놈은 무엇을 믿고서인지 할말을 거침없이

다 하고 있었다.

"뭣이 어쩌고 어째? 이 가증스러운 놈."

경태는 이를 갈아붙이며 겨냥하고 있던 놈의 정수리를 몽둥이로 사정없이 내려쳤다.

"아이쿠웃."

둔탁한 마찰음과 함께 머리를 정통으로 얻어맞은 윤식이 놈은 단말마같은 비명을 내지르며, 용틀임하듯이 몸뚱이를 비틀었다. 경태에게 뒤지지 않을 것처럼 문규와 진수도 놈을 몽둥이로 힘껏 후려갈겼다. 뒷전에서 지켜보고만 있던 청년들이 그제야 움직이기 시작했다.

"우리도 이러고 있을 기 아니다."

"그래 동참을 하는 기 옳겠다."

한 마디씩 주워섬기며 윤식이 놈을 향해 그들은 돌진했다. 한 무더기 파도가 몰려가듯이. 그러자 마을 사람들까지 가만히 있지 않았다. 어쩌면 그리도 무심할 수 있을까 했던 군중이 술렁거리기 시작하며 여기 저기서

"그 놈을 죽여라. 그 놈을 죽여라."

하는 고함 소리가 일었다. 그건 한번으로 그치지 않았다. 몇 번이고 이어졌다. 그러한 다분히 선동적인 구호에 편승하여, 드디어 군중이 청년들에게 동조하기에 이르렀다. 그리하여 마을 사람들이 그 날 처음이자 마지막으로 놈에게 반기를 높이 들게 되었다. 완전히 무력해진 놈을 확인하고서야 갑자기 강력한 힘을 발휘하는 시위 집단으로 돌변해 버리는, 약삭빠르기 이를데없는 그들의 심성을 책망할 수는 없을 것 같았다. 그들을 그와 같은 기회주의자로 만들어놓은 장본인이 바로 윤식이 그 놈이 아니고 누구인가. 이제까지 그들로 하여금 무사안일주의와 만사지당주의에서 헤어날 수 없게 한 윤식이 그놈이 어

쩌면 잘 난 놈인지 모른다. 그러나 잘 난 놈일지도 모를 윤식이 놈은 너무나 못난 놈이 되어, 이미 생존을 포기해버린 상태였다. 굳이 살려면 살 수 있는 방법이 없지도 않은데 놈은 구차하게 살고 싶지 않은 게 틀림없다. 그렇지 않고서야 어쩐다고 고이 죽으려 할 것인가. 청년들 십여 명의 몽둥이 타작과 온 마을 사람들의 질타 속에서, 생명의 불씨가 점점 꺼져가는 윤식이 놈은 보기에 따라선, 순교자와도 다름이 없는 성스러운 면모마저 보이고 있었다. 바로 그 때였다.

"우리 마을 평화만세."

누군가 두 손을 번쩍 치켜들며 외쳤다. 처음엔 그게 별로 호응도 얻지 못한 채 기껏 주위의 몇 사람이 그저 따라 하는 정도에 지나지 않았다. 그러나 다음부터는 상황이 조금 달라지면서 적지 않은 이들의 음성이 한데 모아졌다. 그러고 말겠지 했더니 또 그게 아니었다. 한번 시작된 만세소리는 그치지 않고 이어지면서 점점 더 확산되어, 온 공터가 어느 새 그 물결 속으로 잠겨들었다. 그리하여 4백여 명의 마을 사람들은 뜨겁게 달아오르는 그 열기로 마침내 불이 활활 붙어버렸다. 한번 붙어버린 그 불길은 급기야 한창 타오르는 거대한 활화산을 방불케 했으며, 하늘 높이까지 울려퍼진 소리는 천둥소리라 한들 그보다 더 크진 않을 것 같았다. 그건 결코 단순한 만세소리만은 아니었다. 몇 햇동안이나 제대로 한번 내 보지 못한 목소리를, 이제야 마을 사람들이 마음놓고 내질러보는, 이를테면 마을 사람들의 다시 찾은 자유의 절규라 할 수도 있을 것 같았다. 또한 죽었다가 되살아난 거대한 생명체가 회생의 함성을 포효하는 것과도 다를 게 없는 것이었다.

대부분의 마을 사람들은 자기도 모르는 사이에 뜨거운 눈물을 흘리고 있었다. 너무 감격에 겨워 숫제 소리내어 엉어 울고 있는 이들도 없지 않았다. 그런가 하면 죽어가는 윤식이 그 놈에게 달려들어 마구

잡이 때리고 쥐어박으며 설분하려는 이들도 한두 사람이 아니었다. 기쁨이 벅찬 나머지 서로 얼싸안는 이들이 있나 하면, 춤을 덩실덩실 추는 사람들까지 있었다. 완전히 축제분위기 바로 그것이었다.

"우리 마을 평화만세."

요원의 불길 같은 함성은 좀처럼 그치지 않았다. 언제까지 지속될 듯 이어지고 또 이어졌다. 마을 사람들은 끝내 한 덩어리가 되어 서로 서로 어깨동무를 했다. 그럼으로써 더욱 더 함성은 커지고 있었다.

"우리 마을 평화만세."

"우리 마을 평화만세."

환청을 듣지 않으려고 두 손으로 경태는 두 귀를 꼭꼭 틀어막았다. 아무리 막고 또 막아도 만세소리가 그의 귓구멍으로 자꾸만 파고 들어왔다. 자기도 모르는 사이에 그의 입에선

"우리 마을 평화만세."

한숨소리도 아닌 신음소리가 절로 흘러나왔다.

경태는 울고 있었다. 어디론가 지향도 없이 한참 동안 걸어가다가 비틀거리며 그 자리에 멈추어섰다. 그러더니 땅바닥에 피쓱 주저 앉아버렸다. 마음이 무척 괴로웠을까. 씹어뱉듯이 입을 놀렸다. 가슴을 몇 번이나 쓸어내리며.

"나같은 건 죽어야 한단 말야. 죽어야 해."

아무도 없는 동구 밖이었다. 동산쪽으로 길이 나 있는 곳이었다. 동산 너머엔 형식의 무덤이 있을까. 아니면 순자의 무덤이 있는 것일까.

그러나 한참 후였다. 무슨 생각을 했는지 경태가 벌떡 일어섰다. 옷에 묻은 흙을 툴툴 털었다.몸을 마을쪽으로 돌렸다. 자기 집으로 가고 있었다.

"나같은 건 별수없지 뭐. 씨없는 수박인 걸 어쩔 수 없잖아."

경태는 중얼거리며 머리를 주억였다. 나만 입을 봉하고 있으면 누가 알 것인가. 떡실댁이나 단단히 단속하면 되겠지, 하고 덧붙여 중얼거리는 것이었다.

〈 끝 〉

봄 아닌 봄

낮 동안은 구름 한 점 없었던 하늘이었다. 그렇다고 따스하진 않았으나, 요즘치고 그런대로는 괜찮은 날씨였다.

별안간 무슨 심술이 일었는지 해질 무렵부터 하늘이 오만상을 찌푸리기 시작했다. 게다 쌀쌀하기 이를데없는 바람까지 곁들여, 만만한 수은주를 금세 영하로 떨어뜨렸다. 미처 예상치도 못했던, 그야말로 이상 기온이었다.

웬만해서는 잘 꺼내어 입지도 않는 외투를 그날 따라 내가 어떻게 몸에 걸치고 나왔는지 모르지만, 그건 아무튼 잘 한 일인 것 같다. 그런데 날씨가 갑자기 곤두박질치는 까닭을 알 수 없다. 아직까지 동장군이 무슨 미련이 남았기에, 그 동안 떠나지 않고 있다가 때늦은 노망을 부리는 것일까.

우리 마누라만 어이없는 여편네인 줄 알았더니, 날씨마저 이렇게 맹랑할 수 있는가. 여느 해 같으면 남쪽으로부터 꽃소식이 벌써 몇 차례나 전해오고도 한참이 지났을 때다. 며칠 전에 춘분이 구렁이 담넘어 가듯이 지나갔지 않은가. '봄은 왔으나 봄 같지 않다(春來不似春)'는 말이 예부터 그래서 생긴 것일까.

이제 막 눈들을 뜨고 있는 거리의 불빛까지 웬일인지 낯설어 보인다. 예고도 없이 몰아닥친 때 아닌 한파(寒波)에 주눅이 잔뜩 들었을까. 평상시 같지 않게 그것들이 휘황하지도 현란하지도 않았다. 어쩌면 아직은 박모(薄暮)여서일지 모르지만.

몸을 잔뜩 움츠려붙였거나 표정이 부어 있거나 얼굴에 소름이 오스스 돋은 행인들에 비해, 자가용 아니면 관용이나 공용 같은 승용차를 탄 잘 난 사람들, 운수좋게 택시를 혼자 탔거나 하다 못해 합승이라도 한 사람들이 그 날 따라 왜 그리 부러울까. 그들이 우리와 같지 않은 이방인들처럼 여겨진다. 그들 뿐이 아니다. 이 시간에 그 복잡한 지하철을 탄 사람들은 물론이요, 심지어 덜컹대는 시내버스에 시룻속 콩나물처럼 쑤셔박히다시피 한 사람들까지 선망스러울 지경이다. 이렇게도 차가운 날 거리를 걷고 있다는 건 서글프다는 생각 밖에 없다.

입에서는 절로 제길, 소리가 새어나온다. 바람빠진 튜브 신세나 다름이 없었던 그 날의 자기 일과가 인상깊은 한 편의 영화처럼 문득 뇌리에 되살아난다.

나를 겁주려고 입버릇처럼 곧잘 씹어뱉던 실답지 않은 말을 그예 행위로 옮긴 아내. 그녀 때문에 그 날 나는 일이 통 손에 잡히지 않았다. 넋이 나간 나무토막 같은 몸뚱이만 테이블 앞에 눌러앉힌 채 멍청히 하루를 보냈던 것이다.

"몸이 어디 불편한가요?"

"무슨 걱정거리라도 있어요?"

"부부싸움을 한바탕 한 거야?"

보다 못해 같은 과 동료들이 한 마디씩 물어왔으나, 이렇다 저렇다 대꾸도 하지 않았다. 말하기조차 싫은 것이었다.

그 날 사내(社內)엔 웬 낯선 외국인들이 연신 들락거렸다. 간부들은 눈코 뜰 새 없이 부산하게 설쳤다. 들리는 말로는 수출전선에서의 덤핑판정을 예방하려고 외국인들을 불러들여 사전로비를 한다느니, 대외 회사와의 기술제휴를 한다느니, 외국 자본을 유치하기 위해 외국인에까지 주식을 공매하느니 했다. 계속되는 경기침체에다 수출부진마저 겹쳐 회사가 어려운 터라, 어떻게든 몸부림쳐보려는 것 같았다. 그러나 나는 그런 데엔 아예 관심도 없이 그저 자리에만 주질러앉아 있었다. 그 날 만일 괴까다로운 과장이라도 자리를 지키고 있었던들, 내가 마냥 그렇게 시간만 죽이고 있지는 못했을 것 같았다. 나로서야 그보다 더 심각한 문제가 또 있을까만, 그건 어디까지나 개인적인 일이지 공적인 일은 아니었으므로 얼마든지 타매받을 수 있는 처사였으니까.

지루했던 그 날 하루도 그럭저럭 흘러갔다. 시간이 되자 동료들은 너나 할 것 없이 퇴근을 서둘렀다. 그런데도 나는 한 동안까지 자리에서 일어날 줄 몰랐다. 퇴근과는 전혀 무관한 사람인 듯 사무실에 혼자 오도카니 남아 있었다. 시간이 되기 무섭게 무엇에 쫓기기라도 하는 사람들처럼 앞다투어 퇴근하던 동료들이 나로선 이상하게 여겨졌다. 오로지 퇴근만을 목표로 설정해 놓은 채, 하루살이같이 살아가는 사람들이 아닌가 싶기도 했다. 들어가 편히 쉴 가정이 있는 사람들과 그렇지 못한 사람의 차이는 바로 그런 것일까 하는 생각까지 해 보았다. 그러자 따분하다는 느낌이 온 몸을 휘감았다. 내 신세가 이게 뭐냔 말야.

바로 그 때였다. 요란스러운 전화벨 소리가 고요하다 못해 적막하기만 한 사무실의 넓은 공간을 흔들었다. 처음엔 그냥 둘까 하다가, 이내 나는 생각을 바꾸었다. 나 아니면 받을 사람이 없기도 하지만, 꼭 그래서만은 아니었다. 혹시나 하는 실낱같은 희망으로 천천히 수화기를 들었다.

뜻밖에도 그건 녀석의 전화였다. 은근히 기대했던 것과는 달리 아내의 전화가 아니라서 섭섭하진 않았다. 녀석이 웬일인가 싶었다. 퇴근 시간이 훨씬 지난 것을 모를 녀석이 아닐 터였다. 게다 며칠 전에 시골간다고 했던 녀석이 아니었는가. 이번에 내려가면 당분간 만나지 못하게 될지도 모른다더니, 사흘을 제대로 못넘기고 왜 그새 기어올라왔을까.

멈추지 않고 걸음을 그대로 걸으며 나는 뒤를 힐끔 돌아보았다. 동행자가 있다는 것을 잠시 잊고 있었다. 밀듯이 밀리듯이 붐비게 오고가는 인파 속에서, 십여 미터 뒤로 처져 있는 녀석의 모습이 이내 눈길에 와 닿았다. 평균 신장을 웃도는 꺼벙한 키여서 얼른 눈에 띄었나 보다. 찡찡해 보이는 녀석의 표정이 아까보다 조금도 풀려 있는 것 같지 않았다.

걸음의 속도는 물론 걸음의 폭까지 줄일 수 밖에 없었다. 녀석과 보조를 맞추기 위해. 아직도 녀석은 아까 내가 취한 행위에 대해 언짢아하고 있을지 모른다.

큰길쪽으로 나 있는, 도어에서 그리 멀지 않은 창가였다. 밝은 코발트색 커튼을 배경삼아, 동일 계통이면서도 그보다 좀 더 짙은 밍크코트를 입고 있는 여자였다. 그거야말로 그녀에겐 썩 잘 어울리는 옷 같았다. 지난 날 한 동안 선풍적인 유행의 물결을 탔던 포브를 다소 변형시켜, 위로 치켜세운 헤어스타일이 눈길을 확 끄는가 하면, 티없이 맑고 고운 마스크하며, 달걀을 모로 세운 듯한 갸름한 얼굴윤곽하며,

조화로이 그려넣고 멋있게 찍어붙인 아이섀도와 아이라인으로 하여, 더욱 돋보이는 눈매하며가 실물 크기의 예쁘장한 인형을 방불케 했다. 나의 눈에 비친 그녀의 모습은 이 세상 어느 누구보다 가장 행복해 보이는 여인 같았다. 생글거리는 미소가 잠시도 그녀의 얼굴에서 가시지 않고 있었으므로. 그런데 이상한 일이 일어났던 것이다. 나를 앞서서 카운터로 간 녀석이 찻값을 지불하다 말고 그녀에게로 눈길을 힐끔 돌리는가 싶더니, 금세 표정이 싹 달라지는 것이었다. 녀석 뿐이 아니었다. 그녀 또한 별안간 감전이라도 당한 사람처럼 얼굴빛이 샛노래지며 어쩔 줄 몰랐다.

"아까 그 아가씨 누구야?"

가까이 다가온 녀석에게 나는 그것부터 알아보려 했다. 녀석은 대답 대신 길바닥에 침을 퉤, 퉤, 뱉았다. 기분이 적지 않이 언짢은 것 같은 표정을 지으며.

"잘 아는 아가씨야?"

또 한번 물었을 때에야

"아가씨?"

녀석의 입에선 콧방귀가 굴러나왔다.

"아가씨 아니란 말야?"

나는 그녀가 아가씨가 아닐 거라는 생각은 할 수 없었다. 나의 눈엔 그녀가 너무나 청순해 보였는데. 그 날의 나답지 않게 나완 상관도 없는 일에 괜히 신경을 쓰고 있다는 생각이 들었다. 하지만 그럴 까닭이 없지 않았던 것이다. 아까 다방에서 내가 녀석을 밖으로 얼른 떠밀어 내다시피 한 것도 사실은 그런 이유 때문이었다. 그녀의 맞은편에 앉아 있던 사내와의 마찰을 사전 예방하려는 행위였으니까. 우리쪽으로 등을 돌리고 있었으나 뒷 모습만 보고도 나는 금방 사내를 알아볼 수 있었다. 다행히 사내는 얼굴을 돌리지 않았다. 마주앉은 그녀에게 넋을 홀랑 잃어 다른 사람에겐 일절 신경이 쓰이지 않았나 보다. 사내는 다른 사람도 아닌 나와는 과만 다른 직장 동료였다. 사장의 먼 친척이 된다는 소문난 플래이보이일 뿐 아니라, 한 때는 주먹을 곧잘 휘둘렀던 거의 상종 못할 인간으로 알려져 있었다. 회사내 참새떼의 지저귐에 의하면 사내는 요즘 바걸의 전력을 가진 묘령의 여인과 깨소금이 쏟아지는 사랑에 빠져 버렸다는 소문이 나돌았다.

"정녕 그년이 누군지 몰라서 묻는 소린 아니겠지?"

녀석은 내게 따지는 투로 지껄인다.

"그게 무슨 소리야?"

의아스런 눈으로 나는 녀석을 돌아볼 수 밖에 없었다. 역시 엉뚱한 구석이 있는 녀석이구나 싶었다. 워낙 성격이 괴팍한 사내에게 행여 당하지나 않을까, 순전히 자기를 위해 그렇게 한 것을 오해하고 있는 건 아닌지 모른다.

"그년에 대해서 뭘 더 알고 싶어서 그래?"

기분이 못내 불쾌한 것 같은 음성이 녀석의 입에서 튀어나왔다. 점입가경이란 이럴 때도 쓸 수 있는 것일까.

"뭐라구?"

어이가 없는 건 녀석이 아니라 오히려 나였다. 녀석은 내가 그녀를 잘 알고 있으면서도 모른 체 하며 짐짓 딴청을 부린다 생각하는 것 같았다. 나는 기가 차서 말이 더 나오지 않았다. 한번 본 적도 없는 그녀를 내가 알고 있다니 그건 말도 안 되는 억지 소리였다. 그녀가 지금 사내와 한창 밀애중에 있다는 지난 날의 바걸인지 아닌지, 그것조차 나로서는 알지도 못하려니와, 맹세코 나는 그녀와는 아직 일면식도 없는 사이였다. 더욱이 바 같은 데는 거의 가본 적이 없는 나였으므로 어떻게 그런 여자를 알 수 있을 것인가.

"정말 그년을 모른단 말야?"

녀석의 음성이 다소 누그러지긴 했으나,

"내가 괜히 실없은 소릴 하겠어?"

나는 여전히 입맛이 떫을 수 밖에 없었다. 처음부터 그녀에게 쓸데 없는 관심을 가진 게 후회스러웠다.

"언젠가 나를 따라 삼선동에 있는 우리 집에 간 적이 있을 텐데?"

"그렇다면 지난 번 그 여자?..."

했다가 나는 입을 다물었다. 그제야 짐작가는 게 있었던 것이다. 아까 부터 어쩐지 이상하다 했더니 역시 그랬구나.

그게 석 달 전쯤이었는지 모른다. 따지고 보면 별 것도 아닌 것을 가지고 과장에게 지나치리만큼 심한 질책을 받았던 날로 기억된다. 퇴근시간이 임박했을 때였다. 그 날도 나는 녀석으로부터 전화를 받았다. 창밖에는 때 마침 함박눈이 퍼붓고 있는데다, 울적한 심사를 달 랠 수 없었기에 만나자는 녀석에게 굳이 거절할 이유가 없었다.

그러나 나오라는 곳으로 막상 나가 봤을 때였다. 처음부터 녀석은 나 같은 건 거들떠보지도 않았다. 언제 내가 너를 불렀느냐는 아주 무 심한 태도였다. 벌써 얼마나 처마셨는지 뇌리끼한 얼굴로 연신 술만 들이마시고 있는 녀석이었다. 들이마신다기보다 입에다 퍼붓고 있다 함이 옳을는지 모른다. 사람을 불러놓고 이럴 수 있느냐며, 들입다 한 방 갈기고 싶은 충동을 억제할 수 밖에 없었다. 아줌마에게 잔을 하나 갖다달라 하여 내 손으로 두어 잔 따라 마셨다. 하지만 그렇게 마시는 술맛이란 쓰기만 할 따름이었다. 술은 서로 대작하며 마셔야 제대로 맛을 느낄 수 있는 게 아닌가.

한 동안까지 소주도 아닌 막걸리를 정신없이 들이마시기만 하던 녀

석이 빈 주전자를 내동댕이치며

"이게 맹물이야 뭐야?"

소주 가져오라고 빽 소리를 질렀다. 술꾼들의 눈길이 일제히 쏟아져 왔다. 그리 크지 않은 술집 안엔 술꾼들로 한창 북적대고 있었다. 잔뜩 오만상을 찌푸린 아줌마가 2홉들이 소주 한 병과 소주잔 두 개를 가져왔다. 그녀는 바닥에 나동그라진 주전자를 집어들고 말없이 주방으로 가 버렸다.

그 날 나는 술마시는 것을 아예 포기했다. 녀석이 어떻게 하는지나 끝까지 지켜보기로 마음먹었다. 그런데 어럽쇼, 30도나 되는 소주를 녀석은 아예 잔엔 붓지도 않고 병째로 나팔을 불었다. 단숨에 술병 하나를 게눈감추듯이 하더니 소주를 더 갖다달라고 냅다 고함을 쳤다. 그러는 녀석을 말리지 않고 나는 그대로 두었다. 어이없이 지켜보기만 하면서.

녀석은 아줌마가 내다주는 두 번째 술병도 반 넘어나 비웠다. 그러고 나서야 비로소 나를 치떠보았다. 녀석의 두 눈엔 벌겋게 핏발이 어려 있었다. 나는 녀석에게서 섬뜩한 느낌을 받았다.

"얌마 대정아."

여느 때 같지 않은 말투와는 달리 녀석의 음성이 의외로 젖어 있었다. 눈에선 말간 액체가 쑤물거렸다. 나를 불러놓기만 하고는 다음 말을 잇지 못하고 있는 동안, 눈물은 어느 새 눈시울을 적시고 두 뺨에 금을 그으며 아래로 굴러떨어졌다.

흑, 하는 흐느낌과 함께 녀석의 머리가 힘없이 앞으로 꺾였다. 평소의 그답지 않게 녀석은 코를 훌쩍거렸다. 그 때까지 물끄러미 지켜보고 있던 나는 어리둥절할 수 밖에 없었다. 녀석의 신상에 무슨 사단이 생긴 게 틀림없다는 것을 이미 짐작하긴 했지만, 생겨도 예삿일이 생기지 않은 것을 알 수 있었다. 녀석에겐 여느 사람들과는 다른 면이 없지 않았기에, 웬만하면 그냥 보아넘기곤 했던 것도 녀석에 대한 오래 전부터의 나의 습관 아닌 습관이었다. 그러나 오늘은 그게 아닌 것이었다.

그 날 녀석은 왜 내가 가야 하느냐 말야 난 안 가 죽어도 난 못간다고 거머리처럼 달라붙으며 붙잡고 늘어지는 그녀를, 초주검이 될 만큼 마구 두들겨패 내쫓았다고 나에게 고백했다.

그 날의 일을 상기하며 녀석은 어쩐지 데리고 있을 성싶지도 않고, 그녀 또한 잘 간수하고 있을 것 같지 않은 그들의 어린 자식을 나는 문득 눈 앞에 떠올렸다. 그러나 그건 곧 상훈이 모습으로 바뀌었다. 그 아이를 직접 본 일은 한번도 없었기 때문이 아니었다.

"앤 지금 어디 있나?"

그건 녀석의 경우만은 아니라는 생각으로 나는 입을 열었다. 그것도 힘없이. 녀석은 대꾸는 하지 않고 머리만 가볍게 저었다. 그러한 녀석의 태도가 나를 무색하게 했다. 제 자식 하나 제대로 챙기지 못하는 주제에 아무 상관도 없는 남의 아이 걱정하게 되었어? 네가 미친 놈 아냐? 사실 나는 지금 실로 맹랑한 처지에 놓여 있다. 솔직히 고백하면 현재 나는 꽤나 따분한 입장이 되어 있는 놈이다. 여편네라는 게 하나 밖에 없는 자식까지 데리고 집을 나가 버렸다. 하지만 그런 것쯤은 그리 문제시하지 않는다. 그렇게 겁없이 집을 나간 간덩이가 배 밖에 난 여자라면, 그보다 더 큰 일이라도 얼마든지 저지를 수 있지 않을까. 생각이 단순하기 이를데없는 게 여자라니까 기왕 내친 김에 무슨 짓인들 못할 것인가. 아니 할 말로 그녀가 순간적인 충동으로 상훈을 죽이고 자기도 죽을 가능성을 배제할 수 없는 노릇이었다. 내가 우려하고 있는 건 바로 그 점이었다. 그게 남의 일일 경우 그것 참 안 됐구나 하며 강건너 불구경하듯이 할 수도 있지만, 그런 일이 아내와 상훈에게서 발생했을 땐 절대로 그럴 수는 없을 터였다.

아내가 아무리 그래 보았자 저도 여느 평범한 여자나 다를 게 없을 것으로 여겼다. 그녀에게서 오늘과 같은 그러한 강단이 있으리라곤 상상도 못했던 것이다. 어처구니없다 생각하면서도 한편으로는 아내의 그와 같은 비범성에 대해 적지 않이 놀랐다. 하기 쉬운 말이라고 밥먹듯이 곧잘, 아무래도 이래 가지고는 못산다니깐, 정말 언제까지 이럴 거야? 계속해서 이렇게 밖에 못살 거라면 더 늦기 전에 그만 두는 게 낫다구, 도무지 싹수라곤 보이지 않는 이놈의 살림살이 다 집어치우고 일찌감치 내 갈길로 가 버리고 말 거야, 정말이야 두고 보라구... 하던 그녀였다. 말만 앞세우는 놈(년)치고는 겁낼 건 없다 했다. 그러나 방귀가 잦다 보면 그예 똥을 싸게 마련 아니던가. 그녀는 평소에 걸핏하면 내뱉던 자기 말대로 마침내 실행하기에 이른 것이다.

아무튼 알다가도 모를 건 사람의 마음이 아닌가 싶다. 더욱이 그것도 여자의 마음인 것 같았다. 오늘 아침 그런 일이 있고부터 여자는 물론, 어떤 인간이든 믿어선 안 된다는 것을 나는 깨달았다.

봉급날이면 으레 그랬듯이 어제도 우리 또래 동료들은 퇴근길에 한데 어울렸다. 함께 식사하고 술도 반주삼아 적당히 마신 다음, 노래방에 갔다가 마지막엔 디스코텍까지 몰려갔다. 말단 샐러리맨의 애환을 달래기 위함이었다. 봉급날 퇴근 후엔 거의 월중행사나 다름없이 치르는, 우리 나름대로의 카타르시스 방법이기도 했다. 그것도 잡인이라곤 한 사람도 섞이지 않은 우리만의 오붓한 분위기 속에서. 어젠 여느 때완 조금 다른 점이 없지 않았다. 회사의 장래에 대한 기대감으로 적지 않이 마음들이 부풀어 있었으니까. 우리도 이젠 잘 나가는 회사 사원들처럼 될지 모른다는 희망 때문에.

내가 집 앞에 당도한 시각은 정확히 열 시 15분 전이었다. 언제나 집안에 들어설 때는 반드시 시간을 확인하는 버릇이 있어 그것을 알 수 있었다. 집안으로 들어서다 나는 아뿔사 싶었다. 아침에 출근할 때 어떤 일이 있어도 오늘은 무조건 일찍 들어와야 한다고, 신신당부하던 아내의 말이 문득 뇌리를 때린 것이었다. 알맞게 취해 있던 나는 그 순간 술기운이 싹 가셨다. 그렇지 않아도 다른 일 한 가지로 은근히 걱정되고 있었는데 엎친 데 덮친 격으로 이게 또 무슨 실수란 말인가. 바보같이 어쩌다 내가 그만 까맣게 그 일을 까먹었을까. 나는 자신이 원망스럽지 않을 수 없었다. 그 때문에 아내가 또 얼마나 심하게 악다구니를 해댈까. 생각만 해도 지긋지긋할 뿐이다. 그런데 모든 게 거의 거덜나 버렸다더니 어떻게 되었을까. 돈도 없을 텐데 말야? 넨장맞을 어쩐다고 한꺼번에 왕창 바닥이 날 수 있을까. 미칠 노릇이구먼 제길. 에잇 빌어먹을 될대로 되라지 뭐. 기왕지사 당하게 되어 있는 것 이제 와서 돌이킬 재간이 없잖아? 그렇다고 설마 제가 나를 죽이기야 할라구. 아내에게 나는 당할 각오를 단단히 할 수 밖에 없었다. 그게 차라리 마음 편했다. 그런데 전혀 뜻하지 않은 일이 벌어지고 있었다. 대뜸 퍼르르 앙탈부터 해대며 정신 못차리게 대거리해올 줄 알았더니 그게 아닌 것이다. 의외로 아내는 기분이 그리 나쁘지 않은 평상시처럼 조용히 나를 맞았다. 지난 날 같으면 그런 경우라면 어림반푼도 없을 터였다.

야릇한 심경이 될 수 밖에 없는 나는 잔뜩 긴장이 되어, 그녀 앞에 월급받은 돈부터 조심스럽게 내어놓았다. 잘못하면 폭발이라도 할 위험물질을 다루듯이 했다. 이어서 감액될 수 밖에 없었던 사유를 밝히려고 곁들여 동생의 편지도 슬며시 그녀에게 내밀었다. 그러는 나의 손은 물론, 가슴까지 가볍게 떨렸다.

처음부터 아내는 나에 대해선 별 관심도 없는 듯한 표정을 짓고 있었다. 돈은 그대로 둔 채 동생의 편지를 먼저 집어들었다. 퍽이나 자연스러운 동작으로, 천천히 사연을 훑어보는 그녀에게선 머리를 끄덕이는 것 같은 경미한 움직임이 나의 눈에 비쳤다. 그러나 아내의 얼굴엔 아무런 변화도 없었다.

동생의 편지를 방바닥에 내려놓은 다음에야 아내는 비로소 돈을 집어들었다. 그 순간 나는 이제야 올 것이 오는구나 하고 그녀를 외면해 버렸다. 그러나 마음은 더욱 긴장되면서 가슴엔 경련 아닌 동계가 일고 있었다.

자신도 모르게 내가 아내에게 힐끔 곁눈질했을 때였다. 그녀는 돈봉투를 한번 집어들기만 했을 뿐 이내 도로 내려놓았다. 웬일인지 모르나 액수 같은 건 확인하지도 않는 그녀였다. 굳이 확인을 하지 않더라도 알만하다는 것일까. 전엔 그러지 않았다. 그 때 실낱같은 한숨가락이 굳게 다문 그녀의 입술 사이로 새어나왔다. 그러느라 아주 짧은 순간이긴 하나, 그녀의 표정이 조금 변하는 것 같았다. 나는 자기도 모르게 속으로 신음을 꿀컥 삼켰다. 이제부터 정작 이놈의 마누라가 슬슬 바가지를 긁기 시작할 게 틀림없다고 생각했기 때문이다. 그러지 않을 것처럼 능청스럽게 굴다가도, 느닷없이 공격의 활시위를 당기기 일쑤인 실로 엉뚱한 구석이 없지 않은 그녀였으므로.

하지만 그게 나 혼자만의 기우일 줄은 몰랐다. 아내는 이상하리만큼 끝내 쓰다 달다 한 마디 없었다. 표정에조차 두 번 다시 이렇다 할 변화가 나타나지 않았다. 나는 어쩐지 꼭 무엇에 홀린 것 같은 요상스런 기분이 되었다. 아무리 제가 그래 보아도 안 되니까 이젠 그만 체념해 버린 것일까. 어쩌면 그럴는지 모른다. 그러나 나는 이내 머리를 저었다. 웬걸 그럴까 싶은 것이다. 그러자 또 다시 전전긍긍하게 되었다.

사실은 그녀가 조금도 이상할 게 없었다. 오늘은 이대로 넘어갈지 모르나, 앞으로 오늘의 이 일을 두고 두고 우려가며 몇 차례나 거듭하여 곱바가지를 긁지 않는다고 어떻게 보장할 수 있을까. 그런 생각을 하니 입맛이 쓰고 또 썼다.

　그러한 우려가 이번만은 아무래도 적중할 것 같지 않았다. 전연 예상치 못했던 너무 엉뚱한 방향으로 화살이 완전히 과녁을 벗어나고 말았기 때문이다. 이거야말로 정말 뜻밖의 엄청난 사건이 아닐 수 없었다.

　녀석이 곧잘 들른다는 꽤 알려진 중국요리집 화중장의 조용한 방 하나를 우리는 차지했다. 별로 크지 않은 온돌방 바닥에선 따끈하게 온기가 느껴졌다.

　"이번에 우리 집엔 들를 새도 없었겠구나?"

　소식을 굳이 알고 싶어서가 아니었다. 인사삼아 얼핏 해본 소리에 불과했다. 어제 받은 동생의 편지로 시골소식은 어느 정도 알고 있다. 모르긴 하나 그새 어떤 돌발사가 발생했을 성싶지는 않았다. 만에 하나 무슨 일이 있다면 십중팔구는 팔순노령의 할머니일 텐데, 현재 나로선 설사 할머니가 졸지에 별세하신다 해도 실로 난감할 따름이다. 아내와 상훈이 집을 나간 데다 수중엔 지금 가증스럽게도 땡전 한 푼 없으니 말이다.

　"길에서 모친을 잠깐 뵐 수 있었는데 장에 가시는 길이시라더군. 조모님께서 병환중에 계신다지 아마. 모친도 무척 결망해지셨더라구."

　중풍이 드신 할머니다.

　"병세가 악화되시진 않으셨대?"

　동생의 편지엔 할머니에 대한 사연은 한 대목도 쓰여 있지 않았던 것이다. 그러나 시골 우리 집에선 요즘들어 그 문제가 심심치 않게 중구에 오르내리곤 했다. 아무래도 그리 오래 사실 것 같지 않다는 게 중론이었다.

"글쎄 그런 구체적인 말씀은 없으셨지만, 워낙 노환이셔서 잠시도 마음을 놓을 수 없으신가 보더군."

왜 그렇지 않을 것인가. 그러나 지금은 돌아가시지 말아야 할 텐데, 제발 이 못난 손자를 생각하셔서라도 말이다. 할머니의 죽음을 내 마음대로 할 수 있는 것도 아니건만, 그렇게 기원하지 않을 수 없는 나의 입장이었다.

"왜 벌써 올라왔나?"

"그렇게 될 수 밖에 없었어."

"형님네는 별일 없으셔? 하고 계시는 일이 요즘도 잘 되고 있어?"

"응."

건성으로 대답하는 녀석이었다. 다른 생각을 하는 것 같았다.

"이번엔 무슨 일로 갔다 왔어?"

걸핏하면 시골에 갔다 오곤 하는 녀석은 나에게 비교하면 너무나 여유가 있었다.

"그거..."

하다 말고 녀석은 금세 입을 다물었다. 그 대신 실없이 웃어버렸다.

"넌 고향에 자주 갔다 올 수 있어서 좋겠다."

자기도 모르는 사이에 나의 입에선 가느다란 한숨가락이 새어나왔다. 솔직히 말해 녀석이 나는 부럽다. 녀석은 시골에 있는 자기 형님에게 또 돈을 뜯으러 갔던 게 아닌지 모른다. 곧잘 그러는 것 같았다. 이번에도 모르긴 하나 예외가 아닌 성싶다. 이번엔 내려가면 한 동안 있을 것처럼 말했을 땐, 완전히 땅에 떨어진 자신에 대한 신임을 되찾기 위한 장기적인 작전을 펴려 했던 것 같은데, 그러한 속셈을 간파한 형님이 선수를 침으로써, 군말 한번 못해보고 곧 바로 기어올라온 게 아닐까. 물론 손에 쥐어주는 건 울며 겨자먹기로 받아챙겼을 게다. 그렇게 밖에 추측할 수 없는 까닭이 있었다. 언젠가 고향에 갔을 때 우연히 만나게 된 녀석의 형님이

"언제쯤에나 걔 제대로 철이 들지 정말 걱정이라네. 객지에 나가 사는 혈육이 모처럼 나타나면 반가워야 하는 것이 인지상정이건만, 걔만 나타났다 하면 겁부터 덜컥 난단 말일쎄. 남들은 도시에 나가서 직장을 잡든 사업을 하든 돈을 잘 번다고들 하던데, 어떻게 된 건지 걔는 언제나 비단장수 왕서방처럼 말이야 번듯이 곧잘 하지만, 생활비는 물론 심지어 사소한 잡비까지도 나한테서 다 갖다 쓴단 말일쎄. 그것 뿐이라면 걱정도 안 한다네. 되지도 않을 사업 하겠다고 시도때도 없이 적지 않은 돈을 요구하고 있단 말이네. 그래도 주는 대로 곱게 받아가기만 하면 밉지나 않겠는데, 어떻게든 한 푼이라도 더 뜯어가려고 오직 궁리가 그것 뿐이란 말일쎄. 걔한테다 비교하면 자넨 너무 대견스러우이. 자네 어르신은 복도 많은 분이셔."

한 적이 있기 때문이었다.

우리 고향에서도 녀석의 형님은 꽤나 많은 농토를 가진 부농인데다, 최근들어 인삼재배까지 성공함으로써 더욱 잘 살게 되었다. 솔직히 고백한다면 나로선 부럽기 이를데없는 집안인 것이다.

같은 시골에 오리쯤 떨어져 있는 우리 집안은 거기다 아예 대비할 수조차 없는 빈농중에서도 빈농이었다. 부끄러운 이야기지만 아무리 내가 어렵고 힘든 경우에 봉착한다 해도, 돈 한 푼 마련해줄 형편이 못되었다. 지지난 해 아내가 자궁암 수술을 받게 되었을 때만 해도 그랬다. 치료비 10원도 보태긴 커녕 처음부터 끝까지 아예 모른 체 해

버렸다. 그럴 때 한 몫을 맡지 못하는 부모님 심정인들 오죽했을 것인가. 도무지 형편이 돌아가지 않아서 그랬던 것을 나는 누구보다 잘 알고 있다. 얼마나 어려웠기에 그랬을까. 그래서 나도 어려운 처지지만, 얼마 안 되는 돈이나마 오히려 내쪽에서 꼬박꼬박 보내곤 했다. 더욱이 그건 할머니가 병환중에 계셨기 때문이다. 그러면 가을엔 농사지었다고 하다 못해 쌀 한두 말씩 보낼 수도 있겠는데, 그것마저 되지 않는 형편이었나 보다. 그런다면 정말 얼마나 고마울 것인가. 남들은 거의 다 그러고 있는 것 같은데 우리는 아직 한번도 그런 적이 있는가. 나의 봉급전액을 가지고도 서울생활에 별로 넉넉할 게 없는 터에, 아내의 수술비 때문에 대출받은 돈을 회사내 신용협동조합에다 매월 상환해 나가고, 그러고도 시골에 몇 푼씩 송금하고 나면, 언제나 우리 가계는 비상이 걸릴 수 밖에 없었다. 그러거든 시골집이라도 차츰 형편이 펴지면 좋으련만, 결코 그런 것 같지 않은 것이었다. 오죽했으면 지난 번 새해 연휴에 귀향했을 때 어머니가 나에게

"네가 아주 집에로 내려와 살든지, 그렇지 않으면 다른 방도라도 취하지 않으면 안 될 것 같다. 우리가 늘 이렇게 살다간 죽도 밥도 안 되겠단 말이다. 점점 나아지긴 고사하고 자꾸만 힘이 들어서 살 수가 없다니깐."

했을 것인가.

어쩌면 그건 나를 꼭 시골에 와 살라기보다 절대로 자기네를 소홀히 여겨선 안 된다는, 다분히 엄포성이 내재해 있는 말이었는지 모른다. 그렇지 않고서야 농사라곤 지어본 경험도 없는 나에게 그 까짓 비탈 논 몇 마지기 지으라고 시골 내려오라는 말은 설마 아닐 터였다. 그렇다고 어떤 시러배 자식이 네 일자리 여기 있다면서, 면서기 한 자리 선뜻 내어줄 것도 아닌데, 미쳤다고 내가 직장마저 내버리고 무조건

낙향할 까닭이 어디 있겠는가. 어떻게 얻어걸린 일자리인데, 수십대 일의 경쟁을 뚫고 간신히 잡은 직장이 아니었는가. 그건 말도 안 되는 소리인 것이다. 어쩌면 우리 아버지 어머니는 일찌감치 도시로 나가 몸서리치는 고생 끝에, 어쩌다 돈 좀 벌어 부모 호강시키는 몇몇 성공한 인간들을 선망한 나머지, 그리도 어렵디 어렵게 고학으로나마 대학까지 버젓이 나온 네가, 공부라곤 별로 한 것도 없는 그 놈들보다 못할 게 뭐 있느냐는 저의였는지 모른다. 돈깨나 벌었다는 시골출신들치고 하긴 배움이 많은 놈들은 거의 없었다. 그게 어쩌면 우리 주변의 현실인 것 같았다. 녀석도 학벌이 두드러진 인간은 아닌 터였다.

"이번에 난 말야. 실은 호적정리하러 갔었다."

녀석은 담배를 한 개비 입아귀에 꼬나문 채 무슨 자랑이라도 하듯이 했다.

"호적정리라니? 아 그 입양문제?"

자식없는 당숙 밑에 양자로 들어간다는 말을 언젠가 얼핏 들은 적이 있었다.

"그건 벌써 돼 있는 게고, 이혼수속을 하고 왔단 말야."

"정말이야 그게?"

"내가 거짓말을 왜 하겠나?"

"소문도 없이 그렇게 했어?"

"그게 뭐 그리 대단한 거라고 동네방네 소문내가며 해야 해?"

"그리도 어렵게 한 결혼을 그렇게 쉽게 이혼한단 말야. 그게 말이나 되는 소리야?"

자기도 모르게 나는 분연히 말했다. 은근히 부아가 나서였다.

"생각보다 별로 어려운 것도 아니더라구. 두 사람이 도장만 쿡 찍으니까 그것으로 그만이더라니까. 그만큼 쉬운 일도 없더구면."

마치 남의 이야기하듯이 말은 아주 가볍게 하고 있었지만, 그렇다고 표정까지 풀려 있는 건 아니었다.

"도대체 어쩔려고 그랬는지 나로선 네 속을 알 수가 없다니깐."

"행여라도 오핸 말라구. 절대로 내가 먼저 제의한 건 아니니까. 제 쪽에서 먼저 제의해 오기에 내가 그걸 받아들인 것 뿐이야. 제가 이혼하자고 하는데 마다 할 내가 아니잖아."

"넌 여하한 작용도 일절 하지 않았단 말야?"

"그야 물론이지."

"그 말을 액면 그대로 어떻게 믿을 수 있나."

"절대로 나는 그런 일이 없었다고 맹세까지 할 수 있다구."

"아무래도 나는 너한테 관건이 있었다고 볼 수 밖에 없어. 제발 그렇지 않기를 기원하지만 의혹을 불식할 수 없단 말야."

"무슨 그런 섭섭한 소릴 하나? 어림짐작 같은 건 아예 하지도 말라구. 한 마디로 불쾌하단 말야. 내가 그런 의심을 받아야 할 까닭이 어디 있나?"

"네 말처럼 부인이 아무리 이혼을 제의해 왔다 해도, 그렇게 할 수 밖에 없도록 알게 모르게 네가 부인에게, 그 동안 동기부여를 하고도 남을 가능성을 배제할 수 없단 말야. 끝까지 너는 부인할 테지만, 나를 속일 순 없을 거야. 지금 내 앞에다 진짜 콩을 갖다놓고 그것으로 네가 메주를 쑨다고 해 봐라, 그런다고 곧이곧대로 네 말을 믿을 것 같애? 난 안 믿는다구. 아니 너를 못믿는단 말야. 이제까지도 별로 믿지 않았으나, 이번에만은 절대로..."

　현재 나의 코가 석 자나 빠져 있는 주제에 남의 일을 가지고 왜 이렇게 열을 올리고 있을까. 웃기는구나 정말.

"믿을 수 없더라도 할 수 없지, 사실이 그런 걸."

녀석은 방바닥에 벌러덩 누워버렸다. 형광등이 덩그렇게 달린 천장으로 담배연기를 뭉턱뭉턱 불어올렸다. 녀석의 코에서, 입에서 뿜어나온 담배연기가 금세 전등불빛을 뿌옇게 흐려놓았다.

　"너의 생활방식이 도무지 이해가 안 간다니까. 내가 인생을 잘못 알고 있는지 모르지만, 하는 짓이 어린애 장난도 아니고 그게 뭐냔 말야. 이혼이라는 걸 애들이 소꿉놀이하다가 하기 싫으면 그만 두는 걸로 아는 거야. 인생살이 그렇게 쉽게 생각해도 되는 줄 아는가본데, 그게 아닌 거야."

　내가 무엇이기에 철학자 같은 소리를 하고 있을까. 어이없는 인간 같으니, 네가 뭐가 잘 났다고, 너나 잘 해라 이놈아.

　"지난 번은 그러지 않더니 이번엔 왜 그리 흥분하는지 알다가도 모르겠군. 본심이 뭔지 말야."

　"두 사람 중에서 어차피 하난 버려야 하니까 그 땐 그랬던 거야. 그럼 두 사람을 언제까지나 데리고 살 작정이었어? 이 나라가 이슬람 국가인 줄 알아? 전근대적인 봉건주의 사회체제라면 몰라도, 여긴 분명히 민주주의 국가인 대한민국인데다. 더욱이 지금은 문민정부 시대이며, 21세기를 눈 앞에 둔 바야흐로 첨단과학이 꽃피기 시작한 세계화 시대란 말야."

　"그렇게 할 수 밖에 없었던 것에 대해서 어느 누구보다 나를 이해할 수 있는 사람 아냐. 지난 번 일로 해서 내가 얼마나 괴로웠는지 잘 알잖아? 그년을 마구잡이 두들겨서 쫓아보내고, 며칠 동안이나 내가 식음까지 전폐하면서 몹시 고민했던 것을 모르고 있지 않잖아?"

　그건 녀석에게서 오늘 처음 듣는 소리여서, 나는 그 말에 얼른 대꾸할 수 없었다. 녀석이 다시 말을 이었다.

　"그년도 그 일에 대해서 여간 충격이 크지 않았나 봐. 하지만 나는 그년이 이혼을 제의해온 것은 순전히 그 때문이라곤 생각하지 않아. 시집온 첫 날부터 무조건 나를 미워하면서 아예 상대하려 하지도 않은 것으로 봐서 말야. 아무래도 우리가 함께 살 수 없다는 판단이 내려졌는지, 제쪽에서 먼저 헤어지자고 하더란 말야. 그렇지 않아도 은근히 그러길 바라고 있었던 나였는데, 그걸 왜 마다고 하겠어. 쌍수를 들고 환영할 일이기에, 군말 않고 선뜻 응해줬지 뭐야. 게다가 또 고맙게시리 위자료 같은 것은 주든지 말든지 알아서 하라는 거였어. 그래서 그년이 마음 바꾸기 전에 서둘러서 수속을 밟게 된 거라구."

"그래도 체면 하난 분명한 부인이군 그래. 내가 만일 부인이라면 절대로 곱게 물러서진 않는다구. 얼마든지 당당히 나설 수 있는 입장인데도 순순히 물러서다니 요즘 같은 각박한 세상에 그리도 속이 꽉 찬 여자는 흔치 않을 거란 말야."

인석아 너한텐 처음부터 과남한 여자였어, 하려다 입을 다물었다. 아무리 그렇다 해도 그런 말은 차마 할 수 없었던 것이다.

녀석이 일어나 앉았다. 음식이 들어온 것이었다.

"그년에 대해서 얼마나 안다고 그래?"

"어쩌면 먼젓번 그 여자를 생각하면 할수록 같은 여자 입장에서, 부인은 자꾸만 미안하고 죄스러워서 자기 자리를 되돌려주려고 그랬던 게 아닌지 모르겠구나. 어쩐지 나는 그런 생각이 든단 말야."

"이 사람아, 그리도 속이 넓은 여자였다면 왜 내가 이혼을 하겠나? 사흘이 멀게 달달 나를 들볶은 게 누구였으며, 종수 모자를 못잡아 먹어서 환장을 한 게 누군지나 알아?"

"그러한 처지가 되면 누구든 다 그럴 수 밖에 없는 거야. 시집이라고 와서 보니 남편에겐 이미 다른 여자가 있을 뿐만 아니라, 아이까지 하나 달려 있어서 남편의 마음이 그들에게 가 있는데, 어떤 요조숙녀들 가만 있을 거야? 네가 만일 그녀였더라도 가만 있을 것 같애? 그런데도 모른 척 한다면 그거야말로 비정상인이 아니고 무엇이겠어."

　평범한 우리네와는 달리 녀석에겐 아내, 아니 여자가 둘이나 있었다. 그게 또 미묘한 상황이었던 것이다. 진작부터 녀석이 아까 다방에서의 그 여자와 동거하며 아이까지 낳은 것을, 뒤 늦게야 알게 된 녀석의 형님이 그녀를 버리고 새 장가를 들라고 들입다 족치는 바람에, 그녀와의 관계도 제대로 청산하지 못한 채, 부득이 녀석은 형님의 뜻을 따르지 않을 수 없었다. 녀석이 물론 형님에게 애걸복걸 안 해본 건 아니었다. 그러나 형님이 노발대발하며 말도 못하게 했다. 우리 집안엔 그런 여자 절대로 받아들일 수 없다, 내 말 듣지 않으려면 나를 형이라 부르지 말 것이요, 앞으론 돈 한 푼 주지 않을 테니 알아서 하라며 막무가로 몰아붙였다. 그렇게 하여 반강제로 녀석을 결혼시킨 형님은 새 여자와 혼인신고까지 해 버렸다. 그 결과 새 여자가 녀석의 처로 버젓이 호적상에 올리게 되었나 하면, 이미 몇 해나 살을 섞으며 사실상의 조강지처라 할 수 있는 예의 그 여자는, 억울하게도 녀석의 주민등록표 말미에 기껏 동거인으로 기록되는, 실로 기구한 운명에 처해졌던 것이다. 게다 더욱이 그들의 혈육인 종수는 어이없이 사생아로 둔갑하고 말았다.

　"이제 겨우 서른 몇 해 밖에 못산 인생이지만, 오륙십 년을 살아온 사람들 만큼이나 나의 지난 날은 왜 그리 요철도 많고 굴곡도 심했는지 모르겠다니까."

　녀석은 짬뽕 한 그릇을 반도 채 먹지 않고 수저를 놓으며 엽차로 입가심했다. 눈가에 씁쓸한 표정을 지어서인지 조금 초췌해 보이는 얼굴빛이었다.

　"그런데 말야. 부인에게 위자료는 한 푼도 주지 않을 거야?"

나와는 무관한 일이건만, 아무래도 한번 짚고 넘어가지 않으면 안 될 만큼, 나로서는 어쩐지 그게 궁금한 것이었다. 어쩌면 나도 아내와 그렇게 될 것을 염두하고 있었기 때문인지 모른다. 그러한 가능성을 전혀 배제할 수 없었으므로.

"원인 제공자가 형님이니까 그거야 형님이 알아서 하실 일이지 뭐. 그런 것에 대해서 나는 아예 신경을 끄고 있단 말야. 하도 골머리를 때리는 일이라서 두 번 다시 생각하고 싶지도 않기 때문이라구."

처음부터 그런 것엔 괘념하고 있지 않은 사람처럼 녀석은 마음 편하게 지껄였다. 그러한 녀석이 나에겐 다른 시대를 살고 있는 사람같이 느껴졌다. 어쩌면 지구 반대편에서 온 사람이 아닐까 여겨지기도 했다.

"이젠 어쩔 작정이야? 그 나이에 설마 혼자 살 생각은 아니겠지? 결혼은 다시 해야 할 것 아니겠어?"

무엇보다 그게 궁금한 일이었다.

"결혼생활에 대해서 완전히 흥미를 잃어버렸기 때문에 앞으로는 적어도 가정에서만은 어느 누구에게도 구애받지 않는 자유로운 생활을 하고 싶을 따름이야. 언제까지 그게 가능할 수 있을지 현재로선 미지수이긴 하지만 말야."

하는 말과는 달리 녀석의 입가와 눈 가장자리엔 까닭모를 묘한 웃음기가 쑤물거리고 있었다.

"그건 또 그렇다 치고, 취직 같은 건 아주 안 할 거야?"

지금까지는 무위도식을 하고 있었던 녀석이므로 나로서는 그게 또 여간 관심거리가 아니었다.

"생활에 대한 어려움을 별로 느껴보지 못해서 그런지 모르지만, 온갖 간섭 다 받아가면서 직장생활하는 게 나에겐 영 생리에 맞지 않을 것만 같애. 사실은 그래서 처음부터 취직을 하지 않았던 거야. 그렇다고 자유업을 하려고 해도 하고 싶다고 해서, 그게 내 마음대로 돼야 하든지 말든지 할 것 아니겠어. 그래서 별수없이 놀고 먹을 수 밖에 없었던 건데 말야. 그것만은 나도 부인하지 않는다구. 이젠 제발 좀 말썽은 피우지 않았으면 좋겠다면서, 아껴 쓰기만 하면 한 평생 먹고 살 수 있을 만큼 재산 일부를 제쳐주겠다고 형님이 약속하셨어. 그런 형님을 봐서라도 앞으론 허망된 생각을 바로 잡아야겠다고 결심을 단단히 하지만, 세상일이 내 마음대로 안 되니깐 그게 걱정이야. 하기야 그러지 않았다간 이번엔 정말 형님이 나를 그냥 놔두지 않을 거라구. 아무튼 냉수마시고 단단히 정신을 차려야겠는데 아무래도 그럴 자신이 없다니깐."

녀석의 말에 나는 할말을 잃었다. 팔자좋은 고민을 하고 있는 녀석이라는 생각을 하자 기분이 이상야릇해졌다. 그와 같은 감정을 어쩌면 위화감이라 할지도 모른다.

"무엇하면 말야. 오늘 밤 나하고 함께 가지 않을래? 술은 거기 가서 분위기에 맞춰 마시자구. 설마 거절하진 않겠지?"

시무룩해 있는 나를 위로하려는지 녀석이 은근한 눈길을 보내왔다.

"어딘데?"

별 생각도 없이 순진하게 나는 물었다.

"그럴싸한 데를 한 군데 알고 있단 말야. 오늘 기분도 그렇잖으니깐 둘도 없는 친구와 함께 거길 가보고 싶어서 그러는 거야."

어떤 곳인지 대강 짐작할 수 있을 것 같았다. 단순한 술집이 아니라는 것도 직감적으로 눈치챌 수 있었다. 그래서 얼른 대답하지 않으니까

"솔직히 고백하는데 말야. 내가 여자를 보지 않은 게 벌써 1개월이

나 된다구. 이미 나에 대해서 잘 알고 있겠지만, 나는 누구보다도 여자를 즐기는 편이잖아. 오늘은 그 문제부터 해결하려고 그래."

녀석은 쑥스러운지 느닷없이 너털웃음을 터뜨렸다. 그러나 나는 그게 조금도 쑥스러워할 문제가 아니라고 생각했다. 건강한 30대 남성이라면 너무나 당연한 일이었으므로.

나도 그새 식사를 끝냈다. 오랜만에 먹어보는 짬뽕이건만, 맛도 모르고 먹은 것이다. 그러고는 방안에 혼자 오도카니 앉아 있는 기분으로 맞은편 벽을 멍청히 바라보았다. 녀석이 그지없이 선망스러웠다. 타인에게 속박받는 부자유스런 생활을 염원할 사람이 있으랴만, 살아가기 위해선 어쩔 수 없는 일이었다. 누구나 그러고 싶어서 그러는 게 아니었다. 그럴 수 밖에 없어서 그러는 것 뿐이었다. 내가 녀석처럼 살 수 있다면 얼마나 좋을까. 생활의 어려움을 다소나마 덜 수 있어도 괜찮을 것 같았다. 나의 소망은 그 정도에 불과할 따름이었다.

반갑지도 않게 우거지상을 한 아내의 모습이 뇌리를 비집고 들어왔다. 이내 그게 지워지며 어제 내가 겪은 몇 가지 일들이 눈 앞에 어른거렸다. 그 중에서도 동생의 편지를 받고 한 동안이나 착잡했던 심정으로 되돌아갔다.

더 이상 아내에게 부대끼지 않으려는 생각에서보다 몇 푼 되지도 않는 것을, 계속 보내보았자 시골집엔 별 보탬도 되지 않을 것 같으므로, 이 달부터는 그 까짓 거 보내지 않는 게 낫지 않을까, 하늘 높은 줄 모르고 자꾸 치솟기만 하는 집값을 어떻게든 따라잡아서, 내 집 하나 마련하기란 하늘의 별따기만큼 어려울 터이므로 그건 바랄 수 없어도, 숭어가 뛰니까 망둥이까지 따라서 뛴다고 다락같이 오르고만 있긴하나, 전셋방 한 칸이라도 얻으려면 앞으론 더욱 비상한 각오를 하지 않으면 안 된다고 단단히 마음을 굳히고 있었는데, 생각지도 않왔던 동생의 편지가 훌쩍 날아온 것이었다. 아무리 그렇더라도 어제가 그 놈의 봉급날만 아니었던들 그런 변고는 발생하지 않았을지 모른다. 그렇다. 어제 그 일은 나에게 있어선 확실히 하나의 변고임에 틀림없었다. 아니 그건 악재라 할 수도 있었다. 제놈이 아무리 딱한 사정을 호소해 와도 가진 돈이 없는데야 어떻게 할 것인가. 금세 동생이 죽는 것도 아닌 터에야 내기도 어려운 빚까지 내어서, 엣다 여깃다 하고 송금할 수는 없는 것 아닌가, 아내의 수술비 때문에 2년 전부터 사내 신협에 꼬박꼬박 상환해온 융자금을 이제야 겨우 종결짓게 되는데, 단돈 몇 푼이라도 다시 빚을 낼 생각은 아예 할 수가 없었다. 그놈의 빚이라면 이제 신물이 날 지경이었다. 어떤 일이 있어도 앞으론 절대로 빚을 내지는 않을 작정인 것이었다.

　어제가 봉급날이었다는 게 나를 꼼짝도 못하게 만들어버린 올가미라 할 수 있었다. 가물에 콩나듯이 어쩌다 한번씩 오곤 하는 동생의 편지가 회사로 날아온 건 탓할 수 없으나, 이번엔 그게 하필 봉급날 날아와서 나를 그리도 괴롭힐 게 뭐냔 말이다. 어쩌면 그 놈이 용케도 그렇게 타이밍을 잘 맞추어 편지를 띄운 건 아닐는지 모른다.

　....윤정이가 고등학교에 보내주지 않는다고 한 때 어찌나 말썽을 피우는지 꽤 골치를 앓았습니다. 잠시도 집엔 붙어 있질 않고 또래들 몇 놈과 어울려서 싸돌아다니며 못된 짓이라면 골라가면서 저지르지 뭡니까. 하는 짓거리가 얼마나 보기 싫고 얄미운지 직사게 두들겨패 주었더니 글쎄 그 길로 집을 뛰쳐나가 버리지 않았겠습니까. 그 때문에 부모님에게 저만 호되게 꾸중을 듣게 되었답니다. 며칠 전에야 대전에서 소식이 날아왔는데요, 윤정이는 외삼촌의 주선으로 그 곳 어떤 전업사에 사환 겸 직원으로 들어가서 일을 하게 되었답니다. 일이

순조롭게 풀리기만 하면 내년부터는 야간 고등학교라도 다니면서 공부를 계속하겠다는 계획을 세우고 있답니다.

　형님 그런데 말입니다. 가장 큰 문젯거리는 다른 사람이 아닌 바로 저랍니다. 이번에 중학생이 된 순정이와 중학교를 졸업한 윤정이의 밑부터 급한 대로 닦다가 보니까, 만만한 저만 뒷전으로 밀려날 수 밖에 없었습니다. 저는 말입니다. 지난 4/4분기 수업료는 물론이고요, 올해 교과서 대금이 고스란히 미납으로 남아 있을 뿐만 아니라,거기다 새 학기 1/4분기 수업료 납부통지서까지 벌써 받아놓고도, 속수무책인 채 아직 그냥 있는 실정이랍니다. 우리 집안 형편으로는 도무지 어떻게 해볼 수도 없을 것만 같습니다. 그렇다고 넉넉하게 살고들 있으면 몰라도, 누님들에게는 도와달라는 말조차 꺼낼 수가 없습니다. 그래서 생각다 못해 염치불구하고 형님에게 펜을 들게 된 것입니다. 물론 형님께서도 어려우시리라는 것을 저도 잘 알고 있습니다. 그러나 형님에게 밖에는 아무 데도 애원할 데가 없는 것을 어쩝니까? 그러니 저를 지나치게 책망하지 마십시오. 형님! 정말 죄송하기 그지없습니다. 앞으로 기껏 1년 밖에 남아 있지 않은 저의 고교생활이지만, 그나마도 형님께서 내 몰라라 하신다면 끝을 내지 못한 채 중도하차해야 할 판입니다. 무리를 하시더라도 형님께서 이번 한번만 도와주시면 다음부터는 어떻게든 제 손으로 꾸려나가겠습니다. 하는 데까지 해 보다가 정 안 될 때에는 휴학이라도 해서 차라리 검정고시를 치려고 합니다. 요행히 학업을 계속할 수 있게 된다면 졸업하기 전에 공무원 시험이든 아니면 무엇이든 치러볼 작정입니다. 운수가 좋아서 이내 합격되면 그런 다행이 없겠지만, 그렇게 되지 않을 때는 낮엔 무슨 일이든지 열심히 하면서 밤에 공부를 해서라도 기어이 공무원이 되어보려고 합니다. 현재로서는 감히 대학까지 가려는 생각은 없지만, 우선 고등학교부터 마쳐놓고서 면서기라도 되는 날에는 그 때 가서 방송통신대에 입학을 해도 되지 않을까 생각합니다.

그러니 형님께서는 별로 크지도 않은 이 동생의 꿈을 제발 짓밟지 말아주십시오. 절대로 헛소리하는 것이 아닙니다만, 형님께서 이번에 크게 한번 선심을 쓰신다면 저는 도시로 나가지 않고, 시골에 남아서 형님을 대신하여 부모님을 모시고 살 것입니다....

끝까지 동생의 편지를 다 읽은 나는 속이 느글거려 견딜 수 없었다. 전생에 무슨 놈의 업보가 그리 얽혔기에 이렇게 내가 심적인 핍박을 받는 것일까. 나에게 있어서 부모란 도대체 무엇이며 형제는 또 뭐 말라 비틀어진 개뼈다귀인가. 지금까지 살아오면서 그들이 나에게 무엇한 가지 제대로 해준 게 있다고, 가진 거라곤 개뿔도 없는 나를 보고 턱도 없이 왜 자꾸 달라고만 하는가. 부모는 나를 낳기만 했지 제대로 키우기나 했던가. 동생들이 잇달아 태어나는 바람에 사실 나는 할아버지 할머니 밑에서 자랐고, 할아버지가 별세하자 집안이 워낙 가난하다 보니, 중학생 때부터는 내 손으로 학비를 벌어가면서 공부하지 않았는가. 그런데 자기들이 무슨 염치로 그런단 말인가. 도대체 나더러 어떻게 하라는 것일까. 나의 아내와 나의 자식은 어떻게 하라는 것이며, 내가 또 어떻게 살라고 그러냐 말야. 나의 권속쯤은 굶어죽어도 상관없단 말인가. 남들처럼 새로 지은 아파트 같은 걸 분양받기커녕, 전셋방도 얻을 수 없어 사글세로 전전하는 터에, 이제는 그것도 아닌 달셋방 신세로 전락하란 것인가. 같은 또래 동료들은 최하로도 주공 임대 아파트 정도는 다 차지하고 있을 뿐 아니라, 하다 못해 중고 아니면 티코 같은 소형차쯤은 굴리고 있다는 것을 알기나 하는 그들일까. 정말 육시럴 놈의 혈육 같으니라구.

그러나 다시 한번 나는 머리를 곰곰이 굴려보지 않을 수 없었다. 동생의 청원도 아닌 애원을 아무래도 묵살해선 될 것 같지가 않은 것이다. 지금 나의 형편이 비록 어렵기는 하나, 형이 된 죄로 동생의 일을 모른 체 해버리면 걔 장래는 어찌될 것인가. 그랬다가 걔가 만일 불행해졌을 때 그 원망은 누구에게 돌아가게 될까. 보나마나 그건 뻔할뻔 자였다. 두고 두고 나를 원망하지 않는다고 그 누구도 보장할 수 없는 일이다. 잘 되면 제가 잘 나서 그렇다고 제 탓으로 돌릴 테지만, 잘못되면 십중팔구 남의 탓으로 돌리는 게 인간의 거의 공통된 심리인 것이다.

결국 나는 마음을 돌리기로 했다. 눈을 찔끔 감고 동생에게 필요한 액수 만큼 과감히 뚝 잘라냈다. 까짓 것, 하며 큰 마음을 먹은 것이었다. 이 달 따라 어쩌다 받은 상여금 1백 %를 안 받은 셈치자 싶었다. 그것을 감액하고 나니 월급액수는 하잘 것도 없었다. 그것 아니라도 이번 달 마지막으로 신협의 상환금을 청산했던 것이다. 이제부터는 다소 희망적인 생활을 영위할 수 있겠구나 싶어 마음의 끈을 두 마디쯤 늦추려 했건만, 그게 아니었다. 늦추긴커녕 오히려 바짝 더 졸라매지 않으면 안 될 것 같았다. 그것도 다소 신축성 있는 가죽끈이 아닌 쇠끈으로 말이다. 갈수록 태산이라더니 그게 결코 틀린 말은 아닌 것이었다.

눈곱만큼도 아내를 두둔할 생각은 없으나, 처음부터 그녀가 시골집에 대해 반감을 가지고 있었던 건 아니었다. 자기딴은 생명이 좌우되는 대수술을 받게 되었는데도, 시골에선 누구 하나 와 보지 않을 뿐더러, 그렇다고 수술비에 보태라고 돈 한 푼 보내지도 않았으므로, 그게 섭섭하다 못해 반감으로까지 감정이 증폭되었다. 자기네가 인간이라면 어떻게 그럴 수 있느냔 말야, 그러한 부모와 형제들이라면 남들과 다를 게 뭐냐구, 그 따위 부모나 형제들은 아무 짝에도 쓸 데가 없다는 말을 그녀는 거침없이 내뱉았다. 그런 사람들이니깐 우리부터 먼저 산 다음에야 부모도 있고 형제도 있는 것이며, 인간도리도 못하고 있는 그깐놈의 부모 형제들이 무슨 놈의 부모 형제냐는 것이었다. 토라져도 이만저만 토라진 그녀가 아니었다. 그러한 아내의 심정을 나는 어느 정도는 이해할 수 있었다. 그러나 그게 다 워낙 못살아서 그런 것 아니겠는가, 우리가 이해할 수 밖에 더 있느냐 하자, 그러니까 우리는 못사는 그들처럼 되지 않기 위해서도 독하게 마음먹지 않으면 안 된다는 것이었다. 그렇지 않고 조금이라도 마음을 헤프게 먹었다간 잘 살기는 커녕, 그들처럼 되지 말라는 법도 없을 거랬다. 일부러 못살기로 작정한 사람들이 아니고서야 무책임하게시리 그리도 자식들을 많이 낳을 수 있겠는가, 아무리 지난 날이긴 해도 장차 누굴 고생시키려고 그랬을 거냐며, 아내는 부모님 대신 나에게다 괜한 악담을 퍼붓기 일쑤였다. 막내동생이 이제 겨우 중학교 1학년이니 앞으로 그게 다 누구를 고생시키게 될지 뻔한 사실이었다. 2년 전 그 일(아내가 수술할 때)은 동생들을 서울로 데려다 공부시키거나, 할머니를 모셔다 봉양하지 않는 데 대한 어쩌면 그 보복적인 조처였는지 모른다. 그게 사실이 아니었기를 바라지만, 만일 사실이었다면 그건 참으로 언어도단이 아닐 수 없었다. 아내는 아직 회갑이 되려면 한참인 이들이 벌써부터 자기네는 손에서 일을 놓고 편히 살면서, 자식덕이나 보겠다는 심보들이 아니겠느냐며, 그러한 전근대적 사고방식과 고루한 인생관을 철저히 배격하려 했다. 도대체 자기네가 제대로 이룩해놓은 게 무엇이 있기에 그러는지 모르겠다는 것이었다. 우리는 절대로 그래선 안 된단다. 우리에겐 마침 자식이라곤 상훈이 하나 밖에 없는 데다, 아무리 더 낳으려 해도 낳을 수 없어서 다행이지만, 무엇보다 중요한 건 젊을 때 부지런히 벌어놓지 않으면 안 된댔다. 그러지 않았다 간 영락없이 우리 부모처럼 되고야 만다는 것이었다. 그러는 아내의 주장이 이론적으로야 조금도 틀리지 않은 말이었고, 구구절절이 옳은 말이기도 했다. 그러나 아무리 그렇더라도 세상 일이나 인간의 일이 그녀의 말대로 다 되는 건 아니었다. 그렇게 될 수도 없었다.

포근한 엄마 품으로 파고들어 잠을 청하는 개구쟁이처럼 그 동안 바람은 어연간히 잦아들었다. 하지만 하늘을 몇 겹으로 단단히 봉쇄해 버린 먹구름이, 당장이라도 한바탕 분탕을 칠 듯이 잔뜩 험상궂은 인상을 짓고 있다. 날씨는 토라질 대로 토라진 새침대기인양 냉랭하기 그지없다. 어쩐지 심상치 않은 조짐이 역력하다. 무엇이든 그예 쏟아지고야 말 것만 같다. 같은 값이면 눈이라도 왔으면 좋으련만. 그래 맞아 기왕 눈이 오려던 함박눈, 아니지 참 차라리 진눈깨비가 그것도 무진장 퍼부었으면 좋겠다. 그리하여 진눈깨비로 세상을 완전히 뒤덮어버리든지 지구를 꽁꽁 얼어붙여, 우주에서의 하나의 빙구(氷球)로 만들어 버리면 어떨까. 근본적으로 세상이 변화되거나 모든 인간이 멸망하지 않고선 될 것 같지가 않다. 노아의 홍수와 같은 천지개벽이 도래하든지, 최후의 심판이 있을 이 세상의 종말이 와야만 한다. 그렇지 않으면 언제까지나 나는 요모양 요꼴로 살 수 밖에 없을지 모른다. 앞으로도 좀처럼 펴일 것 같지 않은 이놈의 생활은 이제 제발 더 이상 하고 싶지가 않다.

"거기서 지금 뭘 하고 있는 거야?"

어느 새 녀석은 택시를 한 대 잡아놓고, 인도에 서서 잠시 깊은 생각에 빠져 있는 나를 부르는 것이었다.

"어딜 갈라구?"

굳이 택시를 타야 할 까닭이 없으므로 나는 의아스럽게 녀석을 쳐다보았다.

"어딘 어디야 조금 아까 말한 거기지. 만난 김에 한 잔 해야 할 것 아냐? 말짱한 정신으로 헤어질 순 없잖아. 그리고 말야..."

말을 더 하려다 말고 녀석은 피식 웃어버렸다.

"안 가면 안 돼 거긴?"

꼭 그 곳이 아니라도 술마시고 노래부르고 춤추고 기분 풀 수 있는 곳은 얼마든지 있지 않느냐 하려다 그만 두었다.

"가기가 싫어?"

"그런 건 아니지만..."

의지와는 달리 택시 안으로 나는 몸을 밀어넣었다. 그 때 사실 어디로 가야 할지 마음을 정할 수 없어 멍청해 있던 참이었다. 가능한 한 아무도 없는 집으로는 들어가고 싶지 않아서였다. 그러나 행선지를 물어오는 운전사에게 자신도 모르게 우리 집 위치를 일러주었다.

"그런 왜? 거긴 자네 집 있는 데 아냐?"

뒤 이어 녀석이 운전사 옆자리에 앉으며 나를 힐끔 돌아보는 것이었다.

"집에 잠깐 들를 일이 있어서."

"부인한테 허락을 받으려고? 아서 이 사람아. 아무려면 부인이 그런 데 순순히 가라고 할 것 같애? 순진해빠진 이 친구야. 그럴 여자는 이 세상에 아마 한 사람도 없을걸."

"그게 아냐."

"그럼 뭐야? 아 알았다. 종일 안 봐서 보고 싶다 그거지? 그러면 그렇다고 솔직히 고백하란 말야. 나같은 인간도 있는데 자네가 그러면 내가 서럽잖아."

녀석은 입을 크게 벌리며 여유있게 너털웃음을 터뜨렸다. 어이가 없어 나도 따라 웃을 수 밖에 없었다. 그러나 나의 웃음은 금세 사그라들고 말았다. 아침에 내가 집을 나올 때 시간에 쫓겨서 문단속이나 제대로 했는지 전혀 기억이 나지 않는다. 그래서 사실 집에 잠깐 들를 생각을 한 것이었다.

아침에 내가 잠을 깬 건 여덟 시가 거의 다 되었을 때였다. 간밤에 마신 술 때문인지 목이 타는 것 같은 갈증을 느껴, 부엌에다 대고 물을 달라고 소리질렀다. 그러는데도 부엌에선 아무런 반응이 없었다. 두 번 세 번 잇달아 소리를 질렀으나 대답이 없긴 마찬가지였다. 이불을 떨치며 벌떡 일어났다. 발길로 샛문을 힘껏 걷어찼다. 발부리가 얼얼했다. 샛문이 발칵 젖뜨려지며 부뚜막 뒷벽에 호되게 부딪더니, 몸부림이라도 치듯이 푸들푸들 떨었다. 부엌엔 아내가 없었다. 그녀 대신 반갑지도 않은 썰렁한 냉기가 방으로 몰려들었다. 시야에 얼핏 비친 부엌안은 휑뎅그렁하게 느껴질 따름이었다. 순간적으로 이상한 느낌이 머리를 스쳤다. 나는 샛문을 도로 닫고 한 눈으로 방안을 쭉 훑었다.

"?"

다른 날 같으면 아직도 새근새근 단잠을 자고 있을 상훈이까지 어쩐 일인지 눈에 띄지 않았다. 상훈이 잠자던 아랫목은 이불이 말끔히 개켜져 있었다. 이 앤 아침에 어딜 갔을까. 나는 방문을 왈칵 열어제쳤다.

"상훈아. 상훈아."

밖을 내다보고 불러봤으나 집안 어느 구석에서도 상훈의 대답은 없었다. 뜰로 내려섰다. 주인집은 물론이요, 이웃집까지 들릴 수 있을 정도로 몇 번이나 상훈을 불러제쳤다. 그러나 헛수고였다. 잠옷 차림이라는 것도 잊은 채 집 밖으로 정신없이 뛰어나갔다. 염치나 체면 같은 건 생각지도 않고, 이 집 저 집 이 골목 저 골목 기웃거리며, 상훈이 갈 만한 곳을 다 뒤지고 다녔다. 만나는 사람마다 일일이 다 물어보았다. 하지만 상훈이나 아내는 아무 데도 보이지 않을 뿐 아니라, 행방을 알고 있거나 보았다는 사람이 아무도 없었다.

그 때까지는 그래도 설마 하며 긴가민가 했다. 집안으로 도로 들어가 부엌안을 훑어보고서야 비로소 나는 어느 정도 사태를 파악할 수 있었다. 부엌에 있는 뒤주, 아니 쌀통엔 쌀이라곤 한 톨도 남아 있지 않았다. 연탄도 남아 있는 게 한 장도 없었다. 불이 꺼진 아궁이는 이미 싸늘히 식어 있었다. 솥뚜껑을 열어보자 이게 뭔가. 밥알 하나 붙어 있지 않은 솥안은 너무 깨끗이 가셔져 있는 것이었다. 찬장속을 뒤지다가 절로 벌어진 입이 좀처럼 다물어지지 않았다. 당장 밥상에 올릴 만한 반찬이라는 건 한 가지도 제대로 없었으므로.

방으로 들어간 나는 힘없이 주저앉았다. 그것도 잠시 뿐이었다. 이게 도대체 어찌된 일인가 하고 방안 여기 저기를 뒤져보았다. 어젯밤 아내에게 준 돈(월급받은 것)이 방안 어디에도 없다는 중대한 사실을 알게 되었다. 게다 아내의 외출용 단벌 코트와 여간해선 입히지 않는 상훈이 새 양복도 눈에 띄지 않는 것이었다.

아무리 참으려 해도 나는 부아가 나서 견딜 수 없었다. 욕설이 절로 한 입 가득히 배설되었다. 그대로 죽치고 앉아 있을 기분이 아니었다. 부랴부랴 옷을 주워입었다. 몸은 물론 마음까지 떨려 외투를 몸에 걸쳤다. 출근시간이 임박하기도 했으나, 아무도 없는 집안엔 잠시도 혼자 있기 싫었다. 아내가 상훈을 데리고 집을 나간 게 확실하다는 판단이 내려진 이상, 잠깐이라도 집에 붙어 있기란 죽기보다 싫은 것이었다.

다행히 지각은 하지 않고 정시에 출근했다. 입사 후 결근은 물론, 지각 한번 하지 않은 기록을 유지하기 위해서보다, 나에게 있어 이제 그건 완전히 몸에 배어 있는 오랜 습관이라 할 수도 있었다. 집과 직장 밖엔 거의 아는 데가 없는 나로서는 그 시간에 사실 회사 외엔 갈 곳이 없었던 것이다. 나는 홧김에 아침식사를 걸렀다. 점심식사는 회사 주변 잘 아는 식당에서 외상으로 빈 배를 채웠다. 나의 주머니엔 약으로 쓰려 해도 동전 한 닢 들어 있지 않았다. 그야말로 무일푼의 빈털터리 신세였다. 가소롭기 짝이 없는 삼등인생 바로 그것이었다.

기왕 나간 이상 영영 귀가하지 않기를 염원하고 있었던 건 아니었다. 그렇다고 비록 가출을 했어도 제발 돌아와줄 것을 애타게 갈망하고 있지도 않았다. 나갈 때도 마음대로 나간 그녀였기에 들어올 때 역시 자기 뜻대로 할 테지 하는 심경일 따름이었다.

그런데 어떻게 된 일일까. 아내는 집에 들어와 있었다. 그녀 뿐이라면 의외로 나는 담담한 심정이었을지 모른다. 워낙 잠이 많아 초저녁부터 곯아떨어지기 일쑤인 상훈이까지 들어와, 여덟 시 반이 넘었는데도 자지 않고 있는 게 아닌가. 상훈은 아내의 무릎에 앉아 그녀에게 말을 시키고 있었다.

"엄마, 아빠 왜 아직 안 와?"

아이의 물음에 아내가 정답게 대꾸한다.

"회사의 일이 바빠서 그런가 부지."

"아빠 보고 싶어서 죽겠는데 빨리 왔으면 좋겠다. 엄만 안 그래용?"

상훈은 아내를 보채듯이 흔들어댄다.

"왜 아니라니 엄마도 마찬가지야. 아빠도 말이야. 상훈이 네가 보고 싶어서 지금 달려오고 있는 중일 거야. 조금만 더 기다려 보자구나."

"정말이야 엄마?"

"그러엄."

"졸려 죽겠는데 아빠 빨리 오셨으면 좋겠다."

상훈이 입을 쩍 벌리며 선하품을 하고 있다.

"아빠는 이제 곧 집에 들어오실지 모르겠다. 착한 우리 상훈일 보려고 말이야."

"그래? 아이 좋아라."

"아빠가 우리 상훈일 얼마나 좋아하신다구. 너도 아빠가 너를 좋아하시는 거 알잖아? 그리고 말이야. 상훈이 너도 아빨 무척 좋아하잖아?"

"응 좋아해."

"얼마나 좋아하는데?"

"하늘과 땅만큼 좋아해"

"오 그래? 내 새끼."

아내는 상훈을 으스러지게 끌어안으며 볼에다 입을 맞추었다.

문틈으로 방안을 훔쳐보던 나는 자기도 모르는 사이에 소리 안 나게 방문을 발끔이 비집었다. 아내의 애무를 상훈이 어떻게 받아들이는지 그 귀여운 모습을 자세히 관찰하고 싶었던 것이다. 자그마한 그 소망이 실수였는지 모른다. 삐그득, 하는 소리 같지도 않은 소리를 귀밝은 상훈에게 그만 들키고 말았다.

"아 아빠다. 엄마! 아빠다 아빠. 아빠아!"

기겁하듯이 소리지르며 상훈은 아내를 떨치고 댓바람에 나에게로 달려왔다. 입이 함박 만큼이나 벌어지고 얼굴은 환한 박꽃 같은 웃음으로 활짝 폈다. 그리도 좋아 어쩔 줄 모르는 상훈에게 완전히 매료된 나는 처음부터 아내의 존재 같은 건 안중에도 없었다. 죽었던 아이가 다시 살아온 기분이 들어 눈물겹도록 반가운 것이었다. 달려드는 상훈을 와락 끌어안고 발그레하게 상기된 뺨에 몇 번이고 입맞추며, 설움 같은 뜨거운 감정을 가슴에 울컥 느꼈다. 나는 상훈을 한 입에 깨물어도 충족되지 않을 만큼 흥분이 고조되었다. 아이를 힘껏 한번 껴안았다가 번쩍 들어올려 둥실둥실 춤추며 서너 바퀴나 맴을 돌았다. 그러다 어느 샌지 모르게 방안에 들어와 있는 자신을 발견했다. 그제야 아내를 의식한 나는 그녀에 대해 씁쓸한 느낌이 들 수 밖에 없었다.

"아침엔 여보 미안해요."

가슴 밑바닥에 납덩이처럼 가라앉아 있던 아내에 대한 혐오감이, 방금 입에 올린 그녀의 말로 인해 서서히 발기하고 있었다. 변명 같은 건 아예 듣고 싶지 않았다. 그러나 굳이 그녀가 변명을 하려는 것까지는 막을 생각이 없었다. 그건 어디까지나 그녀의 자유이므로. 제 주제에 무슨 말을 하려는지 내 알 바 아니나, 들어주는 체 하는 것도 어쩌면 부부로서의 마지막 도리가 아닐까 싶다. 할말이 있거던 어디 한번 입질을 해 보시지. 한쪽 귀로 듣고 한쪽 귀로 흘리면 그만이니까. 그러느니 차라리 아무 말도 하지 않는 게 좋을 것 같다.

아내는 진지한 표정을 눈가에 지으며 차분히 입을 연다.

"아침에 눈을 뜨니까 벌써 일곱 시 30분이 넘었더군요. 시장보러 가기 조금 늦었다는 생각으로 급히 서두는데, 상훈이가 마침 잠을 깨면서 나를 찾지 않겠어요. 모른 척 하고 집을 나서려니까 저도 함께 가겠다고 떼를 쓰면서 따라 나서지 뭐예요. 상훈일 놔두고 가려고 당신을 깨우자니 그래서, 더 자게 그냥 내버려 두자면서 애를 데리고 간 거예요. 그런데 처음부터 그게 잘못이었어요. 눈에 띄는 대로 사달라고 막무가내로 졸라대는 통에 얼마나 혼이 난 줄 아세요? 안 사준다

고 마구 억지를 부리며 아무 데나 뒹굴고 애를 먹이는데는 정말 어이
가 없더라구요. 자식이라고는 저 하나 뿐이어서 오냐 오냐 하고 제 멋
대로 키운 게 잘못인 것 같아요. 애가 너무 철없이 굴지 않겠어요. 어
처구니없게도 무조건 업어달라 안아달라며 어찌나 귀찮게 굴어대는
지 알미워 죽겠더라구요. 생각 같아선 늘씬하게 두들겨 패주고 싶더
라니까요. 그러나 차마 그럴 수가 없어서 참자니까 속만 상하더군요.
쌀이랑 연탄이랑 짐이 될 물건들은 배달을 부탁해놓고, 당장 먹을 이
것 저것 자길구레한 찬거리들을 산 다음, 아무래도 오늘 조반은 대용
식으로 때울 수 밖에 없겠다고, 식품가게에 얼른 들러서 빵하고 우유
같은 걸 사 가지고 나오니까, 그 사이에 애가 어딜 갔는지 안 보이잖
아요. 그래서 무거운 시장바구니를 든 채 온 시장바닥을 헤맸지 뭐에
요. 그러다 보니 시간이 꽤나 흘러가 버렸어요. 그 때 애는 벌써 시장
바닥을 벗어나, 우리 집쪽으로 혼자 타달타달 걸어가면서 엉엉 소리
내어 울고 있더라구요. 내 참 기가 차서 원."

　상훈은 아내의 말을 들으며, 나와 엄마의 얼굴을 번갈아 쳐다보며
배실배실 웃었다. 그 모습이 밉긴커켱 나의 눈엔 더욱 귀엽게 보일 따
름이었다.

　"이 녀석이 내가 낳은 아이만 아니었어도 오늘 따라 얼마나 가증스
러웠을지 몰라요. 아무리 그래도 내 자식이라 생각하니 또 그렇지도
않아요. 아침에 당신 화 많이 났죠? 혹시나 내가 상훈일 데리고 가출
해버렸다는 생각은 하지 않았나요? 아침엔 그런 생각도 미처 못했지
만, 아까 상훈이랑 당신 퇴근해 오기를 기다리는 동안에 그런 생각이
머리를 스치고 지나가더라구요. 오늘은 틀림없이 일찍 들어올 텐데,
이른 새벽에 내가 집을 나간 것으로 오해하고 들어오지 않고 있는 건
아닌가 하고 말에요. 혹시 그렇게 오해했던 건 아녜요? 하긴 오해하

게도 됐죠 뭐. 안 그랬어요 여보? 어쩐지 그랬던 것만 같은데요? 아무
튼 미안해요 여보."

그러는 아내에게 내가 무슨 말을 해야 할지 생각이 빨리 돌아가지
않았다. 나도 한 마디쯤 해야 할 것 같았으나, 아내가 집에 들어와 있
으리라는 상상도 미처 못했으므로 할말을 잃었던 것이다. 내가 무슨
말을 어떻게 해야 할 것인가.

그런데 바로 그 때였다. 집 앞 골목 밖에서 클랙슨이 빵빵 울린 건.
그 소리에 나는 갑자기 감전이 된 사람처럼 화들짝 놀랐다. 자신도 모
르게 방문쪽으로 얼굴을 홱 돌렸다. 잠시 골목 밖에 세워놓고 들어온
택시 생각이 문득 난 것이었다. 틀림없이 그 택시에서 울려온 클랙슨
인 것 같았다. 나는 움찔하며 몸을 일으키려다 주춤할 수 밖에 없었
다. 사람 하나 드나들 수 있을 만큼 열려 있는 문 사이로 뜻밖에도 녀
석의 모습이 보였으므로.

"좀 들어오지 않고..."

나의 입에선 정겨운 말이 나오지 않았다. 택시에서 기다리고 있어야
할 녀석이 우리 집에까진 왜 따라 들어온 것일까. 녀석에게 집안의 큰
비밀이라도 들킨 것만 같은 언짢은 느낌이 들었다.

"아아니야. 미안하네. 일부러 집안을 엿보려 해서가 아니라..."

어쩌구 하며 녀석은 돌아서려 했다. 그러다

"들어오시죠. 누구신지 몰라도요."

그새 다가간 아내가 방문을 활짝 열자 하는 수 없었을까, 녀석은 꺼
벙정하게 허리를 구부리며 방안으로 들어서는 것이었다. 새삼스럽긴
하나 피차간 어색하지 않게 하려면, 아내와 녀석을 서로 소개해 주지
않으면 안 될 것 같았다. 마지 못해 나는 입을 열었다.

"이미 감을 잡았을 줄 알지만, 여긴 우리 집 내무장관이고, 이쪽은

다른 사람도 아닌 벌써 몇 차례 얘기한 적 있는 고향친구인데, 이 세상에서 내가 가장 부러워하는 사람이야."

"말씀 많이 들었어요. 처음 뵙게 됐군요."

"안녕하십니까? 진작 만나뵐 기회가 어쩌다 한번도 없었습니다 그려."

"저리 따스한 자리로 들어가지."

아내와 간단히 인사를 교환한 녀석을 아랫목으로 가 앉게 하고, 내가 녀석의 맞은편에 앉자 아내는 윗목에 앉게 되었다. 나의 무릎을 차지하려는 상훈을 일으켜 세웠다.

"우리 상훈이 인사 한번 받아볼 테야?"

"아빠 이 사람 누구야? 손님이야?"

상훈은 녀석을 손으로 가리키며 나에게로 눈을 돌렸다. 저로선 처음 대하는 녀석이므로 웬 사람인가 싶나 보다.

"그래 손님이란다. 아빠 친구되시는 분인데 아저씨한테 인사드려야지. 그래야 아저씨가 상훈일 착한 어린이라고 칭찬하실 것 아냐. 안그래 상훈아?"

"아빠 인사가 뭔데?"

"인사를 몰라? 절하는 거? 절할 줄 알잖아? 그거 안 해봤어?"

"절? 응 그거 알어. 시골갔을 때 증할머니하고 할아버지 할머니한테 해봤어. 제사지낼 때도 삼촌들하고 했어."

"바로 그거야. 그걸 아저씨한테 한번 해볼래? 아주 멋있게."

"응 할게 아빠."

상훈은 먼저 녀석을 향하고 서더니 터덜퍽, 요란스런 소리까지 내며 방바닥에 손부터 짚었다. 다음 순서로 궁둥이를 어디만큼 높이 치켜 올리는가 하면, 머리는 숫제 방바닥에다 붙박았다. 물구나무서기 직전과 조금도 다를 게 없는 동작이었다. 상훈에겐 그게 다름 아닌, 절이라는 것이었다. 그것을 본 우리는 어찌나 우스운지 그만 홍소를 터뜨리고 말았다.

"그 놈 인사 한번 걸판지게 하는군. 이름이 뭐라고 했지? 참 상훈이랬나. 상훈이 이리 올래? 아저씨한테 와보라구"

웃음을 끄지 않은 얼굴로 녀석이 두 손을 뻗쳤다. 그러자 처음 보는 녀석임에도 상훈은 가서 스스럼없이 덥썩 안겨버렸다. 녀석은 주머니를 뒤져 지갑에서 빳빳한 지폐를 한 장 꺼내더니 상훈에게 쥐어주었다. 싱싱한 배춧잎 같은 만원권이었다. 여느 땐 천원짜리 아니면 고작 오천원짜리 밖에 받아보지 못했던 상훈은 아주 진귀한 보물이기나 한 듯, 몇 번이나 이리 젖혀보고 저리 젖혀보며 만지작거렸다. 뺨에 대어보는가 하면, 입술에 문질러보기까지 하는 것이었다.

"상훈아, 너는 말이야. 아빠 엄마 두 사람 중에서 아빠가 더 좋니 엄마가 더 좋니?"

녀석이 그렇게 물었을 때

"아빠도 좋고 엄마도 좋고 다 좋아."

상훈은 잠시도 돈에서 눈을 떼지 않은 채 말했다.

"상훈이 넌 애 엉터리구나. 아빠가 좋으면 엄마는 싫은 게고, 엄마가 좋으면 아빠는 싫은 게지, 그런 게 어딨니 애? 상훈이 너 이제 보니 엉터리 박사구나."

"아냐. 나 엉터리 박사 아냐. 아저씨가 엉터리 박사야. 그렇지 아빠?"

상훈이 나에게 동의를 구해 왔으나, 나는 싱긋 웃으며

"아빠 그런 거 잘 모른다."

할 수 밖에 없었다.

"그것 봐 니네 아빠도 모른다잖아."

"씨이 우리 아빠 돈벌어오고 우리 엄만 밥해 주고 빨래해 주고 나하고 같이 놀아주니까 둘 다 좋단 말야."

"그래애? 딴은 그렇기도 하구먼. 그래 알았다 알았어. 저희 아빠 엄마를 싫다거나 밉다고 했다간 큰일나겠구나. 정말 그랬다간 싸움이라도 할 것처럼 덤벼들겠구먼."

녀석이 껄껄 웃었다. 상훈이 이제까지와는 달리

"아저씨이!"

아이답지 않은 진지한 음성으로 녀석을 부르며 얼굴을 뒤로 발딱 젖혔다. 표정까지 금세 심각해지며 녀석을 빤히 쳐다보는 것이었다.

"응?"

녀석의 얼굴에도 웃음이 가셨다.

"아저씨는 돈 많이 벌어응?"

상훈은 녀석의 눈 앞에 지폐를 들어 보였다.

"아 그래. 난 돈 많이 번단다."

녀석이 자신만만하게 대답하자

"얼마끔? 이마큼?"

상훈은 두 팔을 양쪽으로 한껏 펼쳐보였다. 그러다 손에 쥐고 있던 돈을 방바닥에 떨어뜨렸다. 얼른 그것을 도로 집어들었다.

"그럼 그만큼 벌지."

"아저씬 참 좋겠다."

"왜?"

"돈을 많이 버니까."

"녀석도. 난 또 무슨 소리를 하나 했지. 니네 아빤 아저씨보다 더 많이 번단 말이야."

"아냐. 우리 아빠 조금 밖에 못버는 걸 뭐."

표정이 시무룩해지는 상훈이었다.

"어머머 쟤가 왜 저럴까?"

아내가 놀란 시늉을 했다. 나도 놀라긴 마찬가지였다. 나는 그저 놀란 정도가 아니었다. 아찔하게 현기증까지 느끼며 까무러칠 것 같은 쩡한 충격을 가슴에 받았다. 아무 것도 모르는 철없는 아이로만 보았던 상훈이 그러한 아이답지 않은 말을 하며, 시무룩해지고 있는 데 대해 그냥 어이가 없기보다, 뒤통수를 둔기로 힘껏 한 방 얻어맞은 것 같은 기분이 되었다. 그거야말로 적지 않은 충격이 아닐 수 없었던 것이다. 그대로 두었다간 더 엄청난 소리라도 할까 봐서일까, 아내는 상훈을 자기에게로 오라고 손짓했다. 다행히 상훈은 두 말없이 그녀의 무릎에 가서 앉았다. 그러자 녀석이 괜히 쓸데없는 생각이나 하게 될까 봐 저어스러운지, 이번엔 아내가 녀석에게 질문공세를 퍼붓기 시작했다.

"댁엔 애들이 몇이나 되세요?"

"애들요? 아직 하나 뿐인걸요."

녀석이 말은 그렇게 하면서도 멋적은 표정을 지었다.

"그 애가 지금 몇 살이에요?"

아내는 마치 신문하는 듯한 말투를 쓰고 있었다. 어쩌면 그건 녀석에게 있어 신문이나 다름이 없는 말일는지 모른다.

"이제 다섯 살인가요? 그래 맞아요. 다섯 살이군요. 벌써 그 놈이 다섯 살이네요."

"그럼 우리 상훈이와 동갑이군요. 미운 다섯 살이라고 걔도 요즘 개구쟁이짓 어지간히 하지요?"

"아니 그렇지도... 아 네 그래요."

녀석은 말을 더듬거리며 어색해 하는 것이었다. 그러면서 아내로 하여금 그런 질문 계속하지 않게 하라는 것일까, 나에게 의미있는 눈길을 던져오고 있었다. 녀석답지 않은 그 행위에 나는 속으로 웃을 수밖에 없었다.

"밖으로 고향친구 사이라니까요, 우리도 서로 가까이 지낼 수 있도록 저희 집에 같이 한번 오세요. 그렇지 않으면 저희가 함께 가든지 해야 할 것 같네요. 애 엄마한테 제 얘기 꼭 좀 전하세요."

"네... 아 그러지요."

그 때 나는 녀석의 얼굴에 당혹감이 스치고 지나가는 것을 재빨리 간파할 수 있었다. 더 있다간 더욱 난처한 입장이 될지 모른다는 판단이 내려졌는지, 녀석이 일어나려는 기미를 보이는 것이었다. 몸을 슬며시 움직이는 품이.

"여보, 커피 같은 건 처음부터 우리 집엔 없었던 거니까, 소주라도 한 병 사오지 그래. 지체하지 말고 곧 바로 사오라구."

"그렇잖아도 그럴 작정이에요."

아내는 방금 자기 무릎에서 잠이 든 상훈을 조심스레 방바닥에 옮겨 눕히고 벌떡 일어섰다.

"아 아닙니다 아주머니. 관두세요 아주머니. 아니야 이 사람아. 아니라니깐 이 사람이. 이젠 가봐야겠어. 그러지 말라니까 제발. 그럴 필요없단 말야."

"우리 집에 처음 왔다가 그냥 간다니 그건 말도 안 된다구. 하다 못해 쓴 소주 한 잔이라도 하고 가야 한다니깐. 그럼 서운해서 안 된단 말야. 이러면 안 된다구."

떨치고 일어나는 녀석을 나는 기어이 붙들어 앉히려 했다. 그대로 보내는 건 도리가 아닐 것 같았다. 그러나 바로 그 때 녀석에겐 어차피 자리를 뜨지 않을 수 없는 구실이 생겼다. 골목 밖에서 몇 번이고 잇달아 클랙슨이 요란스레 울려왔기 때문에. 곧 나온다 해놓고 들어간 사람들이 여태까지 뭘 그리 꾸물대고 있느냐며, 어쩌면 운전사가 나와 녀석에게 입에 담지 못할 욕설을 내뱉고 있을지 모른다. 그러고도 남을 일이었다. 집안으로 처들어와서 야료를 부리지 않은 것만도 다행이었다. 택시 운전사치고는 그래도 꽤 착한 사람임엔 틀림없을 것 같았다.

괜한 호기심으로 나의 꽁무니를 밟아 우리 집에까지 들어 왔다가, 아내 때문에 의기가 소침해졌을지 모를 녀석이었다. 고향친구로서 녀석에게 나는 미안한 생각이 들었다. 그래서보다 굳이 오늘만은 나도 집에 들어오지 않을 것을 그랬다는 후회가 없지 않으므로, 차라리 처음부터 녀석을 순순히 따라 갔으면 좋지 않았을까 싶은 것이다. 그랬던들 아내가 녀석의 심사를 곤혹스럽게 만들지 않았을 게 아닌가. 그러나 나는 그 날 따라 스스러운 감정 밖에 없었던 아내에게보다, 여느 때완 달리 진한 우정까지 느낀 녀석에게 배신을 당한 것 같은 불쾌감을 불식할 수 없었다. 으레 함께 가자 할 줄 알고 외출복도 벗지 않은 채 골목 밖까지 따라 나간 나에게,, 가자거나 가지 않겠냐는 말을 녀석은 끝내 하지 않았다. 헛인사로라도 그런 말 한 마디쯤은 하리라 생각했는데 아무 말도 없는 것이었다. 그런 말을 해선 절대 안 되는 것으로 작심이라도 굳게 한 사람처럼.

녀석은 택시에 올라

"잘 있게."

가볍게 손을 흔들어 보이며 휑하니 가버렸다. 도망이라도 치는 사람 같았다.

나는 녀석에게 괘씸한 생각이 들었다. 가슴 속에서는 뜨거운 게 꿈

틀거렸다. 망할 자식 의리도 없이 저 혼자 가버릴 게 뭐란 말야. 빌어먹을 새끼 왜 나를 두고 저만 간단 말야. 나의 입에선 절로 험한 욕설까지 튀어나오려 했다.

녀석이 탄 택시는 많은 차량의 물결 속으로 이내 휩쓸려들었다. 나는 원망스런 눈으로 그 차가 가버린 방향을 뚫어지게 쏘아보았다. 언제까지나 그러고 있을 듯이 좀처럼 그 자리에서 떠날 줄 몰랐다.

그 곳에 얼맛동안이나 우두커니 서 있었을까. 문득 목덜미에 이물질이 와 닿는 차가운 냉기를 느꼈다. 순간적으로 나는 번데기같이 몸이 움츠려들며 어느 새 가볍게 떨기 시작했다. 싸늘한 감촉은 한번으로 끝나진 않았다. 처음엔 한참이나 간격을 두다가 차츰 빈도가 잦아지고 있었다. 그러더니 이젠 목덜미 뿐 아니라, 얼굴에도 머리에도 쉴새없이 계속되었다.

"여보. 눈이 오는데 거기서 왜 아직까지 그러고 있는 거에요? 집으로 들어가자구요. 감기걸리겠어요."

기다리다 못해 나온 아내인지 모른다. 그녀가 다가와 나에게 바싹 붙어섰다. 그러나 나는 그녀보다 어쩐지 눈이 더 좋았다. 그녀에겐 별로 관심도 없었다. 그러한 나의 내심도 모르고 그녀는 나에게다 몸을 밀착시켜왔다.

"여보. 나 오늘 말예요. 생각하고 또 생각한 끝에 한 가지 단안을 내렸어요. 내일부터 요구르트와 우유를 배달하기로 했어요. 이종 오빠가 한 사람 그 방면에 종사하고 있다기에 헛일삼아서 부탁을 해봤더니, 자기가 보증까지 서주겠다면서 하고 싶거든 해 보라고 하더군요. 해도 되겠죠?"

아내가 착 감겨드는 음성으로 나긋나긋하게 말을 걸어왔으나, 들은체도 하지 않았다. 그 때 나의 생각은 엉뚱한 데에 가 있었던 것이다.

"이번에 또 사글세를 얼마나 더 올릴지도 모르는 일 아니겠어요. 아무리 생각해도 당신 혼자서만 벌어 가지고는 안 될 것 같단 말에요. 단돈 얼마씩이라도 보태려고 그러는 거에요. 괜찮죠 네?"

지금쯤 녀석은 무얼 하고 있을까. 혼자서, 아니 여자를 옆에 끼고 술을 마시고 있는 것일까. 벌써부터 어쩌면 여자와 그 짓을 하고 있지는 않을까. 망할 자식 나에겐 가잔 말 한 마디 않고 의리없게도 저 혼자만 갈 수 있단 말인가. 나쁜 자식 같으니.

"이미 단단히 굳혀놓은 내 마음을 행여라도 당신이 못하게 하진 마세요. 지금까지 살아오는 동안에 도저히 이래 가지고는 안 되겠다는 걸, 절실히 깨달은 나로서는 정말 어렵게 내린 결단이라구요. 이젠 상훈이도 잠깐씩은 떼어놓아도 될 테니깐요. 요즘은 남편 혼자서 버는 집들보다 여자들이 맞벌이를 하는 집들이 훨씬 더 많다는군요. 그러지 않고서는 정말 살기가 너무 힘들대요. 예전과 같지가 않아서 요새는 돈쓸 데가 오죽이나 많아요. 늘 하고 있는 말이지만, 지금과 같이 물량이 풍성한 세상에 우리가 사는 건 도저히 산다고도 할 수가 없는 실로 처절한 삶이란 말에요. 우리라고 늘 이렇게만 살란 법이 있나요? 우리도 언젠가는 남들처럼 정말 사는 것 같이 한번 살아봐야 할 것 아니에요."

오 눈이 잘도 오는구나. 오는 눈은 올지라도 한 닷새 왔으면 좋지... 나는 얼핏 죽은 지 벌써 옛날인 소월 김정식 시인의 시 한 구절을 머리에 떠올렸다. 눈이 온다. 눈은 오고 있다. 기왕 오려거든 조금 오거나 오다가 말 게 아니라, 펑펑 쏟아져 내려라. 얼마든지 퍼부어라. 그것도 함박눈이면 좋겠다. 아니지 참 진눈깨비가 더욱 좋을 것 같다.그래 맞아, 세상을 진눈깨비로 온통 뒤덮어버리든지, 모든 걸 완전히 눈속에 파묻어버리면 얼마나 좋을까. 지구가 꽁꽁 얼어붙어서 지구상의 인간들은 물론이지만, 온갖 생명체까지 동사한다면 원도 한도 없으련만.

"여보. 뭐라고 말 좀 해 보세요. 무슨 말이든 말에요. 당신이 하지 말라면 안 할게요."

"……."

"대답을 하지 않는 건 동의하는 것으로 간주해도 되겠죠? 그렇죠 여보?"

"……."

"그렇게 알까요? 아니에요. 당신이 하라는 대로 할 거에요. 그러니까 이젠 집으로 들어가요 네? 이러다간 정말 감기든다니깐요. 들어가요 여보."

아내의 권유에 좇아 집으로 들어가고 싶은 생각은 손톱만큼도 없었다. 왠지 그녀의 말은 따르기가 싫은 것이다. 지난 날 같으면 이런 때 나는 그녀에게 눈오는 거리를 함께 걸어보지 않겠느냐고 제의했을는지 모른다. 아침에 그 일만 아니었어도 어쩌면 그랬을 터였다. 그러나 오늘, 아니 지금은 그러한 낭만을 즐기고 싶지 않은 것이다. 그럴 생각이라곤 꿈에도 없었기 때문에. 그것도 모르고

"여보. 그럼 집으로 들어가기 싫거든 우리 차라리 함께 눈을 맞으면서 잠싯동안 거리를 거니는 것도 나쁘지 않겠군요. 우린 아직까지 한 번도 그런 적이 없었잖아요?"

아내가 은근히 나를 끌어당겼다. 나는 그녀에게 잡힌 팔을 슬며시 빼어냈다. 걷고 싶었던 조금 아까까지의 생각을 머리에서 힘껏 털어내며, 마음과는 딴판으로 발걸음을 집쪽으로 옮겨놓았다. 그녀는 다시 이렇다 저렇다 말이 없었다. 다만 나를 묵묵히 따라 오고 있을 뿐이었다.

어느 새 눈은 굵다란 함박눈으로 변해 버렸다. 제 철도 아닌 눈이 왜 오는지 알 수 없지만, 제발 이게 나에게, 우리 집안에, 시골의 우리 부모 형제에게, 우리 회사에, 그리고 이 나라 모든 이들에게 상서로운 눈이 되었으면 얼마나 좋을까. 아무리 지금이 문민정부 시대요, 국민소득이 1만 달러를 넘어섰다고는 하나, 나 같은 놈에겐 아직 봄다운 봄이란 오지 않은 것이다. 봄이 이미 와 있다고들 착각하고 있지만, 봄이 정말 왔다고 장담할 수 있는 이들이 이 땅에 과연 몇이나 될 것인가. 다만 봄은 오고 있다는 희망을 가지고 살아갈 수 밖에 없는 게 우리와 같은 평범한 인간들이 아닌지 모른다. 그래 맞아 바로 그런 거라고 나는 생각한다.

회심의 미소를 나는 눈가에 지으며 집 앞에서 걸음을 멈추었다. 뒤따라 오다가, 거들떠 보지도 않은 채 집안으로 곧장 들어가려는 아내를

"여보."

내가 나꾸어쳤다.

"왜 그래요?"

토라져 있는 그녀의 음성이었다. 이해할 수 있을 것 같았다. 그녀의 심정을. 나라면 대꾸조차 하지 않고 홱 뿌리치며 쌩하니 집으로 들어갔을 터였다. 그러지 않는 것만도 다행인지 모른다.

"조금 아까 당신이 제의한 대로 눈오는 거리를 우리 함께 걸어보자구. 아직 한번 그래보지 못 했으니까 말야."

"이미 밤이 늦었어요."

너무 쉽게 동조하자니 자존심이 상했을까.

"잠시만 걸어보자니깐."

내가 지그시 잡아끌자

"그럼 잠시만이에요."

아내는 못이기는 듯이 따라 나섰다.

"화난 거야?"

반대편 어깨에 얹은 손을 겨드랑이 밑으로 밀어넣으며 나는 그녀의 몸을 지그시 끌어당겼다.

"아깐 조금요."

"지금은?"

몸을 밀착시키며 내가 얼굴까지 그녀에게 붙이자

"누가 봐요."

"이젠 화가 풀렸어?"

"별수없이 그래얄 밖에요."

"풀리지 않는데도 억지로 푸는 거야?"

"그러라고 꼬드기도 있으면서 그래요?"

"내가 꼬드긴다구? 그렇지 꼬드겼지. 그런데 여보. 당신 수술한 거긴 이제 아무런 이상도 없는 거지?"

"갑자기 그건 왜 묻죠?"

"건강보다도 더 큰 재산이 없으니까. 더욱이 우리 처지엔."

"지극히 양호한 편이에요."

"그럼 당신 하고 싶은 대로 해요. 하지만 절대로 무리를 해선 안 된다구."

"고마워요 여보."

"당신이 고맙긴 내가 고마울 수 밖에. 그런데 말야. 여태까지 신협에다 내던 걸 내달부터는 주택적금으로 부을까 봐. 그렇게 해서 우리도 몇 해 뒤엔 조그만 서민 아파트나마 분양받을 수 있도록."

"시골엔 어떡하구요?"

"이번같은 일은 없을 거야."

아내는 대꾸하지 않았다. 왜 그러는가 했더니 그녀는 코를 훌쩍이고 있었다. 모른 체 하며

"당신 감기걸리면 안 되니까 그만 집으로 돌아갈까?"

했을 때였다. 느닷없이 아내가 나에게 매달렸다.

"사랑해요 당신을."

키스까지 해왔다.

"누가 본단 말야."

내가 밀어내는 시늉을 하자

"보려면 보라죠. 부부끼리 그러는 것도 흉인가요?"

아내가 더욱 완강히 키스를 해오는 바람에 하지 않으려 해도 나는 아니 할 수 없었다.

우리는 포옹을 한 채 집으로 들어갔다. 상훈은 아랫목에서 고이 잠자고 있었다.

그 날 밤 우리는 실로 오랜만에 몸과 마음이 온전히 화합된, 정말 행복한 시간을 가졌다. 첫 날 밤과도 같은.

〈끝〉

나는 바보다

4개월이 넘도록 지리멸렬하게 진통을 겪고서야 잡지 향토(鄕土)가 창간되었다. 편집을 맡았던 김형수가 때를 맞추어 휴직하기에 이르렀다. 어쩌면 그것은 까마귀 날자 배 떨어진 격이라 할 수 있을지도 모른다.

그렇게 되기까지는 사장 박성구씨의 심심한 배려가 특별히 작용했다고나 할까. 하긴 형수로서도 자신의 문제에 대해 불일내로 어떠한 결단을 내리지 않으면 안 되겠다고 별러온 참이었다.

그런 내막을 알 턱도 없는 동료들은 형수에게 무슨 특혜조치가 내려진 것이나 아니냐는, 선망어린 눈길들을 보내오고 있었다. 마침 시기적으로 바캉스 철이었으므로 흥 누군 참 좋겠네 할지도 모르나, 형수는 그런 것과는 아예 천리만리나 거리가 멀었다. 그의 처지로 바캉스라는 건 도시 염두조차 할 수 없는 전혀 딴 세상 이야기나 다름없었다.

"빌어먹을 인간들 같으니라구. 바캉스 좋아하네."

그러나 형수는 굳이 군색한 변명 같은 건 할 필요가 없다고 생각했다. 처음부터 자기를 스페셜 케이스로 알고 있었던 그들의 생각을 이제 와서 새삼스럽게 고쳐주고 싶지 않았다. 일부러 그러한 친절까지 베풀 필요가 있을까. 자기들이야 언제까지나 그렇게들 알고 있으라지 뭐. 그래야 나에 대해 실망하지 않을 테니까.

속으로 형수는 실소를 깨물 수 밖에 없었다. 결코 그것은 그들의 생각처럼 특혜도 아무 것도 아니었기에.

자기에게 박성구씨가 무슨 생각으로 휴직을 종용하게 되었는지 모르지만, 오히려 그것을 형수로서는 고맙게 받아들이고 싶었다. 건강이 물론 조금은 문제이긴 했다. 그러나 이제는 그게 아니라도 정말 어떠한 방법을 스스로 강구하지 않으면 안 된다 생각하고 있었다. 희생이 무조건 나쁘다고만은 할 수가 없다. 그렇지만 그것도 한계가 있는 것이다. 장래에 대한 희망이 다소나마 보인다면 좀 더 희생을 할 수도 있다. 그렇지가 않은데 무조건 희생을 한다는 건 너무 무모하고 무가치할 따름이다. 결국은 자기 파멸을 초래하게 될 게 뻔할 터였다.

계획을 수십 번도 더 바꿔가면서 지겹도록 시일을 끌다가 그럭저럭 겨우 꿰어맞추다시피 한 창간호였다. 그러고는 후속호에 대한 준비조차 하지 않고 엉거주춤하고 있는 것만 보아도 그 전정은 이미 알 만한 일이었다. 처음부터 형수는 어쩐지 좀 신통하지 않을 것 같다는 생각을 전연 안 해 본 것도 아니었다.

기껏 4개월여 동안에 벌써 몇 차례나 사무실을 옮기고 또 옮겼다. 실내구조며 내부시설이며 좌석배치 같은 것을 사흘이 멀게 뜯어 고치고 바꾸었다. 공산당 조직체계가 무색하리만큼 무슨 놈의 국장이니 과장이니 부장이니 반장이니 주임이니 하는 잡다한 직함들이 그리도 많은 것일까. 게다 일일이 다 부(副)자 감투까지 두고 있어서 머리가 어지러울 지경이었다. 그리고 부서담당에 대해 밥먹듯이 교체하기 일쑤여서 혼란스럽기만 했다.

어디 그 뿐이었는가. 어제까지만 해도 말단 사원이었던 사람이 제대로 단계도 거치지 않고 하루 아침에 과장도 아닌 바로 국장으로 승진되기도 했던 것이다. 잡지사로서의 형태조차 제대로 갖추고 있지 않으면서, 사장 멋대로, 아니 엿장수 마음대로 소위 사규(社規)인지 뭔지를 만들어놓고는, 사원들에게 일방적으로 이른 출근과 늦은 퇴근과 공휴일 특근 같은 것을 강요하고 있었다. 게다 사원들 개개인의 근무태도며 업무능력이며 근태상황 등에 대해 일일이 체크하곤 했다. 그러면서도 사장 박성구씨는 책이 아직 나오지 않은 것을 방패로 앞세워 사원 대부분에게 보수도 제대로, 아니 거의 주지 않고 있었던 것이다.

그런데 아주 어렵게, 그야말로 천신만고 끝에 빛을 보게 된 잡지치고는 상품으로서의 일고(一考)의 가치조차 없었다. 그래서 결과적으로 밝혀진 건 X천만원의 자본을 가지고 사업을 개시했다던 박성구 사장의 호언장담이 아예 허위일 수 있다는 사실이었다. 원고뭉치를 편집해 출판의뢰를 해놓고는 자잘구레하게 들어가는 비용도 충당하지 못해 쩔쩔맸나 하면, 어떻게든 경비절감을 하려고 갖은 수단과 온갖 잔 꾀를 다 부렸던 그였으므로. 몇 가지 사실을 놓고 종합적으로 분석할 때 결론은 너무나 명백하다는 판단이 내려졌다. 그러자 여태까지 붙어 있었던 것만 해도 생각할수록 화가 치밀어오르는데, 무엇 때문에 더 눌러 있을 것인가.

돌이켜 보면 지난 4개월여 동안은 30년 남짓한 형수의 생애에 있어서 가장 간난했었다 할 수 밖에 없었던 기간이었다. 그로서는 두 번

다시 생각하고 싶지 않은 그야말로 수난기였다 하지 않을 수 없었다. 그 동안 경제적으로는 표현할 수 없을 정도로 궁핍하기도 했지만, 육체적으로나 정신적인 고통 또한 적지 않았다. 웬만한 어려움 같은 건 거뜬히 이겨낼 수 있는 옹골찬 형수였으나, 그러한 형수로서도 몇 번인지 모르게 죽고 싶다는 생각마저 하게 되었다. 그 때마다 죽는 것이 사는 것보다 더 어렵다는 사실을 깨우침으로써 엄습해오는 해탈감 때문에 심적으로는 얼마나 더 괴로웠는지 모른다. 마침 하나의 돌파구로 눈 앞에 전개된 것이 자유일보사 교정부 기자시험이었다. 형수는 옳지 바로 이것이구나 싶었던 것이다. 회사에는 아예 극비로 한 채 형수는 자유일보사에다 지원서를 제출했다. 그래 놓고는 틈나는 대로 시험준비를 하고 있었다. 그렇다고 회사일을 눈곱만큼도 소홀히 하지는 않았다. 여느 때보다 오히려 더 열심히 했다고 자부할 수 있었다. 형수의 주관은 나갈 때는 나가더라도 있는 날까지는 책임을 완수하겠다는 것이었다. 지나치게 고지식하다 하리만큼 그러한 결벽증 같은 것이 형수에겐 있었던 것이다. 바로 그것이 큰 탈이었다는 것을 뒤 늦게야 형수는 깨닫게 되었다.

이미 지나간 일이기 때문에 지금은 그것을 한 가닥의 악몽으로 접어넘길 수도 있긴 하다. 그러나 형수로서는 휴직이 곧 그 직장과는 결별인데다, 사고를 당했던 날이 공교롭게도 오늘로 더도 덜도 아닌 꼭 1개월이 되는 터여서, 이제야 그 일에 대한 뒷 처리를 하기 위해 집을 나서는 형수의 심경은 형언할 수 없이 착잡하다. 어쩌면 어제 일 때문에 더욱 더 그러한 마음일는지 모른다.

어제 일은 생각하면 할수록 형수는 자꾸만 어이가 없을 따름이다. 사장이라는 박성구씨가 정말 그렇게 할 줄은 미처 몰랐다. 내가 이렇게까지 된 게 자기에게도 전혀 책임이 없다고는 못할 텐데도 어떻게 그럴 수가 있단 말인가. 어쩌면 그 책임의 거의 대부분이 자기에게 있다고 할 수도 있지 않은가. 그런데도 나는 모른다는 식으로 이제까지 잠자코 있다가, 하루 출근하면 이삼일씩 쉬어야 하는 건강을 이유로 아무래도 선처(골자는 바로 경제적인 문제였다)를 해 주셔야겠습니다. 하고 슬며시 운을 뗐을 때에야

"김 기자에 대해서 어떤 대책을 강구하면 될까요?"

따지는 것인지 의논을 하자는 것인지 얼른 감을 잡을 수 없는, 어정쩡한 말을 박성구씨가 형수에게 던져오는 것이었다. 그것이 1개월 전 형수가 사고를 당한 후로는 그의 신상에 관한 박성구씨의 최초의 한 마디였던 것이다. 그래서 형수는 조금은 신기하다는 생각이 들 수 밖에 없었으므로, 미처 그의 저의가 무엇인지 헤아리려 하지도 않고

"사장님께서 저에 대해서 어떻게라도 배려를 좀 해 주셨으면 좋겠습니다."

바보처럼 얼른 그렇게 대답하고 말았다.

"내가 가장 신임하고 있던 핵심 멤버가 바로 우리 김 기자였는데…"

그러니까 어쨌다는 것인지 박성구씨는 실눈을 지으며 잠시 형수를 노려보더니 다시 말을 이었다.

"김 기자 때문에 손해를 얼마나 보았는지나 아세요?"

하고는 눈알까지 굴리며 화난 듯한 시선을 형수의 얼굴에 고정시켰다. 음 결국은 그래서였는지 모르겠다.

"그럼 그 책임이 온전히 저에게만 있었단 말입니까? 그런 당치도 않은 말씀일랑 아예 하지도 마십시오."

했어야 할 것을 제풀에 괜히 움추려들며

"왜 안 그렇겠습니까? 저도 책임을 절감합니다. 그 일에 대해서라면요."

자기도 모르게 뚱딴지 같은 말이 형수의 입에서 흘러나왔던 것이다. 스스로 생각해 봐도 형수는 자신이 여간 가소롭게 느껴지지 않았다. 하필 내가 그런 말을 할 게 뭐람. 책임을 절감한다고? 책임이라니 무슨 얼어죽을 책임이란 말인가. 더럽게도 내가 비굴해졌구먼 그래. 아무래도 색도를 더 넣어야 눈에 확 띄게 될 거라 하자, 경비가 더 부담된다고 2도를 고집하더니 볼 모양없는 표지가 되고 말았고, 인쇄비도 제대로 못내는 주제에 출판이 너무 지연된다고 들입다 다그쳤다가 오자 탈자 투성이로 만들어 버렸으며, 돈이 생기는 것만 신경쓰다 보니 결국 읽힐 책이 아닌 잡다한 광고 나부랑이로 엮어놓게 되었는데, 지금 와서 누구 탓을 하는 것일까. 그게 다 누구 고집으로 그렇게 된 것인가 말야.

"창간호는 기왕 남의 손을 빌려서 하기로 작정했던 거니까 그렇다 치더라도, 앞으로는 편집에서부터 출판 공정을 거쳐서 책을 낼 때까지의 제반 업무에 대해서 총괄적으로 관장해야 할 김기자가 아니냔 말이에요."

하는 박성구씨의 말에 형수는 머리를 주억거렸다. 자기가 계속 근무하게 된다면 마땅히 그래야 할 것이라고 형수도 솔직히 시인하고 싶었다. 그 점에 대해 형수는 할 말이 없었으므로 박성구씨의 시선을 슬그머니 피해 버렸다. 그랬다가 다음 순간이었다.

"죄송합니다. 하지만 말입니다..."

못마땅한 표정으로 얼굴이 잔뜩 실그러져 있는 박성구씨의 눈길을 맞받으며 도전적으로 형수는 그를 쏘아보았다. 고의적으로 내가 그러고 있나 뭐. 일을 하려 해도 할일도 없는데 날더러 뭘 어쩌란 말이냐며 눈으로 따갑게 따지고 들었다. 그러자 이번에는 박성구씨가

"김 기자의 사정을 내가 모르는 바는 아니에요. 하지만 문제는..."

형수를 외면해 버리며 담배를 한 개비 꺼내어 불붙여 물더니 다소 여유있는 모습으로 다시 입을 열 눈치를 비치는 것이었다.

"...?"

또 이 사람이 무슨 말을 하려고 이러나 싶어 형수는 의아스러웠다.

"김 기자의 건강이 늘 요즘같이 그래서야 되겠어요?"

그것 역시나 얼핏 저의를 가늠하기 어려운 말이 아닐 수 없었다. 박성구씨는 형수를 향해 길게 담배연기를 불어냈다. 그의 얼굴에서는 아직도 언짢은 빛이 완전히 가셔 있지 않았다.

"실은 그래서 말입니다만..."

어쩌면 오해할 수 있는 빌미를 줄지 모른다며 용기를 내어 형수가 말을 이으려는데, 박성구씨는 들으려 하지도 않고

"휴양이나 좀 해 보도록 하시오."

무척이나 생각해주는 것처럼 말했다.

"그것도 좋습니다만, 지금 같아서는 그런 것을 생각할 수 있는 마음의 여유가 저에겐 없습니다."

형수는 현재의 딱한 자기 처지를 넌지시 입에 실었다. 죽지 못해 살고 있다는 말까지 할까 하다가 그만 두었다. 그런 말을 하기엔 아직은 자존심이 허락지 않았기 때문이다.

형수로서는 사실 휴양 같은 건 감히 생각할 수조차 없는 처지, 아니 상황이었다. 그보다 더 시급한 일들이 자기 앞에 몇 가지나 가로놓여 있었던 것이다. 그러나 처음엔 아무리 충실했었다 하더라도, 가장 중요 시기인 책을 출간할 즈음에 불의의 사고로 열흘 가까이나 결근을 하게 되었고, 그럭저럭 출근하기 시작하면서도 나가다 말다가 했기에, 형수의 양심으로는 어려운 말을 선뜻 꺼낼 수가 없었던 것이다. 하지만 이제야 박성구씨가 자기에게 휴양을 권하는 건 어이없는 일이

라고 형수는 생각했다. 여태까지 모른 체 하며 시치미를 떼어왔던 사람이 지금 어떻게 그런 말을 할 수 있단 말인가. 폐일언하고 제 때에 보수나 제대로 주었으면 이렇게 되지는 않았을 게 아닌가. 먹을 것을 제대로 먹질 못해 언제나 끼니 걱정을 할 수 밖에 없는 마냥 고달픈 신세여서 그 동안 굶어죽지 않은 것만도 불행중 다행이었다. 사고가 난 후로는 그나마도 한 푼 받아본 적이 없을 뿐더러, 전엔들 고작 X백원 아니면 잘 해야 X천원쯤 거지에게 동냥주듯이 한 것을 그 동안 받아쓴 것이, 다른 유사 직종의 그것도 신입사원 수준 급료의 1개월치 보다 적은, 고작 X만X천원에 불과한 액수였던 것이다. 그것을 가지고 세 식구가 4개월 동안 살아왔으니 그 생활을 어찌 생활이라 할 수 있을 것인가. 고용주치고는 참으로 희한한 사람이 바로 박성구씨였다. 사람을 억세게 부려먹을 줄이나 알았지 아예 부려먹은 만큼 보수 같은 건 주려 하지도 않은 그야말로 철면피나 다름이 없는 사람이었다. 그렇다. 분명히 그는 철면피였던 것이다.

그런데 그 날 따라 웬일인지 박성구씨에겐 이제까지완 조금 다른 면모를 보이려는 기미가 없지 않았다. 인정을 억지로라도 좀 내려는 것 같은 점이 그랬다. 그가 한 다음 말에서 그것을 눈치챌 수 있었기 때문이다.

"휴직원을 제출하시오. 보름이면 되겠죠? 돈도 다소간 마련해 드리리다."

미처 그의 말이 끝나기도 전에 비굴하게 형수는 머리까지 두어 번 굽씬거리며

"감사합니다. 사장님. 제발 그렇게만 해 주시면 그보다 더 고마운 일이 없겠습니다."

했다. 그러나 사실 따지고 보면 고마울 거라고는 쥐뿔만큼도 없는 것

이다. 고용주에겐 일을 시킨 데 대한 보수는 반드시 주어야 할 의무가 있는 것이며, 피고용자로서는 당당히 그것을 받을 권리가 법적으로 보장되어 있었으므로. 더욱이 지난 번 그 사고가 박성구씨와도 전혀 무관하지는 않은 터여서, 형수는 그와 같은 그의 소행이 별로 마뜩치가 않은 것이다. 건강으로 인한 휴직은 어떤 직장에서나 있을 수 있는 일이요, 또한 마땅히 있어야 하는 것인데도 마치 남다른 무슨 큰 특혜나 베풀듯이, 아주 특별히 선심이라도 듬뿍 쓰는 것처럼, 생색까지 내려는 까닭을 형수가 모르는 바 아니었다. 그래서 형수는 박성구씨에게 괘씸하다는 생각이 드는 것이었다.

형수가 박성구씨 앞에서 물러나왔을 때 낯설지 않은 몇 몇 얼굴들이 흘금흘금 그를 곁눈질해 왔다. 그들은 할일없이 사무실 여기 저기의 빈 의자를 차지하고 있었지만, 결코 그들이 할일없는 사람들은 아니었다. 그들은 얼마 전에 퇴사한 지난 날의 동료들로서, 요즘들어 거의 매일이다시피 부쩍 더 자주 회사에 들르곤 했다. 자신에 대한 심한 환멸을 느끼다가도 그들만 대하게 되면 절로 자위가 되는 것이다. 그들을 한 마디로 바보, 또는 머저리라는 표현 밖에 할 게 없다 생각하는 형수였다. 어떠한 방법으로든 그걸 진작 받아내지 못하고 언제까지 저렇게 자꾸 들락거릴 것인가. 병신 같은 새끼들. 저런 인간들이 있기에 박성구씨 같은 인간이 살아갈 수 있는 게 아닌가. 하고 있는 꼴들이 기가 찼다. 맡겨둔 적립금을 찾아내려고 연일 찾아오는 그들의 찌든 몰골을 접할 적마다, 자기라고 그들보다 더 나을 게 뭐냐며 속엣것을 게울 것만 같은 구역질을 형수는 곧잘 느끼곤 했다. 아무리 눈 반히 뜨고 있어도 코 베일 각박한 세상이라긴 하나, 몇 달 동안 일한 보수도 보수인데다 입사할 때 들여놓은 적립금, 아니 보증금마저 한 푼도 돌려받지 못한 병신들이라니.

적립금인지 보증금인지에 대해 그걸 아예 내지 않은 형수로서는 자세한 내용을 잘 모른다. 처음부터 형수에게만은 그것을 요구하지 않았다. 그가 스페셜 케이스여서보다 애시당초 돈 문제와는 무관한 편집 부서여서인지 모른다. 만일 형수에게 그것을 요구해 왔다면 이 따위 엉터리 잡지사엔 애초부터 들어오지 않았을 것이다. 사실 그런 것을 낼 만한 돈이 없었으므로. 그런데 형수가 들은 바로는 그것도 일정한 액수가 아닌 것 같았다. 과장이었던 배진형은 10만원이나 냈고, 송기린이 7만원, 한가지는 6만 5천원, 그 밖에 누군 5만원, 또 누군가는 얼마... 이미 퇴사한 이들만 해도 어림잡아 50만원 가까이 되나 보다. 박성구씨가 어떻게 그 돈을 다 융통할 수 있을지 형수로서는 자못 궁금할 따름이다.

그 날도 개인별로 박성구씨를 만나고 나오는 그들이 소태씹은 표정이거나 부아가 잔뜩 나 있는 얼굴들이었다. 몇 번이고 그들을 훔쳐보며 두어 차례나 찢고 또 찢은 다음에야, 겨우 마무리지은 휴직서에 도장을 눌러찍는 형수의 마음은 이를데없이 착잡했다. 이제 여기와는 끝이라는 생각에서가 아닌 것이다. 눈 앞에 가로질려 있는 문제들이나 우선 해결한 다음, 휴양까지는 생각지 못하더라도 하다 못해 보약이나 한두 첩 지어 먹어야 할 텐데, 하는 기대마저 어쩐지 허물어질 것 같은 예감이 없지 않아서다. 그래서 아무리 최소 한도로 잡아도, 적어도 박성구씨에게서 X만원 이상은 받아내어야 한다는 계산을 형수는 하고 있었다. 처음에 약속했던 액수의 최저선으로 계산해도. 4개월하고 반이니까 X만 X천원이 하한선이었다. 거기다 여태까지 수차에 걸쳐 병아리 눈물만큼씩 받은 것을 제하더라도 X만원은 아무래도 넘을 것이다.

그런데 휴직서를 낸 형수의 손에 박성구씨가 막상 쥐어준 돈은 완전히 기대 밖으로서, 계산하고 있었던 액수와는 엄청나게 차이가 났다. 그것도 고작 △만원에 지나지 않았던 것이다. 형수는 기가 찼다. 너무 어이가 없었다. 갑자기 입이 얼어붙은 듯 말이 나오지 않았다. 박성구 씨가 아마도 매월 X천원씩으로 계산한 것 같은데, 서른이 넘은 남자의 월급을 공장의 미성년 여공의 급료에도 못 미치는, X천원으로 계산해 주는 직장이 세상에서 또 어디 있을까.

형수는 한 손에도 차지 않는 돈을 구겨쥐고 망할 놈의 잡지사를 뒤로 하며, 돈이란 정말 더러운 것이구나 했다. 뻔뻔스러운 박성구씨의 상판에다 그것을 보기 좋게 내던지지 못하고 나온 게 얼마나 후회스러운지 몰랐다.

형수는 문득 입안에 고인 역한 침덩이를 아무렇게나 퉤, 퉤, 내뱉고 싶은 충동을 울컥 느꼈다. 하지만 그 때 한창 복작거리는 시장 거리를 가로질러가고 있었으므로, 입안으로 침을 도로 삼키지 않으면 안 되었다. 거기 어딘든 침을 함부로 뱉을 수 있는 곳이라곤 한 군데도 없었던 것이다. G시 온 시민이 한꺼번에 다 몰려나온 것 같은 착각을 불러일으킬 정도로, 그 시각의 시장 바닥은 메어지듯이 붐볐다. 두 귀가 멍멍하리만큼 시끌벅적하나 하면, 머리가 어지럽도록 부산하기까지 했다.

가만히 있어도 절로 밀고 밀리는 인파 속을 헤치며 번잡한 시장 거리를 간신이 빠져나가자, 형수의 눈 앞엔 십자로, 아니 네거리가 나타났다. 거기서 형수가 지난 번 사고로 달갑지 않은 인연을 맺게 된, 두 곳으로 가는 길이 갈래지어져 있었다. 왼쪽 길로 가면 3백 미터 채 안 되는 거리 왼편에 S파출소가 있는가 하면, 오른쪽 길로는 사오백 미터쯤에 위치한 D로터리를 지나서, A산을 바라보고 곧장 가다 보면

두 번쩬가 세 번쩬가 네거리 왼쪽 어귀에 우거진 숲이 있는데, 숲 속
에 자리잡은 고풍스런 빨간 벽돌집이 K도립병원이기도 하면서 동시
에 K대학교 의과대학 부속병원이기도 하다. S파출소와 그 병원이야
말로 지난 번 사고로 형수와는 어이없게도 관계를 맺게 된 곳들이었
다.

　집을 나설 때의 당초 계획과는 달리 S파출소부터 먼저 가 봐야겠다
며 형수는 생각을 바꾸었다. 갈 수 있으면 가는 게고 가기 싫으면 그
만 두는 거지 별 수 있느냐고, 집에서는 별로 신경도 쓰지 않았던 것
을 갑자기 그렇게 한 데에는 그럴 만한 까닭이 있었다. 아무리 죽어가
는 사람을 살렸다곤 하나, 병원이란 어디까지나 영리를 목적으로 하
는 곳인데 비해, S파출소에 근무한다는 아직 성 밖에 모르는 김 순경
의 행위는 공무집행을 뛰어넘어, 어쩌면 인도주의라는 숭고한 정신으
로까지 승화시킬 수 있지 않을까 해서다. 한번도 만나러 간 적이 없어
서 -형수로서는 그것이 그에게 미안한 일이 아닐 수 없다.- 아직 모르
긴 해도, 전해들은 대로라면 그 김 순경이야말로 모든 이의 귀감이 될
수 있는 참다운 '민중의 지팡이'임에 틀림없었다. 현재 형수의 심정으
로는 그 때 자기를 내버려두지 않고 애써서 살려낸 그가 원망스럽지
않은 것도 아니나, 이제나마 어떻게 그를 찾아가지 않을 수 있느냐 싶
었다. 이미 몇 번이든 찾아가 감사하다는 말이라도 전해야 했을 일이
었으니까.

　형수는 그 김 순경이라는 사람이 지금 자기를 어떤 인간으로 평가하
고 있을지 그게 궁금한 것이다. 그 일이 있고 한 달이 지나도록 한번
도 찾아보지 않은 나를 형편없는 놈으로 취급하고 괘씸하게 여기고
있지는 않을까. 나 같은 은혜를 모르는 인간이 있음으로써 그가 어쩌
면 사람들에 대해 환멸을 느끼고 있지나 않을는지 모른다. 나를 구할

당시에는 보람같은 건 생각지도 않은 채 경찰관으로서의 사명감이 앞섰을 테지만, 보람도 미처 느껴볼 겨를 없이 실망과 허무감만 앞서고 있을 건 아닌가. 아무래도 내가 너무 무심하지는 않았을까. 사고를 당한 후로 건강이 여의치 않은데다 가정생활과 직장생활의 틈바구니에서, 아무리 육체적으로 정신적으로 여유가 없긴 했으나 조금만 성의가 있었던들, 적어도 한번쯤은 벌써 인사치레로 그를 찾아 볼 수가 있었을 터였다. 하지만 몇 가지의 신분증이며 손목시계며 만년필이며 라이터 따위의 일상적인 필수용품들을 저당잡힌 채, 그 까짓 몇 푼 되지 않는 치료비 X천원이 없어서 그 동안 한번도 병원에 들르지 못했던 것만 보더라도, 저간의 나의 어려웠던 나날들을 얼마든지 짐작할 수 있지 않겠는가. 창피한 일이긴 하나 딱했던 그 간의 형편을 이야기한다면 뒤 늦게 찾아간 무성의함에 대해 다소나마 이해할 수 있지 않을 것인가. 은혜에 대한 사례를 표하는 물질적인 선물은 생각할 수도 없는 처지지만, 이제라도 빈 손으로나마 찾아가 인사를 하는 게 마땅한 일일 것 같았다.

S파출소엔 순경 셋이 별로 할일들이 없는지 무료하게 앉아 있었다. 도어 옆 테이블 앞에 앉아 두 팔꿈치로 완강히(?) 테이블을 짚고 있는 사람이 첫 눈에 얼른 띄나 하면, 안쪽 구석에 놓인 테이블 앞 회전의자에 온통 몸을 내맡긴 채 전후좌우로 가볍게 흔들어대는 사람이 있었고, 남쪽 벽 창문을 등지고 긴 의자에 비스듬히 기대어 앉은 사람도 있는 것이었다. 형수의 첫 눈에 비친 그들은 무척 한가해 보이는 사람들임에 틀림없었다.

도어가 활짝 열려 있었으므로 서슴지 않고 형수는 파출소 안으로 들어서며

"실례하겠습니다."

정중히 그들에게 말을 걸었다.

실내로 형수가 몸을 들여놓을 때까지 별 관심도 보이지 않는 것 같던 그들은, 미지의 방문객이 먼저 입열기를 기다리기나 한 듯, 그에게로 천천히 눈길을 보내왔다.

"무슨 일로 오셨습니까?"

도어 옆자리 혈색이 주황색으로 한 눈에 건강해 보이는, 젊은 순경이 제법 상냥스럽게 형수를 맞았다.

"세 분 중에서 어느 분이 김 순경님이신가요?"

그들 하나 하나를 뜻있는 시선으로 돌아보며 형수는 진중한 말씨로 물었다.

"김 순경이라면 혹시 나 말씀인가요?"

긴 의자에 앉아 있던 깡마른 체구의 순경이 상체를 앞으로 내밀며 형수를 사시(斜視)로 치떠보았다. 김씨 성을 가진 순경은 아마도 한 사람만 있는 게 아닌가 보다.

"지난 달 14일 자정을 전후한 한밤중에 관내 순찰을 돌았던 분이라던데요?"

"그래 가지고는 쉽게 알 수가 없는데요. 이제 와서 1개월 전 일을 금방 기억해 내기는 그렇게 쉽지 않은 일이거던요. 암튼 자리에 좀 앉으시죠?"

젊은 순경의 권유에 따라 김 순경 옆자리로 가서 앉으며, 형수는 일이 좀 꼬이는 건 아닌가 생각했다. 그 정도 운만 슬쩍 떼어도 금세 알수 있으려니 했는데, 별로 자랑거리가 되지도 않는 그 날밤 일을, 그들에게 대충이나마 들려주지 않으면 안 되게 되었다 하자 난처한 생각이 앞설 뿐 아니라, 과연 그럴 필요까지 있을까 하고 여간 기분이 이상해지지 않았다. 하지만 기왕 찾아간 이상 어쩔 수 없는 일 아니냐 싶은 것이다. 그리고 형수는 그 까짓 것 마치 남의 이야기하듯이 하면 되지 않겠느냐고 생각하기에 이르렀다.

"그러니까요, 그게 지금부터 꼭 한 달 전인 지난 달 14일 밤이었답니다. 귀 파출소 관할내 어느 큰 길 바닥에 억병으로 술이 취한 채, 몸에 상처를 입고 쓰러져 거의 죽어가다시피 하는 사람을, 자정이 훨씬 넘은 시각에 택시에다 싣고 도립병원으로 데려가서, 응급치료를 받을 수 있도록 주선해 주었다고 합니다."

"그렇다면?... 그런데 틀림없이 김 순경이라고 하던가요? 혹시 이름은 알고 계신가요?"

형수 옆자리 김 순경이 어떻게라도 자기와 관계가 될까 봐서인지 캐어묻듯이 하는 것이었다.

"이름은 전혀 모르지만, 김 순경이라는 것만은 틀림없습니다."

"그래요? 그럼 그 김 순경은 지금 출타중입니다. 그 사람이 그 사람인지 아닌지는 아직 알 수 없지만 말입니다."

형수를 빤히 쳐다보며 젊은 순경이 대꾸하고 있었다.

"그 분이 언제쯤이나 들어오시게 될까요?"

몇 시나 되었나 하고 무심코 형수는 왼손을 눈 앞으로 끌어당겼다가 힘없이 아래로 떨구었다. 손목에 시계가 매어 있을리 없었으나, 오랜 습관에 의해 자기도 모르게 반사적으로 그렇게 한 것이다. 집을 나설 때가 열 시쯤이었으니 아마도 지금은 열시 반쯤이나 되었을까 하고 파출소 안 쪽 벽에 높직이 걸린 벽시계를 형수는 힐끔 쳐다보았다. 그의 추측보다 고작 5분 밖에 어긋나지 않는 열 시 35분이었다.

"기다려 보십시오. 곧 올 것입니다."

견장으로 나뭇잎이 두 개(당시는 경사였다) 붙어 있는 것으로 보아 차석이 아닐까 싶은 구석자리 순경이 도어께로 걸어가며 점잖게 말했다.

그들은 외인이 와 있다는 데 대해 그리 괘념하지도 않는 듯 본래의 분위기로 되돌아가 쓸모도 없는 잡담들을 주고 받았다. 오늘 따라 이 네들이 할일들이 꽤 없나 보다 하며, 젊은 순경에게 라이터를 빌려 형수는 담뱃불을 붙였다. 담배가 남들 같지 않은 하급초인 '금잔디'였으므로 쑥스럽기도 하고 창피스럽기도 했으나, 그나마 돈이 달려 사지도 못할 것을 교통비를 쓰지 않기로 하고 산 것이어서, 마음 같아서는 피우기보다 차라리 개비째 씹어먹고 싶을 뿐이었다.

"선생께서는 어느 동에 살고 계십니까?"

유익하기는 고사하고 시시하기만 한 잡담들을 자기네끼리만 엮고 있는 게 겸연쩍었을까. 돌려주는 라이터를 받으며 스스러운 표정이 되어 있는 형수에게 젊은 순경이 얼핏 관심을 비쳤다.

"C동에 삽니다."

"C동 몇 구입니까?"

"1구입니다."

"거긴 시장 있는 데 아닙니까?"

"그 부근입니다."

"거기 사신다면 우리 구역이 아닌데요. 무슨 용건으로 김 순경을 찾으시는지요?"

물어보는 젊은 순경의 두 눈에는 의문부호가 그려져 있었다. 무슨 청탁이 있어서 그러는 거냐는 눈빛 같았다.

"그 이야기라면..."

하다 말고 형수는 쓸쓸히 웃으며 얼버무릴 수 밖에 없었다. 이 사람이, 아니 이들 세 사람이 나에 대해 지금 잘못된 생각이라도 하고 있는 건 아닐까.

"김 순경을 만나서 직접 해야 할 부탁인가요?"

역시 형수의 짐작이 맞아 떨어졌다.

"부탁드릴 일이 있어서 그러는 게 아닙니다. 인사드릴 일이 있어서 일부러 찾아온 거랍니다."

그러자

"무엇 때문에 그러시는지 말씀하실 수 없나요?"

젊은 순경에겐 짓궂은 성격이 있는 것일까. 아니면 아직 햇병아리(?) 순경이기 때문에 너무 순진해 그러는 것인가, 하는 의아심까지 형수로 하여금 갖게 했다. 만에 하나라도 자기를 어떤 사건의 용의자로 보고 그러는 건 아닐까, 하는 의구심마저 형수는 갖지 않을 수 없었다. 그렇다고 간단히 설명할 수 있는 일도 아니었으므로,

"이야기하자면 사연이 깁니다. 동기부터 설명해야 하니까요."

가능한 한 그 이야기는 두 번 다시 되새기지 않으려는 마음으로 형수는 그렇게 말했다.

"심심하던 참인데 그것 참 잘 됐군요. 그 이야기 한번 들려주실 수 없을까요?"

젊은 순경에게는 짓궂은 면만 있는 게 아니었다. 호기심까지 많은 사람인 것 같았다. 이야기 좋아하는 어린 아이처럼 순진하게도 그는 헤벌쭉이 웃었다.

무엇이 그리 좋다고 이런 자리에서 내가 그 이야기를 꺼낼 것인가. 그러나 별로 주저하지도 않고 입을 열게 된 건 이들에게 이야기한다 해서, 흉될 것도 없겠다는 생각에서보다 사람 기다린다는 게 따분하고 지루한 일인데다, 형수는 어쩌다 자기가 자랑스럽지도 못한 이야기의 주인공이 되어 있는가 해, 지지리 못나빠진 자신이 마냥 저주스럽게 여겨졌기 때문이다.

그 날은 마침 토요일이었다. 형수가 자유일보사 교정기자 시험을 치르기로 되어 있던 바로 전 날이었다. 내일 치를 시험 때문에 그 날 일찍 퇴근할 생각으로 형수는 회사에 아예 점심 도시락도 싸 가지고 가지 않았다. 토요일이라 해야 여느 날이나 조금도 다름이 없는 회사이긴 하나, 어떤 일이 있더라도 그 날만은 오전 근무만 하고 곧 바로 퇴근하겠다고 단단히 벼르며 출근을 했다.

그런데 처음부터 형수가 뜻한 대로 풀리려 하질 않고 엉뚱하게 일이 슬슬 꼬이기 시작했던 것이다. 그 날 따라 사동(使童)인 명숙은 개인 볼일로 오전에 일찌감치 나가 버렸다. 사내(社內) 최연소자로서 사환이나 다름없는 취급을 받고 있는 제(諸)군마저 고향에 간다며 정오가 되기도 전에 나갔다. 그 뿐이 아니었다. 여타 사원들도 그 날은 어떤 일인지 정오가 지나자 삼베 고의에 방귀 새어나가듯이, 하나 둘 빠져나가기 시작하더니 어느 새 썰물이 쓸어가듯이 다 나가고 말았다. 그러다 보니 눈치코치 살피던 형수만 결국 사무실에 달랑 남게 되었다. 형수 외에도 사무실에는 한 사람이 남아 있긴 했다. 다른 사람 아닌 그것은 바로 박성구 사장이었지만.

그렇게 되자 형수는 그 때 무엇인가를 골돌이 구상하고 있는 박성구 씨에게 먼저 퇴근하겠다는 말을 차마 할 수 없어 몇 번이나 입만 달막거렸는지 모른다. 그렇다고 말 한 마디 없이 살그머니 사라지긴 이미 글러버린 상황이었다. 그 날 형수가 엉뚱한 생각만 하고 있지 않았던들 절대 그렇지는 않았을 것이다. 형수는 솔직히 저 내일 자유일보사 교정기자 시험을 칠 테니까 그렇게 아십시오. 그래서 준비를 하기 위해 퇴근을 해야겠다고 할까 하다가 그만 두었다. 아직 그것을 밝힐 계제가 아니라는 판단을 했기 때문이다.

무정하기 짝이 없는 시간은 점점 흘러갔다. 할일이라곤 없었기에 마음은 따분하다 못해 차츰 착잡해지기 시작했다. 수험준비는 그 동안 틈나는 대로 그럭저럭 해 놓았지만, 한 벌 뿐인 와이셔츠를 세탁해야 하며, 터부룩한 머리칼도 다시리지 않으면 안 된다. 그보다 우선 오늘 오후에 자유일보사 사회부장인 친구를 만나, 그 곳 실력자(손이 닿을 수 있는 유명인사가 있었다.)와의 막후연결이 제대로 되었는지 그것부터 확인해야 하는데, 이러고 있으니 어떻게 할 것인가. 게다 오늘은 제발 좀 일찍 나와서 이번에 자유일보사엔 어떻게 하든지, 반드시 뚫고 들어갈 수 있도록 만전을 기하지 않으면 안 된다고, 애걸복걸하던 아내 생각을 하자 형수는 거의 미칠 것만 같은 심정인 것이다.

제길! 다른 날 같아도 대개 이맘때쯤에는 퇴근을 할 수 있건만 오늘따라 내가 이게 뭔가. 하루 종일 시집을 살아도 너무 고달픈 시집을 살고 있으니 이게 무슨 놈의 팔자인가. 게다 더욱이 즐거운 주말이라는 토요일에 말이다.

어처구니없게도 그 날 형수는 전화당번 노릇을 톡톡히 하지 않으면 안 되는 기막힌 처지가 되어 버렸다. 쉬엄쉬엄 심심치 않게 걸려오곤 하는 전화를 일일이 형수가 받을 수 밖에 없게 되었으므로. 다들 퇴근해버린 것을 알고는 형수에게 박성구씨가 아예 전화받는 업무를 내맡겨 놓은 채, 자기는 줄곧 무엇인가를 열심히 계획하고 있었던 것이다. 그렇거나 말거나 형수는 적절한 기회를 보아 슬며시 빠져나가려고 잔뜩 벼르고 있었다. 그러는 동안에도 시간은 자꾸 흘러갔다. 사장실을 별도로 마련하지 않고 실내 어디나 한 눈에 들어올 위치에 테이블을 고정시켜 두었기에, 박성구씨의 시계에 자신의 행동거지 하나 하나가 빠짐없이 포착되고 있어서, 도무지 움쭉달싹도 할 수 없게 되어버린 형수였다. 좀 더 대범한 성격이라면 그런 것쯤에 괘념하지도 않고 행동할 수 있겠지만, 박성구씨 모르게 일종의 음모랄지 반역이랄지를 혼자 꾀하고 있는 터여서, 쉽사리 용기를 낼 수도 없는 입장이 되었다.

게다 또 엎친 데 덮친 격이랄까. 야무지게 걸려드느라 자긴 알지도 못하는 유명인사 하나를 형수가 조금 알고 있는 죄(?) 때문에 그와의 중간교섭을 취하는 임무까지 박성구씨가 그에게 맡겨 놓았던 것인다.

형수가 그에게 전화 연락을 처음 한 건 세 시경이었다. 그런데 마침 그에게는 내방자가 한창 쇄도하고 있어서 정신이 없을 것 같았으므로, 다시 걸기로 하고 이내 전화를 끊을 수 밖에 없었다. 박성구씨는 진작부터 잡지사로서의 토대를 다져놓기 위해, 사회적으로 꽤 알려져 있는 실력자 하나를 후견인으로 영입하려 했었나 보다. 형수로 하여금 박성구 사장이 하갑동씨에게 연락을 취하라 한 것도 바로 그런 의도였다.

하갑동씨에게 형수가 두 번째로 전화를 건 것은 다섯 시가 거의 되었을 즈음이었다. 비서가 전화를 받으며 이제 곧 손님들이 자리를 뜰 것 같으니 죄송하지만, 잠시 후 다시 한번 전화주시면 고맙겠다고 퍽이나 친절히 말해오는 것이었다.

여섯 시 20분에 형수는 하갑동씨에게 세 번째의 전화를 걸었다. 그때는 마침 당사자가 직접 전화를 받았다. 그는 아까 잠깐 비쳤던 이야기에 대해 상세히 알고 싶다며 먼저 운을 떼었다. 형수가 대충 설명해 주자 여간 관심이 있어 하지 않는 그였다. 뜻이 있으면 우리 사장님을 연결해 드릴까요 했더니 그러라 했다. 그리하여 박성구 사장과 하갑동씨는 첫 전화 통화를 나누게 된 것이다.

이제는 나도 구렁이 담넘어가듯 슬그머니 물러가면 되겠거니 하고, 안도의 숨을 돌리며 서둘러 퇴근하려고 형수는 폼을 잡았다. 하지만 괜한 짓이었다. 하갑동씨와 몇 마디로 간단히 통화를 끝낸 박성구씨가 그와 직접 부딪쳐 봐야겠다면서 갔다올 때까지 사무실을 지키고 있어달라, 한 시간 정도면 될 거라며, 휑하니 나가 버렸기 때문에. 형수는 너무 기가 찰 수 밖에 없어 바쁘게 사무실을 나서는 박성구씨를 망연자실한 모습으로 바라보았다. 더럽게도 재수 옴붙었구먼 제길! 영 사람을 환장하게 만드는구나 젠장! 그러나 나 같은 주제에 울며 겨자 먹기지 별수가 있나 뭐. 형수는 진작 좀 나가지 못한 게 얼마나 후회스러운지 몰랐다. 또한 자신의 우유부단한 성격이 그리도 저주스러울 수 없는 것이었다.

형수 혼자 외롭고 따분한 가운데 지루하게 기다리고 또 기다린 다음, 아홉 시가 거의 되어서야 박성구씨는 돌아왔다. 지난 날 한때 사환으로 잠시 있다가 나간 미숙이도 여느 때 곧잘 들르듯이 스스럼없이 그와 함께 사무실로 들어섰다. 실내의 전등을 밝힌 지도 벌써 한 시간이 더 되었다. 희멀끔한 박성구씨 이마빼기엔 땀방울이 송글송글 맺혔다. 기분이 퍽이나 좋아 보이는 번지르르한 얼굴빛이었다. 술이라도 몇 잔 마신 게 아닌가 싶었다.

형수가 묻지도 않는데 박성구씨는 하갑동씨완 같은 세대여서 호흡이 잘 맞을 것도 같고, 의기도 서로 투합할 것 같더라 했다. 아직 나이가 40도 채 되지 않아 묵은 때가 묻지 않았다는 것과 그 나이에도 사회적으로 그만큼 알려져 있는 그의 명성을 사고 싶다는 것이었다. 그러면서도 박성구씨의 얼굴에는 밖으로 드러나지 않는 묘한 기분 같은 게 형수에겐 느껴지고 있었다. 그것에 대해 형수는 하고 싶은 말이 있었으나, 입에 올리지 않고 가슴 속에 접어넣었다. 그보다 더 명성이 높고 재산도 더 많고 권력도 더 가진 사람이, 미쳤다고 이 따위 시시한 사이비 잡지사의 후원자가 되려 한단 말인가. 나라도 절대 그러지는 않을 거다.

"무엇보다도 우선 패기가 넘치고, 의욕이 또 대단하더라니까요. 거기에다 포부가 여간 크지 않더란 말이에요. 그렇지 않아도 장차 언론 사업을 해볼 작정이었는데, 그 기대가 뜻밖에도 빨리 이루어지는 것 같아서 기분이 좋다고 하더군요."

"?..."

하갑동씨는 판사직을 그만 두고 변호사 개업을 한 지 얼마 되지 않는 사람이었다. 아직은 소장 변호사에 불과한 사람이 평범한 여느 법조인들 같지 않게, 그러한 남다른 포부를 가졌다는 게 형수는 조금 의외라는 생각이 들었다.

"그런데 말이에요. 나보다 그 사람이 연하가 되는 줄은 미처 몰랐다구요. 학령으로는 아마도 3년쯤 후배가 될 것 같아요. 나이가 동생 뻘이에요."

아무래도 그것이 마음에 좀 걸리나 보다.

"그런 거야 뭐 그리 큰 문제가 될 것 같지도 않습니다. 사장님보다 훨씬 더 연소하다면 몰라도, 서로 의기만 투합한다면야 그런 것쯤은 얼마든지 서로 조화를 이룰 수 있는 것 아니에요."

"하긴 그렇기는 해요. 그 사람이 회장이고 내가 사장이다?... 그래도 괜찮겠죠 김 기자?"

꿈이라도 꾸는 듯한 표정으로 박성구씨는 지그시 눈을 감았다. 조금은 마뜩지 않은 것 같은 기분이긴 하나, 근래 보기 드물게 즐거워 보이는 모습이었다.

"그 분 정도면 우리 회사로선 안성맞춤입니다. 또 그 분은 글도 쓸 줄 아는 문필가니까, 그런 면에서도 적지 않이 도움이 될 테니까요."

"그거야 물론 전연 문외한보다는 낫겠지요. 그런데 기분이 좋은 건 말예요. 거액은 안 되지만 매월 얼마씩 스스로 알아서 보조를 하든지 출자를 하든지 할 수도 있다고 하더군요. 사람이 의외로 순진한 구석도 있더라구요."

그것이 뭐 그리 즐거운 일인지 박성구씨는 느닷없이 너털웃음을 터뜨렸다. 흥 당신 속셈을 가히 짐작하겠군 그래. 형수가 속으로 혼잣말을 하고 있자니까 그의 마음을 얼핏 읽은 것일까. 박성구씨가 이내 웃음을 죽이고 말을 이었다.

"굳이 그럴 필요까진 없다고 했죠. 그래도 꼭 내겠다면 말릴 필요야 없잖아요. 안 그래요 김 기자? 그렇게만 해 준다면 우리 김 기자는 물론이지만, 미스 박 같은 편집 실무자들의 급료부터 현재 수준보다 한결 높여 줄 생각이에요."

그 말에 형수는 별 생각도 없이

"잘 해 보십시오."

하려다

"제발 좀 그렇게 되기만 바라겠습니다."

했다. 그러자

"지금 이렇게 김 기자를 마주하고 있다고 해서 그러는 게 아니라, 그 동안 김 기자에겐 정말 면목이 없군요. 괜히 고향에서 잘 있는 사람을 불러내 가지고 생활비도 제대로 마련해 주지 않고 있었으니 말에요. 그 점에 대해서 진심으로 사과드리겠어요. 앞으로는 절대로 그렇지 않을 겁니다. 요즘 많이 쪼들리죠? 약소하지만 이거 받으시오."

하며 박성구씨가 주머니에서 얼른 꺼내어 형수의 손에 쥐어준 돈은 오백원짜리 두 장이었다. 이걸 돈이라고 주느냐며 더럽다는 생각이 들었으나, 자기도 모르게 형수는

"감사합니다."

하고 서슴없이 선뜻 받아 넣었다. 그만한 돈이라도 지금은 형수의 형

편으로는 여간 생광스럽지 않았으므로.

"오늘 기분도 그렇지 않으니 어때요 김 기자? 오랜만에 우리 술 한 잔 하는 거? 멀리 갈 필요 없이 여기서 합시다요."

박성구씨는 적당한 홍조를 띤 얼굴에 솟아오른 땀방울을 손수건으로 연신 훔쳐냈다. 마음이 자꾸 들뜨는지 비만한 몸뚱이를 잠시도 가만 두지 않고 가볍게 흔들었다. 그것이 기분이 좋을 때면 흔히 하게 되는 그의 버릇인지 모른다.

"오늘은 사양하겠습니다."

이제는 정말 가 봐야겠다고 형수는 의자에서 몸을 벌떡 일으켰다.

"술을 못 마시는 김 기자도 아니잖우?"

의아스런 눈길로 박성구씨가 형수를 빤히 쳐다보았다.

"속이 불편해서 그럽니다."

핑계가 아니었다. 사실이었다. 왼 종일 위를 비워 놓았으므로 속에서 그 때 횟배 증세 같은 게 일어나고 있었던 것이다.

"그렇다면 아주 좋은 약이 있죠. 그런 데는 배갈이 특효약이라는 걸 모르나 보죠."

"그렇지만 술은 마시지 않겠습니다."

"왜 그래요 김 기자? 오늘 따라 김 기자가 이상하구먼요?"

"열 시만 되면 제가 사는 C동 방면으로는 시내버스가 다니지 않습니다. 그래서도 그렇지만 이제 저는 가 보겠습니다."

요즘들어 필수 휴대품처럼 가지고 다니는 '일반상식 문제집'을 집어들며 형수는 몸을 움직였다. 그대로 곧장 나가버릴 작정이었다. 어느 새 벌써 시간은 아홉시 20분이 넘어 있는 것이었다.

"아따 그 까짓 시내버스 같은 거야 안 다니면 어때요. 그런 게 무슨 걱정이에요. 택시를 타게 해 주면 되잖아요? 그럼 되겠죠? 얘 미숙아.

요 앞 가게에 가서 그 왜 2홉 짜리 배갈 있지? 그거 한 병하고, 땅콩 한 봉지하고, 그리고 양파 한 접시 얻어 가지고 오너라."

박성구씨가 형수를 붙잡으면서 한 편으로는 미숙에게 돈을 주며 심부름시키려는 것을

"정말 이러지 마십시오. 가지 마라 얘야."

형수는 단호히 뿌리치며 밖으로 뛰어나가려 했다. 시간이라도 조금만 이르다면 굳이 그러지는 않았을 터였다. 그러나 지금 이 시간에 술을 마신다는 건 내일 일을 그르칠 가능성이 얼마든지 있을 것이기 때문이었다.

"많이도 말고 한 병만, 딱 한 병만 하잔 말예요. 한 병이랬자 그 까짓 거 기껏 두 잔 밖에 안 돼요. 오늘 밤 김 기자하고 나하고 단 둘이서만 꼭 술 한 잔 하고 싶은 내 기분도 헤아려 줘야잖아요? 전엔 그렇지도 않던 김 기자가 오늘은 왜 그러죠? 나한테 서운한 일이 있는 건가요? 아무리 그렇더라도 이렇게 내가 애원하는데 끝까지 그럴 수가 있어요? 그러지 마세요. 네 김 기자."

박성구씨는 못내 섭섭해 하며 형수를 기어이 붙잡으려 했다. 거의 막무가내였다. 그 만큼 완강하기만 했다. 그러는 박성구씨에게선 은근히 으름장을 놓고 있는 것 같은 눈치마저 비치는 것이었다. 그러자 형수의 마음엔 동요가 일기 시작했다. 이미 내게서 혹시 무슨 낌새를 챈 건 아닌가, 하는 의구심이 얼핏 일며 형수의 몸에선 힘이 슬몃 빠지고 있었다. 그가 벌써 눈치를 채고 있었다는 건 손톱만큼도 이로울 게 없다. 오히려 해로움만 있을 것 같다. 결국 형수는 못이기는 듯이, 아니 어쩔 수 없이 도로 주저앉고 말았다. 결과부터 따지자면 그것이 곧 그 날 밤 사고를 불러일으키게 된 동기였다 할 수 있다. 언제부터인가 박성구씨가 냄새를 맡고 있었다면 이걸 어쩌나, 하는 조바심에

서 까짓 거 될대로 되라지 뭐, 하고 형수는 처음부터 무턱대고 술을 탐했다. 그리하여 독하기로 이름난 배갈, 아니 고량주 한 병을 금세 비워버렸다. 두 병째 마실 때까지는 기억할 수 있었지만, 그 다음부터는 어떻게 되었는지 도시 기억조차도 없으리만큼 엉망진창으로 취해버린 것이었다.

"자신이 무슨 사고를 당했는지 그리도 기억 못하는 사람이 있나요? 아무리 나는 술을 마셔도 내가 겪은 일에 대해서는 다 기억할 수 있던데요?"

딱하다는 것인지 어쩐지 믿어지지 않는다는 것인지, 같은 의자(긴 의자)의 김 순경이 담배연기를 길게 내뿜으며 형수를 흘끔 돌아보았다. 그런가 하면

"술을 잘 마시지 못하는가 봅니다."

젊은 순경은 시큰둥한 표정을 지었다. 형수가

"그 날 밤 두 사람이 권커니 잣거니 하면서 결국 고량주를 세 병이나 마셨다는 것을 뒷날에야 알게 됐답니다."

하자

"기름기있는 안주를 놓고 천천히 대화를 나눠가며 마시면 몰라도, 안주라는 것은 제대로 먹지도 않고 처음부터 깡술을 마신 것 같은데요, 웬만한 술꾼이 아니고서야 그런 독주에 안 나가 떨어질 장사가 없지요."

차석은 그래도 나이가 든 사람답게 얼마든지 그럴 수 있다고, 어슬렁어슬렁 실내를 왔다갔다 하며 그런 경험이 있는 사람처럼 말했다.

"거기다 그 날 점심식사와 저녁식사까지 거른 텅 빈 속이었답니다."

남의 이야기하듯이 형수가 한 마디 덧붙이자

"저런! 그런 상황이라면 그 정도 술에도 얼마든지 인사불성이 될 수 있는 거에요."

말은 그렇게 하면서도 김 순경은 웬걸 그랬을까 봐 하는 것 같은 미심쩍은 표정이 얼굴에서 지워지지 않았다.

"몸을 다쳤나요? 어떻게요? 어느 정도로요?"

그것이 별로 관심거리인 것 같진 않으면서, 심심풀이삼아 젊은 순경이 형수에게 말을 시키고 있었다.

"이 얼굴 자세히 들여다보십시오. 여기, 저기, 그리고 여기 모두 딱지가 떨어진 흉터들입니다. 얼굴 뿐이 아니랍니다. 겨드랑이 · 옆구리 · 가슴 · 등 · 목 할 것 없이, 온통 찰과상을 입고 있어서 문자 그대로 만신창이가 되었답니다. 여기 이 머리는 조금만 지나쳤어도 뇌진탕을 일으켜 자칫했으면 생명까지 위험했을 거랍니다."

일부러 형수가 다가가서 돌려대 보이는 머리꼭지 바로 뒤 왼쪽에 나 있는 흉터를 젊은 순경은 힐끔 들여다보는 체 하며 말했다.

"흉터가 꽤 크군요"

거기 밤톨 만한 공간엔 머리칼이 몽땅 빠져 버려서 민숭했다 .

"그럼 선생님께서 바로 그 사고의 주인공이란 말이에요?"

자리로 돌아가 앉는 형수를 옆자리의 김 순경이 연민스러운 눈길로 돌아보는 것이었다. 그랬다가 그는 이 사람 이거 참 시시한 인간이구나 하는 시선을 차석에게로 가져갔다.

"김 순경은 그럼 피해자가 따로 있는 줄 알았나?"

차석이 그를 건너다보며 점잖게 핀잔주자

"저도 여태까지는 그런 줄로만 알았는데요."

젊은 순경이 공허하게 홍소를 터뜨렸고,

"저런. 이 순경까지도?'

차석은 어이가 없다면서 덩달아 씁쓸히 웃었다. 그리도 아둔해서 되겠느냐는 것인지 모른다.

"이야기가 너무 소설적이었잖아요? 이 순경은 그렇게 안 느꼈어, 이 분 이야기가 말야."

김 순경의 말에

"저도 그랬어요 정말."

이 순경(젊은 순경)이 공감을 표했다 .

이제까지와는 달리 형수는 진중한 태도를 취하며 목소리를 가다듬었다.

"진작부터 김 순경님을 찾아 뵙고 우선 감사하다는 인사라도 드리려고 별렀지만, 워낙 각박한 제 일상이어서 차일피일하다가 그만 이렇게 늦어지고 말았습니다. 더구나 그 동안 먹고 살기가 얼마나 골몰했는지 그것이 도무지 뜻대로 되지 않았습나다. 그 당시 그 사고로 여태까지도 건강이 정상을 되찾지 못하고 있어서, 부득이 직장에도 어제 날짜로 휴직을 하게 되었기에 오늘에야 비로소 시간을 내어, 이렇게 김 순경님을 찾아뵈러 온 것입니다."

했을 때

"네 그렇습니까? 그런데 이 사람 보게나? 벌써 올 때가 넘었는데 왜 아직 들어오지 않고 있을까 ?"

차석이 세 사람을 대표해 말하며 자기 손목시계를 얼핏 보는 것이었다.

"보나마나 또 거길 간 모양이죠. 뭐."

이 순경이 헤벌쭉이 웃으며 말했다. 그러더니 괜히 마음이 싱숭맹숭해지는지, 허리춤으로 손을 푹 찔러넣으며 슬며시 자리에서 일어섰다.

"거길 갔다면 금방 나올 수 없을 것 아냐? 펑퍼짐한 엉덩짝을 한바탕 이겨놓지 않고서야 그냥 나올 수 없을 테니까."

빈정거리는 듯한 걸쭉한 김 순경의 말 속에는 다분히 외설적인 요소가 함축되어 있었다. 그러는 김 순경을 그윽한 눈길로 바라보며

"요즘도 그 사람 거길 자주 가는 편인가?"

차석이 물었다.

"김 순경만 보면 죽기 살기로 붙잡고 늘어진다는데요 뭐."

대답은 김 순경이 하지 않고 이 순경이 대신하고 있었다. 이 순경은 열기가 어린 눈빛을 이글거리며 자리에 도로 털썩 주저앉았다.

"사내 맛에 단단히 미쳐 버린 과부구먼. 중이 고기맛을 알게 되면 법당에 빈대가 한 마리도 안 남아난다더니"

차석은 싱그죽이 웃으며 말했다.

"그러다가 끝내 큰 일을 낼 거나 아닌지 모르겠다니깐."

걱정스럽다는 말을 남기고는 화장실에라도 가는지 김 순경이 밖으로 휑하니 나갔다.

"까짓 뭐 어떨라구. 임자없는 나룻배에 뱃사공 노릇하는 건데 얼맛동안 그러다 말겠지."

그의 등에다 대고 한 마디 던지며 실내를 쭉 한 바퀴 훑더니 차석역시 밖으로 나가 버렸다. 그랬다가 금방 다시 들어온 차석은 이 순경에게 귀엣말을 몇 마디 한 다음, 형수를 힐끔힐끔 곁눈질해가며 아까처럼 또 실내를 왔다 갔다 하는 것이었다.

차석이 그러자 형수는 괜히 신경이 씌었다. 혹시 이 사람들이 나를두고 무슨 음모라도 꾸미고 있는 건 아닐까. 형수는 그러한 생각과 함께 다시 한번 젊은 순경에게 라이터를 빌려, 스스럼없이 담배를 한개비 불붙여 입에 물었다. 이들과 같은 동료인 자기 은인 김 순경마저

지금까지 추측하고 있었던 것과는 달리, 별 수 없는 인간일지 모른다는 생각이 형수의 머릿속에서 고개를 들었다. 그러자 형수는 그에 대한 실망감이 가슴 한 구석에 자리를 잡았다.

자기도 모르는 사이에 형수는 필터도 없는 담뱃개비 끝을 질근질근 깨물었다. 댐뱃가루가 입안으로 빨려들어 헛바닥이 몹시 썼다. 하지만 그런 건 조금도 개의치 않았다. 김 순경이야말로 이 세상에서는 가장 이상적인 '민중의 지팡이' 일지 모른다던 생각이 바뀜으로써, 그 정도의 쓴 맛 같은 것은 얼마든지 감내할 수 있었다.

조금 아까부터 유들유들한 눈빛으로 느긋이 형수를 지켜보던 이 순경이 이윽고,

"오늘 뭐가 좀 있는 겁니까? 기대를 걸어도 될까요?"

한 동안의 침묵을 깨며 무슨 수작이나 걸듯이 넌지시 말해오는 것이었다. 너희 속셈이라는 게 결국 그런 거였구나. 속물들 같으니라구. 그러나 형수는 그 말이 무엇을 뜻하는지 미처 알아듣지 못한 사람처럼

"지금 하신 말씀의 저의가 무엇인지 무식한 저로서는 알 수가 없군요. 뭐라고 하셨는지요?"

짐짓 능청까지 떨며 그에게 되물었다.

"아시다시피 오늘은 일요일 아닙니까? 우리 같은 경찰관들이야 일요일도 없잖습니까?"

이 순경은 입가에 비굴한 웃음을 흘리며 말했다. 그래서 어쩌란 말인가. 때 마침 김 순경이 안으로 불쑥 들어섰다.

"아, 네, 그런가요? 저는 오늘이 미처 일요일이라는 것도 모르고 있었지 뭡니까."

그만큼 요즘 들어선 더욱 더 정신적으로 골몰하기만 한 형수였던 것

이다.

"생명의 은인을 찾아오셨다니깐요, 원님 덕분에 덩달아서 우리도 나팔을 좀 불 수가 있을까 해서 그러는 거죠 뭐. 솔직히 말하면요."

어느 새 김 순경이 아까의 자기 자리로 가서 앉으며 노골적으로 자기네의 진의를 드러내고 있었다. 그 뿐 아니었다. 형수의 기를 죽여줄 심산인지 차석까지 줄곧 실내를 왔다 갔다 하기를 계속했다. 발을 힘껏 들었다 놓았다 하며 시멘트로 된 사무실 바닥을 쿵쿵 구르기도 하는 것이었다.

이 사람들이 나를 핫바지 저고리로 알고 그러는 것일까. 속으로 형수는 메시꺼움을 울컥 느꼈다. 당신네가 나에 대해 뭘 몰라도 한참 모르고 있나 본데, 그건 나를 너무 잘못 보고 있는 거란 말야. 그러나 한편으로 형수는 이거 낭패났구나 하며 은근히 걱정이 될 수 밖에 없었다. 그들로서는 장난삼아 얼마든지 그럴 수도 있는 일 아닌가. 그들이 설사 그런다 해도 결코 그게 나쁜 일만은 아니지 않은가. 그런데 형수로서는 무엇보다 주머니 사정이 큰 문제였다. 주머니만 허락한다면 구차하게 굴 필요가 없을 터였다. 사정이 자못 딱한 형수로서는 이제 그만 자리를 떨치고 일어나고 싶은 마음 뿐이었다. 하지만 이미 그들의 입에서 그런 말이 나온 이상 그러기가 쉽지는 않을 것 같았다. 만일 자리를 털고 일어섰을 때 그들이 자기를 어떻게 생각할지 괘념되지 않을 수 없었다. 그렇다고 언제까지 죽치고 앉아 있다는 것도 난처한 일이었다. 설령 김 순경을 만난다 해도 그와의 상봉 또한, 그리 단순하지 않을 것 같은 예감을 쉽게 불식할 수 없는 것이다. 그대로 두었으면 영락없이 죽었을지 모르는 것을 살려놓은, 생명의 은인을 만나러온 주제에 소주 한 잔도 살 수 없는, 내가 얼마나 알량한 인간이냔 말이다.

현재 형수의 수중엔 돈이 전혀 없는 건 아니었다. 그러나 어떻게 그것을 함부로 쓸 수 있는가. 그것이 도대체 어떤 돈인데 말야. 다시 그런 돈을 마련하기란 결코 쉬운 일이 아니다. 이제까지 그만한 돈은 고사하고 단돈 한 푼도 없어서 쩔쩔 맬 때가 어디 한두 번이었는가. 정말 그 동안의 생활이라는 건 처량하기 그지없는 따분한 나날의 연속이었다. 그런데 지금은 형수의 주머니에 한 푼도 에누리 없이 X천원이라는, 그의 형편으로는 거금(巨金)이라 할 수도 있는 현금이 고이 들어 있다. 그것도 어제 생긴 것으로서 근래 수개월만에 형수가 모처럼 손에 쥐어본 큰 액수가 아닐 수 없다. 그것은 병원에 빚져 있는 그야말로 자기 생명의 대가로 지불해야 할 매우 귀중한 돈이었다. 그 까짓 돈쯤 그 동안 어디서 못둘러, 아직까지 병원비도 갚지 않았느냐 할 사람이 있을지 모른다. 그러나 형수의 깜냥으로는 그것이 도시 힘들기만 했다. 그저 단순히 딱했다, 어려웠다, 할 수만 없었던 지난 몇 달 동안의 생활이었다.

"정작 당사자인 김 순경이 이제 불쑥 나타난다면 어떻게 해야 할 것인가."

불연듯 그러한 생각이 형수의 머리를 엄습했다. 그런 인간에게 구원받았다는 사실이 저주스러워지며 견디기 어려운 모욕감이 가슴을 짓눌렀다. 그런데 그 때

"그 사람이 아무래도 오늘 늦어질 모양입니다. 마침 일요일이기도 해서 별로 급한 일이 없기 때문에 어쩌면 마냥 어정대고 있는지 모르겠습니다. 어찌시겠어요? 계속해서 기다리고 계시기 무엇하면 다른 데부터 먼저 볼일을 보시고 난 다음 오후에 다시 시간을 내어서 한번 더 들르시는 게 어떻겠습니까?"

이 순경이 이렇게 고마운 말을 해옴으로써 형수는 막혀 있던 숨구멍

이 확 트이는 것 같은 가슴 후련함을 느낄 수 있었다.

"그럴까요. 그럼."

그거 잘 됐구나 하며 형수는 몸을 벌떡 일으켰다. 여러 말 할 필요
도, 괜스레 체면 차릴 것도 없다고 생각했다. 그러다 보면 언제나 손
해를 보는 건 자기 뿐이었으므로.

일요일 오전 열 한 시의 도립병원 주변과 그 경내는 그리 한산하지
않았다. 정문 밖 큰 길가 한쪽으로는 빈 틈없이 택시들이 늘어서 있나
하면, 수위실 주위 구내 주차장에는 몇 대인지 모를 자가용 승용차들
이 즐비하게 서 있었다.

푸르스름한 유니폼(?)을 입은 환자들만 눈에 띄엄띄엄 띄지 않는다
면, 우거진 숲 속 잘 가꾸어 놓은 잔디밭 여기 저기 옹기종기 모여 담
소하는, 어둡지 않은 사람들의 표정이 형수의 눈에는 적지 않이 인상
적인 풍경으로 보여졌을지 모른다. 이미 인구 1백만 명을 웃도는 G시
에서는 이토록 숲이 좋고 공기 맑고 조용한 데도 흔치 않을 터여서,
휴일이 되기만 하면 이 곳은 곧잘 사람들로 붐비게 마련인 것이다. 그
날 역시 예외가 안닌 듯 했다. 가족·친척·애인·친구들 중의 환자
와 함께 하고 있는 사람들이 대부분일 테지만, 그렇지도 않은 이들 또
한 없지 않은 것 같았다. 각박한 일상생활에서 잠시 벗어나 모처럼 휴
일을 뜻있게 보내려는 소시민들에게는 이만한 곳도 별로 없을 것이었
다. 우선 경비 절감이 될 뿐더러, 숲 속의 청정한 공기하며 마음놓고
쉴 수 있는 휴식공간이.

그러나 현실적인 괴리감으로 마음이 우울한 형수로서는 그러한 것
이 자기와는 거리가 아주 먼, 전혀 다른 세계 같다는 생각 밖엔 없었
다. 치료비라야 기껏 X천원에 지나지 않는 돈을 한 달만인, 이제야 갚

으러 온 사람이 저들 가운데 과연 몇 명이나 있을 것인가. 그것도 단순한 치료비가 아닌, 그냥 두었으면 죽고 말았을지 모르는 생명의 대가인데도. 그리고 수백 명은 될 것 같은 저 많은 사람들 속에 하찮은 X십원 짜리 금잔디도 담배라고 피우고 있는 사람이 몇이나 될까. 아무리 형편없는 직장이라 해도 4월간의 급료로 △만X천원 밖에 받지 못한 지지리 못난 바보도 있을까. 그 돈을 가지고 어느 누가 4개월 반 동안이나 세 식구가 호구할 수 있단 말인가. 그리도 비상한 재주를 가진 이가 있다면 손을 번쩍 들고 내 앞에 썩 나서 보란 말이다. 그런데 우리 세 가족은 죽지 않고 살아왔다. 하도 억울해 그대로는 도저히 죽을 수 없었다고 울부짓고 싶은 것이 형수의 솔직한 심정인 것이다.

형수는 자기 아내의 잔뜩 찌푸린 얼굴을 문득 눈 앞에 그렸다. 형수가 집을 나설 때 당부하던 그녀의 말이 귓전을 스친 것이었다.

"그 돈을 가지고 가긴 하더라도요, 무턱대고 다 내놓지 말고요, 우리 형편 이야기부터 먼저 들려주라구요. 자기네도 사람이라면 어떻게 동정심이 안 일어날 수 있겠느냐구요. 말을 해서 손해볼 건 없을 거 아녜요. 밑져봐야 본전이니깐요. 사정 이야기를 하는데도 안 들어주면 그땐 어쩔 수 없는 일이지만요. 지금 당장 밥지어 먹을 쌀부터 사야 하고, 몇 장 남지 않은 연탄도 들여놔야 하는데 정말 걱정이네요. 거기다 먹을 건 안 먹어도 피울 건 안 피우곤 못사는 당신 아녜요. 어디 그 뿐인가요? 앞으로 다른 일자리 구할 때까지 교통비와 최소한의 사교비도 전연 없어선 안 될 텐데 그런 건 다 어떡하죠? 하지만 그 어떤 것보다 가장 걱정스러운 건 바로 당신 건강 문제라구요. 아직도 성치 않은 몸인데 입원치료는 언감생심이요, 한약 한 첩도 지어 먹긴 고사하고 끼니마저 제대로 못이어 갈 형편이니, 이것 정말 어쩌죠 여보? 결과야 어찌되든 간에 말이나 한번 잘 해 보세요. 말만 잘 하면

천냥 빚도 갚을 수 있다잖아요. 그리고 말예요 여보! 기왕 병원까지
간 김에 애원을 해서라도 진찰이나 한번 받아보세요. 네!"

그녀의 눈엔 눈물까지 그렁그렁 고여들었다. 그제야 자신의 건강이
그리 좋은 편이 아니라는 데에 생각이 미치자 형수는 서글펐다.

"난 어제 회사에다 휴직계를 내어놓고 오늘부터 집안에서, 아니 어
디서든 몸조리나 하며 편히 쉬어야 할 몸이 아닌가."

형수의 입가엔 자조적인 미소가 흉한 벌레처럼 쑤물쑤물 기었다.

자기 각본대로 어느 정도 성공을 거둔 데 대해 그로서는 누군가에게
우선 감사하고 싶은 심정인 것이다. 어떤 고용주건 간에 능력과 성의
를 다해 주기를 바라지 않을 이가 있을까만, 양심적인 고용인이라면
자기가 마땅히 해야 할 일을 다하지 못할 때는 도태될 수 밖에 없음을
알아야 할 것이었다. 하지만 그렇게 되기 전에 스스로 알아서 처신해
야 함을 모르고 있지 않은 형수였다.

형수는 이번에 사실 연극을 꾸몄던 것이다. 전도가 매우 흐린 향토
잡지사에 자리를 계속 지키고 있어 봐야 결국은 별 볼일없게 될 거라
는 판단이 섰기 때문에. 그렇지 않았으면 설령 건강이 다소 부담스럽
긴 해도 '농땡이'를 그리 치진 않았을 터였다. 하루 나가서 일할 수
있는 건강이라면 하루 일했다고 이틀 또는 사흘씩 출근 못할 만큼 그
리도 부실한 신체는 아니었다. 어쩌다 한번, 그것도 이따금씩 가볍게
현기증을 느끼거나, 좀 지나쳤다 싶으면 피로를 느낄 때가 있기는 했
다. 그러나 그런 정도는 얼마든지 극복할 수 있었다. 그런데도 실리적
인 계산을 하기로 작심한 건 하나의 구실을 내세우기 위함이었다. 나
는 몸이 성치 않으니 그리 알아라, 그것도 사고 때문에 그렇다는. 그
럼으로써 받을 건 받을 수 있는 데까지 받아낼 뿐 아니라, 할일은 억
울하지 않으리만큼 적당히 하다가 양심에 어긋나지 않는 범위에서,

그 동안의 수수(授受) 문제만 엔간히 해결되면 깨끗이 그만 둘 생각이었다. 하지만 이제 와서 따져 볼 때 제대로 맞아떨어졌다고 할 수는 없다. 진작부터 마음먹은 대로 그 지긋지긋한 데를 그만 두게는 되었으나, 계산하고 있던 만큼 다 받아 내지 못했기에 말이다. 아무튼 그 놈의 진절머리나는 곳을 빠져나오게 된 것만은 아주 잘 된 일이라는 생각인 것이다.

담당 간호사가 마침 지난 날 그 아가씨여서 다행이었지만, 당직 의사는 그 날 사무(私務)로 출타했다. 오후 여섯시나 되어야 들어올 것 같다며, 그 때를 맞추어 한번 더 들르지 않겠느냐고 간호사는 친절히 일러 주었다. 그녀의 평범한 인상이 뇌리에 남아 있듯이, 그녀도 자기를 기억하고 있다는 게 형수는 고맙긴커녕 오히려 혐오스러웠다.

"그 동안 왜 한번도 치료하러 오지 않았어요? 경과는 괜찮아요? 어쩌면 그리도 무심할 수 있나요."

그녀가 원망을 섞어 말했다. 형수의 귀엔 그녀의 말이 제대로 들려오지 않았다. 한 달 전인 그 날 아침의 일을 문득 상기하고 있었다. 그 때 흙투성이와 핏자국으로 온통 더럽혀졌던 그 침대가 깨끗이 세척된 채 비어 있는 것을 보는 느낌이 야릇하다. 지금 응급실 응접시트에 가지런히 앉아 있는 두 여인이 자기 어머니와 아내로 착각되면서, 자신은 그녀들의 앞 침대에서 붕대로 칭칭 동여맨 팔의 고통을 못이겨, 몸부림치고 있는 청년으로 환각되어서인지 모른다. 여느 사람보다 특히 머리통이 커서 가분수 같다 해야 할 인턴과, 예의 그 간호사가 청년에 대한 이야기를 하는 곁에서, 형수는 금잔디 한 개비를 뽑아 입에 물고 그들 앞 테이블에 놓인 곽성냥을 집어 불을 켜 붙였다. 청년은 곧 입대한다는 들뜬 마음으로, 친구들과 술을 마시다가 싸움이 붙어 팔을 크게 다쳤다는 것이다. 저걸 어쩌면 좋으냐며 두 여인 중 어머니인 것 같은 나이 많은 여인이 속으로 울음소리를 죽이고 있었다.

그 때 갑자기 도어 밖이 술렁거리더니 기절하여 축 늘어진 십여세의 소녀가 자기 아버지인 듯한 남자의 등에 업혀 들어왔다. 그것을 목격한 형수의 기분이 착잡해졌다. 한 달 전 그 날 밤에도 자신이 바로 저 소녀와 다름없는 상황이 아니었을까, 하자 응급실에 더 있고 싶은 마음이 없다.

"오후에 다시 들르세요, 네."

얼른 밖으로 피해 나오듯이 하는 형수의 등에다 대고, 환자에게 주사놓을 채비를 하던 간호사가 당부하는 것이었다.

"그러죠 뭐."

형수는 건성으로 대답하며 제길 오늘 같은 날에도 병원이란 더럽게 바쁘고 번잡한 데군 하고 중얼거렸다.

응급실 맞은편 당직실 앞 복도에는 생래적으로 귀가 쭈그러진 듯한, 오십대 남자 환자가 자신이 타고 있는 휠체어를 앞뒤로 가볍게 흔들고 있었다. 그 옆 벤치엔 부친인 것 같은 머리칼만 은백색일 뿐, 아들보다 오히려 건강해 보이는 칠십대 노인이 앉아 있는 것이었다. 귓결에 와닿는 그들의 대화는 그리 심각한 것도 진지한 것도 아니었다. 그만큼 여유있고 화기어린 부자간의 정다운 대화였다. 적어도 휴양을 하려면 저토록 마음도 한가롭고 몸도 편안해야 할 것만 같다. 그런데 나란 놈은 첫 날부터 이렇게 요지경 속이니 언제 제대로 휴양인가 정양인가를 할 수 있을까. 빌어먹을.

그것도 그러려니와, 한 달이 지나도록 아직까지 형수는 좀처럼 수수께끼를 풀지 못하고 있다. 어쩌면 그것은 영영 풀리지 않을 미스테리가 되고 말는지 모른다. 누군가 계획적으로 저지른 테러였다고는 볼 수 없을 것 같았고, 그렇다고 단순한 교통사고로 단정할 수도 없는 모호한 사고였던 것이다. 그렇다면 혹시 까짓 될대로 되라는 순간적인 자포자기로 인한 자해사고였을까도 했다. 그러나 그 날 밤 아무리 엉망으로 술이 취했다 해도 형수는 자기가 설마 그렇게 자학했으리라곤 도시 믿을 수 없었다. 뒷 날 박성구씨와 미숙에게 들은 바로는 두 사람이 열 두 시가 거의 다 되도록 고량주 세 병을 마신 다음, 셋이서 택시를 타고 C동시장 입구까지 갔을 때 집이 그 부근이라기에 내려주니까, 몸이 몹시 비틀거리긴 했지만 골목으로 용케도 잘 찾아 들어가더라는 것이다. 집이라도 알거나 시간이나 일렀으면 집에까지 부축해 들어갈 수 있었겠는데, 박성구씨 역시 그 날밤 취할 만큼 취한데다 시간도 너무 늦어 통금 때문에 어떤 방법이 달리 있을 수 없었다고 했다. 저래 가지고 집에나 제대로 찾아갈까 하고 잠싯동안 기다려 봤으나, 골목 밖으로 되돌아나오지 않으므로 마음을 놓았는데, 결국 사고가 나고 말았구나 하며 어이없어 하는 박성구씨였고, 미숙이었던 것이다.

그 정도까지는 어느 만큼 알아낼 건더기라도 있지만, 그 다음 발생한 사건에 대해서는 어떻게 더 알아낼 수 있는 아무런 방법이 없었다. 그것이 형수로서는 안타까웠다. 그 날 밤 자기가 어쩌다 S동 어느 길바닥에 시체나 다름없이 내동댕이쳐지게 되었는지 하느님이 아니고는 알 수 없을 것 같았다. 그러니 얼마나 기가 차고 어처구니 없는 일인가 말이다. 형수가 이성을 되찾아 제대로 정신을 차리게 된 건 다음날 아침 여섯 시쯤이었다.

처음 눈을 뜨는 순간이었다. 형수의 시야에 비친 것은 파르스름한 불빛을 내는, 형광등이 천장에 달린 전혀 생소한 곳이었다. 도대체 여기가 어딜까 하고 형수는 어리둥절해진 눈을 두리번거렸다. 천장도

벽도 새하얀 한 가지 색깔 뿐이었다. 게다 크레졸인지 알코올인지 모를 약냄새가 콧구멍에 잔뜩 배어 있었다. 이게 혹시 병원이 아닌가 하는 생각이 얼핏 들다가도, 한편으론 호텔 아니면 그와 유사한 곳일지 모른다 싶기도 했다. 어쩌면 또 파출소나 경찰서 보호실 같은 생각도 들지 않는 게 아니었다. 대관절 이 곳이 어딜까, 그것을 확인하려고 상체를 일으키려다가 가볍게 신음을 토했다. 겨드랑이께가 뜨끔하게 결려서였다. 그 때 인기척이 났다.

"이제 정신이 좀 듭니까?"

하얀 가운을 입은 청년이었다. 잠시 뒤에야 수련의 과정을 밟고 있는 인턴인 줄 알았으나, 처음엔 접객업소 같은 데 종사하는 종업원인 줄 알았다.

"내가 어떻게 해서 이런 데 누워 있나요?"

아직 여기가 어딘지 모르는 주제에 상대방이 듣기엔 뚱딴지 같은 질문을 형수는 하고 있었다. 그러자 청년이 대답하는 것이었다.

"간밤에 어떻게 된 겁니까?"

이게 무슨 소리인가. 이 사람이 내게 도로 반문을 하다니? 형수는 눈을 멀뚱거리며 의아스럽게 그를 쳐다보았다. 여기가 정말 어디기에 어쩌다 내가 이렇게 돼 있단 말인가. 뒤 이어 의사와 간호사까지 침대 맡으로 다가왔을 때에야 비로소 형수는 확실히 짚이는 것이 있었다. 이 곳은 역시 병원이구나 하고.

"죽지 않은 게 천만 다행이었다구요."

형수에게 한 당직 의사의 첫 말이었다. 그 말에 형수는 못내 당혹스러워질 수 밖에 없었다. 그러나 왜 그런 말 하느냐고 묻진 않았다. 지난 밤 자기 신상에 매우 중대한 사건이 발생한 게 틀림없다는 생각과 함께, 이유를 알 수 없는 불쾌감마저 울컥 느껴졌다. 죽지 않은 게 천만 다행이라니 그게 무슨 소리인가. 멀쩡한 사람을 보고 그게 무슨 실언이란 말인가.

이번엔 형수 곁으로 간호사가 바싹 다가오더니 나지막한 목소리로

"고해성사를 봐야 할 것 같아요."

하는 것이었다. 거두절미하고 그 말부터 먼저 하는 것을 보면 그녀가 천주교인임을 직감할 수 있었다. 그녀의 말대로 어젯밤에 내가 고해성사를 봐야 하리만큼 큰 죄라도 지은 것일까, 하자 형수의 머리는 더욱 더 혼란스러웠다.

"내가 가톨릭인 줄 어떻게 알았나요?"

형수는 맥빠진 질문을 그녀에게 할 수 밖에 없었다.

"호주머니에 들어 있는 소지품 가운데서 로사리오를 발견했거던요. 그런데..."

하다가 말을 얼버무리는 간호사. 같은 교인으로서 왜 그랬느냐는 듯한, 연민의 정이 그녀의 맑은 눈에 깃들여 있었다. 비단 그것은 그녀 뿐이 아니었다. 잠들을 설쳤을 의사와 인턴의 부수수한 얼굴에서도 경원시하는 것 같은 눈치를 형수는 읽을 수 있었다. 누구에겐지 모르게 형수는 속에서 울컥 치밀어오르는 부아를 느꼈다. 간밤에 어떤 사고를 저질렀기에 여기 이렇게 누워 있게 된 것일까.

"난 말에요. 어떻게 됐는지를 전연 모르고 있다구요. 어쩌다가 내가 여기 오게 됐는지요?"

이러한 형수의 질문에

"S동 어떤 큰길 바닥에 죽은 사람같이 네 활개 쫙 벌리고 완전히 뻗어 있는 것을, 마침 그 지역을 순찰하던 S파출소 김 순경이라는 사람이 발견하고 택시로 데려왔더군요."

하는 간호사였다.

"아니 뭐라고요? 내가 왜 거기까지 가서 쓰러져 있었다는 거죠? 그게 몇 시쯤이었다구요?"

형수가 다시 묻자

"통금이 되고도 한참 뒤니까 그 때가 아마도 한 시쯤이나 됐을까요?"

이번엔 인턴이 대답했다.

"그래요? 그것 참..."

"어쩌다 그리도 처참한 모습이 된 거죠?"

그들은 형수에게 그 경위를 물어왔다.

"글쎄 말입니다. 나는 통..."

형수는 아무리 기억을 되살리려 해도 소용이 없었다. 도시 생각이 나지 않는 것이었다.

"술을 너무 마셔서 필름이 완전히 끊어진 게 아니에요?"

나이(사십대)든 사람답게 그럴 수도 있는 일이라며 의사가 다소 긍정적인 반응을 보였으나,

"술이 아무리 취해도 그렇죠. 아무러면 그렇게 정신이 없을 수 있나요? 그건 말도 안 되는 소리라구요."

그와 반대로 인턴은 어쩐지 이해가 안 간다 했다. 그렇기는 본인인 형수도 마찬가지였던 것이다. 당사자도 이해가 되지 않는데 얼토당토 않는 제삼자가 어떻게 이해할 수 있단 말인가.

그래도 여성의 본능 때문인지 그렇지 않으면 같은 신앙인이라는 공동체 의식에서인지

"어쩐다고 정신을 잃을 정도로 술을 마시고 그 지경이 되었어요? 믿음을 가진 사람으로서는 적어도 그래선 안 되는 것 아녜요?" 마침 오늘이 주일이니깐요, 성당에 가서 성사부터 먼저 보고 미사참례를

하세요."

간호사가 아까와는 달리 퍽이나 정답게 일러주었다.

그 때 형수는 아차 싶었다. 그 날 오전 열 시에 자유일보사 교정기자 시험을 치러야 한다는 생각이 문득 뇌리를 스쳤던 것이다. 그것도 그렇지만, 자기를 기다리다 온 밤을 뜬 눈으로 지새우며, 가슴 좋였을 아내 생각을 하지 않을 수 없는 형수였다. 그러자 여기서 내가 이러고 있어서는 안 된다 싶은 것이었다.

형수는 조심스럽게 몸을 움직였다. 조금 아까 상체를 일으키다가 겨드랑이가 뜨끔하게 걸렸던 것에 대해 여간 신경이 쓰이지 않았지만, 워낙 조심을 해서인지 이번엔 아무렇지도 않아 다행이었다.

아니 그런데 이건 또 어찌된 것일까. 흰 와이셔츠가 온통 흙투성이와 피투성이로 범벅이 되어 있으니 말야. 그 뿐이 아니다. 그것이 또한 수세미처럼 엉망으로 구겨져 있는 데 대해 아연실색할 수 밖에 없다. 넥타이도, 양말 한 짝도 어디 갔는지 눈에 띄질 않는다. 구두는 두짝 다 해부해 놓은 짐승같이 바닥이 완전히 헤어져 신을 수 없게 되었다. 간호사가 갖다주는 양복 저고리엔 쭈그러진 백조(담배) 한 갑 밖에 다른 건 아무 것도 들어 있는 게 없다. 그것(양복)마저 보기 흉하리만큼 쭈글쭈글 구겨져 있다.

"이거 어떻게 된 거에요? 다른 건?..."

망연한 얼굴로 형수는 간호사를 쳐다보았다. 그녀가 대답한다.

"만연필, 손목시계, 라이터, 주민등록증, 제대증, 예비군수첩 같은 소지품들은 모두 따로 꺼내 놓았어요."

"그건 왜죠?"

"치료비를 내지 않았기 때문이죠. 이를테면 저당을 잡혀놓은 거랄까요."

"치료비가 얼마나 되는데요?"

"X천원이에요."

"지갑에 한 푼도 없던가요?"

"X백원 있더군요."

"그 뿐이던가요?"

"그것 밖에 없었어요."

그럴 리가 있나? 고량주 한 병과 땅콩 한 봉지 값을 제외한 돈이 남아 있어야 하는 거다. 그것도 그거지만 또 다른 돈까지 어디로 사라졌단 말인가.

"참, 입원 수속비로 X백원 뗐어요."

"그래요?"

형수는 침대에서 우선 두 발을 바닥에 내려놓았다. 잠깐 두리번거리다가 벽에 붙어 있는 세면대 앞으로 다가갔다.

"어?"

세면대 위 벽에 걸린 거울을 보던 형수는 두 눈이 휘둥그레질 수 밖에 없었다. 그도 그럴 것이 온 얼굴에 핏자국과 딱지가 잡다하게 처발려 있었으므로. 엉클어진 머리칼 속으로 무심코 손가락을 밀어넣다 말고 형수는 또 한번 놀랐다. 머리꼭지 뒤 왼쪽에 타박상을 입어 소주잔 하나 엎어놓은 면적 만큼이나 머리칼이 바싹 깎여 있어서였다. 게다 먼지와 흙을 그대로 뒤집어쓰다시피 한 머리칼 속도 피딱지 투성이로 엉켜붙어, 여간 흉물스럽지 않는 것이었다.

형수는 어처구니없다는 생각이 들었다. 머리를 감을 엄두도 못내고 얼굴에만 물을 조금 찍어발랐다. 그러던 형수의 입에서는 자기도 모르는 사이에 따가운 신음소리가 새어나왔다. 예리한 면도날로 온 얼굴을 마구 그리는 것 같은 아리움이 느껴졌으므로. 형수는 핏자국을 손수건으로 대강 지운 다음 얼굴의 물기를 꼭꼭 찍어냈다.

허깨비처럼 되어버린 자기 몸뚱이를 형수는 침대로 끌고 가 내던지 듯이 도로 뉘었다. 너무나 기가 찬 것이었다.

어쩌다 내가 이렇게까지 되어 버렸을까. 어떻게 하다가 네놈이 이런 꼴이 되었단 말이냐. 이 머저리 같은 인간아. 오늘로 어쩌면 네 인생 을 완전히 바꾸게 될지 모르는, 중요한 분기점을 눈 앞에 둔 인간으로 서 지금 이게 무슨 운명의 장난이냔 말이다.

집에서는 지금 아내가 철부지 어린 딸 영아를 끌어안고 어떻게 해야 할지 몰라 마냥 쥐어짜고 있을지 모른다. 아직까진 한번도 이런 일이 없을 뿐 아니라, 외박이라곤 전연 해 본 이력조차 없기에 아내가 오죽 이나 걱정하고 있을까. 그러자 이러고 있어서는 안 된다는 생각이 또 한번 고개를 들었다.

형수는 침대에서 다시 몸을 내려놓았다. 그러나 집에 가겠다는 말이 선뜻 입 밖에 나오지 않았다. 그들의 눈치를 슬금슬금 살피며 조급한 빛을 보일 수 밖에 없었다. 그러한 형수의 속셈을 읽었을까. 그렇지 않으면 여자로서의 동정심이라도 발동했을까. 간호사가 곁으로 다가 오더니

"집에 가시겠어요?"

소곤거리듯이 말해왔다. 마음이 빤히 들여다보일까 봐서 형수는 말 은 하지 않고, 머리만 가볍게 끄덕여 보였다. 그녀가 의사에게

"선생님, 저 사람 집에 보내는 게 어떨까요?"

하자 그도

"치료비를 가져오게 하기 위해서도 그럴 수 있다면 그러는 것도 괜 찮겠지."

했다. 그녀는 형수를 돌아보며

"집에 가 보세요. 오늘 당장 성당에 가서 성사부터 보시구요. 주일 미사를 참례한 다음 늦어도 저녁 때까지는 치료비를 가지고 오셔야 해요 네? 아시겠죠?"

단호하다고 느껴질 만한 어조로 말하는 것이었다.

"알았어요."

그리하여 곰보보다 더 보기 흉한 몰골에다 그것도 맨발로 응급실을 나갈 수 있게 된 형수는 조용한 병원의 정원과 공터를 거쳐 정문을 나섰다. 정문 앞에 세워져 있는 여러 대의 택시 가운데 하나를 골랐다. 문을 열고 차안으로 들어가 운전사 옆자리를 차지하자 운전사가 시동을 걸었다. 택시가 움직이며 병원 앞 좁은 길을 벗어났다. 이내 번잡한 S동 큰길로 접어들며 여느 차량들의 행렬 속에 섞였다.

"어디로 가야 합니까?"

그제야 운전사가 행선지를 물어왔고, 형수는

"C동 시장으로 갑시다."

했으나, 별안간 속이 뒤틀리며 비위가 역해지려 해 견딜 수 없었다. 두 손으로 목을 틀어쥐고 애써 억제해 보았지만, 형수의 뜻대로 되지 않았다.

"왝... 운전사 아저씨 왝... 이걸 어떡하죠? 왝..."

속에서 치밀고 올라오는 것을 그예 막질 못해, 더럽기도 하고 냄새까지 고약한 배설물을 끝내 택시 안에 게워놓았다.

"왝, 왝, 이걸 어쩜 좋지."

하지만 운수좋게도 운전사의 심성이 남달리 고와서일까.

"그럴 수도 있는 거지요. 염려마십시오. 나도 이따금씩 그러는 사람이니까요."

타박을 주기는 커녕, 괜찮다며 되레 위로까지 해 주었다. 형수는 운전사가 고마울 뿐 아니라 존경스럽기마저 했다.

C동시장 어귀에 형수는 택시를 세웠다.

"서너 집 건너에 우리 집이 있으니깐요, 잠깐만 기다리십시오. 집에 가서 택시비를 갖다 드릴게요. 대단히 죄송합니다 아저씨."

형수가 택시에서 내려 집으로 들어가자

"아니, 당신 정말 웬일이에요?"

하얗게 떠 있는 그의 아내 정자의 얼굴빛이 금세 새파래지며 절로 입이 딱 벌어지더니, 그렇게 한번 벌어진 입을 그녀는 다시 다물 줄 몰랐다. 그녀에게

"골목 밖에 세워 놓은 택시 기사에게 차비 좀 갖다 줘."

하며 방으로 뛰어들어가다시피 한 형수는 그대로 쓰러져 의식을 잃었다. 엎친 데 덮친 격이랄까. 그 날 내내 형수가 정신을 놓고 방구들을 지고 있는 동안, 신경이 별나게 예민한 그의 어린 딸 영아까지 경기를 일으켜 까무러치는 바람에, 그의 아내 정자는 이중삼중으로 혼이 빠질 수 밖에 없었다.

자기가 아쉬울 때는 필요 이상의 친절과 호의를 베풀며, 뱃속에 깊숙이 들어 있는 간까지 쑥 꺼내어 줄 듯이 하다가도, 이쪽에 딱한 일이 있어 도움이라도 청하면 냉정하게 거절해 버리는, 겉 다르고 속 다른 조문환씨의 이중인격이 형수로서는 역겨울 수 밖에 없었다. 달면 꿀컥 삼키고 쓰면 내뱉는 약삭빠른 그의 처세술이야말로 형수는 정말 편리한 것이구나 싶었다.

몇 해 전 어쩌다 한번 형수가 자기 부친을 통해 취직 부탁을 했다가, 결과도 알려주지 않은 채 흐지부지되고 말았기에, 다시는 어떠한 부탁도 절대로 하지 않으리라 마음을 굳게 다졌던 것이다. 그랬거든

끝까지 왜 그러지 않았단 말인가. 전직 국회의원인 조문환씨의 집을 이제 막 들렀다 나오며 형수는 이럴 수 있을까 했다. 차라리 들르지 않은 것만 같지 않았기 때문에. 자기 부친 명호씨의 편지만 아니었어도 형수는 결코 조문환씨를 찾아가지 않았을 터였다. 사고를 당했다더니 좀 괜찮아졌나 하며 형수에게 왔다가, 형편이 매우 딱한 것을 보고는 부친으로서 모른 체 할 수 없어, 시골 돌아가는 길에 조문환씨에게 잠깐 들른 모양이었다. 조문환씨가 입후보할 적마다 약방에 감초처럼 지역 책임자 아니면, 중요 참모직을 곧잘 맡았던 인연이 있어서였으리라. 그러한 인연에서라도 설마 괄시를 하진 않을 테지 하고 찾아갔더니 무척 반갑게 맞아주더란다. 형수의 이야기를 듣고는 몹시 안쓰러워하며, 교육위원회에 있는 친지에게 부탁해 교육계통에다 자리를 하나 주선해 보도록 하겠다는 약속을 단단히 하더라는 것이다. 그러니 틈을 내어 그 분을 찾아뵈라는 사연이었다.

처음부터 썩 내키지 않은 걸음을 그래서 형수가 억지로 했던 것이다. 그런데 결과는 이미 예상하고 있었던 바로 그대로였다. 어디든 구멍만 하나 뚫어보아라. 그 뒤는 자기가 받쳐줄 수 있다는 실로 무책임한 말만 형수에게 한 조문환씨였다. 마치 그것은 굶어죽어가는 사람에게 제발 죽지만 말고 살아 있거라, 그러면 그 때 가서 도와 줄 수 있다는 말과 무엇이 다른가. 당장 어떻게 살아갈까가 시급한 현안인데, 그 따위 도움도 별로 되지 않을 말 한 마디 들으려고 그를 찾아간 건 아니었다. 그런 말은 배가 불러서 파한(破閑)이나 하려고 함부로 지껄이는 할일없는 사람의 헛소리에 지나지 않을는지 모른다. 자유당 집권 당시 온갖 탄압 다 받아가며 민주당 소속인 자기를 위해 노고를 아끼지 않았을 뿐더러, 그러다 보니 공직에서도 밀려나 다시는 직장마저 잡을 수 없었던, 친구의 자식을 한번쯤 도와준다 한들 무슨 죄가 될 것인가. 이제는 비록 현직 의원이 아니긴 하나, 그래도 G사회에서는 널리 알려진 V.I.P.요, 원로급 명사인 그가 사실 마음먹기에 따라서는 나 같은 놈 하나의 취직 문제쯤은 변소에 앉아 개 부르기일 텐데 말이다.

조문환씨 집에서 나온 형수는 가야 할 곳이 따로 정해져 있지 않았다. 찾아가서 일자리를 부탁하거나 눈 앞을 가로막은 경제적인 궁색을 면할 수 있는, 도움을 청할 곳이라곤 한 군데도 없었다. 어제 박성구씨에게 받은 △만원으로, 그 동안 잡다하게 진 빚들을 급한 것부터 우선 갚고 보니, 겨우 몇 백원 남았을까 말까였으므로 며칠 동안은 몰라도, 앞으로 살아갈 일이 막막하기만 하다. 물론 병원에 낼 치료비는 따로 제쳐놓았지만. 그것만 아니라면 그 돈으로 생활비는 그럭저럭 충당할 수 있을 것이다. 그렇다고 갚지 않을 수는 없었다. 그것은 양심적인 문제이기에 앞서, 잠시라도 없으면 아쉽고, 없어서는 안 될 소지품들을 되찾지 않으면 안 되기 때문이었다. 따지고 보면 그 까짓 별것도 아닌 종이쪽지들에 불과하지만, 사람이 살아 있는 한 언제나 휴대해야 하는 주민등록증을 비롯한 제대증과 예비군수첩이, 그것들을 휴대하고 있는 사람보다 오히려 더 우대받고 있어서였다. 인간이 사회활동을 제대로 하려면 그런 종이들을 소중히 간직하고 있어야 하는 현실이, 지금 형수로서는 솔직히 저주스러울 따름인 것이다.

전국적으로도 언제나 여름철 무더위로 최고를 기록하고 있는 G의 날씨였다. 그 날도 여간 더운 날씨가 아니었다. 극성을 부리던 불볕더위도 해가 서쪽으로 기울어지기 시작하면서부터 차츰 견딜만해졌다.

그러나 그늘이 내린 D로 빌딩 아래를 한 걸음 한 걸음 느리게 몸을 움직이며, 형수는 지금 자기가 어디로, 그리고 무엇 때문에 걸어가고 있는지 모를 만큼 지쳐 있었다. 발걸음이 떼어지는 대로 몸을 내맡긴 채 그는 이 세상에서 자신의 존재가 완전히 소멸되어, 모든 것을 의식할 수 없는 무존재 상태가 되어 버렸으면 했다. 그렇게 될 수만 있으면 얼마나 좋을까. 사물을 의식할 수 있다는 그 자체가 형수로서는 괴로웠다. 솔직히 털어놓으면 아침에 집을 나와, 점심도 거른 채 줄곧 돌아다녔기에 배가 꽤 고팠다. 더위에 시달릴 대로 시달린 몸은 진이 쏙 빠져버렸다. 게다 머리까지 지끈지끈 쑤셨다. 형수는 어디를 얼마나 걸어다녔는지 모른다. 이제 막 Y초등학교 뒤 기다랗게 이어진 골목길로 접어들며, 그는 자기가 왜 이 길을 걸어가고 있는지 생각해 보았다. 목적의식이 뚜렷이 정해져 있는 발길이건만, 그것이 자신의 의지가 아닌 조건반사나 다름없는 행위인데 대해 문득 그러한 자신에게 반발심이 일었다. 보이지 않으면서도 무시할 수 없는 어떤 힘에 이끌리듯, 자기도 모르게 가고 있는 스스로에게 그는 전율을 느낄 수 밖에 없었다. 그 길을 따라 계속 가다 보면 눈 앞에 나타나게 되어 있는 게 도립병원이었다. 그 때 시각은 어느 새 오후 여섯시가 다 되어 있었다.

그런데 볼일은 또 허탕이었다.

"우리 병원의 모든 회계업무는 매월말 기준으로 결산처리를 하기 때문에 지난 달 발생한 그런 사소한 문제를, 병원측에서 나같은 사람에게 인계할 턱도 없거니와, 설령 인계해 준다고 하더라도 그런 것까지 인수할 의무가 내게 있는 것도 아니잖소? 공휴일 당직을 맡은 의사가 그런 거나 하는 그리도 할 일 없는 사람인 줄 아시오? 그깐 일에 대해서 난 아는 바가 없단 말이오."

당직 의사라는 사람이 하는 말이었다. 형수에 대해 간호사가 그에게 무슨 말을 했는지 모르지만, 칼로 무를 싹둑 자르듯 하는 당직의사에게서 얼음장 같은 차가운 느낌을 받았다. 형수는 낭패스럽다는 생각이 들었다. 그러나 마음 한편으로는 차라리 잘 됐지 않은가 싶었다. 그 까짓 것들 -병원에서 돌려주지 않고 있는 소지품- 이 없으면 또 어떤가. 현실적으로 내게 더욱 필요한 건 바로 현금이 아니냔 말야. 지금 내겐 한 푼의 돈이라도 아쉬운 형편이 아닌가. 그것 참 잘 됐어. 참 잘 됐다구.

인사고 무엇이고 없이 형수는 그대로 돌아서 나오려 했다. 그런데 세례명이 요안나라는 예의 그 간호사가 현관까지 따라 나오더니

"정말 이거 미안한 말씀이지만, 내일 한번만 더 와줄 수 없겠습니까?"

하는 것이었다.

"굳이 그렇게까지 할 필요가 있을까요?"

형수의 말은 퉁명스러워질 수 밖에 없었다. 문제의 발단은 물론 자기지만, 아무리 생각해도 의사의 말이 불쾌한 것이다. 한 마디로 기분 나쁘다 해야 할지 모른다.

"그 의사 선생님께선 자기와는 무관한 일에는 절대 책임을 지지 않으려고 그러는 거에요. 그 점에 대해서 이해하세요."

"잘 난 인간들은 다 그런가 보죠."

형수는 문득 조문환씨를 생각하며 말했다.

"그 때의 그 의사 선생님께서 내일이 마침 당직이에요. 그러니까 제가 그 선생님께 말씀드려서 병원에 맡긴 소지품들을 찾아냈다가 꼭 돌려드릴게요."

"꼭 그렇게만 해준다면 또 와야죠 뭐. 내일은 제발 좀 허탕치지 않게 해 주십시오."

"약속할게요."

"그렇게 해 주면 정말 고맙겠네요."

실제론 마음에도 없는 말을 뒤로 던지며 형수는 병원에서 나왔다.
　그 길로 D동에 사는 고향친구 종규네 집으로 걸음을 옮겼다. 종규
에겐 단돈 한 푼도 빌리기는 커녕, 두 달도 더 전에 그의 싸전에서 외
상으로 갖다 먹은 쌀 한 말 값을, 아직까지 갚지 못한 변명이라도 이
제나마 찾아 가서 해야겠다는 생각이었다. 종규는 집에 있었다. 그의
아내와 함께 집에서 쉬고 있는 중이었다.
　"자네 그 동안 몸살이라도 심하게 앓은 사람처럼 보이는데, 여보.
당신 눈에도 그렇게 안 보이나?"
　"글쎄 말예요. 지난 번에 비해서 얼굴이 많이 수척해 뵈는 것 같아
요. 그 동안 편찮으셨어요?
　그러는 종규 부부에게 형수는 그 동안 겪은 일들을 죄다 털어 놓을
수 밖에 없었다. 이야기를 끝내며
　"전엔 또 전에대로 사정이 있었지만, 그런 사고만 당하지 않았어도
그 동안 어떻게든 쌀값을 갚으려 했는데, 변명처럼 들릴지 모르나 할
말이 없네 그려."
하자 종규는 너무 염려하지 않아도 된다고 했다. 그는 형수가 사고를
당했다는 대목에서는 깜짝 놀라듯이 하며 여간 걱정을 하지 않았다.
신수가 그렇게 그릇되어서 되겠느냐, 그래도 그만한 게 불행중 다행
이니까 다른 걱정은 하지 말고, 건강에 대해서나 각별히 유의하라는
당부까지 하는 것이었다.
　"이 사람아. 모든 건 다 생존 이후의 문제란 말야. 생명이 있는 다음
에야 직장도 있고 돈도 있고 명예도 있는 것이지, 죽으면 그런 게 뭐
가 필요하겠나, 이 사람아? 모두 돈, 돈 하지만, 사람이 있고서야 돈
이 있는 것이지 돈이 있고 사람이 있는 건 아니잖아. 그깐 돈 같은 건
그다지 대단한 게 아니라고 생각하라구. 온전하게 생명을 이어가다

보면 그 밖의 문제들은 절로 해결되는 게 인생살이 아니겠어? 이미 자넨 한번 죽었다가 다시 살아난 불사신이나 다름없다는 마음으로, 자신감을 가지고 당당히 살아보라구. 언젠가는 반드시 옛날 이야기해 가며 살 날이 있을 테니까?"

"고맙네."

말은 그렇게 했으나, 그 날 따라 형수는 종규에게서 지난 날 고향에서의 진득하고도 끈끈한 우정 같은 것은 느낄 수 없었다. 생명이 중요하다는 것을 누가 모를 것인가. 아무리 그렇기는 하지만, 돈이 없으면 어떻게 생명을 이어갈 수 있단 말인가. 형수는 이 친구가 아직 절박한 상황을 겪어보지 않아서, 배부른 소리를 하고 있는 것이라 생각했다. 하긴 어릴 때부터 어려움이라는 건 별로 모르고 살아온 사람이었으니까.

"그런데 말야. 나는 돈이 전연 없는 것보다 아무래도 어느 정도 있는 게 낫다고 생각하는 사람이라구. 자네가 보기엔 내가 속물같이 보일지 몰라도, 솔직히 말해서 나는 권력이나 명예같은 것에는 별로 매력을 느끼지 않지만, 금력에 대해서는 약한 게 틀림없어. 인간의 생활이라는 것도 실제로 따지고 보면 뭐야? 그건 바로 돈하고 직결되어 있는 것 아니겠어. 그런데 자네는 그딴 것하고는 초연하고 있는 것 같은 사람이어서, 그러한 자네를 나는 존경하고 있는 거야. 그리고 또 한편으로는 그 때문에 자네한테 연민을 느끼기도 하는 거란 말야. 재주가 남들만 못해? 능력이 없는 사람이야? 게다가 남들 만큼 똑똑하지가 않아? 그렇거던 남들 못지 않게 잘 살아야 할 텐데, 그렇지 않으니 말야. 내가 친구로서 한 마디 충고하고 싶은 것은 이젠 자네도 실리적인 것을 찾아서 살아가라구. 내 말 절대로 오핸 하지 말아. 어디까지나 나는 자네를 위해서 한 말이니깐."

여느 때 같았으면 그러는 종규에게 형수도 얼마든지 할말은 있었다. 그러나 형수는 그 날 입을 열고 싶지 않았다. 잔뜩 실의에 빠져 있는 상태였으므로 대꾸하기조차 싫었다. 배가 몹시 고파서 그럴 기력도 없을 뿐더러, 모든 게 귀찮은 것이었다.

처음부터 의사가 자기를 그리 달가워하지 않는 것 같은 눈치여서 형수는 기분이 씁쓸했다. 자기 의도를 오해하고 있는 듯한 느낌이 들어 아무래도 그냥 돌아설 수 없었다. 오해는 접어둘 게 아니라, 풀어버리는 게 옳지 않겠는가. 남을 오해하는 것도 그리 좋은 건 아니지만, 더욱이 쓸데없이 남에게 오해를 받고 싶지 않은 게 형수의 성격이었다. 진작 갚지 못한 치료비에 대한 변명 아닌 변명과 함께 조금 아까 지불할 건 이미 지불했다. 돌려받아야 할 것들도 다 돌려받았다. 그렇게 되면 이제 수수 관계가 완전히 마무리된 줄 알았더니 그게 아닌 것 같았다. 아직 무엇이 미진한지 당직 의사는 찜찜한 표정을 쉽게 풀려 하지 않았던 것이다.

당직실로 들어간 의사를 한 동안이나 복도에서 기다리고 있는 형수의 마음은 우울했다. 아니 이상하게도 서글퍼지나 하면, 어쩐지 따분해졌다. 초면도 아닌 그 양반이 왜 그러는 것일까. 나로서는 한 달 전 그 날 밤 당직 의사와 인턴과 간호사가 고마운 사람들임에 틀림없었다. 그런 사람들이라면 속세의 때가 묻지 않은 순수한 마음으로 가까이 하고 싶은 게 형수의 솔직한 심정이었다. 요즘 세상이 각박할 대로 너무나 각박해져, 부모·형제·처자·친척·친지들까지 인정이라는 게 메말라 버린 사회 현실이 아닌가. 그런데 생판 알지도 못하는 그들에 의해 죽어가던 자신의 생명을 되살릴 수 있었다는 게 어찌 고맙지 않겠는가. 그래서 마음씨 착한 간호사와 덕스러워 보이던 의사에게

진한 애정 같은 것을 느끼고 있었지 않았는가. S파출소 김 순경에게
도 그러한 감정을 가지게 되었으나, 어제 처음 찾아갔다가 본인은 미
처 만나지 못한 채 그만 실망하고 말았다. 은혜를 모르는 건 짐승만도
못한 놈이라 하지 않는가. 물질적으로는 지금 당장 보답할 수 없을지
라도, 마음으로는 두고 두고 잊지 않겠다는 것을 그(의사)에게 확인시
켜 주고 싶었던 것이다. 그것이 형수에겐 그의 이름 석 자라도 자신의
가슴에 깊이 새겨두려는 의도로 집약되었다. 언젠가는 반드시 은혜를
갚겠다는 것이었다.

"선생님! 저 좀 잠깐만 보십시다요."

그 때 막 당직실 도어를 밀며 밖으로 나오는 예의 그 당직의사를,
마침내 불러세울 수 있는 기회를 얻었다. 한참이나 기다리고 있었던
참이기에 기회를 놓칠 턱이 없었다.

"네?"

형수를 힐끔 돌아보는 그의 눈에는 경계하는 빛이 잔뜩 어렸다. 여
태까지 가지 않고 있었구나, 하는 듯한 귀찮음이랄까, 아니면 두려움
이랄까, 묘한 표정이 양미간에 지어졌다. 몸까지 도사리며 지레 움츠
리는 그를 어떻게 대해야 할지 형수는 행동이 잠시 망서려졌다.

"선생님!"

오가는 사람이 없는 두 사람만의 분위기가 형성되기를 기다려 형수
는 입을 떼었다. 되도록 한 마디 한 마디에 각별히 더 신경을 써가며.

"물론 인술을 베푸는 의사 선생님 입장에서는 당시에 저는 그저 생
명이 위급한 한 사람의 환자에 불과했을 것입니다. 선생님께서는 그
날 응급실 당직의사로서, 마땅히 해야 할일을 한다고 여기고, 지극히
사무적으로 치료를 하셨으리라고 사료됩니다. 제가 아닌 다른 사람이
선생님 앞에 나타났다 해도 마찬가지였을 줄 압니다. 하지만 입장을

바꿔놓고 생각해 보십시오. 상황은 정반대가 되지 않겠습니까? 으레 선생님께서야 계약된 대로 당당히 보수를 받으면서 환자 개개인에 대해서는 마땅히 해야 할 일을 성의껏 하고 있을 뿐이라고 하실 것입니다. 그런 것쯤은 저도 잘 아는 일입니다. 그런데 문제는 제 경우입니다. S파출소에 근무한다는 김 순경이 저를 이 병원 응급실로 떠메고 왔을 때만 해도 처음엔 거의 절망 상태였다고 하지 않았습니까? 그렇다면 그 날 밤 만에 하나 당직의사가 선생님 아닌, 의술이 선생님보다 뒤지는 분이었다고 가정해 보십시오. 어쩌면 제가 그 날 밤 죽었을 수도 있었던 것 아닙니까? 그래서 말씀이지만, 저는 특히 선생님의 은혜에 대해서 더욱 더 잊을 수 없는 것입니다. 제 말씀 이해하실 수 있으십니까, 선생님?"

"그게 뭐 그리 대단한 거라고 그럽니까?"

그렇게 말하면서도 의사는 짐짓 당혹스런 표정을 지우지 못했다. 제발 자기를 놓아달라는 시늉까지 하고 있었다. 형수는 그를 묵살하듯이

"그렇지가 않습니다. 선생님께서 제 입장이 되어서 생각해 보십시오. 어떻게 제가 선생님을 잊을 수 있겠습니까? 그 날 밤의 그 크신 선생님의 은혜를요. 그래서 저는 선생님을 생명의 은인으로 영원히 기억하고 싶은 것입니다."

다소 흥분된 목소리로 지껄였다. 그에게 결코 환심을 사기 위한, 절대로 입에 발린 헛소리가 아님을 강조하려는 의도였다.

"김 선생이 자꾸 그러면 내 입장만 더 난처하게 하는 거예요. 이건 진담이에요. 김 선생 같은 분에게 내가 해야 할 말인지 아닌지 잘 모르지만, 우리네 닥터들이란 보기보다 실제로는 나약한 사람들이에요. 누구든지 치면 치는 대로 곱다시 얻어맞을 수 밖에 없고, 뜯으려 들면

고스란히 뜯길 수 밖에 없는, 따지고 보면 불쌍한 인간들이 바로 닥터들이랍니다."

의사의 입가엔 묘한 미소가 지어졌다. 그것이 형수에겐 비굴한 웃음으로 느껴졌다.

"선생님께서 무슨 뜻으로 그런 말씀을 하시는 겁니까?"

형수는 의아스럽게 그를 쳐다보았다.

"별다른 저의가 있어서 한 말은 아니에요. 김 선생이 아까 창피스러움도 무릅쓰고 들려준 딱한 이야기를 듣고도 조그마한 호의도 베풀지 못한 이 사람의 구차한 변명으로만 아십시오."

"그 문제에 대해서는 재론을 하지 말자구요. 제 형편이 아무리 그렇다곤 해도, 벌써 한 달 전에 지불했어야 할 치료비는 반드시 내야 하는 것 아닌가요? 다만 그 동안에 제 사정이 딱해서 그렇게 됐다는 것을 이해해 달라는 뜻으로 이야기한 것 뿐이에요. 그건 말에요, 제 치부를 그대로 드러내고 만 결과 밖엔 없지만요, 거기 대해서 후회 하지 않습니다. 그렇게 이야기하고 나니깐 얼마나 후련한지 모르겠어요."

형수는 눈가에 쓴 웃음을 지었다.

" … "

의사는 말은 하지 않고 표정이 침울해지고 있었다.

"선생님 이 점에 대해서 기억해 주십시오. 제가 오늘 잡지사 기자, 다시 말해서 저널리스트로서 선생님을 뵙고 있는 게 아니라는 것 말입니다. 그제 날짜로 저는 그놈의 잡지사와는 이제 결별을 고했습니다. 아까도 얼핏 말씀드렸지만, 장래성이 눈곱만큼도 없을 뿐더러, 보수라는 것도 영 말이 아니어서 집어치운 것입니다."

그러나 그와 같은 형수의 진솔한 이야기까지 곧이들리지 않는지

"나도 말입니다. 글쓰는 데는 취미가 약간 있기 때문에 여기서 일어

나고 있는 갖가지 일들을 보고 느끼고 겪은 대로 원고지에 옮겨서 신문이나 잡지에 싣고 싶은 생각이 곧잘 있지만, 그러다 보면 선의든 악의든 만에 하나라도 피해자가 생길까 봐 아예 단념하고 있다구요. 다른 이들도 다른 이들이지만, 자칫하다가 나 자신부터 다칠 우려가 없지 않을 거라고 생각하기 때문이에요."

의사는 동문서답(東問西答)도 현문우답(賢問愚答)도 될 수 없는 엉뚱한 말을 지껄이고 있었다. 그러자 답답해진 사람은 형수였다. 형수는 이 양반이 왜 이다지 말귀를 못알아들을까 싶은 것이었다.

"선생님께서는 그렇게도 제 의도를 헤아릴 수가 없습니까?"

답답하다 못해 딱하다는 생각이 든 형수는 한결 목소리를 높이며 말끝에다 악센트까지 찍었다.

"김 선생이 말씀하는 저의를 몰라서 그러는 게 아니에요."

"그런데 선생님께선 왜 자꾸 그러시는 거에요?"

형수는 자기도 모르게 짜증스럽게 말하며 미간을 찌푸렸다.

"한 마디로 말하면 털어서 먼지 안 나는 옷 어디 있던가요? 그런 옷이 있거던 가져와 봐요."

의사의 눈 가장자리엔 비굴스럽다고만 할 수 없는 모호한 웃음기가 비쳤다.

"왜. 자꾸 이러시는 거에요? 저는 다만 선생님의 존함이나 알자는 것 뿐이지 절대로 다른 뜻은 없습니다. 장부의 명예를 걸고 맹세할 수 있습니다. 저를 믿으십시오. 인간과 인간의 상호관계는 믿음으로부터 시작된다고 저는 믿고 있답니다. 믿음이 없을 땐 불신과 오해와 갈등과 분쟁이 있게 마련이며, 그러다 보면 결국 파멸이 따르게 되는 것 아닙니까? 한번 더 분명히 말씀드리지만, 저는 이제 잡지사 기자가 아닙니다. 그 점에 대해서는 오해가 없으시기 바랍니다."

형수가 그렇게 말했을 때에야 의사는 비로소

"믿을게요, 김 선생의 진의를 말예요. 김 선생께서 본인에게 주문하고 있는 그 말씀의 핵심이 무엇인지 한번 더 제시해 주십시오."

다소 속이 트인 것 같은 말을 해 왔다.

"네?"

형수는 그를 의아스럽게 쳐다볼 수 밖에 없었다.

"김 선생께서 지금 이 사람에게 요구하고 싶은 골자가 무엇인가 말이에요."

짐짓 근엄한 표정을 지으려 애쓰는 의사의 속마음을 헤아리며 형수가

"다름이 아니고요, 제 생명의 은인이신 선생님을 오래도록 기억하고 싶어서 선생님의 존함을 알자는 것입니다. 제 이름은 김형수라는 것을 선생님께서는 이미 알고 계시겠죠?"

하자 의사는 어깨를 가볍게 떨더니

"본인의 이름 같은 거 알아둬서 뭘 하게요? 그래도 꼭 알아야 한다면 말하죠. 내 이름은 저, 정인성이라고 합니다."

하는 것이었다. 정인성이라? 정? 인? 성? 아무래도 이상한 느낌이 들었다. 조금 아까 응급실 간호사가 설마 그의 성을 잘못 부른 건 아닐 텐데, 정 선생이라? 어쩐지 이건 석연치 않다는 생각이 들어, 형수는 또 한번 찜찜한 기분이 되었다. 그 때였다. 응급실 도어가 벌컥 열리며

"조 선생님 빨리 오세요. 빨리요 조 선생님. 응급환자가 왔단 말에요"

간호사가 달려나와 닥터 정(?)을 끌고 가다시피 하는 것이었다. 형수는 자기 귀를 의심할 수도, 그렇다고 의심하지 않을 수 없는, 실로

묘한 상황이 되었다. 형수는 응급실로 잰걸음치는 닥터 정 아닌 닥터 조의 뒷 모습을 멍청한 눈길로 좇고 있었다. 그가 응급실 안으로 빨려 들듯이 들어가 버리고 도어가 왈칵 닫힌 다음에도, 발에 못이 단단히 박힌 사람같이 한 동안까지, 그 자리에서 좀처럼 움직일 줄 모르는 형수였다.

넋을 놓은 채 멍청히 서 있던 형수의 큰 눈이 어느 새 흐려지더니, 해맑은 액체가 그의 눈에 그렁그렁 고였다. 처음엔 애매하고 모호하던 그의 감정이 점점 애달고 서러운 쪽으로 경도되었다. 그는 사람들이 눈에 보이지 않는 돌팔매질을 자기에게 해오는 것 같은 착각이 들기 시작했다. 그러자 이거 정말 미치겠구먼 하는 소리까지 그의 입에서 절로 흘러나왔다. 내가 용서받지 못할 죄라도 지은 나쁜 놈이란 말인가. 오나 가나 나는 왜 피해자가 아니면 오해나 받는 놈이 되는 것일까.

형수는 울고 싶은 심사를 애써 달랬다. 어쩐지 분한 생각이 들었다. 병원의 복도를 오가며 냉담한 눈길로 자기를 힐끔힐끔 보는 사람들에 대해 불쾌감을 느끼지 않을 수 없었다. 빌어먹을 인간들 같으니! 라고 씹어뱉듯이 중얼대며 잠시 숙이고 있던 얼굴을 번쩍 치켜들었다. 눈물이 찰랑찰랑 고인 열기띤 눈을 부릅떴다. 그리고는 냅다 소리를 지르는 것이었다.

"왜들 나를 힐끔거리며 쳐다보는 거야? 내가 뭘 잘못한 게 있느냔 말야. 사람을 괜히 엉뚱하게 생각하지 말란 말야. 이 잘 난 인간들아."

그러더니 형수는 침을 퉤, 퉤, 뱉으며 뒤도 돌아보지 않은 채 정문을 향해 걸음을 재촉했다.

어떻게 하든지 난 기어이 밝혀내고야 말 거다. 나를 그토록 감쪽같이 조져놓고도 아직 덜미가 잡히지 않고 있는 그 놈의 가해자를 말이다. 그 놈 때문에 자기에게 연쇄반응으로 일어나는 피해를 생각하자, 형수는 그 놈에 대해 치가 떨리는 분노가 치밀었다. 지금같은 현실을 내게 안겨준 그 죽일 놈을 어떡하든 찾아내야 한다. 그 날 내가 그렇게만 되지 않았던들 벌써 자유일보사 교정부 기자로 들어가, 지금쯤은 어느 정도 자리가 안정되어 있을지 모를 일이 아닌가. 이젠 이미 강건너 가버린 일이니까 말인데, 당시에 나는 친구인 사회부장에 의해 편집국장과 부사장 선까지 손이 닿아 있었던 것이다. 시험이라는 건 형식적으로 치르는 것에 불과할 뿐, 형수가 그 자리에 들어가는 건 거의 확정된 일이나 마찬가지였다. 내가 거길 들어가지 못하고 이렇게 되어버리자 고향친구도, 잘 아는 사회명사도 심지어 생명의 은인마저 나의 딱한 현실과 진실어린 속마음을 이해하지 못하니, 사람들이 왜 그리도 비정한가 말이다. 내가 만일 자유일보사 교정기자로 들어갔어도 그들이 그럴 것인가. 그 점이 형수는 의아스러운 것이었다.

고향집이라도 그런 대로 남들같이 살고 있다면 염치 불구하고 형수는 다시 시골로 들어갈 용의가 없지 않았다. 그러나 대대로 이어져온 선비 집안의 가난이라는 굴레를 예나 이제나 벗지 못하고 있었으므로, 시골에서 나온 이상 어떻게든 버티어 보려니까, 너무 힘이 들어 쓰러지기 직전인 내 꼬락서니가 이게 뭐냔 말이다.

어딘지 모르게 정신없이 걸어가는 형수의 시야를 가로막는 낯익은 건물이 있었다. 그 건물 앞에서 형수는 자기도 모르게 걸음을 멈추었다. 건조한 지 얼마되지 않은 D동 천주교회의 커다란 건물이었다. 하얗게 도색된 성당 본채가 여간 깨끗해 보이지 않았다. 본채인 성당 옆엔 그보다 자그마한 부속 건물이 따로 지어져 있었다. 유치원 건물이었다. 두 건물 사이 그리 넓지 않은 뜰에는 대리석으로 다듬은 아담한 좌대가 놓여졌고, 그 위는 석고로 잘 빚은 실물 크기의 성모상이, 보통 사람의 키 높이 훨씬 위에 좌정하고 있는 것이었다.

인자해 보이는 성모 마리아의 두 볼엔 엷은 미소가 그려졌다. 형수는 어느 새 D동 천주교회 철대문 안으로 깊숙이 들어가 있는 자신을 발견했다. 무엇에 이끌리듯이 걸어가 성모상 앞에 무릎을 꿇는 자아에게 그는 순응하고 있었다. 성모 마리아에게 자신의 딱한 사정을 하소연하여 하느님의 자비를 구하려는 마음에서였는지 모른다.

그러나 형수는 그 때 떼를 지어 왁자지껄 떠들며 몰려나오는 유치원생들의 눈요깃거리가 되고 말았다. 아이들이야 그를 이상히 여길리가 없을 것이다. 성모상 앞에서 기도하는 이는 얼마든지 있었으니까. 땅바닥에 무릎을 꿇고 있는 게 문제였으나, 그것은 또한 이따금씩 없지 않을 일이었다. 다만 형수의 자격지심이 문제였다. 형수는 차라리 성당으로 들어가 감실 앞에서 주님께 직접 기도드릴까도 했다. 그러나 금세 생각이 바뀌어 일단 일으켜세운 몸뚱이를 이끌고 도로 철대문 밖으로 나와 버렸다.

어쩌면 하느님도 벌써 내게서 멀어진 게 아닐까. 그렇지 않고서야 그 동안 열심히 하느님을 믿어왔다고 자부할 수 있는 나를 이렇게 만들지는 않았을 게 아닌가. 까짓 것 하느님도 이제 내겐 다 필요없다. 당연히 벌을 내릴 일이 있어서 나를 그렇게 만들어 놓았으면, 뒤끝이나 슬슬 풀리게 해야 할 게 아닌가. 목을 바싹 조여붙이기 시작하고부터 조금도 늦춰주지 않고, 계속 조여붙이는 융통성이라곤 눈곱만큼도, 코딱지만큼도 없는 하느님이라면 이제는 정말 싫단 말이다.

형수는 어디론가 허덜허덜 걸어가고 있었다. 그러한 형수의 모습이 그럴 수 없을 정도로 쓸쓸해 보였다. 좀 더 정확히 표현하면 불쌍해 보일 수 밖에 없었다. 너무 바보스러워 보이기까지 했다. 그렇다. 어쩌면 형수야말로 세상에서 둘도 없는 바보일른지 모른다.

그러나 형수는 크게 머리를 저었다.

　　"하느님이 내게서 멀어진 게 아니라, 내가 어쩌면 하느님으로부터 멀어졌는지 모른단 말야. 맞아. 내가 어느 새 하느님으로부터 멀어진 게 틀림없다구. 왜 내가 남을 탓하고 있는가. 왜 하느님을 탓한단 말인가. 못나게시리. 모든 건 다 내 탓인 것을."

　　형수는 제법 철든 사람같은 독백을 하고 있는 것이었다

〈 끝 〉

하느님의 실수

분만실 같은 건 따로 있지도 않은 일반 병실에 아내가 입원해 있다. 병자가 아닌 임산부로서 출산을 하기 위해.

지금은 병실 안이 의아스러우리만큼 너무나 조용하다.그리고 마치 성당 안 같은 엄숙한 분위기까지 감돈다.

조금 아까만 해도 그렇지는 않았다. 절규한다 할 수 밖에 없을 정도로 아내는 마구 부르짖어댔다. 그 비명 소리가 사위 벽으로부터 반향할 것 같은 환각을 문득 불러일으키게 한다. 한 동안이나 아내가 치러낸 진통은 절로 머리가 저어질 만큼 절절했다. 이젠 제발 좀 그만 하고 아이가 제풀에 쑥 튀어 나온다 해도 억울할 게 없을 것 같다. 알 수는 없지만 아까같은 큰 진통을 앞으로 아내가 두어 차례 더 치르게 될지도 모른다. 당사자로선 더욱 더 몸서리칠 노릇이겠으나, 끝까지 내가 어떻게 다 지켜볼 수 있을지 생각만으로도 진저리치며 벌써부터 머릿골이 지끈지끈 쑤셔온다.도대체 여자란 어쩐다고 숙명적으로 그와 같은 운명을 타고 나는 것일까. 그런 생각을 함으로써 콧등이 시큰해지며, 새삼스레 아내에 대한 연민의 정이 가슴 찡하게 느껴진다.

완전히 탈진한 몸뚱이로 축 늘어져 있는 아내. 마치 죽은 사람처럼 옴쭉달싹도 못하고 있는 그녀. 지난 날은 결코 그렇게까진 퍼져 있지 않았다. 불혹을 넘긴 지가 벌써 오래 전인 데다, 이제 아내도 어느 새 50을 눈 앞에 두고 있었으므로 나이는 이길 수 없는 것일까. 아니면 출산을 워낙 많이 한 탓에 신체 기능이 마모될 대로 마모되어 그런지도 모른다. 힘없이 맥을 놓은 채 널브러져 있는 아내가 보기에 안쓰럽기만 하다. 저래 가지고 아이나 제대로 낳을 수 있을지 심히 염려스러울 뿐 아니라, 은근히 두려운 생각까지 앞선다.

"우리 이 사람이 아직 애를 분만할 시간이 되지 않았나요? 도대체 어떻게 돼 가고 있는 건가요?"

나는 답답한 나머지 원장이면서 담당 의사이기도 한 김 박사에게 따져 묻지 않을 수 없었다. 될 수 있는 대로 아내의 해산을 빨리 마무리 짓고 싶은 생각 뿐이었으므로.

"더 좀 추근히 기다려 보시오. 방금 주사를 또 한 대 놨으니깐 말이오."

정나미가 뚝 떨어지는 건조한 말씨로 김 박사가 대꾸한다. 그의 얼굴 표정이 빚어놓은 석고상이나 다름없다. 다른 의사들에 대해 잘 모르지만, 산부인과 의사로선 그리 상냥하다 싶은 사람을 나는 별로 접하지 못했다. 병실에 아예 얼씬대지 못하게 몇 번이나 떠밀어내는 걸, 떼를 쓰다시피 하여 억지로 내가 들어와 있었기에, 그게 어쩌면 그의 비위를 긁은 요인이 되었는지도 모를 일이었다.

김 박사가 간호사에게 무엇인가 귀엣말을 하더니 바람을 가르듯이 휑하니 밖으로 나갔다. 화장실에 잠깐 가는 것일까. 아니면 다른 병실에 들어 있는 임산부라도 잠시 돌보러 가는 것일까. 마음이 조마롭고 답답하기만 한 나와는 처음부터 영 딴 세상 사람같이 여겨졌던 그였다. 아니꼬워서 침이라도 뱉고 싶을 만큼 한 마디로 냉랭하다 할 수밖에 없는 사람이었다. 그렇다고 간호사라도 친절하냐 하면 그렇지가 않았다. 그녀 역시 그와 대동소이했다. 반발심이 슬몃 느껴질 정도로 그녀의 표정 또한 무척 차가워 보였다. 같은 여자인 아내가 그리도 격렬히 진통을 치르고 있는데, 옆에서 그렇게 태연할 수 있는 그녀가 오히려 나는 이상하게 느껴질 따름이었다.

아내의 얼굴빛이 하얗다 못해 파르스름하다. 좀 전에 맞은 주사 때문에 진통이 되었는지, 풀잎에 맺힌 아침이슬 같은 땀방울이 이마에 송글송글 어려 있다. 은구슬이 따로 없을 것 같다. 그건 어쩌면 아내의 체내에서 뿜어나온 투명한 빛깔의 뜨거운 핏물일지도 모른다.

진통은 멎었다기보다 어쩌면 그게 뼛속 깊숙이 잦아들어, 다음에 올 더 큰 것을 지금 아내의 체내에서 채비하고 있는 건 아닐까. 이미 흠뻑 젖어 축축한 양복 주머니에 꿍쳐넣었던 손수건을 나는 꺼냈다. 땀이 흥건히 배어 있는 아내의 이마를 그것으로나마 훔쳐 줄 수 밖에 없었다. 벌써 무려 세 번이나 치른 그녀의 진통을 내가 대신할 수는 없을까. 차라리 그랬으면 좋을 것 같다. 나에게라기보다 우리 집으로 시집옴으로써, 겪어내어야만 했던 그녀의 불운에 대해 새삼스럽긴 하나, 이제라도 그녀를 내가 위로할 수 있는 적절한 말이 없을까. 이렇게 말하면 될까.

"그건 여보! 당신이라는 한 사람의 여인이 운명적으로 타고 난 원죄인 거야. 내가 아무리 당신의 남편이긴 해도 나라고 해서 그것만은 도저히 어떻게 할 수가 없는 거라구. 이런다고 나를 무정한 남편이라고 욕하진 말아요 응."

그러나 사실 엄격히 따지고 보면 그게 아내 혼자서 떠맡아야 하는,

그녀 한 사람만의 불행이라 할 수는 없을 것 같다. 그건 당사자인 우리 부부는 물론, 우리 가족 모두가 고뇌를 함께 해온 문제이기도 했으며, 우리와 같은 처지에 놓인 다른 모든 이들에게까지 지워진 번뇌이기도 할 터였다. 아무리 딸 아들 가리지 않고 하나만 낳는다느니, 둘만 낳는다느니, 적당히 낳는다느니들 하지만, 사실은 꼭 그렇지만은 않은 것 같았다. 그렇다고 무턱대고 많이 낳으려 하기보다 저저끔 원하는 대로 낳고 싶어들 하니까. 차라리 하나도 낳지 않겠다면 이런 저런 복잡한 문제도 없을 것 아닌가. 하지만 그것으로도 자녀 문제는 그리 간단한 게 아닐는지 모른다.

소리없이 도어가 스르르 움직이더니, 누군가 도둑 고양이처럼 살그머니 들어서며 병실 안을 기웃거린다. 다른 사람도 아닌 어머니였다. 그녀의 이마엔 서투른 솜씨로 굵직하게 그려놓은 것 같은 주름살이 석삼(三)자로 지어져 있다. 무작정 대기실에서 기다리자니 좀이 쑤셔 견딜 수 없었나 보다. 몹시 달갑지 않은 표정으로 쏘아보는 간호사의 존재 같은 건 아예 묵살한 채, 어머니는 나에게로 성큼성큼 걸어왔다.

아직까지 소식이 없느냐는 궁금증과 함께, 어떻게 되어가고 있느냐는 걱정어린 눈길로 어머니가 나를 그윽이 쳐다본다. 아무래도 간호사가 의식되는지 입 밖으로는 한 말씀도 내지 않는다. 나 역시 입을 열지 않고 있다. 그러고 싶지 않아서다. 나는 그 대신 어머니를 아내 곁에 바싹 다가서게 했다. 직접 보고 스스로 상황을 파악할 수 있도록.

대기실엔 어머니 외에도 중학교 교사인 큰딸 순희와 둘쨋딸 순영까지 와 있다. 그녀들은 엄마의 이번 출산이 아무래도 걱정스러워 병원에 따라 온 것이다. 그러나 오직 한 가지 소망 밖에 없는 어머니와는 그녀들이 생각하고 있는 방향은 전연 달랐다. 그렇지 않아도 지천으로 많기만 한 혈육이어서, 하나 더 보태는 기쁨 같은 건 아예 있지도 않았다. 어쩔 수 없이 낳지 않으면 안 되는 것이기에 무얼 낳은들 어떠냐, 제발 아무 탈없이 순산이나 했으면 좋겠다는 염원 뿐일는지 모른다. 처음부터, 아니 언젠가부터 어른들과는 뜻을 달리해오기 시작한 그녀들이니까. 그렇다면 어른들 중에서도 가장 대표적인 인물이라 할 수 있는 어머니는 어떠한가.

당신 아들인 우리 아버지가 불행히 죽은 다음,그 몫까지 다 살듯이 거의 한 세대나 더 살다가 별세한, 할아버지의 유언을 내게다 심심찮게 상기시키곤 하는 어머니였다. 우리 집안의 대를 절대로 끊어선 안된다, 어떻게든 혈통만은 이어야 한다고 강력히 시사하고 있는 그녀였다. 언제부터인지 모르게 그건 어머니 가슴 속에 강한 집념으로 응집되어, 일상적인 '화살기도'로 굳혀지리만큼 간절하고도 끈질긴 소망으로 변해 버렸다. 무슨 수를 써서라도 나는 기어이 손자를 하나 보고야 말 테다, 그러지 않고선 절대로 죽을 수 없노라고, 마치 선서라도 하듯이 그녀는 엄숙히 선언하곤 했다.자기 생전에 만일 손자 하나 못본 채 저 세상으로 간다면 할아버지와 아버지 부자는 물론이요, 그밖의 조상님들을 뵐 면목이 있겠느냐는 것이었다.

할아버지는 나의 딸들인, 그러니까 손녀들을 넷이나 볼 때까지 사신 분이었다. 당신 역시 고모님들인 따님들을 넷 둔 다음에야 마지막 다섯 번째로 외아들인 우리 아버지를, 남들 같으면 손자처럼 느지막이 얻었다는 것이다.

지금도 좀처럼 잊혀지지 않는 퍽이나 인상깊은 일이 문득 문득 나는 생각나곤 한다. 그건 할아버지가 돌아가실 때의 일이었다.

임종이 박두한 할아버지는 때 마침 만삭이 다 된 아내의 두 손을 한데 모아잡고, 가래끓는 목소리로

"애 손부야. 나는 너만 믿는다. 알겠쟈 애야?"

했는가 하면, 나에겐

"마태요야. 이번엔 꼭 아들을 꼭.꼭...."

끝엣말을 몇 번이나 되뇌다가 짚불 꺼지듯이 차츰 숨결이 잦아들었다.

할아버지는 결코 짧지도 않은 90년의 세월을 살다 가신 분이었다. 그렇게 오래 살았으면서도 어디에다 내어놓더라도 이렇다 저렇다 할 오점 한 오라기 없이, 순수하고도 깔끔하게 사셨던 할아버지였다. 나 같은 하찮은 속물이 감히 할아버지의 신앙생활에 대해, 이렇쿵저러쿵 언급하기 못내 외람된 일이지만, 그 분은 어느 성직자나 수도자도 미치지 못할 정도로, 독실하기 이를데없는 신앙심을 가지고 있었다. 아주 열성적이었다고 알려진 그 분의 기도생활에 대해선 두 번 다시 언급할 필요조차 없을는지 모른다. 언제 어디서 보아도 그 분은 기도하고 있거나, 그렇지 않으면 마음 속으로 열심히 기도를 드리는 듯한, 경건하면서도 평화로운 모습으로 어릴 때부터 나의 눈에 비쳐지곤 했다. 어느 때 어떠한 상황에서라도 살아 있는 성인이기나 한듯, 포근히 감싸주는 것 같은 자세로 상대방을 대해 주었는가 하면, 말씀 한 마디와 행동거지 하나 하나에까지 평온함과 다정스러움이 언제나 깃들여 있었다. 우리 할아버지를 나는 하루 하루 이어지는 일상 생활 전반에 걸쳐서, 하느님에게 모든 것을 찬미드리고 감사하면서 사셨던 분임에 틀림없다고 확신하고 있다. 그러한 할아버지건만, 열심하다는 여느 신앙인들이라면 임종하기에 앞서서 거의가 다 그러하듯이

"예수, 마리아, 요셉이여 저를 구하소서."

하지 않고, 요상스럽게도 '꼭' 이라는 말을 반복하다가 그대로 운명했다는 건, 아무래도 예삿일같이 여겨지지 않았다. 당신의 구원문제

는 조금도 우려되지 않고, 오직 증손자 하나 보는 것만 그리도 소망이 었을까. 그 분에게 이 세상에 다른 어떤 것보다 그것 하나만 가장 큰 한으로 남았다는 게, 손자인 나로서는 납득하기 어려운 일이었다. 내 가 알기로는 우리 할아버지는 어쩌면 이 세상 어느 누구보다 한이 많 았던 분이 아니었을까 싶다. 단 하나 밖에 두지 못한 그나마도 느지막 이 얻은, 금지옥엽이나 다름이 없는 외아들을 일찌감치 여읜 일하며, 그 때문에 병을 얻어 10년 가까이나 시름시름 앓다가, 당신을 홀아비 로 남겨놓은 채 먼저 저 세상으로 떠나가신 할머니의 일하며...

　아버지는 대의명분 같은 건 아예 내세울 수조차 없는 순전히 타의 의. 그것도 어디까지나 물리적인 강압에 의해, 잘못된 역사의 현장으 로 내몰렸다가 인생을 제대로 한번 꽃피워보지도 못한 채, 보잘 것 없 는 일회용 소모품처럼 너무나 허무하게 생명을 잃었다. 그래서 혈육 이라곤 기껏 나 하나 밖에 얻을 수 없었다. 조혼을 했기에 그나마도 가능했던 것이다. 아버지의 불행한 요절이 외아들을 참척한 할아버지 와 할머니에게도 물론 그랬을 테지만, 그럼으로써 청상이 될 수 밖에 없었던 어머니에겐 그야말로 마른 하늘에서 날벼락이라도 떨어진 듯 했거나, 깊이 잠들었던 한밤중에 별안간 천지개벽이 된 것 같은 기분 이 아니었는지 모른다. 당시 어머니로선 정신적인 고통을 견디어내기 도 무척 힘들었을 터이나, 남편도 없는 세상 살아갈 생각을 했을 때 얼마나 참담한 심정이었을까. 그러한 어머니의 앞날에 대한 실낱같은 희망과 기대를 걸어볼 만한 게 한 가지 있었다면, 그 땐 아직 갓난 아 이에 지나지 않았던 나 밖에 더 있었을 것인가.

　어머니가 나 하나를 지켜보면서 기구한 자기 운명을 용케도 잘 극복 해내며 살아오는 동안, 나에게다 현실적인 부귀와 영화 같은 걸 기대 하고 있었을 성싶지는 않았다. 워낙 자손이 귀한 집안이고 보니 하나 밖에 없는 아들을 고이 길러, 장가들여서 떡두꺼비 같은 손자를 몇 명 보는 것으로 자신의 한을 풀려고 했는지 모른다. 사실 어머니로선 그 이상 더 바랄 게 있을 것인가. 그런데 어머니의 소박하기 이를데없는 그러한 소망마저 나는 아직 풀어드리지 못한 불효를 저지르고 있다. 남들 경우는 너무나 쉬워 보이는 그게 내게만은 도시 이루어질 것 같은 가능성이 거의 없는 일이었다.

어찌된 영문인지 우리 집안은 할아버지 대(代)부터 나에게 이르기까지, 3대에 걸쳐 외아들로만 이어져 왔다. 게다 나의 대에 와선 아들이라곤 아직 하나도 낳지 못하고 있다. 가족들은 말할 것도 없지만, 가까운 일족들까지 우리 가문에 대해 여간 걱정들을 하고 있는 게 아니다. 한쪽에선 벌써부터 입양을 해야 한다며 적당한 사람을 하나 골라놓는 게 어떠냐는 의견들이 분분하다. 그들의 표현을 빌리면 종갓집 종손이 대 이을 만한 사내라곤 하나도 없고, 쓰잘데없는 계집애들만 득실거리고 있었으므로. 자기네가 보기엔 그 흔해빠진 아들 하나 낳지 못한 내가 얼마나 연민스러웠을까. 그러한 나의 처지가 자기들에겐 못내 처량해 보였을는지 모른다.

퀭하니 안으로 당겨들어간 두 눈을 아내가 힘겹게 틔운다. 그랬다가 절로 아물어들듯이 그녀의 눈이 본래대로 도로 감긴다. 이어서 보기 싫게 양미간이 찌푸려진다. 아니 찌푸려진다기보다 일그러진다는 게 더 적절할 것 같다. 몸뚱이 중동에서부터 그녀의 동체가 아래 위로 서서히 비틀려지기 시작한다. 그 놈의 지긋지긋한 진통이 아내를 또 한 바탕 회라도 치려는 게 아닌가 하여 나는 겁이 더럭 난다. 이번엔 제발 그리 큰 고통은 치르지 않고 아이를 쉽게 낳을 수 있었으면 얼마나 좋을까. 하느님 아버지시여, 꼭 그렇게 되도록 섭리해 주십시오. 나는 자기도 모르게 두 손을 모아 기도한다.

나는 간호사의 동정을 힐끔 곁눈질해 본다. 아내의 행태 하나 하나를 일일이 체크하며, 세밀히 관찰하고 있는 그녀의 표정에서 절로 내게 긴장감이 전이된다. 왠지 좀 심상치 않은 것 같은 눈치가 비친다. 나는 얼른 눈길을 아내에게로 돌린다. 애써 고통을 참고 있는지, 아니면 그걸 이겨내기 힘겨워서인지 모르나, 아내는 이빨을 오드득 오드득 갈아붙인다. 그러다 보기 싫게 양 볼따기를 일그러뜨리며 입까지 앙다문다. 몸뚱이가 잠시도 가만히 있지 않고 연신 꼼지락거리며 움직여댄다. 작지 않은 진통이 그리 건강치도 못한 아내의 온 몸을 어느새 지근지근 칼로 다지듯이 하고 있나 보다.

김 박사를 부르러 가는지 간호사가 아무 말도 없이 슬며시 자리를 뜬다. 그러자 꿈지럭거리는 아내의 아랫배를 가볍게 어루만지며

"어쩐다고 우리만 남겨놓은 채 자기들은 다 나가 버리누? 우리더러 어떡하라고 그러는지 알 수가 없구먼. 정말 왜 그러는 건지 모르겠단 말이다."

어머니는 못내 염려스런 표정을 얼굴 가득히 바른다. 그러면서 직접 조산할 생각이라도 한 것일까.

"애야 아랫배에다 힘을 단단히 줘라. 애 에미야, 젖먹던 힘까지 다 쏟아내라. 그리고 말이다. 한껏 몸을 뻗질러 봐라. 죽기 아니면 까무러치기로 작정하고 해야 한다. 자 좀 더. 좀 더."

마치 자기가 당사자나 되는 듯이 산모인 아내보다 어머니가 오히려 용을 더 써댄다. 그러는 어머니가 가상해 보이긴 커녕 나를 더욱 우울하게 만든다. 그냥 지켜보고 있어선 안 되겠다는 생각을 하게 된 나는, 잠싯동안 조금 거리를 두고 있었던 아내 곁으로 바짝 붙어섰다.

"이 보세요. 어머니. 비켜서십시오."

아내 곁에서 어머니를 물러나도록 종용한다. 출산 경력이라곤 기껏 나 하나 밖엔 없는 어머니다. 그것마저도 내 나이만큼이나 오래된 벌써 먼 옛날의 일이었다. 그러므로 그 방면에 있어서의 경험으로는 내가 당연히 어머니를 앞선다 해도 별로 지나친 표현이 아닐 터였다. 그건 비단 어머니 뿐이 아니다. 어머니와 함께 우리 집에서 모시고 있는 장모 역시 그 문제에 관한 한 어머니보다 나을 거라곤 없는 분이다.

장모 또한 어머니 못지 않게 병원에 따라 오고 싶어 하는 눈치가 없지 않았다. 그녀가 어쩌면 어머니보다 생각이 더 간절했을지 모른다. 어머니나 내가 그녀에게 함께 가시겠느냐고 의사타진을 안 해본 게 아니다. 그러자 그 누구보다 눈치 빠르고 염치가 반한 그녀는 자긴 집에 남아 있겠다고 했다. 물도 따끈하게 데워놓아야 할 테고, 미역국도 끓여야 할 것 아니냐며. 나는 그 심정을 헤아릴 수 있을 것 같았다. 자기나 어머니가 그리도 간절히 기원하고 있는 대로 이번에 아내가 득남만 한다면 그런 다행이 없지만, 아내가 또 만일 딸을 낳는다면 그땐 어쩔 것인가. 그러한 생각을 하게 된 그녀는 선뜻 따라 나설 용기가 나지 않은 게 아닐까. 어쩐지 나는 그럴 것만 같은 생각이 들었다.

장모에 대한 이야기가 기왕 나왔으니 말인데, 젊을 때부터 그녀도 그리 행복했던 것만은 아닌 것 같았다. 그녀의 원색적인 표현을 그대로 옮기면

"이 세상 천지간에 지지리도 불쌍해빠진 년 하날 고르란다면 그건 두 말할 것도 없이 바로 이년(자기)일 거야. "였다.

아버지가 일제 때 개처럼 끌려가, 보잘 것 없는 한낱 희생제물로 목숨을 잃은 것과 거의 유사한 사단으로, 장인은 불법 남침한 북한 공산당의 적치하에서 이름만 그럴싸한, 소위 의용군으로 붙잡혀 갔다가 종무소식이 되고 말았다. 국군이 북진할 무렵에 패잔병이 되어 이 골

짜기 저 골짜기를 헤매다, 이름없는 어느 계곡이나 깊숙한 산속에서 굶주려 죽은 게 아닐까 추측하고들 있다. 워낙 용해빠진 사람이라 남들처럼 약삭빠르게 진작 대오를 이탈하지 못한 채, 끝까지 남아 있다가 그렇게 되었을 가능성이 충분히 있을 거란다. 그 분의 소생으로 아들이라곤 하나도 없고 딸만 둘을 두었다. 큰딸은 시집가서 첫 아이를 낳다가 난산 끝에 생명을 잃었다. 나머지인 둘째딸은 나의 아내였는데, 그녀가 나와 결혼하자 의지할 데라곤 딸 밖에 없는 장모를 자연 내가 모시게 되었다. 그렇게 되니 딸,아니 사위에게 얹혀 살아야 하는 게 죄스러워서인지 모르지만, 어느 누구보다 외손자 하나 보기를 더욱 더 간절히 소망하고 있는 그녀였다. 할아버지가 생존해 있을 때는 아내가 잇달아 딸만 낳자 장모는 결코 그게 자기 잘못이 아닌데도 어떻게 처신해야 할지 몰라 쥐구멍을 찾는 시늉까지 하곤 했다. 그 뒤에도 전혀 그렇지 않은 건 아니지만. 이러다간 자기 딸이 결국 우리 집안의 대를 끊게 되는 건 아닌가 하고, 거의 병적이다 싶으리만큼 지나치게 고심하는 모습을 장모에게서 얼마든지 엿볼 수 있었다. 장모의 입장에선 절대로 그냥 넘겨 버릴 수 없는 그렇게 단순한 문제가 아니었나 보다. 자신이 아들 하나 낳지 못해 남편의 대에서 단손이 된 걸 그녀는 철천지한으로 가슴 깊이 새기고 있었는지 모른다. 아무리 그게 자기 죄가 아니라 해도 결과적으로는 이러나 저러나 마찬가지 아니겠느냐는 생각을 하고 있는 게 틀림없었다. 자기 신세가 너무 처량하다고 여기고 있는 장모인 것을 나는 일찍부터 알고 있었다.

여자 혼자 힘으로 어려운 가운데서도 고이 길러낸 두 딸 중 하나인, 그것도 더욱이 큰딸을 잃고 나니 사는 게 새삼스럽게도 너무 허무하게 느껴져, 믿고 의지할 데가 있어야겠다면서 그 때부터 작은 딸과 함께 신앙 생활을 하게 되었단다. 그러나 유교 사상이 깊숙이 뿌리 내린 전통적인 선비 집안에서 자라오고 살아왔기에, 장모의 골수에 박혀 있는 남아선호 의식은 끌로도 파낼 수 없을 만큼 확고했다. 철저한 가부장 제도 신봉자로서의 그 사고 방식은 누구에게도 절대 뒤지지 않을 장모였다. 친가(나의 외가)쪽으로도 벌써 3대째나 가톨릭을 신봉해온 열성적인 구교인임에도, 남아선호 사상에 있어서는 어머니 또한 결코 장모에게 밀릴 분이 아니었다. 그래서 자연 두 사돈 사이엔 의기가 잘도 투합되었는지 모른다. 게다 한 가지 첨언한다면 자식들의 부모에 대한 효행과 자손들이 조상을 숭모해야 하는 걸 지상(至上)의 윤리로 내세우고 있는 장모였다. 하느님을 사랑하고 이웃을 나의 몸같이 사랑하는 데에다 율법의 기초를 두고 있는 것도 대동소이한 맥락이 아니겠느냐다. 자기 부모에게 효도하지 않고 자기 조상마저 제대로 섬길 줄 모르면서, 눈으로 볼 수도 없고 오관으로 느낄 수도 없는 하느님을 어떻게 사랑할 수 있으며, 더욱이 남남인 이웃끼리 어찌 서로 사랑할 수 있느냐는 것이다. 하기야 별로 틀리지 않는 말이었다. 그건 요즘들어 자못 심각한 사회문제로 대두되고 있는 노인들을 소홀히 대하는 것을 비롯해, 노부모를 헌 신짝처럼 내다버리는 것하며, 더욱이 존속을 살해하는 패륜적인 행위하며, 그 외에도 갖가지 비인륜적인 행위를 예사로 자행하는 인간 아닌 인간들을 개탄하는 시각에서인 것 같았다.

나는 장모에 대해 심각하게 생각할 때가 한두 번이 아니었다. 나름대로는 한다고 하고 있으나 아무래도 자기 혈육만큼은 못해드릴 터이므로, 그래서가 아니겠느냐는 속짐작만 해오고 있었다. 게다 정말 알다가도 모를 또 한 가지 일로 장모가 나를 은근히 애타게 했다. 남도 아닌 사위인 나를 언제나 어렵게 대하고 있다는 점이었다. 솔직히 말하면 나는 장모의 그 점이 가장 싫다. 그건 절대로 입에 발린 소리가 아니다. 그거야말로 나의 솔직하고도 진솔한 더도 덜도 아닌 본심이다. 장모님께서 제발 그러시지 않았으면 좋겠다고 몇 차례나 간청드린 적이 있지만 허사였다. 아무리 그래 봐도 소용이 없었다. 지난 날 할아버지에겐 물론 더욱 더 그러했던 그녀였다. 새삼스럽게 이제 와서 그것을 재론하고 자시고 할 건 없으나, 어머니에게도 그녀는 내게 하고 있는 것과 별로 다름없이 하고 있는 것 같았다. 장모가 그러는 것을 결코 내가 이해하지 못하는 바는 아니었다. 지난 날 할아버지에게나 어머니에게는 그럴 수도 있겠다 싶지만, 사위도 자식이라는데 내게마저 어찌 그러실 수 있느냐며, 나로서는 그러한 장모가 원망스럽기도 하려니와, 야속하게 여겨지기까지 했던 것이다

"어떻게 하든지 간에 넌 떡두꺼비 같은 사내애를 하나 기필코 생산해야 하느니라. 누가 뭐래도 사람이 살다가 늙마에는 아들 며느리로부터, 조석공궤받을 수 있어야 몸도 마음도 편해지고, 체면도 제대로 세워지고, 남 보기도 떳떳한 게지, 못난 이 에미처럼 다 늙은 게 딸네 집에 더부살이 하게 되는 날엔 말이다. 제 아무리 그렇게 되지 않겠다고 용을 써 봐도 별수없이 설움 바가지를 쓸 수 밖에 없게 된단 말이다. 알았냐 이것아."

"아니 그럼 어머니는 권 서방이 어머니 심사를 불편하게 해 드리고 있다 그 말이에요? 혹시라도 권 서방이 어머니가 방금 하신 그 말씀을 전해 듣는다면 어떻게 생각하겠어요? 아무래도 섭섭하게 여기지 않을까요?"

"절대로 난 그런 뜻으로 말한 게 아니다. 그건 애야 천벌을 받아도 마땅한 말이다. 오해하지 말아라. 그 점에 대해서는. 난 단지 말이다. 장래의 네 처지가 지금의 내 신세처럼 될까 봐 그렇게 말한 것 밖에 없단다. 우리 권 서방이나 우리 사돈의 그 깊고도 넓은 마음 씀씀이와

하해와도 같은 도량에 대해서는 에미는 언제나 흥감해 하고 있을 뿐이란다. 하지만 애야 너한테니깐 솔직히 밝히는 거지만, 모자분이 나한테 그렇게 잘 하면 잘 할수록, 에미로선 어쩐지 더욱 송구스럽고 민망스러워서 견딜 수 없는 걸 어떡하겠느냐. 바로 그게 타고 난 내 성격 탓이란 말이다. 그래서 말인데 내가 에미로서 너한테 재삼 당부하고 싶은 것은, 제발 너만은 이 못난 에미 같은 신세가 돼선 안 된단 말이다. 그것은 에미 하나만으로 족한 것이야. 만약에 너마저 그렇게 되는 날엔 이 에미는 명대로 다 살지도 못할 것이다. 지금 내 마음 같아선 그렇단 말이다. 내가 너까지 그렇게 되는 꼴을 두 눈 뜨고 어떻게 볼 수 있겠냐. 안 그러냐 이것아."

"아무리 어머니가 그러신다고 해두요. 그게 내 마음대로나 어머니 뜻대로 되는 일은 아니잖아요? 그리고 말예요. 이젠 웬일인지 아들을 낳을 자신이 없으니 어떡하죠 어머니? 아무래도 아들은 포기하는 게 좋을까 봐요. 그러지 않았다간 나 역시도 내 명대로 살지 못하고 지레 죽을 것 같아서 점점 더 두려운 생각만 든단 말예요."

"아서라 애야. 제발 아서라. 그 따위로 약해빠진 말은 절대 하지 말아라. 사돈하고 우리 둘이서 처방해 주는 대로만 꾸준히 해 봐라. 끊임없이 그렇게 계속하다 보면 지성이면 감천이라고, 하느님께서도 절대로 그렇게 무심하거나 냉정하기만 한 분이 아니셔서, 언젠가는 반드시 보아란 듯이 아들 하나를 낳고야 말 거 아니겠냐. 우리도 열심히 기도하고 있지만, 너희도 기도를 게을리해선 안 되느니라. 너는 절대 이 에미처럼 되어선 안 되니까, 많은 걸 바랄 것 없이 아들 딱 한 놈만 낳아주길 당부하고 또 당부한다. 에미가 지금 한 이말 절대로 한쪽 귀로 듣고 한쪽 귀로 흘려서는 안 된다. 부디 명심하고 있거라. 알았쟈 이것아."

모녀 사이에 은밀히 오간 이 대화를 고의성이라곤 눈곱만큼도 없이, 어느 날 우연히 엿들을 수 있는 기회를 얻었다. 그러나 그 일이 있고부터 장모에 대해 나는 몇 갑절 더 신경을 쓰지 않으면 안 되었다. 생각하면 할수록 그녀는 나에게 있어서 무척 신경이 쓰이는 존재였기 때문이다. 도대체 내가 장모에게 어떻게 해 드려야 제대로 해 드리는 건지 혼란스러울 때가 한두 번이 아니었다. 장모 앞에선 언제나 조심이 되고 긴장이 되기 때문에, 절로 심신이 피로해질 수 밖에 없었다. 하지만 그 때마다 그것을 견디어낼 수 있는 습성을 어느 결에 나는 나름대로 익혀가고 있었던 것이다.

외손자 하나 꼭 보고야 말겠다는 장모의 집념은 어머니보다 오히려 더 집요했으므로, 한 마디로 극성스럽다는 말 밖에 달리 표현할 수 없을 것 같았다. 솔직히 말하면 너무 지나치지 않을까 싶을 뿐이었다. 그러한 장모지만, 나는 그녀를 비난하고 싶지는 않았다. 그녀가 의도하고 있는 것에 대해서도 가능한 한 이해하려고 노력했다. 그러나 어머니와 뜻을 같이하여 별의별 요상스런 주문을, 우리 부부에게 하고 있는 데 대해선 지겨움을 느끼지 않을 수 없었다. 이젠 정말 지긋지긋하다 진절머리가 난다는 생각을 접어버리지 못해, 제발 좀 그렇게 하지 말아주셨으면 하는 게 나의 소망이기도 하다.

그녀들은 딸을 낳을 수 밖에 없다는 산성 체질에서 아들을 낳을 수 있다는 알칼리성 체질로, 먼저 우리 부부의 체질부터 변화시키지 않으면 안 된다고 생각한 것 같았다.그래서 가능한 한 청량 음료수를 많이 마시게 하는가 하면, 가급적이면 육류 따위는 삼가고 신선한 야채와 과일 같은 것들을 먹게 했으며, 지금까지 열탕 위주로 해왔던 목욕도 냉온욕이라는 좀 별난 방법으로 하도록 했다. 아들을 낳으려면 남자의 정력이 여자를 월등히 압도할 수 있어야 한다며, 나에겐 인삼을 비롯해 육종용과 창포뿌리와 새박뿌리와 석남엽과 뱀기름과 새샘열매와 녹용과 음양곽과 살모사 술과 뱀이나 또는 자라의 피와 구기자술 등을 일일이 구해다 먹였다. 나에게만 그러는 게 아니었다. 아내에게도 곧잘 뱀을 요리해 먹이나 하면, 동물성으론 뱀장어와 미꾸라지와 자라와 달팽이 따위를 심심치 않게 먹을 수 있도록 주선했으며, 식물성으론 주로 파와 마늘과 양파류처럼 자극성이 강한 것들을 먹게 했다. 그리고 우리 부부가 섹스를 할 때는 방향이 어느 쪽이어야 하고, 체위는 서로 어떤 것이어야 한다는 등 구체적인 성교육, 아니 방중술에 이르기까지 세세히 일러주곤 하는 그녀들이었다. 심지어 우리 부부가 관계를 갖기 직전에 아내의 질 속에 미량의 가성소다를 그녀들은 집어넣도록 했던 것이다.

늙은이들이 주책이 없어도 보통 없는 게 아니라는 생각을 우리는 한두 번 한 것도 아니었다. 여러 가지 잡다한 상식들을 어디서 그녀들이 어떻게 다 알아오는지 모르지만, 아들을 꼭 낳기 위해선 아무 때나 부부관계를 가져서도 안 된다며, 날짜와 시간까지 지정해주곤 하는 데는 그저 어이가 없을 따름이었다. 그러나 아무튼 그녀들 덕분에 우리 부부는 먹을 것 못먹을 것 할 것 없이 이것저것 꽤 많이 먹을 수 있었다. 해서 좋다는 짓거리는 거의 안 한 게 없을 만큼 별의별 짓을 다 해보았다. 말짱한 정신으로는 듣기 민망스런 것들을 일일이 입에 올릴 수는 없으나, 가능한 한 구질구질하면서도 괴까다로운 그녀들의 각종 주문들을, 물리치거나 마다하지 않고 웬만하면 받아들이려고 우리는 노력했다. 그러는 게 타당하다는 판단에서보다, 그럼으로써 아직까지 그녀들에게 손자 하나 낳아서 안겨드리지 못한 불효를, 다소나마 불식시킬 수 있지 않을까 해서였다. 그녀들이 앞으로 산다 한들 얼마나 살 수 있을까. 어떤 수단과 방법을 동원하더라도 손자를 기어이 보고야 말겠다는 게 그녀들로서도 간절한 소망이긴 하겠지만, 그렇게 되기만 하면 우리 부부로서도 나쁠 거라곤 없었으므로. 그리고 우리라고 굳이 그것을 마다 할 필요가 없었기 때문에.

자신의 힘만으론 감내하기 어려웠는지

"아. 아."

주둥이에 모이 넣어주기를 재촉하는 새새끼처럼 아내는 한껏 입을 벌려댄다. 그러면서 단말마와 같은 괴성에 가까운 비명을 연거푸 숨 가쁘게 토해낸다. 다시 그것을 들여마시듯이 하며 야무지게 입아귀를 오므려붙이기도 한다.

서로 앞을 다투기로 내기를 한 사람들인양, 김 박사와 간호사가 나란히 병실 안으로 들어선다. 그들은 곧 바로 아내에게로 접근하며 그녀의 행태를 살펴본다. 잠시 그러고 나서야 자기네끼리 서로 통하는 말로 그들은 간단히 몇 마디 주고 받는다. 그들이 영어로 말하고 있어서 나로선 얼른 알아들을 수 없었다. 어쩌면 의학적인 전문용어를 그들은 사용하고 있었는지 모른다.

"어찌돼 가고 있지요. 의사 선생님?"

어머니가 걱정어린 표정으로 두 사람 사이의 대화에 끼어든다. 마침 아내의 치맛속을 들춰보다 말고 김 박사는 얼굴을 번쩍 치켜들며, 불청객인 어머니를 퍽이나 마뜩지 않은 눈빛으로 할갛게 쏘아본다.

"아직 이렇다 할 아무런 기미조차도 비치지 않고 있다구요. 아주머니께서 그렇게 재촉하신다고 해서, 아직 나오지 않을 애가 나 지금 나가요 하고 불쑥 튀어나올 줄 아시나 보죠. 세상 만사 다 때가 있고 기한이라는 게 있는 거란 말에요. 때가 되지도 않고 기한도 다 차지 않은 애가 벌써 나올 것 같아요?"

그런 것도 모르면서 왜 그러느냐는 투로 그가 어머니에게 면박을 준다. 애당초 들어와선 안 되는 곳을 임의로 들어와 가지고, 성가시게 군다는 핀잔이 그의 얼굴에 노골적으로 그려져 있다. 그러한 눈치도 못채고

"빨리 애를 낳게 하는 방법도 있다면서요? 직접 산고를 치르는 산모도 산모려니와, 마음 졸이면서 지겹도록 기다리는 이 할망구 생각도 좀 해 주시구랴. 의사 선생님. 늙은 할망구가 빌게요. 나이 많은 우리 며느리 더 고생시키지 말고 애를 한 시라도 빨리 낳을 수 있게 주선해 주시오. 네 의사 선생님. 부탁입니다요."

두 손을 한데 모아 김 박사에게 애원하듯이 하는 어머니가 나는 민망스러워 견딜 수 없었다. 아니 이 어른이 왜 이러시는 걸까. 그냥 두어선 안 되겠다 싶은지

"왜 할머니까지 여길 들어오셔서 번거롭게 구시는 거죠? 이러시면 안 된단 말예요. 이러심 안 돼요 할머니."

간호사까지 가세해 어머니에게 퉁을 먹이는 것이었다. 아무래도 어머니를 밖으로 나가게 할 수 밖에 없다고 판단했다. 나는 어머니에게 슬며시 밀어내는 시늉을 해 보였다. 남들이 보지 않는 은밀한 시공에서 우리 부부가 살을 서로 섞음으로써 잉태된 아이를, 이제 출산하는 과정에 어머니를 동참시키는 게 쑥스러워서보다, 연로하신 그녀의 애쓰는 모습을 보아드리기가 송구스러운 것이다. 어머니께는 다소 불효를 저지르더라도 이런 경우엔 효자가 되기보다 차라리 불효자가 되고 싶을 따름이다. 아내의 출산은 어느 때든 처음부터 끝까지 당사자인 아내와 보호자인 내가 함께 치르지 않으면 안 되는 일로서, 그것만도 벅찬 터인데 어머니까지 곁들여 애쓰는 것을 편한 마음으로 어떻게 보아드릴 것인가. 그렇게는 할 수 없다고 생각한 것이었다.

핫바지에 방귀 새어나가듯이 어머니가 무르춤하니 밖으로 나가 버

렸다. 못내 섭섭한 빛을 감추지 못한 어두운 표정을 거두지 않은 채였다. 어머니에 대한 미안함 때문에 나는 그녀의 모습을 한 동안 뇌리에서 지워버릴 수 없었다. 마음만 같아서는 나도 어머니를 따라 밖으로 나가고 싶을 뿐이었다. 제발 그래주기를 나보다 어쩌면 김 박사와 간호사가 더 바라고 있을지 모른다. 그건 병원측에서 내어놓은 규칙으로서, 이미 일반화되어 있는 상식적인 숙지 사항이었으므로. 또한 그러는 게 그러지 않는 것에 비해 타당성이 있을 것도 같았다. 그러나 아무리 그렇기는 하나 나라는 이 불쌍한 인간은 그럴 수도 없는 입장이었다. 자기 옆에 내가 함께 있지 않으면 되지 않는 아내였기 때문에.

"아흐. 아흐."

아내가 짐승처럼 부르짖고 있다. 지금 한창 진통이 본격적으로 아내의 오장육부를 난도질하고 있나 보다. 힘껏 매달리려는 듯 그녀는 나를 단단히 그러잡는다. 앙탈이 곁들인 것 같은 신음 소리를 숨가쁘게 토해내며. 그건 어쩐지 나를 원망하는 소리처럼 환청된다. 언제 누군가에게 들은 이야기인지 기억은 나지 않으나, 안 하겠다 안 하겠다고 완강히 거부하는 것을, 구슬리기도 하고 으르기도 하여 거의 일방적으로 일을 치러 임신시켜놓은 탓에, 열 달 동안 지긋지긋하게 고생한 것만으로도 이가 갈릴 지경인데, 막상 해산할 때는 내 몰라라 하고 제 놈은 코빼기도 보이지 않고, 나 혼자서만 이 산고를 왜 겪어야 하느냐고, 그 와중에도 자기 남편에게 마구 욕설을 퍼붓고 저주를 지글지글 끓여붓는, 참 재미있는 여인도 있더라는 이야기를 문득 나는 뇌리에 떠올린다. 그러자 절로 실없은 웃음이 쿡 솟구치려 했다. 그러나 웃을 수는 없었다. 웃을 수 없다기보다 지금 나는 웃고 싶은 심정이 아닌 것이었다.

아이는 아직 좀처럼 나올 기미도 보이지 않고 있다. 조금 아까 김박사가 하던 말이 얼핏 생각난다. '때가 되고 기한이 차야 한다'는. 맞기는 맞는 말이다. 내가 알고 있는 단편적인 지식으로도 아이가 태어나려면 윤활작용을 하는 양수부터 터져 나오게 되어 있다. 그렇지 않고는 아이를 분만할 수 없다. 그게 없으면 산모의 질에서 아이가 밖으로 빠져 나오지 못한다. 그런데 아내에게선 아직 그것마저 비칠 생각도 하지 않고 있었다. 자신의 지레짐작만으로 앞뒤 재어볼 생각도 않고, 병원으로 데리고 오는 데만 급급한 게 아니었는지 모른다. 좀더 여유있는 마음으로 천천히 데리고 나와도 되었을 텐데 말이다.

"이번에도 또 만일 우리가 생각한 대로 되지 않을 땐 말야. 그걸 주님의 뜻으로 받아들여서 깨끗이 포기하는 게 좋지 않을까. 당신 생각은 어때?"

느닷없는 나의 질문에

"그럼 사내앨 낳지 말잔 말에요?"

왜 그런 말을 하느냐며 아내는 의아스러워했다.

"지금까지 할 수 있는 방법이란 방법은 거의 안 해본 게 없잖아? 그런데도 안 되면 아들을 낳겠다고 기어이 고집을 부리는 것도 우스운 일 아냐. 아무래도 그건 무리인 것 같애. 그리고 지나친 욕심이야. 그러다 보면 결국 우리 인생은 뭐가 되겠어? 더구나 당신은 평생 애만 낳다 말 출산기계 밖에 안 된단 말야."

생각하니 한심하게 여겨져 나의 입에선 절로 한숨이 나왔다.

"그렇다고 이제 와서 새삼스럽게 피임을 한단 말에요?"

코웃음을 치는 것 같은 아내의 묘한 표정이었다.

"우리라고 별수 있어? 그러지 않았다간 걸핏하면 당신은 임신을 하

게 될 게고, 임신만 했다 하면 낳지 않을 수 없잖아. 낙태를 하면 안
되니깐."

우리로서는 심각한 이야기였지만, 심각하지 않게 나는 말했다.

"명색이 그래도 신앙인이라는 우리가 외인들처럼 약물복용을 한다
든지, 기구사용을 한다든지, 물리적인 시술을 한다든지, 아니면 기계
장치 같은 거라고 하자는 건가요?"

아내는 어떻게 그럴 수 있느냐는 어리벙벙한 표정을 지었다.

"안 하면 아예 안 하는 게 낫지 기왕 할 바에야, 불완전하고 불안전
한 방법으로보다 가장 완전하면서도, 제일 안전한 방법으로 내가 정
관수술을 한다든지, 그렇지 않으면 당신이 난관수술을 하거나 루프설
치라도 하자는 거야. 안 하면 몰라도 일단 하려면 이제라도 근본적인
조치를 취하는 게 현명하지 않겠느냐 그 말이지. 그러지 않고서야 부
부관계를 갖는 빈도수가 빈번한 우리 사이인데다, 관계를 가졌다 하
면 곧잘 임신이 되곤 하는 당신이고 보면, 앞으로 몇 명을 더 낳게 될
지도 모를 일 아니냔 말야."

나는 아내를 직시하며 말했다.

"그래서요?"

반문하는 아내였다.

"언제부턴가 가족계획은 우리 나라에서 가장 중요한 국책사업중 하
나가 되어 버렸기 때문에, 얼마든지 무료로 치료를 받을 수가 있고,
수술이나 시술도 무상으로 받을 수 있도록, 제도적 장치까지 해놓고
있다는 거야. 게다 육체적 정신적 부담감을 느끼지 않게 꽤 배려를 잘
해주고 있다더구먼. 우리 회사 동료들 중에서도 적지 않은 부부들 가
운데, 어느 한쪽이 무엇이든지 하지 않고 있는 사람은 거의 없는 것
같더라구. 그렇게 해서 일찌감치 단산들을 하게 되는 건 아닌가 싶

어."

　20대 후반 아니면 30대 초반엔 자녀출산이라는 굴레를 훌훌 털어
버리고, 서로 인생을 즐기기만 하는 젊은 부부들이 대부분인 요즘이
었다.

　"그러니까 결론은 우리도 그렇게 하자는 거에요? 지금 당신이 농담
하는 거에요, 진담하는 거에요?"

　"당신은 그러고 싶지 않은가 보지. 남들 같으면 임신이 된 지 한참
이나 되어, 이미 하나의 생명체로서 생존활동을 활발히 전개하고 있
는 태아까지 무자비하게 긁어낸다는 말도 당신은 못 들었어? 얼마나
신빙성이 있는진 모르지만, 비공식적인 통계를 보면 미처 세상 구경
도 해 보지 못한 채, 그렇게 죽어가는 생명체가 우리 나라에서만 1년
에 자그만치, 150만에서 2백만 명이나 된다니 경악을 금치 못할 일이
아니냐구. 그러니까 그거야말로 매우 심각한 사회 문제로 대두될 수
도 있는 거야."

　"엄연한 생명체이면서도 신성한 인격체인 태아를 그리도 무참하게,
살육해 놓고도 하느님으로부터 천벌받을 게 두렵지 않을까요? 성서
에도 우리 인류의 죄악이 하느님의 심판을 앞당기게 될 거라고 암시
하고 있잖아요. 하느님께서 소돔과 고모라에 유황불을 끓여부었다는
것을 그들이 알 것 같지가 않아요."

　아내는 큰 눈을 작게 뜨고 깜짝거렸다.

　"징벌을 받거나 멸망을 당하는 건 자기네완 상관 없는 문제일 뿐 아
니라, 설사 그런 일이 있어도 아주 먼 뒷날에나 있을 거라고 아는 이
들이 대부분인 것 같애. 그런 건 아예 인정하려 하지도 않은 채, 현실
적인 쾌락과 현세의 안일에만 탐닉하는 게 현대인이야. 낳을 계획조
차 없었던 아이이기에 처음부터 낳으려는 생각은 하지 않고, 아무 것

도 아닌 하찮은 이물질처럼 간단히 없애버리고는, 좋아서 희희낙락하고있는 게 요즘 사람들이니깐."

"현실적인 행복을 누리기 위해서 '살인하지 말라' 하신 하느님의 지엄한 계명 같은 건, 처음부터 모르고 있는 인간들이 어떤 점에선 차라리 부럽기도 하군요. 어떻게든 편하고 즐겁게만 살면 된다는 그런 이들에 비교한다면 우린 바보들이 아니고 뭐에요. 안 그래요?"

"현세 생활에만 집착해서 사는 인생이라면 그럴 수 밖에 없을 것 아니겠어. 그게 바로 그들 대로의 철학이요 인생관일 테니까. 우리 나라에서 가족계획이 성공을 거둘 수 있게 된 것도, 무엇보다 인구 문제가 심각했기 때문이기도 하지만, 실리추구로 변화할 수 밖에 없는 국민들의 의식구조에 딱 맞아떨어지게, 타이밍을 유효적절히 잘 맞췄기 때문이야. 그걸 나는 대국적으로 보기에 앞서서 우리 입장에선 좀 늦기는 했으나, 지금이라도 새로운 결정을 내려야 하지 않으까 해서 그러는 거야. 이제 와서 굳이 왜 이러는가 하면 솔직히 말해서, 가임 연령에 해당하는 우리 나라 신앙인들 가운데, 교회 당국에서 권고하고 있는 가장 바람직하다는 자연적인 피임법보다, 우리 교우들 거의 대부분이 인위적인 불임 방법을 단행하고 있다는, 실로 경악을 금치 못할 사실 때문에 그러는 거라구. 당신도 가까이 지내는 자매들에게 은밀히 물어보면 알겠지만, 무엇보다도 까무러칠 것은 독실하다고 자타가 공인하는 신자들이라 하더라도, 한두 번쯤 임신중절을 안 해본 부부는 거의 없을 거야. 심지어는 비록 형용이 거의 다 갖춰진 태아라고 해도 자기네가 낳기 싫을 땐, 뱃속에 들어 있는 아이를 서슴없이 지워버리기가 예사라니깐. 신앙인들이라고 해서 외교인들보다 한 가지라도 다른 게 있는 줄 알아? 그 방면에 있어서는 신자든 비신자든 다를 게 아무 것도 없단 말야. 우리는 그러지 않는다고 해서 하느님 편에서 보시는 인류구원 차원에서, 그들과 차별화될 수 있다고 장담할 수 있을 것 같애? 그 점에 대해서 도무지 자신이 없기 때문에 요즘들어 심한 갈등을 겪고 있다구. 그래서 정신적으로 나는 괴롭단 말야."

"누구보다도 열심한 신앙인이라 할 수 있는 당신도 불신앙인과 다름이 없는 그와 같은 말을 할 때가 있나요? 뜻밖이군요, 당신이 그러는 게."

아내는 반짝이는 눈빛으로 뜻있는 눈길을 나에게 보내오고 있었다.

"벌써 오래 전부터 자식 문제로 심각하게 고민도 해보고, 회의와 갈등을 여러 차례 반복하다 보니 성인하고는 처음부터 너무 거리가 먼, 범상하기 이를데없는 한낱 필부에 불과한 내 주제에 별 수 없는 일 아냐?"

"그렇다고 설마 새삼스럽게 나더러 죄짓기를 강요하는 건 아니겠죠? 나는 당신이 그저 한번 해보는 소리로 생각하겠어요."

"아냐. 우리라고 해서 이제부터라도 생각을 바꾸지 말라는 법은 없는 거야. 언제까지나 어린 아이들처럼 어른들이 시키시는 대로 꼬박꼬박 따라 할 게 아니라, 앞으로는 새로운 각오를 단단히 하지 않으면 안 된단 말야. 한번 더 말 하지만 그러지 않았다간 우리 인생은 망치고 마는 거야."

며칠 전 잠자리에서 아내와 진지하게 주고 받았던, 두 사람만의 대화를 나는 잠싯동안 기억중추에 연결했다. 우리가 신봉하는 가톨릭에선 출산 문제에 꽤 깊이 관여하고 있었으므로, 우리 부부는 자연 그것을 여간 심각하게 받아들이지 않을 수 없었다.

현재 가톨릭에서는 성직자와 수도자의 성소 격감 문제로 무척 고민하고 있었다. 그것 못지 않게 산아제한 문제를 가지고도 크게 우려하고 있는 터였다. 성소 격감의 가장 큰 요인으로는 산아제한이 직접적인 배경이 되고 있다고 단정지었다. 그 외 물론 다른 이유도 있을 수 있으나, 산아제한만큼 지대한 영향을 미치고 있지는 않았다. 그렇다고 가톨릭이 산아제한을 적극적으로 반대하고 있는 건 절대로 아니었다. 반대라니 그건 천만에 말씀이었다. 그런데 멀리 갈 것도 없이 우리 나라 행정 당국에선 산아제한에 대한 심각성을 피상적으로만 파악한 나머지, 단순히 모자보건이니 가족계획이니 인구조절이니 하는 데에만 초점을 맞추어, 불도저식으로 밀어붙이듯이 졸속 정책을 추진함으로써, 결과적으로 여러 가지 폐해를 초래하게 된 것이었다. 신법(神法)이라 할 수 있는 자연법칙 같은 건 완전히 무시한 채, 존엄한 인간의 생명마저 경시하고 유린하는 경향을 가져 왔을 뿐 아니라, 성윤리가 걷잡을 수 없이 문란해졌으며 성범죄가 식은 죽 먹기보다 더 쉽게 자행되었다. 그와 같은 문제점들을 진작부터 예견하고 심히 우려를 표명해온 게 가톨릭이었다. 우려한 나머지 충고도 하고 심지어 경고까지 했지만, 세상 사람들은 마이동풍같이 예사로 흘려들었고, 우이독경처럼 아예 들은 체 하지도 않았다

   가톨릭에서도 산아제한에 대한 구체적인 처방전을 내어놓은 게 있다. 임신중절을 일단 살인 행위로 규정지은 다음 화학적으로 약물을 복용하거나, 물리적으로 기구와 물품 따위를 사용하거나, 체내에다 시설과 무슨 장치 같은 것을 설치하거나, 수술로써 기존의 신체를 절제하는 등의 인위적인 피임은 가능한 한 하지 않기를 권유했다. 가장 바람직한 방법으로는 성직자나 수도자가 됨으로써 영구적으로 피임할 수 있는 독신생활을 권장하고 있었다. 다음으로는 될 수 있으면 만혼함으로써, 어느 정도 산아제한에 기여할 수 있지 않겠느냐며, 그것을 방법 중에 한 가지로 제시했다. 결혼한 부부가 성 관계는 성 관계대로 가지면서 피임을 굳이 해야 할 때면, '월경 주기율 이용법'이니

'점액 관찰법'이니 '증산 체온법'이니 하는, 그 세 가지 방법이 다 한 가지 원인으로 말미암는 지극히 자연적이고 합리적인 피임법을 활용하도록 적극 권고하고 있었다. 세 가지 피임법을 한데 묶어서 간단히 설명하면 다음과 같다.

임신이라는 건 남성의 정자와 여성의 난자가 서로 만남을 이르는 것으로서, 남성의 생식기로부터 사출된 정자는 여성의 생식기관 안에 들어가 있을 때만 생존이 가능한 것인데, 생존할 수 있는 기간이 보통은 사흘 동안이지만, 아주 드물게 무려 닷새까지 생존하는 경우도 없지 않다. 여성의 난소에서 나팔관으로 옮겨진 난자(그것을 배란이고 한다)는 길어 봐야 하루 밖에 살지 못하므로, 따라서 임신가능 기간은 기껏해야 삼사일 간에 불과하다. 그러므로 임신을 하려면 이 기간 중에 성교를 했을 때는 거의 확실하지만, 임신을 하지 않으려 할 때는 이 기간에만 성교를 하지 않으면 된다. 배란은 한 주기가 끝나기 2주일 전에 일어나는 것으로서, 그 주기라는 건 월경 첫 날부터 다음 월경이 시작되기 바로 전날까지를 이르는데, 사람에 따라 다소 다르긴 하나, 우리 나라 여성의 경우는 평균 주기가 28일이다. 좀 더 설명을 부연하면 배란은 그 주기가 끝나는 날부터 뒤로 거슬러 올라가 약 2주(14일)에서 더하기 빼기 2일이므로, 12일째 되는 날부터 16일째 되는 날까지가 임신가능 기간인 것이다. 이러한 계산법이 '월경 주기율 이용법'이다.

그러한 계산 방법이 아니라도 배란을 예측할 수 있는 증상들이 없지 않다. 그 중 가장 두드러진 것으로는 배란이 시작되기 며칠 전부터, 자궁 입구에 있는 분비샘에서 점액을 분비하게 된다는 것이다. 또 다른 증상으로는 배란이 시작됨과 동시에 체온이 오르게 된다는 사실이다. 배란이 되면 호르몬의 영향으로 체온이 섭씨 0-2도에서 3-4도 정도로 상승하게 된다. 월경이 끝난 다음의 며칠 동안 건조하던 밑에 점액이 보이기 시작한다. 처음엔 응어리가 지고 색깔이 혼탁하면서 양도 얼마되지 않는다. 하지만 그러한 점액을 보고 지금 난소에선 배란을 준비하고 있구나 생각하면 거의 틀림이 없을 것이다. 그러한 점액이 하루 이틀 지나면서 양도 점점 많아지고 색깔도 차츰 변해간다. 배란이 있기 하루 또는 이틀 전이 되면 양이 훨씬 더 많아지게 되고, 축축한 느낌까지 들기도 하며 길게 늘어나게 된다. 그럴 때면 배란이 하루 이틀 이내로 박두했다고 생각하면 될 것이다. 맑은 점액이 2-3일 동안 계속되었을 경우, 맨 마지막 날의 점액 이후 24시간 안에 배란이 되기 시작한다. 그 마지막 날 맑디맑은 점액을 최고의 수정 점액이라 하는데, 임신을 하지 않으려면 난자가 살아 있는 기간을 충분히 감안해야 하기 때문에 최고의 수정 점액을 보고 난 다음에도 약 3-4일 정도는 성교를 피해야 할 것이다. 이러한 증상을 활용하는 방법을 '점액 관찰법'이라 한다.

월경 기간 중에는 체온이 내려가고 배란기에는 체온이 올라가게 되는데, 매일 아침 잠자리에서 일어나면 말 한 마디 하지 않고 화장실에도 가지 않은 상태에서, 특수한 체온계로 체온을 체크해야 한다. 이 방법이 '증산 체온법'이다.

그러나 이러한 방법들이 현실적으로는 아무래도 이상론에 가까운 것이기에, 완벽한 피임 방법이라고는 할 수 없다. 부부 사이의 충분한 이해심을 바탕으로 세심하고도 치밀한 배려가 있어야 함은 물론이요, 언제나 부부가 서로 화합하고 협조하지 않고선 실행 가능성이 거의 없으므로 귀찮다느니 골치 아프다느니 하며, 그 방법들을 실행하려는 신자들이 그리 많지 않은 상태였다. 현재 가톨릭에서 제시하고 있는 산아제한이라는 그 자체보다 더욱 심각한 문제는 어쩌면 그런 점이 아닐는지 모른다. 가급적이면 현대인들이 어려운 방법을 피해 한결 더 쉽고 편리한 방법을 선택하려는 건 가톨릭 신자라 해서 별로 다를 게 없을 것이다.

아내의 이번 임신은 그녀의 건강 상태로 보아 아무래도 무리가 아닐까 하고 처음부터 우려하지 않은 게 아니었다. 남달리 임신과 출산을 많이 해서인지, 그녀의 몸은 나이같지 않게 쇠잔해 있다. 우리는 내가 아내보다 세 살이 더 많다. 그런데 근년들어 함께 나들이라도 하게 되면 나보다 아내를 서너 살쯤 위로 보기 일쑤였다. 아내보다 나를 더 젊게 보고 있다는 게 나로서는 어쩐지 싫지는 않았다. 싫긴 커녕 오히려 기분이 좋기만 했다. 그러나 한편으로 생각하면 그건 별로 기뻐해야 할 일이 아닌 것 같았다. 그새 아내에게 갱년기 증세가 오기 시작한 건 아닐까. 걸핏하면 삭신이 폭폭 쑤셔서 죽겠다고 호소하고 있으니 말이다. 더욱이 이번에 임신을 하고부터는 굴신도 제대로 못하겠다면서, 엄살 아닌 엄살을 부리기 시작하다가 산월이 가까워지자, 방바닥을 거의 짊어지다시피 한 채 좀처럼 떨치고 일어날 줄 몰랐다. 그러한 상황에서 새벽녘에 별안간 배가 뒤틀린다고, 자다가 말고 몸부림치며 신음하는 통에, 부랴부랴 병원으로 데려오게 되었던 것이다. 지난 날처럼 아무 것도 아니라고 가볍게 여겼다간 어쩌면 큰 욕을 보일 게 아닌가 싶어, 앞뒤 재어보고자시고 할 겨를조차도 없었다. 그 시각에 사실 나는 그리 맑은 정신도 아닌 상태였다.

또 아내의 진통이 시들먹해지고 있다. 나는 부아가 슬몃 인다. 이러다간 시간을 너무 끌 것 같은 생각이 들어서다. 아내가 출산을 빨리 해 주어야 오늘도 아무 일도 없었던 듯이, 천연덕스럽게 회사에 출근해도 될 텐데. 여편네의 출산을 돕다가 지각하거나 만일 결근이라도 한다면, 적지도 않은 내 나이에 그게 무슨 망신인가. 회사에서의 나의 체면과 위신에도 그건 연관이 될 수 있는 문제이므로. 그 까짓 지각 한번 하는 것이나 하루쯤 결근하는 게 무슨 큰 문제가 될까마는, 그렇게 될 수 밖에 없었던 경위를 알게 되었을 때 동료들로부터 빈축을 살게 뻔하다. 그렇잖아도 흉허물없이 지내는 동료 중에선

"딸이 아들보다 못할 게 조금도 없을 텐데, 그러나 아무리 그래도 그렇지, 두어 서넛 낳았을 때 일찌감치 정관수술을 하지 않고 있다가 마치 개새끼처럼 줄줄이 사탕으로 마구 싸질러놓을 게 뭐람. 원시인도 야만인도, 그렇다고 또 모슬램도 아니면서 그게 도대체 뭔 일이란 말야."

남의 이야긴 하기도 좋다고 함부로 빈정대기 일쑤인 입심좋은 인간들이 있나 하면,

"자넨 그리도 재주가 메준가? 아들을 낳는 게 그리도 소원이라면 말씀야. 이 사람아 이 어르신을 꼭 좀 모셔보란 밖에. 씨앗 하나만큼은 믿을 수가 있는 케이 에스 마크니깐두루. 그리도 싹이 잘 나고 열매 잘 영그는 살 깊은 밭이라면 씨앗 한 줌 빌려주는 것쯤이야 무슨 대수겠나. 하시라도 그럴 생각이 있거든 말씀야. 살짝 귀띔만 하라구. 알았나 재주가 메주인 이 흑싸리 쭉자 같은 친구야."

싱겁기 코미디언이나 개그맨을 빰칠 정도로 능청맞기 이를데없는 친구까지 있었다. 아들낳는 문제에 있어서만은 동료들 사이에서 뿐만 아니라, 어느 누구 앞에서도 꿀먹은 벙어리가 될 수 밖에 없는 나였다. 그 문제에 한해서만은 나는 기가 꽉 죽어 버렸다. 한 평생을 살아가는 동안 자기 뜻대로, 하고 싶은 대로 되지 않는 일이 어찌 한두 가지 뿐이랴만, 나에게 있어서 정녕 마음대로 되지 않는 일이 한 가지 있다면 그건 다른 게 아니라, 아들을 하나 낳았으면 하는 바로 그것이었다. 남들 같으면 그리 어렵지 않게, 아니 너무나 쉽게, 게다 아주 간

단히 잘도 쑥쑥 뽑아내는데, 나는 왜 그게 그렇게도 힘드는 일일까. 나에게만은 하느님께서 사내아이 낳는 기술을 아예 주시지 않았단 말인가. 어쩌면 그럴지도 모른다. 우리 부부가 자식을 낳아도 적게 낳았는가. 그리도 많이 낳은 자식 중에서 색다른 녀석은 왜 한 놈도 없을까. 그 점에 대해 나는 하느님에게 야속하다는 생각이 들 수 밖에 없었다. 아들이면 어떻고 딸이면 또 어떠냐는 사람들도 물론 있기는 하다. 그러나 아들이라야 혈통을 이을 수 있다는 전통적인 관념을 무시할 수 없어서보다, 난들 아들을 못낳을 까닭이 뭐냐는 오기를 떨쳐버릴 수 없었다. 게다 기왕 내친 걸음이어서 아들을 하나 낳을 때까지 자꾸 낳아보려는 것이었다. 좀 더 솔직히 고백하면 그건 고집이기보다 신념이라 할 수 있었다. 낳다 보면 언젠가는 결국 아들도 낳을 수 있지 않겠느냐는 확고한 믿음을 가지고 있었으므로.

어느 새 벌써 우리 집안은 8대째에 걸쳐 신앙 생활을 해오고 있는, 누구네 못지 않게 독실하다면 독실하다 할 수 있는 가톨릭 가문이다. 굳이 독실하다는 말을 하는 까닭이 따로 있다. 나의 6대조 되시는 분께서 병인박해 막바지에 순교를 한 때문이다. 그 분은 보부상(자그마한 일용 잡화상)을 하며 근근이 끼니를 이어가는 넉넉지 않은 집안 형편임에도, 신앙에 대한 열정은 보통이 아니었던가 보다. 기록에 따르면 첫 닭이 울 때쯤에 잠자리에서 일어나 등잔불을 밝혀 놓고선, 무릎을 꿇은 경건한 앉음새로 날이 훤히 샐 때까지 기도드리기를 하루도 거르지 않았다 한다. 그러다 어떻게 하여 포졸들에게 잡혀가게 되었는지 그 경위에 대해 알 수는 없으나, 잔인하고 혹독한 형리들의 고문 앞에서도 꿋꿋한 인내심과 꺾이지 않는 용기로 끝까지 배교하지 않고 의연히 버티어냈다는 것이다.

문초를 하는 형리의

"네놈이 왜 나라에서 금지하고 있는 천주학을 믿고 있느냐?"

는 신문에

"천주께서는 천사들과 사람들과 그 밖에 이 세상 모든 만물의 임금님이시고, 또한 주인이 되시는 분이십니다. 사람은 이 세상을 살아가면서 천주께서 내신 모든 것을 사용할 수 있을 뿐만 아니라, 천주께로부터 무한한 은혜를 받았기 때문에, 천주께 감사하다는 생각을 갖지 않는 것이 어찌 옳은 일이라 할 수 있겠습니까? 따라서 사람은 누구나 다 천주를 공경하고 섬기지 않으면 아니 될 의무가 있는 것입니다. 그래서 소인은 천주학을 믿고 있습니다."

하며 조리있게 대답하자 형리는 성을 벌컥 내며 사정없이 매질을 하라 하더니

"네놈의 동교인(同敎人)인들을 낱낱이 대라." 하고 위협하므로

"우리 천주학에서는 남을 죽이거나 해하는 일을 엄중히 금지하고 있으니, 소인의 입으로 어찌 그 사람들에게 죽을 위험을 당하게 할 수 있겠습니까."

하니까 형리는 그를 강제로라도 배교시킬 작정으로, 못된 죄수들에게 내맡겨 심한 고문을 가하도록 했다. 죄수들이 달려들어 어떻게나 모질게 다루었는지, 몇 차례나 죽은 줄 알고 내팽개쳐 두었을 정도였다는 것이다. 끝끝내 배교하지 않고 버티다가, 1839년 5월 24일 서울 서소문 밖에서, 다른 교인 여덟 명과 함께 마침내 참수형을 당하고 말았다. 그리하여 1925년 7월 5일 로마 바티칸에 있는 성 베드로 대성당에서, 우리 나라 순교자 79명이 복자(福者)로 시복(諡福)되는 영광을 그도 함께 안게 되었고, 최근에 이르러 우리 나라 천주교 전래 2백주년 기념식에서 103명이 성인(聖人)으로 시성(諡聖)되는 영광까지 함께 누리게 되었던 것이다.

그런 대단한 분을 선조로 둔 것을 자랑스럽고 영광스럽게 여기며, 우리 부부도 그 분을 본받아 나름대로 열심히 신앙생활을 하려고 노력하고 있었다. 아들을 낳는 문제만 해도 그랬다. 어머니 역시 처음부터 같은 생각이셨겠지만, 죄를 짓지 않기 위해서라도 우리는 피임 같은 건 아예 생각지도 않았다. 비록 가톨릭에서 권유하고 있는 피임법이라도 그것마저 우리는 하지 않기로 했다. 그것도 하지 않는 게 하는 것보다 훨씬 더 타당한 행위일 터이므로. 솔직히 말해 '월경 주기율 이용법'이나 '점액 관찰법'이나 '증산 체온법' 같은 건 실행하기 여간 까다로운 게 아니니까. 그러다 보니 자연 아내는 임신 횟수가 빈번해질 수 밖에 없었고, 임신만 되었다 하면 우리는 그것을 감사하게 받아들여 어김없이 꼬박꼬박 출산하게 되었다. 자손이 워낙 귀한 집안이기도 하여 더욱 더 그럴 수 밖에 없었던 것이다. 그러나 사내 아이만 진작 하나 낳았더라면 결과는 다소, 아니 어쩌면 상황이 완전히 바꾸어졌을지 모른다. 아내에게 출산능력이 없으면 또 모르지만, 딸이라도 잇달아 낳으니까 낳다 보면 언젠가는 설마 아들도 낳겠지 하는 믿음을 잃지 않고 있었다. 이번엔 설마 하고 설마만 믿었는데, 어찌된 건지 그 믿음이 아직까지 실현되지 않고 있는 것이다. 어느 새 우리는 딸만 벌써 자그만치 아홉이나 낳았다.

그러한 우리 집을 지인들은 듣기 좋으라고 그러는지 몰라도, '구공주네'니 '구천사의 집'이니 '구선녀네 집'이니 '그린 하우스'니 하곤 한다. 그러나 이웃에선 우리 집을 통상적으로 '딸부잣집'이라고들 하고 있다.

나는 왼 팔뚝을 쳐들며 눈 앞 가까이까지 끌어당긴다. 지금이 도대체 몇 시쯤 되었을까. 손목시계의 분침과 초침이 서로 직각을 이룬 채 두 꽁무니가 한데 맞물려 있다. 꼬리를 서로 맞붙인, 흘레붙은 두 마리 개를 얼핏 연상케 한다. 사람들은 그렇게 할 수는 없으리라. 그건 그렇고, 어느 새 벌써 여섯 시하고도 15분이 넘어서고 있는 것이다. 우리가 병원에 온 지도 그새 거의 두 시간이 다 되어간다. 나에게 있어서 그건 평상시의 두 시간이 아니라, 스무 시간 이상으로 착각된다.

손에다 힘을 주어 잔뜩 부여잡고선 좀처럼 놓으려 하지 않고 있는 아내를 나는 조심스레 떼어놓는다. 잠든 듯이 지그시 감고 있던 눈을 빼꼼이 뜨며, 아내가 나를 힐끔 쳐다본다. 금세 그녀의 눈은 도로 스르르 감겨진다. 혹시나 내가 곁에서 떠난 건 아닌가 확인이라도 하려는 것인지 모른다. 어쩌면 그건 아내에게 있어선 조건반사와도 같은 현상이 아닐까. 다행이라고나 할까, 아내의 몸이 아까처럼 완전히 맥이 풀려 있는 것 같지 않다. 아내에 대해 이제 다소 마음을 놓아도 될 성싶은 생각을 가져본다. 그러자 입에선 절로

"하느님 아버지 감사합니다."

라는 기도가 새어나온다. 긴장이 좀 풀리는 듯한 느낌이 들자, 어젯밤 잠을 제대로 못자서인지 몸도 몸이지만, 마음까지 느슨하게 헤어지고 있다. 간밤에 가까운 친구들끼리 늦도록 질펀하게 술을 퍼마신 탓이겠으나, 머리도 뻐근하게 조여들기 시작한다. 게다 아내라는 이놈의 여자가 출산 때마다 언제나 옆에서, 산고를 함께 겪어내지 않으면 안되게 되어 있는 조산자로서의 힘겨운 역할이, 이제 정말 너무 부담스럽게 여겨져 갑자기 피로까지 겹친다. 한 입 가득히 몰려나오는 선하품을 손바닥으로 틀어막으며, 입안으로 그것을 도로 밀어넣는다. 이럴 땐 시원한 바깥 공기라도 잠깃동안 쐬고 들어오는 게 좋을 것 같다.

아내가 미처 감지하지 못하게 한껏 소리를 죽여, 나는 병실을 살금살금 빠져나가는 데 성공한다. 좌우 양쪽으로 기다랗게 틔어 있는 복

도의 공기가 병실에 비해 한결 신선하게 느껴진다. 안에선 깨닫지 못했던 밝은 새 아침이 이미 복도를 완전히 점유하고 있다. 오랫동안 감방에만 틀어박혀 있던 복역수가 모처럼만에, 감방 밖으로 나왔을 때의 기분 또한 어쩌면 이와 같을는지 모른다. 그렇다면 지금 아내가 아이를 분만하기 위해 들어가 있는 병실이라는 게, 교도소의 감방과 무엇이 어떻게 다른가 하는 묘한 생각까지 나는 얼핏 하게 된다. 어떤 점에선 임산부도 아이를 분만할 때까지는 복역수와 다를 게 별로 없지 않겠는가. 그렇다면 지금까지 임산부인 아내와 병실에 함께 있다가, 이제 방금 밖으로 나온 나라는 인간은 도대체 뭐란 말인가.

내가 무엇이든 그건 아무래도 상관없다. 우선 닫혀 있던 가슴이 활짝 열린 것 같아 기분이 그리 나쁘지 않다. 주머니에서 담뱃갑을 꺼내 담배 한 개비를 뽑아 입에 물고 불을 붙인다. 그런데 조금 이상하다. 어쩐지 담배맛이 여느 때 같지 않게 느껴진다. 한 마디로 씁쓸하다 할까. 그저 단순한 쓴 맛이기보다 텁텁한 느낌까지 있는, 그 맛이 입안을 뻑뻑하게 조아붙인다. 혀끝으로 마른 입술을 적시며 침을 한 입 가득 분비한다.

천천히 불어내는 담배연기 속으로 딸들 하나 하나의 모습이 눈 앞에 어른거리며 나타났다가 사라졌다가 하고 있다. 열이라는 숫자에서 하나가 모자랄 따름인 그저 고만고만한 애들이, 그야말로 줄줄이 사탕과 다를 것 없이 올망졸망하다. 그건 결코 적다 할 수 없는 실로 엄청난 숫자가 아닐 수 없다. 어떡하려고 우리 부부가 그렇게나 많은 애들을 낳았을까. 부끄럽기 짝이 없는 일이나 명색이 아비라는 내가 그 애들 개개인의 생년월일은 물론, 그 애들 각자의 연령에 대해서도 제대로 알지 못한다. 그 정도는 그래도 약과다. 애들의 서열에 대해 나는 곧잘 혼란을 느끼곤 하여, 언니를 동생으로 동생을 언니로 착각할 때가 흔히 있나 하면, 심지어 애들 하나 하나의 이름조차 다 외우지 못해 쩔쩔 맬 때도 얼마든지 있다. 그리도 많은 딸애들이지만, 어떤 한 녀석에게도 미운 생각이 들지 않는 게 너무나 희한스럽다. 열 손가락 깨물어 아프지 않은 손가락이 없다는 부모의 마음이어서일는지 모를 일이다.

장난삼아 녀석들은 흔히 나를

"청일점씨."

아니면

"청일점 아저씨."

하곤 한다. 우리 집안 모든 권속들 가운데 어머니와 장모를 비롯해, 아내와 저희 9자매들 속에서 남자라곤 오직 나 혼자 뿐이어서 그런단다.

"아무리 그래도 그렇지. 아빠한테 청일점이 뭐냐, 청일점이?"

능청을 떨면서 내가 따졌다. 여러 남자들 가운데 여자 하나 끼어 있을 때 이르는 말로 '홍일점'이란 고사성어는 있는 줄 알지만, '청일점'이라니 그건 어불성설이란 말야. 알겠어 이 녀석들아? 하면서였다. 그러자 대답들이 걸작이었다. '청일점'이란 바로 그 '홍일점'이란 고사성어의 대칭어라며

"그럼 아빠를 '흑일점'이라고 할까요? 그러긴 저희가 싫단 말에요. 그건 어감상으로 얼른 떠오르는 이미지마저 왠지 좋은 것 같지 않잖아요? 그렇다고 아직은 늙지도 않으신 우리 아빠께 '백일점'이라 하기도 좀 이상하잖아요. 그래서 저희가요 아빠께 가장 걸맞는 것으로 특별히 선정한 말이 바로 '청일점'이라니깐요. 아빠는 그걸 영광으로 아셔야 한단 말에요. 저희 뜻을 이젠 아시겠어요?"

하는 것이었다. 그 의도는 충분히 헤아릴 수 있었으나, 나는

"그렇게보다는 차라리 너희가 나를 '12대 1의 사나이'라고 하지 그러니?"

했던 것이다. 그 말엔 녀석들이 아무런 대꾸를 하지 않았다. 그거야 물론 우리 집안에 여자들은 모두 열두 명이나 되는데, 남자라곤 기껏 나 뿐이기에 그랬던 것이다.

자신도 모르게 나는 미소도 아닌 고소를 입가에 씁쓸히 짓는다. 우리 집에 남자라는 건 나 밖에 없는 반면에, 여자는 10배가 훨씬 넘는 무려 열두 명이나 있다는 사실이, 언제나 나의 두 어깨와 마음을 무겁게 짓누르고 있다. 어쩌다 우리 집이 여자들 일색으로 변해 버렸을까, 하자 서글픈 생각부터 앞서게 된다. 남자로서의 희소가치를 느끼기보다 가슴에 부담감만 잔뜩 떠안겨져, 웬일인지 찜찜한 기분을 좀처럼 떨쳐버릴 수 없다. 나에게 무슨 죄가 이토록 많은가 싶은 것이다.

딸들만 있는 집안이다 보니 그 애들은 바퀴벌레 한 마리, 아니 파리나 모기나 개미 같은 것에도 질겁을 하면서 법석을 떠는가 하면, 못 한 개 박을 게 있어도 일일이 내가 하지 않으면 안 되었다. 더욱이 바깥 일이라면 아주 자잘구레한 것까지도 전적으로 내가 도맡아 할 수밖에 없었다. 딸애들이란 아기자기한 잔 정이야 없지 않지만, 그럴 때마다 다소 무뚝뚝하고 고집스러울진 몰라도 집안엔 역시 아들이 있어야겠구나, 하는 생각을 몇 번이나 하고 또 했는지 모른다.

언젠가 우리 집안에 웃지 못할 쇼 아닌 쇼가 벌어진 적이 있었다. 첫쨋딸 순희와 둘쨋딸 순영이 함께 거처하는 방에, 어쩌다 방울 만한 생쥐 한 마리가 염치좋게 침입했다. 그게 아마도 그 날 초저녁에 일어난 일인 것 같은데 다 큰 녀석들이 조그마한 생쥐 한 놈 때문에, 새파랗게 사색이 되어 가지고 우리 부부가 쓰고 있는 방으로 뛰어들었다. 그러자 이 방 저 방에서 다른 녀석들까지 덩달아 호들갑을 떨며 우리

방은 물론이요, 할머니들이 기거하시는 방으로도 우르르 몰려가는 등, 한 동안 부산을 피우고 오두방정을 떨며 한바탕 소동을 벌였다. 그 때 나는 하도 기가 차고 어이가 없어, 이걸 어떡하면 좋으냐며 그저 망연자실할 따름이었다. 체질적으로 나약한 데다 성격적으로도 순해빠지기만 한 딸애들이라, 날벌레 한 마리도 저희 손으로는 처치하지 못한다는 건 잘 알지만, 그래도 설마 저렇게까지일 줄은 몰랐기에 마음이 착잡해졌다. 결국 할머니들과 저희 엄마까지 합세해 쉽지도 않게 결국 생쥐를 때려잡긴 했으나, 그 일로 말미암아 딸애들에 대한 실망을 나는 좀처럼 뇌리에서 지워버릴 수 없었다.

또 한 가지 큰 문제점이 있다. 가족 구성원 모두가 여자들이므로 한 사람 밖에 없는 남자인 나에 대한 배려가 소홀할 뿐 아니라, 그녀들 어느 누구도 나를 제대로 이해하지 못하고 있다는 점이다. 한 마디로 우리 가족들이 나 혼자만의 공간을 썩 잘 배려해주지 않고 있는 것이다. 신체구조상 자기네와 같지 않고, 생리적으로도 서로 다르다는 것을 곧잘 잊곤 하는 것 같았다. 그럴 때는 나의 입장이 난처할 수 밖에 없었고, 기분 또한 야릇해질 수 밖에 없어 내가 이거 기구한 운명의 주인공이 아닌가 싶기도 했다. 그러한 상황에서 내가 우리 가족들에게 정신적인 위화감과 괴리감을 느끼지 않을 수 없는 입장이었다.

노골적으로 말하면 이래 저래 나는 정신적으로 고독을 절감할 수 밖에 없었다. 집안에 발만 들여놓았다 하면 거의 언제나 마음 한 구석이 텅 빈 것 같은 느낌을 갖기 일쑤였다. 밖에 나가더라도 외표는 하지 않으나 그렇기는 마찬가지였다. 의식적으로 그러한 생각을 떨쳐버리려고 애써 보아도 그게 마음대로 그리 쉽게 되지 않는 것이었다. 비교적 활달한 편인데다 외향적인 성격이었던 내가 가능한 한 말수를 줄이려고 습관을 들여왔는가 하면, 되도록이면 모임 같은 데는 빠지려 하고 있었다. 어디서든 걸핏하면 잘 나서서 혼자 떠들어대려 했고, 매사에 있어서 아주 자신만만했던 내가 어쩌다 이렇게 되었을까 하자, 스스로에게 의아스런 생각이 들 때가 한두 번이 아니었다. 그럴 때마다 그러한 자신에 대해 한심하고 처량하다는 생각을 털어버릴 수 없었다.

"엄만 지금 어떻게 하고 계세요?"
언제 나타났는지 소리도 없이 순희가 다가와 바싹 붙어섰다.
"할머니와 순영인?..."
"지금 대기실에 할머니도 계시지만, 순영이도 그냥 있어요."
"..."
"아직도 아긴 태어나지 않았어요?"
"응."
"그럼?"
순희의 짙은 속눈썹이 경미하게 경련하는 것으로 보아, 나름대로는 제 엄마에 대해 꽤 걱정이 되나 보다.
"아직은 시한이 좀 덜 된 걸 너무 성급히 서둔 게 아닌지 모르겠다. 급하게 서둘지 말고 천천히 데리고 왔어도 되는 건데 말이다."
"그렇다면 언제까지 우리가 여기서 마냥 이러고 있을 게 아니잖아요? 저희는 집으로 들어가는 게 어떨까요?"
"모르긴 해도 앞으로 넉넉히 잡아 한 시간 이내로야 설마 끝나지 않겠느냐. 오랜 경험에 의한 나의 상식으론 꼭 그렇게 되리라 믿고 있다."
사실은 그렇게 믿고 있기보다 나의 희망사항이 그랬던 것에 불과했다.

"정말 그럴까요?"

"그럴 거다. 두고 보면 알 테지만, 그게 아마 거의 틀림없을 거다."

"아빠가 어떻게 그렇게도 자신하실 수 있으세요?... 그럼 아빠께서도 이제는 어디 어수룩한 곳에다 조산원 같은 거라도 하나 개업하시지 그래요? 아빠의 경력으로야 얼마든지 그런 것쯤 가능하지 않겠어요?"

청각에 와서 부딪는 어투로나 육감에 접수되는 느낌으로는 별로 좋은 뜻으로 말하는 것 같지 않다. 어쩌면 순희가 은근히 나를 비아냥대고 있는지 모른다.

"산부인과 병원까지야 언감생심이겠지만, 네 말마따나 최소한 조산원 정도라면 나도 그런 대로는 아주 자신이 없진 않다만."

아니나 다를까. 순희는 퉁명스럽게

"아빠 그게 그리도 자랑스러우신가요?"

하는 것이었다. 이 녀석 보게, 아비를 얌전히 한 방 쥐어박는군. 순희가 다시 입을 열었다.

"제가요 진작부터 누누이 말씀드린 바 있지만요. 이번에 엄마가 하나를 더 낳으면요 이젠 우리 형제, 아니 우리 자매가요 자그만치 한 죽이라는, 실로 경이로운 숫자가 된다는 것을 아빠께서도 설마 모르신다곤 하지 않으시겠죠? 이번에 태어날 애가 남자애거나 여자애거나 무엇이든 간에, 저로서는 그런 것은 사실 그리 문제시하지 않고 있다구요. 형제든 자매든 그깐 것은 상관도 없이 한 집안에 자식이라는 게 열 명이나 돼 보세요. 그것은 정말이지 너무 엄청난 거란 말예요. 그런 것쯤 아빠께서야 아무렇지 않게 여기시고 아주 예사로 생각하실지 모르지만요, 저로서는 여간 심각한 문제가 아니라고 생각해요. 우리 가족들이 천주교 신자들이니까, 종교적인 입장에서나 신앙적인 차원에서는 얼마든지 미화시킬 수도 있을 것이고, 정당화시킬 수도 있겠죠. 지난 번 성소(聖召)주일날 미사 때 하셨던 우리 본당 신부님의 강론 말씀처럼, 부당한 방법으로 가족계획을 하고, 무책임하게 태아의 생명을 없애버리는 산아제한을 무턱대고 할 게 아니라, 낳으면 낳는 대로 길러서 성직자나 수도자로 보내도 물론 되기야 하겠죠. 또 그렇게 할 수만 있다면 그러는 것이 얼마나 좋은 일이겠어요. 하지만 그런 것이 어디 그리 쉽게 되는 일인가요? 가위 폭발적인 가속화 현상으로 자꾸만 인구가 증가하는 요즘같은 현실에서도, 성직자와 수도자의 지원자는 날이 가면 갈수록 더욱 더 감소하고 있다는 것이 지금 세계적인 추세라고 하잖아요. 심지어 성직자 양성기관인 신학교가 지망자가 없어서 자동적으로 폐교되어 문을 닫아버리고, 수도원이나 수녀원 같은 것도 폐쇄조치를 내리는 데가 속출하고 있다는 거예요. 그렇다고 너도 나도 할 것 없이 누구든지 성직자나 수도자가 되고 싶다고 해서, 아무나 다 될 수 있는 것도 아니잖아요."

"그래서?"

순희의 말이 길어져 나는 중간에서 잘랐다.

"그런데요 아무리 우리 천주교 신자라고 해도 그래요. 확고부동한 결과를 보장할 수도 없으면서 이론만으로 이렇게 해야 한다, 저렇게 해야 한다, 그렇게 해서는 안 된다는, 거의 무책임에 가까운 교회측의 권고대로 꼬박꼬박 따라 하다가 보면 별 수 없이 수태(受胎)하는 빈도수가 늘게 된단 말예요. 그렇게 해서 일단 수태되었다 하면 태아라는 것은 귀중한 생명체이기 때문에 절대로 지워버리면 안 된다, 그런 것은 살인죄가 되니까 무조건 출산을 해야 한다는 것도 얼마나 무책임한 행위인지 아세요? 수태를 했을 때는 반드시 낳아야 한다고 하면 그 결과를 어떻게 하란 말인가요? 신앙 때문에 교리와 계명에 어긋나기 때문에 일단 수태만 되었다 하면 절대로 지워버리지 말고 반드시 출산해야 한다는 것은 일종의 횡포라는 것을 아빠와 엄마도 아시고 계셔야 한단 말예요."

끝엣말을 강조하기 위해 순희가 장광설을 늘어놓고 있는 것 같았다. 할말도 없는데다 별로 말하고 싶지 않아 나는 아예 입을 다물고 있었다. 선생님이 학생에게 주관식으로 강의하듯이 하는 순희의 말은 아직도 끝나지 않고 계속된다. 그건 다분히 설교적이기도 하다. 그녀가 학교 선생님이라 그런지 모른다.

"아빠! 한 마디로 말씀드리면요. 금세기에 이르러 다산(多産)이라는 건요 인류 최대의 적이라고 할 수 밖에 없다구요. 그것은 국가와 민족까지 파멸시킬 수 있는 요인도 되니깐요. 방글라데시와 파키스탄과 이디오피아와 인도 같은 나라에서는 인구 과밀로 인한 기아 현상으로 얼마나 문제가 심각한지 아세요? 그 뿐이면 또 어때요. 가정이나 가족들을 불행하게 만들 수 있는 가장 큰 요인이 뭔지 아세요? 자녀를 적당히 출산해서 훌륭히 양육하는 것보다 더 행복한 것이 어딨어요. 많이 낳기만 해놓고 제대로 키우기는 커녕, 그로 인해서 더욱더 빈곤해지는 악순환에서 헤어날 수 없었던 예는 지난 날 우리 나라에서도 얼마든지 볼 수 있었잖아요? 제가 정부의 시책을 두둔하고 싶어서 이러는 것은 절대로 아니지만요, 우리 나라와 같은 개발도상의 국가나 소위 중진국이라는 나라들이 좋은 예가 될 수도 있는 거라구요. 우리 나라의 연간 인구 증가수가 웬만한 큰 도시의 인구와 맞먹는 약 육칠십만 명이나 된다는 사실을 설마 아빠께서도 모르고 계시진 않겠죠 : ? 9만 평방킬로미터 밖에 안 되는 손바닥 만한 대한민국 땅에서 5천만 명 가까이 살고 있다구요. 그러니까 비공식적인 인구 밀도는 1평방킬로미터당 5백 명도 넘는, 엄청나게 많은 수치라는 것을

아빠께서는 간과할 수 있는 문제라고 생각하세요? 그만하면 지구촌
에서도 물경(勿驚) 최고 밀도의 과잉인구 밀집 지역이 바로 우리 나라
라는 것을 아시겠어요?"

순희에게 나는 이제 그만 좀 이야기하라 하려다 단념한다. 제 전공
이 그것이니까 평소에 제가 하고 싶었던 이야기를 계속하면 되는 것
이고, 나야 그저 듣는 체만 하고 있으면 된다는 생각인 것이다. 나는
두 번째의 담배를 피워 물었다.

"이것은 아무래도 예사로운 문제가 아니라고 저는 생각해요. 이것
이야말로 심각하기가 어디에다 비교할 데 없는, 여간 비극적인 문제
가 아니기 때문이에요. 현재 우리 나라 땅 치고는 쓸 만한 데라고는
거의 비어 있는 곳이 없을 정도로 비좁아터진 데다, 두드러진 자원 하
나 넉넉한 것이 있나요. 심지어 식량은 거의 삼분지 이를, 연료는 전
량을 외국으로부터 수입하고 있는 실정 아녜요. 그런가 하면 우리 나
라의 외채가 오죽이나 많은가요. 국민 개개인에게 그것을 배당한다면
아마도 적잖은 액수가 될걸요. 게다 이제까지의 무역적자는 또 어떻
고요. 어디 그 뿐인 줄 아세요? 굵직굵직한 문제만 예로 들더라도 아
직 주택난에다 교통난에다 취업난에다 입시난에다, 그 밖에도 여러
가지 유형별로 분류할 수 있는 공해 문제와 환경파괴 문제 같은 것은
또 얼마나 심각한가요? 그 다음으론 범죄 문젠데요. 특히나 청소년의
범죄가 양적으로도 자꾸만 증가할 뿐 아니라, 질적으로는 극에 치닫
듯이 더욱 더 악랄해지고 있으니 걱정이 안 될 수 없는 거예요. 그런
큼직큼직한 국가적 사회적 문제가 아니더라도 그래요. 건평이 마흔
평이 넘는데다 대지가 백 평 가까이 되는 우리 집이 보통 큰 집이에
요. 그런데도 우리 가족들을 수용하기엔 협소하다는 느낌이 들지 않
아요? 현재로서는 아쉬운 대로 그럭저럭 지내고 있긴 하지만요, 아빠

께서는 우리 가족들의 주택 문제를 심각하게 생각해 보신 적이 있으세요? 애들이 자꾸만 커가고 점점 더 성장했을 때를 한번 상상해 보세요."

한 동안까지 복잡하기야 하겠지만, 하나 둘 출가하고 나면 그 문제는 절로 해결될 수 있지 않는가. 그러나 나는 그런 말을 입 밖에 내지 않는다. 그 대신 순희를 외면한다. 그녀의 이야기를 끝까지 듣고 있기가 지루해서도, 싫어서도 아니다. 기회있을 적마다 벌써 몇 차례에 걸쳐 듣고 또 들었기에, 다만 더 듣고 싶은 생각이 없을 뿐이다.

일부러 나는 담배연기를 더 길게 내뿜으며 창쪽으로 눈길을 고정시킨다. 눈부신 아침 햇살을 받기 시작한 정원 풍경이 시야를 가득 채운다. 상록의 히말라야 몇 그루가 썩 잘 그린 동양화를 연상케 하며 시각에 여간 신선감을 안겨주지 않는다. 시계(視界)를 더 좀 넓히기 위해 나는 창가로 다가선다.

"어떠세요 아빠? 몹시 피곤해 보이시는 것 같은데요."

어느 새 아내의 음성과 너무 비슷한 목소리로 순희가 걱정스러운 듯이 내게 물어온다.

"그렇지 않아도 지금 내가 꽤나 피로하구나."

"그러세요? 이러시다간 아빠께서 병을 얻어 걸리시지나 않을까 염려되는군요. 이러면 어떨까요? 분만실에 누가 꼭 들어가 있어야 할 필요가 있다면 거긴 제가 들어가 있을게요. 아빤 집에 들어가셔서 쉬시는 것이 어때요? 그러지 않으시려거든 정원으로 나가셔서 산책이라도 하시는 것도 괜찮을 것 같은데요."

조금 전까지만 해도 경원시되더니 그럴 땐 그래도 순희 네 놈이 역시 '살림 밑천'이라는 맏딸 구실을 하는구나, 하고 든든한 마음을 갖게 한다.

"그렇게 하세요 아빠. 산책하시고 싶으시면 산책을 하세요. 원하시면 저라도 동반해 드릴게요, 네 아빠."

그 때 순영이까지 나타나 양쪽 겨드랑이 밑으로 두 손을 끼어넣고 뒤에서 나를 지그시 끌어당긴다.

"이 애비에 대한 염렬랑 단단히 붙들어 매어놓고 애들아. 너희나 집으로 들어가려무나. 학교에 가야잖아."

"저흰 괜찮아요. 오늘이 주일이잖아요."

"아 참 그렇구나."

순영이 깨우쳐줌으로써 그 날이 나는 일요일이라는 것을 비로소 알게 된다. 아까부터 그런 것도 모르고 괜스런 걱정을 했던 것이다.

순희는 조심스레 도어를 밀고 제 엄마가 들어 있는 병실로 살그머니 들어갔다.

그러한 순희를 대견스레 여기며 나도 발걸음을 떼어놓는다. 대기실 있는 쪽과는 반대 방향으로. 정원은 정문쪽 현관에 있는 대기실과는 전혀 상관이 없는 곳에 있었다. 병동 건물 뒤편으로 꽤 넓은 면적의 그것이 자리잡고 있었던 것이다.

"대기실에 할머니 혼자 계시는 게 심심하실 텐데 왜 너까지 나왔누? 할머니와 함께 있지 않고 말야."

그러는 나부터도 어머니가 어쩌고 계시는지 한번 가 보았어야 하지 않았을까. 연만하신 어머니를 병원에까지 따라 오시게 한 것부터가 잘못이 아니었을까.

"거긴 지금 할머니 혼자만 계시는 게 아니에요. 할머니 말고도 아주머니 몇 분이 함께 계시는가 하면요, 첫 아이의 아빠가 될 것 같은 젊은 아저씨들까지 와 있다구요. 하루를 두고도 한 병원에, 그것도 이런 중도시에서도 삼류 정도 밖에 안 되는 이 병원에 한꺼번에 임산부가 몇 명씩이나 몰려와 있는 데 대해서 저는 놀랐어요. 인구가 폭발적으로 증가하고 있다는 것을 실감할 수 있었거던요. 그런데 아빠. 제가 아무리 우리 할머니를 이해하려고 해도 도무지 이해할 수 없단 말이에요. 글쎄 잠시도 가만히 계시질 않으시고 줄곧 '로사리오 기도'만 드리고 계시지 뭐에요. 그것도 남들이 모르게 속으로 하시지 않고 완전히 드러내놓고 지나치게 너무나 열성적으로 말이에요. 광신도(狂信徒)나 맹신도(盲信徒)처럼 애절한 가락까지 넣어가면서요. 어떠한 일이 있어도 이번에는 결단코 사내놈이어야 한다고 하느님에게 마구 떼라도 쓰듯이 하시고 계시더라구요. 저는 우리 할머니가 그러시고 계시는 것이 너무 웃긴다 생각했어요. 그렇지가 않아도 많고 많은 것이 인간들인데, 손자면 어떻고 손녀면 또 어때서 그러시는지 원. 제 생각 같아서는 차라리 아무 것도 낳지 않는 것이 소원인데 말이에요."

"이른바 지성인이란 대학생인 네 입에서 나온 그와 같은 표현이 고상하다고 생각하냐? 우리 집안의 어른이신 할머니에 대해서 그렇게 함부로 말하는 그 말버릇이 뭐냔 말이다."

"사실이 그런 것을 어떻게 달리 표현할 수 있겠어요? 추호의 사심도 없는 저의 본심을 솔직담백하게 토로하면요, 그리도 극성스러우신 우리 할머니 같으신 분이 저는 가장 혐오스럽다구요. 그것은 지금 집에서 외손자를 낳았다는 희소식이 전해지기만 학수고대하고 계실 외할머니도 마찬가지에요. 어디 그 뿐인 줄 아세요. 고모라고는 한 분도 안 계시니 천만 다행이지만, 그 대신 왕고모 할머니들하며 그 피붙이들과, 그 밖에 모든 일가친척들까지도 다 그렇다구요. 거기다 우리 천주교 또한 그렇단 말이에요. 특히나 천주교는 왜 그리 고루한지 모르겠어요. 임신을 했다 하면 아무 조건없이 다 낳아야 한다니 그런 억지가 어딨어요. 불가항력으로 성폭행을 당해서 임신을 하게 됐는데도, 임신중에 태아에게 이상이 있어서 낳으면 불행해질 텐데도, 반드시 그래야 한다니 그런 게 말이나 되는 거예요? 그와 같은 책임감없는 억지 논리를 전개하면서, 교리와 율법으로 바싹 옭아매고 있기 때문에 결국 정신적으로나 육체적으로 고통을 당하게 되는 것이 누구냐 말이에요. 그것은 바로 우리 엄마와 같은 속죄의 양들이 아니고 누구냐고요. 우리 엄마가 무슨 죄가 많아서 그래야 하는 건가요? 우리 엄마가 너무나 불쌍해 죽겠다니깐요."

순영은 울먹일 것처럼 발갛게 얼굴이 달아오른다. 볼때기에 분홍물을 들인 것 같다.

"그래서 내가 어떻게 하기를 바라는 거냐?"

"만일 이번에도 또 기대했던 대로 되지 않을 때는 어쩌실 작정이세요?"

순영은 울먹이는 대신 야무지게 따지고든다.

"네가 입장을 바꿔서 내가 되었다고 가정을 한다면 너로서는 어떻게 하겠느냐?"

새로 태어나는 핏덩이를 설마 없애버리라곤 하지 않겠니? 입밖에 내고 싶은 그 말을 나는 속으로 삼킨다.

"우리 집안에 아들이 꼭 하나 있어야 되는 거에요? 대를 잇는다거나 혈통을 전한다는 것이 그리도 중대한 사안인가요? 그것도 더욱이 우리 집안이 순교 성인을 둔 빛나는 가문이라서 그런 건가요? 반드시 그래야만 하는 거라면 데릴사위나 하나 들여서, 딸로써 대를 잇도록 하고 혈통을 전할 수 있게 하는, 이를테면 외손봉사 같은 것을 해도 되잖아요? 이스라엘 민족처럼 말이에요. 그리고 지금이 아닌 옛날엔 우리 나라에서도 외손봉사를 했다고 하잖아요? 그렇게 안 된다면 아예 그 따위 것을 무시해 버리면 안 되나요?"

"그런 문제라면 나로서는 무엇이라고 확실히 단언을 할 수 없다."

"그 점에이 도무지 저는 이해가 안 간단 말이에요. 아빠가 한 가문의 종손이기 때문에 그러지 않으면 안 된다는 것도 이상한데요. 순교자에다 성인까지 배출된 독실하기로 둘째 가라면 서러울 천주교인 가문에서, 그와 같은 너무나 세속적인 문제를 그렇게 중요시하고 있다는 것은 모순이 아니고 무엇이에요? 그거야 또 아무튼 좋아요. 제가 분명히 알아야 할 것은요, 아들이 아니면 절대로 집안의 대를 이을 수 없다, 그래서 아들이 없을 때는 양자를 들여야 한다고들 하는데요. 그렇다면 우리 아빠 엄마가 낳으신 저희는 인간도 아닌 짐승들이고 허수아비들이란 말이에요? 저희 같은 것들은 우리 집안에서 아무 짝에도 쓸데없는 무용지물이에요 뭐예요? 그리도 쓸 모가 없는 존재라면 딸이라는 것은 아예 하느님께서 배지도 않게 해 놓았어야 할 것 아니냐구요. 그렇지 않으면 딸을 낳을 경우에는 중국인들처럼 낳는 즉시 목을 비틀어서 죽여버리든지 해서, 일찌감치 조처했어야 할 것 아닌가요? 존재할 일고의 가치조차 없고 그럴 필요마저 없는 우리 여자를 하느님이 남자와 함께 창조하셨다는 그 저의가 어쩐지 저는 자꾸 의심스럽단 말이에요. 하느님이 우리 여자를 창조하신 본래의 목적과 그 의도는 절대로 그런 것이 아니었을 거라고 저는 생각해요. 여자도 남자와 조금도 다르지 않은 동일한 인격을 가지고 있을 뿐만 아니라, 여자에게는 여자 나름대로의 존재 의미가 분명히 남자와 동등하게 부여됐는데도, 남자들이 일방적으로 그것을 독점해 버렸거나 탈취한 거라고 생각하고 있어요. 그러한 생각을 하게 되면 우울해질 수 밖에 없다구요. 저에게 만일 그럴 수 있는 힘만 부여된다면요, 제 마음 같아서는 그와 같은 기성세대의 질서니 관습이니 관념이니 윤리니 도덕이니 전통이니 하는 케케묵은 것들을 깡그리 박살내버리고 싶을 뿐이란 말이에요."

"그런 것은 하루 아침 하루 저녁 졸지에 바뀌질 수 없는 커다란 물결과 같은 것이어서, 당장은 그 누구도 어떻게 할 수 없는 거란 말이다."

"그래서 아빠 그와 같이 잘못되어 있는 전근대적인 우리 사회의 현실을 좌시하고 있을 수 밖에 없으시다 그거예요?"

"내가 좌시하고 있고 좌시하지 않고 있기보다도..."

순영의 말이나 그 생각이 결코 틀린 건 아니다. 하지만 그건 달걀로 바위를 치는 것과 같은 무모하기 짝이 없는 행위이므로, 말을 얼버무리고 만 것이다.

"하는 수 없이 그대로 따라 가는 거지 별수 있느냐 그거겠죠? 아무래도 좋아요. 저는 아빠의 솔직담백이라기보다 사심(邪心)이 전연 개입되지 않은 말씀 한 가지만은 꼭 들어야겠어요. 그것이 뭐냐면요, 아빠는 저희의 남자 동생을 그예 보실 작정이신가요? 그것을 대답해 주세요. 네 아빠."

"꼭이라기보다도..."

변명이 아닌 변명을 늘어놓을까 하다가 나는 그만 두기로 작정한다. 그런 말을 순영에게 굳이 하고 싶지 않아서보다, 내가 하고 있는 생각과 가지고 있는 주관이 바로 이런 것이다, 하고 자신만만하게 내어놓을 확고부동한 이론적인 근거와 논증을 사실은 준비하고 있지 못한 까닭에서다. 내 나름으로의 이렇다 할 뚜렷한 판단 기준마저 제대로 서 있지 않은 채, 주위의 상황에 편승해 온 나였기에, 조금 창피한 일이긴 하나 지금 나로서는 도저히 순영을 납득시킬 자신이 없는 것이다. 내가 무슨 말을 해야 순영이 나를 이해할 것인가. 그녀처럼 진취적인 사고를 가진 신세대에겐 구세대인 나 같은 사람의 생각이나 말이, 바르게 받아들어지기를 차라리 바라지 않는 게 어쩌면 나을지 모른다.

"구차하게 변명하시려면 아예 말씀도 하시지 않으시는 게 나을 거예요. 저도 이젠 웬만한 것은 다 알 만한 나이니깐요. 이미 말씀드린 바와 같이 그 전부터 꼭 한번 여쭈어보고 싶었던 것을 여쭈어본 것 뿐이에요. 한번 더 요점을 말씀드리면요, 아빠는 아들 하나를 꼭 두셔야겠느냐, 그려셔야만 직성이 풀리시겠느냐, 바로 그것이 저의 질문 골자예요. 그 대답 하나만은 저에게 꼭 좀 들려주셨으면 해요. 그렇다, 그렇지 않다, 두 마디 중 한 마디만 해 주시면 되는 거예요. 그 정도는 어려우실 것 없잖아요? 대답해주실 수 있으시죠? 네 아빠."

어감이 다소 부드러워지기는 했으나 순영의 다그침이 나를 적지 않이 곤혹스럽게 만든다. 새끼 고양이에 의해 막다른 골목으로 몰아 붙여진 어른 쥐 같이 마음이 여간 당혹스럽지 않다. 아무리 궁지에 몰린 쥐라도 어른인 주제에 새끼 고양이를 물 수는 없다. 이번 기회에 순영은 나로부터 제가 의도하고 있던 대답을 반드시 들어야겠다는 듯, 눈에 보이지 않는 예리한 비수를 목덜미에 들이대는 것 같은, 섬뜩한 느낌을 나로 하여금 갖게 한다. 나의 머리에선 현기증이 일어난다. 이마에다 손을 갖다대며

"순영아. 아빠 지금 심신이 몹시 피로하다. 골치 아픈 말은 더 이상 시키지 말았으면 좋겠다."

정원에 드문드문 놓여 있는 한 나무벤치로 가서 나는 무겁게 몸을 부린다. 잘 가꾸고 곱게 다듬은 정원의 잔디에 촉촉히 내린 이슬이 싱그러운 아침 햇살을 받고 반짝거린다. 그건 또 그것 나름의 신선하다는 느낌을 나는 갖는다. 간밤내 찬 이슬을 고스란히 뒤집어쓰고 있었

을 게 뻔한 차가운 벤치건만, 둔감한 둔부의 감각으로는 냉감을 미처 감지할 수 없다. 나른히 피로해져 있는 지각중추가 그런 것까지는 잠시 감각을 휴지하고 있는지 모른다.

"이번엔 뭘 낳게 될지는 아직 미지수이고요, 그런 것은 제가 알아야 할 필요도 없지만요, 오늘 낳는 애까지 합하면요 이젠 한 자릿수가 아닌 무려 두 자릿수란 말예요, 그 많은 자식들을 양육하고 공부시키고 여의기까지 뒷바라지를 다 하시려면 얼마나 애를 쓰시고 또 얼마나 힘이 드시겠어요? 그러니 아빠, 설령 이번에 엄마가 또 딸을 낳는다 해두요, 이제는 제발 좀 단념하시라구요, 네. 아빠와 엄마 내외분이 늘그막까지 잠시도 편해 보실 겨를 없이 고생만 하시다 말 것을 생각하면 가슴이 메어질 것 같다구요. 이건 숨김이 없는 저의 솔직한 심정이란 말이에요. 저보다도 언닌 또 어떤지 아세요? 끝엣 동생들을 자기가 돌보기 위해서라도 결혼은 아예 포기하든지, 그렇지 않으면 아주 느지감치 시집가기로 작정해야겠다고, 벌써부터 그런 문제로 적지 않이 고민하고 있어요. 저도 그런 생각 전혀 하지 않은 건 아니지만요, 언니 성격으로는 얼마든지 그러고도 남을 거란 말예요."

순영이 그러지 않더라도 딸들을 기르고 교육시키는 문제만으로도, 굳이 먼 장래까지 갈 것 없이 지금 당장 생활하는 데에도 적지 않게 압박감을 느끼고 있었다. 현재 순희가 다달이 약간씩 생활비를 보태긴 하나, 대학생 하나에다 고2, 중3, 중1, 초5, 초2, 그렇게 6명이 학교에 다니고 있고, 그 밖에도 유치원에 다니는 아이와 세 살짜리 꼬마가 있는가 하면, 게다 또 오늘 세상구경하러 나오는 놈까지 있으므로 생활에 여유라곤 전혀 없는, 경제적으로 빠듯하게 살아가고 있는 터였다. 가까운 시골에 농토가 좀 있어서 그럭저럭 계량(繼糧)은 할 수 있으나, 갈수록 점점 더 부담이 가중될 것은 불을 보듯이 너무 뻔한 사실이었다.

"아직도 어린 애인 줄 알았더니 이제 보니 네가 성인이 다 되었구나. 옆에 좀 앉아라, 애야."

벤치에 앉지도 않은 채 앞을 가로막고 서 있는 순영을 정겨운 눈길로 빤히 쳐다본다. 그 날따라 대학생 티가 나지 않는 수수한 평상복으로, 원피스를 몸에 걸치고 있는 그녀가 한결 성숙한 숙녀로 보여진다. 꼭 껴안아주면서 입맞춤까지 해주고 싶으리만큼 무척 대견스러워 보이기만 한다, 그런데 어쩐 일일까 아몬드처럼 예쁘게 잘 생긴 그녀의 눈에 뜻밖에도 분명히 이슬은 아닌 것 같은 해맑은 액체가 고여 있다. 장난스럽게 일부러 너털거리며

"인식아. 처량한 생각일랑 접어버리고 이 애비를 '청일점 아빠'라고 한번 불러보려무나. 요즘들어선 너희가 통 그러지를 않아서 왠지 심심하더구나."

내가 능청을 떠니까 순영은 쑥스러운지 억지로 입가에 웃음을 짓는다. 볼에 보조개까지 지으며. 어색해 보이긴 해도 표정이 풀리는가 했더니 금세 또 굳어지며

"아빠. 저저것 엄마의 비명소리 아니에요?"

하는 것이었다.

아내의 산고는 그새 절정에 다다라 있다. 앞서 치른 것들과는 비교도 되지 않을 그야말로 극에 달한 진통인 것 같다. 도시 젊다고 할 수 없는 아내의 몸 뼈와 뼈 사이를 뻐개듯이, 살과 살의 틈새를 비집듯이 하며 이제 곧 새로운 생명이 밝은 세상을 보려 하고 있기에 그럴 수밖에 없었는지 모른다.

별로 볼 모양도 없는 아내의 사타구니 사이 국부에서는 엿국물 같은

희멀건 양수가 푸지게 흘러넘친다. 그건 신기하게도 아이의 머리 부분을 금세 질 밖으로 삐죽이 내밀 수 있게 윤활작용을 하고 있다. 끈적끈적해 보이는 양수를 흠뻑 뒤집어쓴 아이의 머리칼이 앙증스러우리만큼 반질거리며 새까맣게 윤기를 발한다.

비지땀으로 범벅이 된 꼴 같지 않은 몰골에 머리카락을 수세미처럼 흩뜨린 아내가 두 손으로 허공을 휘젓는다.

"여보! 여보!"

그녀는 숨가쁘게 나를 찾고 있다. 나의 입에선 그 때 자신도 모르는 사이에 "빌어먹을 여편네 같으니라구. 라는 저속한 욕설이 배설될뻔한다. 아무리 아내가 그런다 해도 나로서는 그러는 아내를 원망하거나 욕설을 해선 안 될 일인 것이다. 첫애 순희를 해산할 때부터, 그러니까 20년 훨씬 더 전부터 그토록 오랫동안이나 길들여온 그 역할을 이제 와서 내가 어찌 물리칠 수 있단 말인가.

순희가 얼른 그런 눈치를 챘는지 내게다 자리를 양보하려는 듯, 제 엄마 곁에서 슬그머니 뒤로 한두 걸음 물러난다. 그녀가 비워주는 공간으로 나는 빨려들듯이 들어가 선다. 물론 나라는 사내가 없었으면 애시당초 아내는 임신조차 할 수도 없었을 테지만, 자기 옆에 나를 단단히 붙잡아 두지 않고서는 안심하고 해산하지 못하는 아내가 새삼스레 혐오스러울 수 밖에 없다. 딱 분질러 한 마디로 말을 맺는다면 이제 나는 그러한 자신의 역할에 대해 신물이 난다. 다른 건 모르나, 그한 가지 이유만으로도 앞으로는 아이를 더 낳지 않았으면 싶을 뿐이다. 그래서 이번에 제발, 제발 아들이기를 바라는 마음 더욱 더 간절해지고 있다.

아내는 젖먹던 힘까지 다 내어 숫제 내어맡겨 놓은 나의 상체를 잔뜩 붙잡고 매달리며, 비명에 가까운 애절한 소리를 처질러댄다. 치명상을 입은 야생동물이 죽어가며 마지막 발악이라도 하는 것처럼 심하게 몸부림치고 있다. 그렇다. 임산부가 그러고 있을 때는 그건 영락없는 한 마리의 짐승이지 도저히 사람이라고는 할 수 없을 것 같다.

인간이 자식을 낳으며 산고를 치르지 않으면 안 되는 것부터가 하나의 엄청난 형벌이 아닐까. 그건 굳이 가톨릭의 교리가 아니더라도 어떤 죄악에 대한 징벌이 아닌가 싶기도 하다. 이런 저런 함수 관계로만 따질 때에도 남녀간의 성희 그 자체부터 다분히 죄악적인 요소를 내포하고 있는지 모른다

"지금 어느 정도까지 진척됐나요?"

시선에 와 닿지 않는 분만 상황을 궁금하게 여기는 내게

"머리 부분은 거의 다 나온 것 같아요."

순희가 대답한다. 서너 걸음 뒤로 물러선 채 아이낳는 아내를 일부러 지켜보려는 것처럼 순희는 유심히 관찰하고 있다. 뭘 그렇게 눈여겨보고 있누? 인석아 네놈도 그렇게 태어났지 별수있는 줄 알아? 나는 순희를 밖으로 내보낼까 하다가 마음을 걷는다. 벌써부터 그런 걸 알아둔다고 나쁠 건 없다는 생각에서가 아니다. 이미 어엿한 한 인간으로서의 성숙된 인격체를 갖추고 있는 그녀의 행위 일체를 이제는 아버지로서 눈곱만큼도 간섭하지 않고 싶어서다. 어떤 면선 사리판단에 있어 구세대, 아니 기성세대를 얼마든지 앞지를 수 있는 게 그녀 같은 신세대일지 모른다. 네까짓 것들이 뭘 안다고 까불고 설치느냐며 무조건 묵살해 버리거나, 솥뚜껑으로 자라잡듯이 함부로 억눌러도 안 된다는 것을 나는 조금 아까부터 생각하고 있었던 것이다 .

"조금만 더. 조금만 더."

마치 구령을 붙이는 것처럼 아내에게 힘내기를 재촉하는 김 박사가, 문득 나는 논산 훈련소 P.R.I교장의 조교로 착각된다. 교관이 마이크

를 통해

"처녀의 젖가슴을 어루만지듯 방아쇠 1단을, 그리고 방아쇠 2단을 천천히 잡아당긴다. 알았나?"

하는 것을 그 때만 해도 누구 못지 않게 성미가 급했으므로 명령에 따라 추근히 해내지 않고 성급히 다루었다가, 조교에게 군화발로 몇 번이나 '쪼인트'를 까이며

"이새꺄. 방아쇠에다 우선 손가락부터 살그머니 걸고 조금씩 조금씩 그야말로 처녀의 유방을 만지듯이 살살 당기는 거야. 그게 자신이 없으면 말야. 임마! 손가락에다 조금만 더 조금만 더 힘을 주면서 아주 조심조심 천천히 잡아당기란 말야 알았어. 이 개새끼."

철저히 개인교습까지 받았던 뼈아픈 추억이 내겐 있다. 삼대 독자였기에 의가사 제대를 하게 되어, 남들과는 비교도 되지 않을 단기복무를 하긴 했지만, 12개월의 짧은 군대생활 동안 겪은 경험이야 남들에게 결코 뒤지지 않을 터였다.

"아줌마. 좀 더 힘을 내세요. 힘을 내시라구요 아줌마."

내겐 얄밉게 여겨지리만큼 한창 곤욕을 치르고 있는 아내를, 김 박사와 간호사가 독려한다기보다 다그치고 있는 것이다. 상체로는 혼신의 힘으로 나의 몸을 잔뜩 거머잡고 있으면서, 신체의 가장 중요한 부분은 김 박사에게 온전히 내맡겨 놓은 아내가, 남편인 나의 입장에서는 여간 황당하지 않게 느껴진다. 아내도 물론 아내려니와 남의 마누라의 가장 비밀스런 부위를 마치 자기 소유인양, 마음대로 주물럭거리고 마구 비집어보는 김 박사 또한 나는 여간 혐오스럽게 여겨지지 않는다. 만일 여느 때에 김 박사가 내 아내에게 그 따위 못된 짓거리를 하고 있다면 그걸 보고도 가만히 두거나 묵인할 수 있을까. 가만히 놔두긴커녕, 실컷 폭행을 가하거나 어쩌면 죽이려들었을지 모른다.

그런 생각을 하게 되자 오히려 나는 김 박사가 연민스러워진다. 오죽 해먹을 짓이 없으면 저렇게까지 하지 않으면 안 되는 산부인과 의사를 한단 말인가. 나 같으면 차라리 죽으면 고이 죽었지 비위가 역해서도 도저히 그런 짓은 못할 것 같다.

　머리 부분이 거의 나왔다고 했겠다? 다리부터 먼저 나오지 않은 것도 그런 다행이 없다. 다리가 먼저 나오는 아이가 그러니까 거꾸로 태어나는 아이가 산모를 더욱 더 욕보일 뿐만 아니라, 지칫하면 두 사람의 생명마저 위험하다고들 한다. 아이의 어깨부위가 빠져나오려면 한결 더 애깨나 쓰게 될 것이다. 저 애 순희의 경우엔 초산이라 그런지 모르지만, 한 나절 이상 진저리치도록 시간을 끌면서 어깨가 빠져나오지 않고, 애를 먹이는 통에 아내가 죽는 줄만 알고 얼마나 애를 끓였던가. 그래도 모녀가 그 때 죽지도 다치지도 그리고 아무렇지도 않았다는 게 하느님의 보살핌이 아니었을까.

　그런데 아니 할 말로 아이가 출생하는 과정에서 상체가 아닌 하체부터 먼저 나온다면 그 결과가 과연 어떻게 될 것인가. 다른 건 차치하고서라도 성별파악은 빨리할 수 있을 게 틀림없다. 그랬을 때 아이가 채 분만되기도 전에 희비가 서로 엇갈리지 않을까. 그런 점에서도 하느님의 지혜는 역시 오묘하다 할 수 밖에 없을 것 같다.

　아내는 이미 죽을 각오라도 단단히 한 듯, 아니 죽음이나 다름없는 산고로부터 탈출하려는 사람인양 입으로 뿐만 아니라, 온 몸 전체로 힘겹게 진통을 토해내고 있다. 그러지 않고는 자기 생명을 잃을 수도 있다고 판단한 게 아닌가 하여 안쓰러운 생각이 든다. 얼굴도 목덜미도 물론 그렇지 않은 게 아니지만, 지금 막 고온의 열탕에서 나온 사람같이 온 몸에 비지땀을 흠뻑 뒤집어썼다. 힘겹게, 아니 너무도 힘들게 드디어 아이의 어깨가 아내의 몸 밖으로 간신히 빠져나오고 있나

보다. 나도 모르게 입에서 안도의 한숨이 뱉아진다. 이젠 거의 안심해도 될 것 같다. 나머지는 그리 어려울 게 없었으므로.

이어서 곧 청아하기보다 처량하다 할 수 밖에 없는, 아이로부터 고고(呱呱)의 첫 소리가 아내의 비명과 절규를 무색케 하며 터져나온다. 그럼으로써 마침내 아내는 그 지독한 산고로부터 헤어나게 된다.

"여보. 당신 정말, 정말 욕봤어요"

그 말이 입 밖으로 나오려는 걸 나는 도로 삼켜버린다. 싱거운 소리 같아서 하고 싶지 않은 것이다.

"뭐예요?"

가장 먼저 궁금증을 표출한 건 뜻밖에도 방금까지 그리도 산고에 시달려온 아내라는 사실에 나는 놀랐다.

그와 거의 동시에 노크도 없이 도어가 벌컥 열렸다.

"뭐냐 애들아?"

문 밖에서 기다리고 있기라도 했듯이 그 때 누군가 급히 병실로 뛰어들었다. 어머니였다. 그녀의 꼬리라도 문 것 같이 순영이까지 그 뒤를 따라 붙었다.

재빨리 나는 순희의 얼굴부터 훔쳐보았다. 그녀의 표정은 시무룩해 있다. 그것이 어쩐지 마음에 걸린다. 빤히 보일 만한 위치에 있는 그녀였기에 결과를 이미 파악하고 있는 것 같다. 그런데 저 애 얼굴빛이 저게 뭔가. 무표정한 얼굴인 것이다. 그렇다면 이번에도 또 틀렸단 말인가. 어쩌면 그럴는지 모르겠다며 무거운 한숨을 입술 사이로 흘려낸다. 그러나 웬일일까, 의외로 나의 가슴엔 비감이 안겨지지 않는다. 내가 생각해도 이상할 정도로

"그 까짓 무엇이면 어때? 아내가 순산을 했으니 그보다 더 고맙고 다행스런 일이 또 있을라구."

하는가 하면

"하느님 감사합니다. 감사합니다."

라고 중얼거리고 있는 자신을 발견한다. 사실 솔직히 말해 그렇게도 많은 딸들보다, 그리도 간절히 바라고 있는 아들보다, 아니 이 세상 어느 누구보다 지금 내게 있어 가장 소중한 사람은 아내 밖에 없다. 어머니도 장모도 예외는 아니다. 현재의 내 처지에서 이번에 아내가 아이를 낳다가 혹시나 어떻게 되지 않을까 은근히 걱정을 하고 있었는데, 다행히 그렇게 되지 않은 게 얼마나 감사한 일인가. 나이가 점점 들어갈수록 아내의 존재가 더욱 더 소중하다는 걸 이번에 나는 절실히 깨달았던 것이다.

그 때

"예쁘장하게 잘 생긴 공주님을 얻으신 것을 진심으로 축하해요. 노산(老産)이어서 산후조리를 잘 하셔야 할 거예요."

남의 집안사정 같은 거야 알턱도 알 필요조차 없는 간호사가, 큰 소리로 그것도 호들갑스럽고 방정맞다 싶으리만큼 마구 지껄여댄다. 그렇다고 그녀가 그러는 걸 탓할 수는 없다. 그러나 반드시 짚고 넘어가야 할 문제가 그녀에겐 있었다. 여태까지만 해도 냉정하기 차돌멩이 같았던 그녀가, 그러려거든 끝까지 내쳐 그러질 않고 하필이면 이제 와서 갑자기 왜 친절해졌는가 그 말인 것이다 .

"뭐라구요?"

"아니 뭐에요?"

지나치게 친절한 간호사의 말에 아내와 어머니가 거의 동시에 질겁을 하듯이 하며 그녀에게 따져 묻는다.

"네, 따님이라구요. 아주 예쁘게 생긴."

하지 않아도 될 말까지 그녀가 또 한번 큰 소리로 지껄인다. 어머니는

도시 믿을 수 없는지

"설마 진담이야 아니겠지요? 아무래도 그 말이 농담이겠지요?"

김 박사와 간호사에게 달려들다시피 한다.

"정말이에요. 제가 왜 거짓말을 하겠어요?"

간호사의 대답이 너무나 분명한데도

"내 눈으로 직접 확인해 봅시다. 어디 좀 보잔 말요."

완강하게 거부반응을 보이는 어머니다. 그러자 이번에는 김 박사가

"이 아주머니께선 아까부터 왜 그렇게 말썽을 피우고 억지를 부리실까, 정말"

짜증을 낸다. 어머니는 그러거나 말거나 물러서지 않고 아내의 후산을 처리하고 있는 두 사람의 틈새를 기어이 비집고 들어간다. 그리하여 응애, 응애, 연신 칭얼거리며 아둥바둥 몸부림치고 버둥대는 갓난 아이의 사타구니를 몇 번이나 확인하고 또 확인한다. 그러더니 터덜 퍽 주저앉아

"아이구 망했다. 아이구 망했어. 이젠 정말 망했구나. 어떻게 하느님께서 이러실 수가 있단 말인가. 자랑스런 순교 성인까지 둔 우리 가문에 아들 하나도 주시지 않으시다니 하느님 너무 하신단 말이다. 더더구나 우리 XX 권씨 XX 파 종손 문중에 후사를 끊어놓으면 어쩌라구 그러실꼬? 쓸 모도 없는 망할 놈의 딸년들만 열이라니 이럴 수가 있단 말인가. 아이구 망했구나 망했어, 정말 망했단 말이다."

병실 바닥에 깔려 있는 카펫을 주먹으로 힘껏 쳐대며, 뱃속에서부터 치밀어오르는 울음을 울컥, 울컥, 게워낸다. 어머니 뿐이 아니다. 아내 역시 쉬어터진 목소리로 서럽게 서럽게 울부짖는다. 덩달아 순희와 순영이마저 두 손바닥으로 얼굴을 감싸안는다. 울지 않고 있는 사람은 나 하나 밖에 없다. 물론 김 박사와 간호사는 울지 않는다. 그들

에겐 그럴 까닭이 없을 테니까. 남의 불운이나 불행 같은 걸 바로 눈앞에서 빤히 지켜보면서도 강건너 불구경하듯이 할 수 있는 그들이 나로서는 부럽기만 하다.

못난 인간이라고 어찌 할말까지 없을 것인가. 딸을 열이나 낳은 게 나와 아내 우리 두 사람만의 탓일까. 절대로 그렇지는 않을 거라고 나는 절규하고 싶다. 하느님께서 어쩌다 실수를 하셨을지 모른다고, 어쩌면 하느님께서도 실수를 하실 수 있겠지만, 아무래도 이거 우리한테만은 너무 지나치시지 않느냐고, 바락바락 소리지르고 삿앗대질하며 발악하고 싶을 따름인 것이다.

그런데 나는 발악하는 대신 느닷없이 큰 소리로 너털거리며 웃어제쳤다.

"아 정말 재미있다. 하느님이 실수하시다니? 실수하신 하느님. 으하하하. 실수를 하신 하느님이라니 얼마나 웃기는 일인가. 그래 맞아. 실수하신 하느님이야. 정말 실수를 하신 하느님이라구. 으핫핫핫..."

〈 끝 〉

죽은자 말이 있다

분자가 죽었다는 소식을 들은 그녀 친가에선 아무도 그걸 곧이 들으려 하지 않았다. 곧이듣기는 커녕 도시 믿을 수 없다, 어떻게 그걸 믿는가, 시집간 지가 오래되었으면 몰라도 아직 1년도 채 안 되지 않았는가. 이제 한창 신혼 재미에 빠져 있을 때가 아니냐. 한데 그게 무슨 귀신 씻나락 까 먹는 소리냐. 선천적으로 허약한 몸이었거나 생래적으로 지병이라도 있었다면 또 모른다. 어릴 때부터 천덕꾸러기로 '개똥참외' 라는 별명까지 붙여지리만큼 너무 야무졌고, 잔병치레 같은 건 한번 해본 적이 없던 애였다. 그렇다고 시집간 다음도 몸져 누웠다는 소식이라도 한번 있었던가. 풍편에 곧잘 들리는 소문으로는 그 마을 아낙들 중에서도 '알밤 톡 까 놓은 것' 같은 색시로 알려져 있다 했나 하면, 그런 '알자배기' 요 '진국' 을 어디서 그리도 잘 골랐느냐면서 부러워하고들 있다 하지 않았던가.

죽음에 있어서는 예부터 늙고 젊고, 건강하건 허약하건, 남자거나 여자거나 예외가 없다고는 한다. 그러나 아무리 그렇다 해도 분자에게 남다른 예외 조항을 제시해야 할지도 모른다. 육체적으로 그녀는 사내 못지 않게 일로써 몸이 단단히 다져져 차돌멩이나 거의 다름없을 뿐더러, 정신적으로도 생존에 대한 의욕이 어느 누구보다 강인했다.

그러한 분자가 갑자기 죽다니 보나마나 그건 돌발 사고임에 틀림없을 것 같았다. 아무리 그렇다고는 해도 생때같던 분자가 도대체 왜 죽었는가, 절대로 그럴리가 없을 거라고 마구 우겨대는 그녀의 살붙이들이었다. 분자의 죽음을 어떻게 믿느냐면서 아예 손톱도 들어가지 않을 것 같은 강한 거부반응을 보이는 그들이기도 했던 것이다.

더욱이 분자 어머니 뱀골댁은 그 누구보다 훨씬 더 그랬다. 병마가 앗아간 남편 몫까지 해내며 여자 혼자서 힘들여 키운 삼남매. 그 중에서도 더구나 그녀는 고명딸에다 유복녀였다. 그러한 딸이 지금과 같은 세상에서 제대로 영화 한번 누리지 못한 채, 이제 기껏 스물넷의 한창 나이에 죽은 데 대해 도저히 의아심을 떨쳐 버릴 수 없는 뱀골댁이었는지 모른다.

"우리 분자가 죽다니요? 분자가 와 죽능교? 에이 아닐 기요 아마. 그건 아무래도 젊은이가 잘못 알고 하는 소리 같구만은."

그런 당치도 않은 말은 아예 하지도 말라, 말이 하도 말같지 않아서 도시 믿질 못하겠다며, 처음부터 무조건 곧이들으려 하질 않았던 것이다.

그러자 자신이 마치 분자를 죽이기나 한 것처럼

"모친예. 제 말 절대로 거짓말 아닙니더. 죄송한 말씀이지만 그그기 사실입니더. 제 말 믿어주이소."

학골에서 일부러 소식을 전하러 왔다는 청년은 몸둘 바를 모르며,

말까지 더듬으면서 안절부절 못했다. 어쩐지 예사롭지 않게 여겨지는지 뱀골댁 얼굴에는 핏기가 가셨다. 그게 거짓말이 아니라고 생각했을까. 하얗게 질리는 표정이 그녀의 얼굴에 역력히 그려졌다.

"아니 그기 참말인교? 혹시 지금 젊은이가 날 놀릴라고 농담하는 거 아닌교? 그렇지요, 농담하는 기지요? 똑똑히 한번만 더 말해보이소."

떨떠름한 감정을 아무래도 지우지 못하겠는지 뱀골댁이 청년을 잡아채듯이 하며 새삼스레 다그쳐 물었다.

"그런 중대사를 가지고 제가 와 모친한테 농담을 합니꺼? 저는 그런 실없는 놈이 아닙니더. 농담할 일이 따로 있고 농담할 데가 따로 있지예."

청년은 눈까지 반짝거리며 자못 진지한 표정을 지어 보였다. 절대로 자기가 허튼소리 하고 있는 게 아니라는 확신을 심어 주려 하고 있었다. 청년으로부터 확실한 대답을 얻어낸 뱀골댁은 그만 하얗게 질렸다. 허물어질 것 같은 이성을 간신히 추스리며 다시 입을 열었다.

"참말로 우리 분자가 죽었단 말인교?"

마지막으로 한번 더 확인하듯이 하는 그녀의 음성은 힘이 없었다. 맥이 빠져 있는 목소리였다.

"예."

"그기 언젠교?"

그녀의 목구멍에 금세 가래가 낀 것 같은 꺽꺽한 소리가 섞여들었다.

"간밤에 그래된 것 갑는데예. 사람들이 알게 된 거는 오늘 새벽입니더."

"아니 그럴 수가...?"

뱀골댁은 더 말을 잇지 못했다. 별안간 명치끝을 무엇이 콱 틀어막는 것 같은 느낌이 들었다. 심장이 터질 듯이 급격히 박동하며 머리엔 현기증이 일었다.

"그럼 분자가 죽는 건 아무도 못봤단 말이오? 도대체 사단이 어찌된 건지 자초지종을 말해주겠소."

문수가 부릅뜬 눈으로 청년을 쏘아보며 말했다. 어쩐지 얼른 이해가 안 가는 누이의 죽음에 대해, 그게 사실이라면 반드시 거긴 심상치 않은 곡절이 있을 것으로 판단하고 있는 것이다. 분자가 죽은 건 어젯밤이었는데 오늘 새벽에야 사람들이 그걸 알게 됐다면 자연사가 아닐 것 같았다. 뿐만 아니라, 모르긴 하나 분자가 어쩌면 누군가로부터 한밤중에 피살 당했을 가능성도 전혀 배제할 수 없었다. 그녀가 만일 피살되었을 경우 어떤 놈이 도대체 무슨 이유로 그랬을까.

"내용에 대해서는 나도 잘 모릅니더. 매씨가 죽은 데 대해서만 알고 있을 뿐입니더."

청년은 문수의 눈길을 피하지 않고 얼떨떨한 표정으로 마주 보며 조심스런 음성으로 대답했다. 자기가 알기로도 그녀의 죽음이 보편적인 상황과는 아예 성질을 달리하고 있었기에 함부로 이러쿵 저러쿵하기가 못내 저어스럽나 보다.

"알고 있는 대로 얘기해 줄 수 없겠소? 우리도 알아야 할 건 다 알아야 하니깐요."

다소 고압적인 말투로 문수가 묻자 청년은 문수네 가족들의 눈치를 일일이 살펴가며 이야기를 꺼내는 것이었다.

"모르기는 하지만, 간밤에 경덕이 내외가 한바탕 다투는 것 갑대예. 무엇 땜에 그런지는 알 수 없어도 서너 집 건너에 있는 우리 집까지 밤 늦게 악다구니 해쌓는 소리도 들리고, 뭘 두드려 부수는 소리도 들렸어예. 그것도 한 시간 이상이나 말입니더. 저 사람들이 와 또 저카노? 하고 눈살이 저절로 찌푸러지대예. 아마 그 시간에 삼이웃에서는 아무도 재대로 잠을 못잤을 깁니더. 걸핏하면 경덕이 그 사람은 부부싸움인지 사랑싸움인지를 자주 하기 땜에 그런 일쯤은 예사였지예. 간밤에는 좀 지나친 것 같다는 생각이 안 든 건 아니지만, 설마하니 부부싸움 끝에 사람이 죽으리라곤 누가 알기나 했겠습니꺼. 나는 그래서 평소와 다름이 없이 새벽 일찍 감자갈이를 할라고 쟁기를 빌리러 간 거 아닙니꺼. 감자갈이하는 데 아주 안성맞춤인 쟁기가 경덕이 집에 있거던예. 그래도 그 쟁기 땜에 곤히 자고 있는 경덕이의 새벽잠을 깨우기가 이차(아주) 미안스럽대예. 세상 모르게 깊이 잠들어 있는 사람 깨워 보이소. 얼마나 신경질이 나겠습니꺼. 그래서 말입니더. 어데다 쟁기를 놔 두는지 잘 알기 땜에, 말없이 가져가서 잠시 쓰고 살짝이 도로 갖다 놓을 생각으로, 뒤안(뒤란)으로 살금살금 소리를 죽이고 들어간 거라예. 들어가 봤으면 알겠지만, 그 집 뒤안에는 오래된 커다란 살구나무가 하나 있고, 담장으로는 탱자나무 울타리가 빽빽이 둘러쳐져 있지 않습니꺼. 그렇잖아도 캄캄할 때는 혼자 들어가기가 무서운 데라서, 새벽이지만 처음부터 어쩐지 섬찍한 느낌이 들어 오금이 제대로 펴이지 않습니더. 아니나 다를까, 살구나무 맨 아랫가지에 사람 같은 허옇고 기다란 기 축 늘어져 있지 않겠습니꺼? 그만 혼비백산한 나는 거기서 정신없이 뛰어 나왔습니더. 그리고 곤히 잠자고 있는 경덕이를 급히 깨워서, 두 사람이 짚단에 불을 붙여 들고 뒤안으로 다시 들어갔습니더. 그랬더니 글쎄. 세상에서 그렇게 끔찍한 일이 또 어데 있겠습니꺼. 경덕이 안 사람이 살구나무 가지에 목을 매달고 축 늘어져 있지 않겠습니꺼. 그걸 보니깐 나는 또 한번 혼이 달아나는 것 같았습니더. 정말 그 때 나는 얼마나 시겁을 했는지 모릅니더. 아직은 날이 밝기도 전인데다 나뭇가지에 사람이 목을 매고 죽어 있는 걸 본 기 처음이거던예. 그기 와 그리 무서워 보이겠습니꺼."

지금 생각해도 소름이 끼치는지 자기도 모르게 청년은 몸을 옹동그렸다. 그의 이야기에 문수네 가족들도 하나같이 몸서리를 치며 하얗다 못해 새파랗게 질리는 표정들이 되었다. 그 중에서도 더욱이 뱀골댁은 분자가 예사로이 죽은 게 아니라는 사실에 크게 충격을 받고 그만 힘없이 뒤로 피쓱 쓰러졌다. 눈을 까뒤집고 까무러치며 의식을 잃고 실신해 버렸다. 그러자 가족들이 더욱 놀랄 수 밖에 없었다. 엎친데 덮친 격이었으므로.

문수는 뱀골댁을 덥석 껴안으며 까칫골네와 함께

"어무이요 와 이카시능교? 정신 차리이소. 야. 어무이요."

그녀의 몸을 흔들어대기도 하고 살을 꼬집어 보기도 하다가, 그래도 안 되자 그녀의 뺨까지 가볍게 찰싹찰싹 때리기도 했다. 그들의 어린 아들 딸 정규와 민애마저

"할매. 할매."

울부짖으며 뱀골댁에게 달려들었다. 한 동안까지 분자의 죽음 같은 건 그들에게서 자연 뒷전으로 밀려날 수 밖에 없었다. 냉수를 떠다 얼굴에 끼얹는다, 쌀뜨물을 갈아 입에 떠 먹인다, 법석을 떨었다. 뱀골댁은 한참만에 잃었던 정신을 되찾았다.

그 때 집안으로 인수가 헐레벌떡 들어섰다. 등에 나지막이 젖먹이를 매어단 거북골네도 뒤 따라 들이닥쳤다. 같은 마을에서 따로 살림을 나 사는 그들도 누굴 통해서인지, 어느 새 분자의 비보를 접할 수 있었나 보다. 뱀골댁의 의식을 이제 방금 되돌려 놓고 허탈감에 빠진 문수는 방안으로 들어서는 동생 내외를 멍청히 쳐다보기만 할 따름이었다.

"고모 소식 들으신 어무이가 기절 하시는 바람에 을매나 우리가 혼쭐이 빠진 줄 아나?"

손 아래 동서인 거북골네에게 까칫골네가 말했다. 그래서 어쨌다는 것인지 시비를 걸려는 말투 같았다.

"네? 네!"

그랬어요? 왜 안 그래셨겠어요, 라는 표정을 거북골네가 까칫골네에게 지어 보였다.

"학골에서 누가 소식을 알리러 왔던교, 형님?"

인수에게서 그런 질문을 받고야 비로소 문수는 눈으로 방안을 한 바퀴 둘러보며

"그 사람은 참, 그새 어데 갔노?"

하는 것이었다. 청년이 눈에 띄지 않아서였다. 그러자 까칫골네가

"아까부터 안 보이던데요, 그 사람."

했다. 실신한 뱀골댁 때문에 가족들이 부산을 떠는 동안, 슬그머니 빠져 나가버린 청년을 가족들 그 누구도 미처 발견하지 못했나 보다. 한동안 그들은 그에 대해 괘념할 만한 정신적인 여유가 없었다. 핫바지에 방귀 새어나가듯 할 수 밖에 없었던 그의 심정도 이해할 수 있을 것 같았다.

"무슨 그런 재변이 다 있습니꺼? 그 소문을 전해 듣는 순간 저는 얼매나 놀랬는지 간이 덜컹 내려앉으면서 하늘이 핑 도는 것 같았습니더."

급히 달려 오느라 그랬을까, 자기 말대로 워낙 놀라서 그럴까, 거북골네는 아직도 가쁜 숨을 헐떡거렸다. 그녀의 등에 매달린 젖먹이는 낯익은 사촌들을 보고는, 멋 모르고 팔 다리를 까불거리며 좋아서 어쩔 줄 몰랐다.

"형님 어쩔랑교? 안 가볼랑교? 아무리 사후약방문이요, 도둑 맞고 담 고치기이며, 죽은 자식 고치 만지기지만, 기왕지사 이래 된 거 이 판에 단단히 본때 좀 안 뵈줄긴교? 이거야말로 필유곡절이 틀림없을 기니까 이걸 절대로 그대로 둬서는 안 된단 말이오."

잠자코 있을 일이 결코 아니라며 인수의 얼굴이 벌겋게 달아올랐다. 그러나 문수로서는 무슨 말을 해야 할지 몰랐다. 그라고 하여 하나 밖에 없는 누이의 갑작스런 죽음이 원통하지 않은 건 아니었다. 그렇다고 당장 어떻게 조처해야 할지 아무런 대책이 서지 않았다. 워낙 졸지에 당한 일이고 보니 어떠한 판단도 미처 내려지지 않고 있었다. 어쩐 일인지 자꾸만 현실이 아닌 꿈 같은 느낌 밖에 없었다.

문수가 말 한 마디 하지 않고 있는 게 답답했을까.

"뭐라고 말 좀 해 보소 야. 형님은 설마 이번 일을 모른 척 하고 그냥 덮어두자는 건 아니지요? 말 좀 해 보소 야."

그에게 인수는 얼른 어떤 결단을 내리기를 촉구하고 있었다. 그건 강요나 다름없었다. 덩달아 거북골네까지도

"아주바님. 고모한테 원한을 풀어주기 위해서도 이대로 있을 일이 아닙니다. 아무래도 고모는 그저 죽은 것 같지 않습니다. 절대로 이건 그냥 두고 있어서 될 일이 아닌 것 같습니다. 아주바님."

무릎걸음으로 다가가 바투앉으며 적극적으로 끼어들었다.

청년의 말로 미루어 볼 때 분자는 피살되었거나 타살을 당한 건 아니었다. 제 스스로 자살을 한 것이다. 그게 바로 문제 그 자체였다. 일찍부터 홀어머니 밑에서 두 오빠와 함께 지지리도 가난하게 살아오면서, 다질 대로 다져진 단단하고도 강인한 생존의 의지가 자살을 하지 않으면 안 될만큼, 하룻밤에 갑자기 허물어져 버렸다는, 그 충격적인 사실을 인수로서는 도저히 묵과할 수 없었다. 그런데도 문수는 망서

림이 앞섰다. 결국 분자가 그렇게 된 책임의 일단이 자기에게도 없지 않다는 회한 때문이었다. 조금이라도 자기가 신경을 써서 다소나마 그녀에게 성의를 보였던들, 적어도 이런 일만은 일어나지 않았을 게 아닌가 하자 문수는 적지 않이 죄책감이 느껴졌다. 한 마디로 결론을 지으면 분자는 시집을 잘못 보낸 것이었다. 혼수를 너무 허술하게 마련하여 출가시킨 게 아무래도 탈이었지 않을까. 그게 문수로서는 마음에 몹시 걸렸다. 지금까지 허둥대며 빠듯하게 살아왔기에 형편대로 그럭저럭 해서 보내면 되겠거니 했는데, 결과는 그렇지가 않았던 것이다. 사돈네 측근에서 새어나오는 말들이 그리 유쾌하지 않은데다, 어쩌다 분자가 근친이라도 올 때면 집안으로 곧잘 먹장같은 비구름을 끌어들이곤 했다. 시집 식구들이 자기를 지나치리만큼 멸시하고 있다며 눈물을 찔끔거리지 않으면, 땅이 꺼질 것 같은 한숨을 들내기 일쑤였다. 마을에서는 누구나 "며느리를 참 잘 봤다" "마누라 하나는 그저 그만이다" 하고 다들 칭찬이 자자하지만, 그러면 그럴수록 더욱 더 구박을 가해 오곤 하는 시집 식구들이라는 것이었다. 까닭이라는 걸 따지고 보면 사실은 별 것도 아니었다. 그러나 별 것도 아닌 걸 가지고도 인간들은 아주 대단하게 여기는 속물 근성이 있었다. 여자가 시집 가면서 예폐를 제대로 다 갖추지 못했다는 게 그리도 용납되지 않는 큰 잘못일까. 얼마든지 그럴 수도 있는 읠인데 무슨 큰 흉이 된단 말인가. 며느리가 미우면 예쁜 그녀의 발뒤꿈치마저 예쁘다 하긴 커녕, "꼭 달걀같이 생겼다" 하면서 탈을 잡는다더니, 분자가 못해 간 예물을 꼬투리잡아서 심지어 그녀가 잘한 일까지 일일이 타박을 하며, 사사건건 물고 늘어지는 통에 영 미치고 환장할 지경이라는 것이었다. 아무리 잘 해 보려고 애를 써도 소용이 없더라 했다. 그녀가 하는 모든 일에 대해 핀잔을 주려고 잔뜩 벼르고들 있는데야 무슨 수로 당해

내겠느냐였다. 게다 또 남편이라는 건 제 친구들 경우를 예로 들며 해 가지 못한 양복이나 손목시계 같은 걸 걸핏하면 입에 올려 귓구멍에 딱지가 생길 지경이랐다. 하도 그 놈의 소리가 듣기 싫어서 뒤 늦게나마 기성복이라도 한 벌 사다 안김으로써 입막음이나 할까 안 해본 것도 아니었다. 하지만 그것도 그리 싼 게 아니므로 문수네 형편으로는 그만한 목돈 마련이 쉽지 않았던 것이다. 더욱이 이제 와서 그랬다가 다른 새로운 빌미를 잡히게 될까 봐 그만 두어버렸다.

"고 년이 고롯게도 모진 년인 줄은 나는 미처 몰랐대이. 지 년이 목매달아서 죽을 기 머꼬 말이다."

뱀골댁은 뼈를 깎는, 아니 살점을 뜯어내는 것 같은 아프고도 따가운 울음을 씹어삼키며 넋두리를 했다. 생각만 해도 분자의 죽음이 몹시 통한스러운가 보다. 또한 분자가 무척 괘씸하게 여겨지기도 하는 모양이었다. 거북골네도 안타까운 생각이 좀처럼 가시지 않는지 잔뜩 찌푸린 얼굴로

"죽는다고 해결될 기 아닌데…"

하고 있었다. 그녀들과는 달리 까칫골네의 얼굴에는 눈곱만큼도 슬픈 빛이 그려져 있지 않았다. 아무 것도 모르는 낯선 사람처럼 그녀가

"김 서방 아지뱀(서방님)이나 고모나 그 사람들이 와 그리도 미련스럽노? 자기 마누라를 목매 달아서 죽게 한 사람이나 또 목을 매서 죽는 사람이나 다를 기 뭐 있노 말이다. 두 사람이 다 백보 오백보지 뭐."

생각도 없이 불쑥 지껄였다. 그랬다가

"아지맨(아주머니 또는 형수) 도대체 무슨 생각으로 그런 말 하능교?"

이 마당에 그런 소리를 하면 어쩌느냐고 인수에게 타박을 받았다.

"내가 무슨 못할 말이라도 했능교? 사실이 안 그렁교? 두 사람이 다 조금이라도 변변했으면 어찌 그런 일이 있겠능교? 내가 할말을 했는데 아지뱀이 와 나를 몰아세우능교?"

방귀를 뀐 사람이 되레 화를 낸다더니 해서는 안 될 소리를 한 게 틀림없는 그녀가 어이없게도 오히려 성깔을 부리고 있었다. 인수는 기가 차서

"말 맙시다 그만."

할 수 밖에 없었다. 솔직히 말하면 인수로서는 그녀에게 불만이 이만저만 아닌 것이다. 자기 결혼할 때와 분가하여 살림을 날 때도 너무 다랍게 굴었던 그녀를 좀처럼 잊을 수 없었다. 어쩌면 그 일은 영원히 잊지 못할지도 모른다. 인수는 그 일을 잊으려고 몇 햇동안 입술을 깨물며 죽기 살기로 억척같이 일을 했다. 기껏 논 서너 마지기를 마련해 놓았으나, 그만 해도 이젠 그럭저럭 끼니는 거르지 않을 정도가 되었다. 하지만 아무리 잊으려 해도 지난 일이 도무지 잊히지 않았다. 겨우 솥 하나 냄비 하나에 식기와 수저 두 벌씩이 고작이었고, 쌀 한 말과 보리쌀 다섯 되를 떠안겨주며 살림인지 뭔지를 덜렁 내어놓았을 때는, 어떻게나 서러운지 두 눈에서는 절로 눈물이 뚝뚝 떨구어졌다. 딱 잘라서 한 마디로 말하면 원래부터 내주장인데다 시어머니 모시고 사는 걸 유세부리는 형수의 행위가 여간 섭섭하지 않았다. 집까지는 바라지 않았으나, 하다 못해 개울가 자갈논 한 마지기라도 뚝 떼어주었던들, 죄송스러워서 어쩌면 그걸 사양했을지 모른다. 가난한 살림살이를 함께 꾸려온 형제끼리 물질보다 인정이 더 소중할 것 같은데, 형수가 들어오고부터는 그게 제대로 되지 않고 있어서 안타까울 노릇이었다.

올해부터는 큼지막한 농장을 두어 개나 운영하는 사람에게, 10년

후에 자립할 수 있도록 하겠다는 약속을 받고 그 집 일을 하고 있으므로, 지금은 좀 고달프긴 해도 장래로 보아서는 형보다 자기가 오히려 더 희망적이라 자부할 수 있는 인수였다. 그건 그런데, 지난 해 분자를 여읠 때 형수가 들어서 또 어떻게 했던가. 명색이 시집이라는 걸 보내면서 저 하나 입을 옷 몇 가지만 달랑 싸서 보냈으니 그게 말이나 되는 짓거리인가. 아무리 안 해주어도 적어도 제가 깔고 덮을 요와 이불 한 채씩은 해 주어야 하고, 시가 식구들에게 줄 간단한 예물 하나씩이나마 해 가지 않을 수 없으며, 게다 새 신랑에게만은 하다 못해 양복 한 벌·손목시계 한 개쯤 해 주어야 하지 않느냐 했다가, 돈도 없는데 그런 걸 어떻게 다 갖출 수 있겠는가고, 그녀로부터 여간 핀잔을 듣지 않았다. 그 정도 돈 같은 건 인수 자기가 구해 올 수 있다 했더니

"그럼 그 돈 아지뱀이 갚을랑교? 대답해 보소."

그녀는 신경질적으로 그에게 대거리해 왔다. 갚는 거야 나중에 누가 갚아도 되니깐 아무리 최대한으로 줄이고 또 줄이더라도 구색은 갖추어야 하지 않겠느냐고 한 마디 더 걸치자, 절대로 그런 빚은 질 수 없으니 그 문제에 대해 더 이상 이러쿵저러쿵하지 말라며 그녀는 단단히 오금을 박아버렸던 것이다.

그런데 뒤에 알게 된 일이지만, 뱀골댁이 깊숙이 간직해 두었던 돈과 그 동안 분자가 푼푼이 모아 놓았던 돈만 가지고 혼수 같지도 않은 혼수를 마련하는 데 몽땅 써 버렸나 하면, 인수가 보탠 돈은 잔치비용으로 충당했다는 것이다. 그러니까 한 집안의 호주요 명실공히 혼주 노릇을 해야 할, 문수의 주머니에선 거의 한 푼의 돈도 나오지 않았다는 게 밝혀졌다. 그것도 물론 그것이지만, 잔치 때 들어온 축의금만 해도 그랬다. 결산도 해 보이지 않고 구렁이 담 넘어가듯이 슬쩍 넘어

가고 말았다. 그 행위가 괘씸해서 한번 따져보려 했으나, 그러기보다 차라리 내가 참는 게 현명하겠다 싶어서 인수는 결국 모른 체 하기로 마음을 굳혔다. 형제라 해야 단 두 사람 뿐인데, 그 까짓 것으로 다투어서 의라도 서로 상하게 된다면 남 보기도 좋지 않을 뿐더러, 혼자가 된 지 오래되는 어머니에게는 불효를 끼칠 것 같아서였다. 아무튼 집안에서 일어나는 모든 사단이 까칫골네로 말미암고 있음에 대해 인수는 언제나 기분이 씁쓸할 수 밖에 없었다. 이번에 분자가 그렇게 된 것도 따지고 보면 원인(遠因)이 결국 그녀에게 있다고 할 수 있겠는데, 자기가 한 일을 조금도 반성할 줄 모르는 그녀가 인수는 너무 뻔뻔스럽게 여겨지는 것이었다. 철면피나 다름없는 그녀의 얼굴에 침이라도 뱉고 싶은 충동을 언뜻 언뜻 느끼곤 했다. 오늘 따라 인수로서는 더욱 그녀가 경멸스러울 뿐 아니라, 그리도 잘 난 그녀의 치마폭에 싸여 무기력한 남자로 전락한, 형 문수에 대해선 그저 연민스러울 따름이었다.

경덕이네 삼간 초가집은 사람이 죽은 상가치고는 조용하기 이를 데 없었다. 이웃집 아낙 서넛이 부엌에서나 토방에서 괜스레 어슬렁거리고 있나 하면, 남정네 두엇은 별로 하는 일도 없이 마루와 마당을 오르락내리락 하고 있었다. 장례를 치르기 위한 채비라고는 하고 있지도 않은 한가한 집안 분위기였다. 어떻게 된 연유인지 몰라도 경덕이 피붙이인 그의 부모나 형제들은 처음부터 코빼기도 비치지 않았다. 꼭히 그래서는 아닐 테지만, 그의 집은 지금 초상집이라기보다 평범한 여느 집안이나 조금도 다를 게 없어 보였다. 그러나 아무래도 심상치 않은 것 같은 묘한 느낌이, 집안 어느 구석에서인가 솔솔 풍기고 있음을 어렵지 않게 감지할 수 있었다. 돌풍은 이미 그 날 새벽에 지나가 버렸으나, 그 여파로 이어질 태풍이 몰아치기 직전 같은 예측을 불허하는 난기류가 집안에 불연속선을 형성하고 있었던 것이다. 그것은 안방을 구심점으로 복잡미묘한 어떤 운동인자가 눈에 뜨지 않는 물리적인 작용을 하고 있어서였으리라. 분자의 시신이 바로 그 불씨요 진원이며 태풍의 눈일 터이므로 그게 지금 안방에 뉘어져 있었으니, 집안에서 일고 있는 그와 같은 요상스런 분위기나 공기나 기류는 그것으로부터 기인하고 있다고 할 수 있을지 모른다.

분자의 시신은 깨끗이 세탁된 하얀 광목 홑이불이 덮씌워져 있었다. 그렇게 될 것을 미리 알고 있었기라도 한 것처럼 며칠 전에 손수 빨래를 했을 뿐 아니라, 더욱이 그녀가 시집오며 가져 온 것이기도 했다. 게다 그건 또 그녀가 처녀 때부터 사용해 온 홑이불이기도 한 것이었다.

그녀의 시신을 아랫목 벽쪽으로 밀쳐놓다시피 한 안방 윗목으로는 거의 망가져버린 장롱이 하나 당그마니 한 자리를 차지하고 있었다. 경덕이 혼자서 외롭게 시신을 지키고 있는 방안에는 휑뎅그렁한 느낌마저 없지 않았다. 그건 다만 현재라는 한 시점에 놓여진 가변성이 얼마든지 있는 영화의 한 장면에 불과할지도 모를 상황이었다.

분자가 죽음으로써 억울할 수 밖에 없게 된 건 결국 다른 이도 아닌 자기 뿐이라고 경덕은 생각했다. 죽은 분자도 분자였지만, 첫째로 자기 부모와 형제들이 너무 비협조적인 데 대해 그는 기분이 영 언짢은 것이다. 아무리 마음에 차지 않고 꼴 보기 싫을 정도로 밉더라도 그건 이미 지나가버린 과거사가 아니겠는가. 그녀가 죽은 이 마당에서까지 이럴 수가 있을 것인가. 그것도 자연스런 죽음이 아닌 불의의 자살임에도 말이다. 남 보기 창피스러워서 못살겠느니, 집안이 망신스러워서 죽겠느니 할 줄이나 알았지, 오죽이나 시집살이를 고되게 시켰으면 목을 매고 죽었을 거냐고, 마구 입방아들을 찧어댈 건 염두에 두지 않고 있는 그들이 원망스러울 뿐 아니라, 저주스럽기까지 한 것이다. 바보들이 아니고야 처가에서는 절대로 가만히 있진 않을 테고, 그렇게 되면 자연 시끄러워질 게 뻔한데 어떻게 그걸 대처할 수 있단 말인가. 이렇게 아무런 대비도 하지 않고 있다가는 여지없이 박살이 나는 게 아닌지 모른다. 죽은 사람은 기왕 죽은 사람이니까 이젠 죽은 사람에 대한 조처나 취해야 하지 않겠는가. 그런데 어쩌려고 이러고들 있는 지 그로서는 도시 알 수가 없는 것이었다.

경덕이 방문을 벌컥 열어제쳤다. 동갑내기로 생일이 몇 달 빨라서 형이 된, 사촌 경직이 방문 앞 마루 끝에 하릴없이 앉아 있다가 문 열리는 소리를 듣고 뒤를 힐끔 돌아보는 것이었다.

"형님."

"와?"

"대관절 어쩔라 카덩교?"

"뭘 말이고?"

"몰라서 묻능교? 신(屍)체를 이대로 방구석에서 썩히고 있을라 카 덩교?"

"글쎄 말이다. 집안 어른들이 무슨 결정이라도 얼른 내려 주셔야 장례준비를 하던가 뭘 하던가 하겠는데 정말 어쩔 작정인지 모르겠단 말이다. 설마 언제까지나 이대로 있기사 하겠냐만 내가 봐도 여간 답답한 기 아니다. 무슨 결정이든 일단 내려지기만 하면 우리 상포계원 들도 모두 이제는 이력이 붙어서 장사치는 일쯤은 크게 걱정도 안 한 다. 장에 가서 제수나 갖춰서 사 오라 카고, 음식을 장만해서 오시는 손님들을 대접할 수 있도록 하고, 수의거리랑 관이랑 사다가 염습을 해서 입관을 하고, 그리고 상이(舁)에다 시신을 싣고 산으로 운상해서

매장하면 되는 거 아니가?"

"장사야 그렇게 치르면 물론 되겠지만, 이 일이 어데 장사치는 거 하나만으로 쉽게 끝날 일 같응교? 이 일을 형님은 간단히 끝날 수 있는 일이라고 보능교? 어림도 없을기요, 아마. 그런데 벌써 한 나절이 거지반 다 돼 가는데도, 큰집에서는 누구 한 사람 얼씬도 하지 않고 있으니, 대관절 어째겠다는 건지 알 수가 있어야지 원. 아무래도 이건 너무하는 거라고 생각 안 하능교? 이래고만 있어서 될 일인교?"

"자네 말 듣고 보니 정말 예사로 생각할 일이 아니구만. 안 되겠다. 내가 한번 가 봐야지."

경직이 마루에서 선뜻 내려섰다. 마당을 가로질러 사립 밖으로 나서는 그를 경덕은 눈으로 좇고 있다가, 몇 개인지 모를 정도로 문살이 왕창 나가버린, 보기 흉하게 너덜너덜한 방문을 왈칵 잡아당겼다. 정작 와 있어야 할 사람들은 한 사람도 나타나지 않고 아직은 해야 할 일도 없는데, 벌써부터 이웃 사람들이 와서 집안에 얼쩡거리고 있는 게 왠지 마뜩지가 않은 것이다.

그러나 경덕은 남을 탓하기에 앞서 누구보다 죽일 놈은 바로 자기가 아니냐 생각했다. 지지리 재수없고 지독하게 운수가 불길한 인간은 자신이 아니고 누군가 싶었다. 그러자 경덕은 죽은 분자가 새삼스럽게 혐오스러워지는 것이었다.

자기도 모르게 경덕은 시신에 덮씌워놓은 홑이불을 홀떡 걷어제쳤다. 밖으로 드러난 분자의 얼굴을 뚫어질듯이 노려보았다. 한참 동안이나 그는 그러고 있었다. 새하얗게 핏기가 가셔 있는 그녀의 얼굴이 전과는 다르게 무척 예쁘다고 느껴졌다. 계속 보고 있노라니 그게 죽은 사람의 얼굴처럼 여겨지지 않았다. 깊이 잠들어 있는 사람같은 착각이 들기도 했다. 콧날이 오똑한 콧구멍과 굳게 다문 입에서는 이미

숨이 멎어버린 지 오래였으나 지그시 감겨진 두 눈이 금방이라도 화들짝 떠지며 원망스럽게 자기를 쏘아보지 않을까 하는 느낌이 슬몃 들었다. 하지만 누가 뭐라고 해도 거의 굳어가다시피 하는 그녀의 몸뚱이는 이제 다시 소생할 가능성이 눈곱만큼도 없었다. 그건 너무나 명백한 사실이었다. 지난 밤까지만 하더라도 분명히 그녀는 살아 있었다. 그런데 지금은 나무둥치와 다름없는 몸뚱이만 방바닥에 팽개쳐 놓은 채, 어디론가로 그녀의 생명은 멀리 떠나가 버렸다. 도대체 그곳이 어디이기에 한번 가기만 하면 왜 다시는 돌아오지 못하는 것일까. 거기가 그렇게도 먼 곳이란 말인가. 정말 알 수 없는 건 사람의 생명이 어디서 왔다가 어디로 가느냐였다. 그리고 왜 사느냐는 게 참으로 의아스럽지 않을 수 없었다. 삶의 의미는 무엇에서 찾아야 하며, 죽음이란 또 무엇을 의미하고 있을까.

그러한 수수께끼 같은 문제들을 생각하던 경덕이 무심결에 시신의 목 부분으로 눈길을 가져갔다. 그랬다가 절로 그는 흠칫 놀랐다. 시신의 목에 푸르죽죽하게 멍이 든 자국이 있어서였다. 뒤란 살구나뭇가지에 목을 매달고 축 늘어져 있던 몸서리치는 광경과, 길게 혀를 빼물고 할깃게 두 눈을 부릅뜬 채 죽어 있던, 소름끼치는 그녀의 흉측스런 모습이 얼핏 뇌리를 비집고드는 것이었다.

어느 새 경덕은 떨리는 손으로 시신에다 아까처럼 도로 홑이불을 덮어 씌웠다. 회오와 연민이 교차하며 머릿속이 뒤숭숭해졌다. 가슴은 중압감으로 옥죄어들었다. 그는 자기에게 하필 이런 엄청난 사건이 엄습했는가 싶었다. 못난 놈, 아니 재수없는 놈에겐 커다란 짐덩어리가 하나 더 떠안겨진다더니, 나한테 이게 무슨 재난이란 말인가.

어젯밤 마을에서 가장 큰 환일이네 사랑방에서는 마을 청년들의 뜻있는 모임이 있었다. 오래 전부터 매월 쌀 한 줌씩을 계속 모아온 게 그새 꽤 많은 분량으로 불어났다. 그걸 일부분 떼어서 뭔가 한 가지해 보자고 토의하게 되었다. 공동목욕탕을 짓자, 공회당을 세우자, 어린이 놀이터를 만들자는 별의별 말들이 있었지만, 아직 그러한 사업을 하기엔 턱없이 부족했으므로, 그러기보다 우선 청년들의 단합과친목을 도모하는 것부터 하자는 쪽으로 의견이 좁혀져, 결국은 관광여행을 가기로 결정되었다. 그런 결정도 그리 쉽게 난 건 아니었다.몇 차례인지 모르게 갑론을박이 거듭된 다음에야, 충분한 의견들을최대한으로 집약하여 다음과 같은 합의를 도출하기에 이르렀다.

1. 날 짜 : 5월 1일부터 5월 2일까지(1박 2일간).
2. 코 스 : 대구-동화사-경주-포항(숙박)-울산-통도사-부산.
3. 교통 수단 : 전세버스(집행부가 책임짐)
4. 지참물 : 출발 당일의 중식만 각자가 지참키로 하며, 그 밖의 식
   사와 음료수와 기타 잡비는 계금으로 충당함.

어젯밤 그와 같은 사항들을 완전히 매듭짓기까지 적지 않은 술잔들이 오갔다. 그리고 나서도 두어 순배 더 돌았으므로 헤어질 무렵에는다들 거나할 정도로 취해 집으로들 돌아갔다.

관광여행을 한다는 게 경덕으로서는 신나는 일이 아닐 수 없었다.이제까지 줄곧 생활에 쫓겨 살아오다 보니 관광이니 여행이니 하는걸 생각한다는 것부터가 자기 처지로는 포시라운 사치로 치부하고 있었다. 첫째는 물론 경제적인 이유였다. 하루 하루 살아가기가 버거웠기에 언제나 그런 건 생각 밖으로 떠밀어내기 일쑤였다. 사실 또 시간적으로나 정신적으로도 그런 여유를 가질 수 없었다는 게 옳을 것 같다. 그런데 미처 생각지 못한 관광여행을 계로 인해 할 수 있게 되다

니, 이런 신나는 일이 또 어디 있을까 싶은 경덕이었다. 한 달에 한번 쌀 한 줌씩, 또는 그만큼의 돈을 꼬박꼬박 낼 때는 여간 성가시지 않았다. 또 한편으론 그렇게 해 가지고 어느 세월에 뭘 하나 할 수 있겠느냐는 서글픈 마음도 없지 않았다. 그러나 티끌모아 태산이라 했듯이, 그 총액이 이제는 한 사람의 한 살림 밑천이 될 정도로 불어났다니 놀라지 않을 수 없었다.

경덕은 막상 관광여행을 하자니 은근히 걱정거리가 한 가지 있었다. 입고 갈 만한 괜찮은 옷 한 벌이 없었기 때문이다. 몸에 걸칠 수 있는 작업복 비슷한 건 서너 벌이나 있는데, 나들이 옷이라는 건 기껏 봄가을과 겨울에 입는 점퍼가 각 한 벌씩 있을 뿐, 양복이라곤 낡아빠진 기성복이나 하다 못해 물려받은 옷 같은 것도 아예 구경조차 못했다. 아직까지 그는 양복이라는 건 한번도 입어본 적이 없는 사람이었다.

같은 마을 청년들은 멋있게 빼어입고 그것도 부부 동반으로 갈 게 뻔하지만, 나 혼자만 초라한 점퍼 차림으로 간단 말인가. 그런 생각을 하자 지금까지와는 달리 경덕의 기분은 우울해지기 시작했다. 관광여행을 하게 되는데 대한 희열이 금세 가시며, 무엇엔가 무겁게 짓눌린 듯 가슴이 갑갑해졌다. 그의 입에서는 자기도 모르는 사이에 험악한 욕설이 배설되었다.

"고 배라(빌어)먹을 년이 겨울 양복은 고사하고, 하다 못해 춘추복이라도 한 벌 해 왔으면 됐을 거 아닌가. 고런 얌치가 어딨노 말야. 망할 년 같으니라고. 시집오면서 신랑 양복도 한 벌 안 해 오다니 그기 말이나 되는 소리가? 생각 같아선 고걸 그만 패 죽여도 시원찮겠다. 배(벼)락 맞아 꺼빠러질 년."

지난 밤 집에 들어온 경덕은 처음엔 그런 내색을 조금도 하지 않았다. 부부 동반하여 단체로 관광여행을 하게 되었다는 것만 분자에게

덤덤히 일러 주었을 뿐이다. 남의 속도 모르고 괜히 좋아했다간 봐라 니년을 가만 둘 줄 아나, 하고 잔뜩 벼르며. 그런데 전연 뜻밖이었다. 분자가 멋 모르고 좋아할 줄 알았던 그 기대는 완전히 빗나갔다. 곤히 잠들어 있는 걸 몇 번이나 흔들어서 깨웠다고 그러는지, 처음부터 밝기는커녕 언짢은 표정부터 지어 보였다. 그런가 하면 여행 같은 건 아예 관심조차 없다는 표정이었다.

"와 카노?"

흥 꼴값하는구나.

"당신이나 갔다 오소. 나는 그런 덴 안 갈라요."

노골적으로 그녀는 귀찮은 빛을 얼굴에 드러냈다. 경덕은 부아가 났다.

"이 등신아. 혼자 가는 기 아니라, 짝을 맞춰서 가기로 했단 말이다. 총각은 애인이라도 데리고 가야 하고, 그기 안 되면 어떤 여자든 꼭 하나씩 데려가지 않으면 안 된단 말이다. 이 등신아."

그는 절로 짜증스러워질 수 밖에 없었다.

"그래도 나는 안 갈기요."

"뭐라고?"

"꼭 그렇거든 어무이 모시고 가면 될 거 아닝교."

"니가 없으면 몰라도 니가 있는데 와 어무이를 모시고 갈기고? 너 지금 나한테 무슨 그런 억담을 하고 있노?"

"나 같은 기 그런 데 갈 자격이나 있능교?"

"와 등신 같은 소리만 자꾸 하노? 이 문딩이야. 신혼 여행도 못가본 우리라서 신혼 여행가는 기분으로 가자는 기다. 알겠나 등신아."

"나를 그렇게 위해줘서 고맙지만, 나 같은 혹을 달고 갈라 카지 말고 당신 혼자 마음 편하게 갔다 오소. 사람을 꼭 하나 데리고 가야 하거든 어무이 모시고 가라 안 카요."

"니가 안 가면 내 마음이 편할 거 같나? 이 등신아. 아이구 이런 걸 내가 데리고 살고 있으니 정말!"

그 때까진 그런대로 용케 자제하고 있었던 감정의 끈을 경덕은 에라 모르겠다며, 슬며시 놓아 버렸다. 두 말없이 그녀가 곱게 따라 가겠다 해도 그리 달갑지 않을 텐데, 그러라면 그러겠다 하지 않고 제 까짓 게 돼 먹지 않게 끝까지 왜 똥고집을 부리나 말이다. 이건 왜 도대체 소갈머리가 이 따위로 생겨 먹었을까. 그러니 더욱 더 미움만 살 수 밖에 없는 것 아닌가 말야.

두 번 다시 대꾸도 하기 싫은지 분자는 잔뜩 화가 난 표정을 지으며 몸을 도로 눕히려 했다. 경덕이 그녀를 왈칵 나꾸어챘다.

"너 정말 안 갈 기가?"

두 손으로 그녀의 양 어깨쭉지를 힘주어 그러잡고 몇 번이나 신경질적으로 쩔쩔 흔들었다. 시비를 걸려고 일부러 그랬다.

"안 간다 카면 안 가는 줄 알지 와 이카노? 잘라 카는 사람 붙잡고 이카는 당신 심뽀는 뭔교 야?"

눈에 경멸이 깃든 그녀 역시 여간 신경이 돋쳐 있지 않았다.

"참말로 나하고 여행 같이 안 가겠단 말이가?"

확인이라도 하려는 듯 경덕은 했던 말을 다시 반복하며 그녀를 다그쳤다.

"두 번 다시 말하기 싫은데 대관절 몇 번씩 말해야 하겠능교? 좋소. 크게 인심 쓰는 셈치고 한번만 더 말할 기니까 잘 들으소. 관광이고 여행이고 나는 그런 거하고는 담쌓은 년이니까, 어무이 모시고 당신이나 잘 갔다 오소. 알았능교? 알았으면 나는 인제 잘 기요. 그러니 좀 노소."

분자는 자신의 양 어깨에서 경덕의 손을 떼어내려 했다. 경덕은 그녀에게서 손을 떼기는 커녕, 오히려 손에 힘을 주어 더욱 더 그녀를 그러잡았다.

"도대체 니가 나한테 무슨 불만이 있길래 그러노? 어데 속 시원히 불만을 한번 털어놔 바라. 속에만 묻어두지 말고 말이다. 어디 한번 들어보자."

눈까지 곱지 않게 부라렸다.

"사람 행세도 못하는 나 같은 년이 어찌 감히 당신한테 불만이 있을 기며, 무슨 불평을 할 수 있단 말잉교? 이걸 노소. 지금 나는 말이요, 몸도 마음도 괴로바 죽겠소. 그러니 제발 당신만이라도 너그럽게 나를 좀 봐 주소 야. 이 못난 년이 빌겠습니다."

분자는 애걸하듯이 하며 그에게서 헤어나려고 몸을 뒤틀었다. 그러는데도 경덕은 그녀를 놓아주지 않고

"홍. 너 못난 년이구나. 정말 못난 년이다. 더러운 년 같으니라고."

그예 화를 벌컥 내기에 이르렀다. 꽈배기같이 비비꼬아 붙이는 그녀의 말에 비위가 잔뜩 긁힌 것이었다. 그렇지 않아도 취기까지 있는데다, 아까부터 마음이 적잖이 구겨져 있었으므로 아무래도 느긋해지기가 그리 쉽지 않았나 보다. 그럴 땐 분자라도 감정을 억제했으면 모르지만, 인화물에 성냥을 그어대듯이 그에게 상앗대질까지 하며

"그래 난 못난 년이다. 더러운 년이다. 그러니 이거 좀 노란 말이다. 이 잘 난 인간아."

악다구니를 했다.그러자

"그래 좋다. 오냐 이년앗."

경덕이 분자를 그대로 두지 않고 뒤로 왈칵 떠밀었다. 그게 그만 결정적인 화근이 되었다."

"아니 이기 사람을 뭘로 알고 이러노? 이 망할 놈아."

둔탁한 마찰음과 함께 벽에 호되게 부딪힌 뒤통수가 퍽이나 고통스러운지, 분자는 흉하게 오만상을 일그러뜨리며 발악하듯이 했다.

"너 이 년 말 한번 잘 했다. 니년이야말로 나를 개X같이 아는 년이구나. 이 떠그날 년아."

가뜩이나 취기로 기분이 도도할 뿐 아니라, 벌써부터 별러왔던 참이어서, 발끈하며 대드는 분자를 경덕은 곧코 곱게 보아 넘길 수 없었다. 그러한 경덕도 경덕이었으나, 요즘 한창 심하게 입덧을 하고 있는 분자도 또 분자대로 정신적으로나 육체적으로 정상이 아닌 것이었다. 게다 그녀는 더욱이 그 날 따라 낮에 동서들로부터 별 것도 아닌 일로 구박을 받고, 기분이 잔뜩 저기압이 되어 있었으므로 어쩌면 그 날 밤 그들의 충돌은 불가피한 것이었을지 모른다.

경덕이 지금 기억하고 있는 건 어제 저녁식사라곤 입에 대지도 않은 채, 추연한 얼굴빛으로 아랫목에 쭈그리고 앉아 있던 분자의 모습이었다. 모두들 나를 그리도 보기 싫어하고 사람같이 여기지 않는데, 그기 하루 이틀도 아닌데, 이래 가지고 어떻게 내가 마음 편하게 살겠노? 내딴은 잘 한다고 한 걸 가지고 욕봤다고 칭찬은 못할망정, 무슨 억하심정으로 나를 그리도 몰아세우고 육(욕)박지르겠노? 서러버서 사람이 어데 살 수가 있나? 내가 설사 뭘 잘못했다 캐도 그리진 못할 거 아니가. 만일 그랬더라도 손웃 동서들이 돼 가지고 타이르고 다독거려도 시원찮을 긴데 그칼 기 뭐꼬 말이다, 하며 땅이 꺼지게 장탄식을 하던 그녀였다. 왜 그러느냐 했더니 마을에서 공동으로 청소를 해야 한다면서 부녀자들을 나오라 해 나가니까, 다른 이들은 모두 나와서 한참 동안 마을 안길 청소를 깨끗이 했는데, 동서들은 집안 일이 바쁘다는 핑계로 아무도 나오지 않았더란다. 군수인지 누군지가 올

거라며 집집마다 한 사람씩 나와서 마을 청소를 해야겠다고, 어제 오후 이장이 마을을 한 바퀴 돌며 외치고 다녔던 것이다. 앰프가 고장나서 방송을 못한다나 어쩐다나. 거의가 여자들이라서 누구네 누구네는 나오지 않았다고 말들이 어찌나 많은지, 그녀는 안 나온 동서들 몫까지 다 하겠다고 일부러 구역을 넓게 맡아서, 땀을 뻘뻘 흘려가며 무려 세 사람 몫을 해냈다는 것이다. 청소를 마치고 둘째 동서네 집에 가서 마을 여자들이 지껄이던

"누군 뭐 안 바쁜 사람 있는 줄 아나? 얌치같이 노상 빠지는 사람만 잘 빠지더라. 고런 여편네들은 골이라도 단단히 멕이야 한단 말이다."를 그대로 옮기며 자기네의 빠진 몫까지 다 하고 왔음을 알렸단다. 그러면 참 잘 했다는 칭찬을 들을 줄 알았는데, 칭찬은 고사하고 반응이 영 딴판이더란다. 무슨 일이 있는지 거기 큰 동서까지 와 있다가 그녀의 말을 괜히 트집잡아서, 동네 여자들이 그만한 일을 가지고 절대로 자기들을 욕할리가 없다, 그건 필경 쓸데없이 자네가 우리를 모함하려고 그러는 게 틀림없다고 마구 걸러씌우더라는 것이다. 이런 억울하고 분한 일이 또 어디 있느냐며 서러워 죽겠다고 끝내 그녀는 눈물까지 찔끔찔끔 짤아냈다.

벽에 뒤통수를 부딪고 오뚜기처럼 발딱 일어서며, 입에 거품을 물고 덤벼드는 분자의 태도가 경덕은 가당치 않게 느껴졌다. 더욱이 분노로 이글거리는 그녀의 눈길이 그의 부아를 가중시키고 있었다.

"야 이 년아. 니가 감히 날 어쩰라고 달라드노?"

홧김에 그는 사정없이 그녀의 따귀를 한 대 쳤다. 뭐 이렇게 당돌한 년이 있는가 싶었다. 분자는 경덕에게 그냥 맞고 있진 않았다. 육탄으로 겁없이 덤벼들었다. 여자치고는 몸이 제법 근육질인 데다 야무지긴 하나, 사내가 되어 가지고 자기 계집에게 지려는 자는 별로 없을

터였다. 죽이고 싶으리만큼 마음 속에 그녀에 대한 증오로 옹이가 진 경덕이였기에, 그녀에게 마구잡이 주먹질과 심지어 발길질까지 가했다. 그로서도 이미 자신의 행위를 콘트롤할 수 있는 자제능력을 어느새 상실해 버렸다.

"죽이라. 죽이라. 차라리 날 죽이라. 살고 싶지도 않은 년이다. 나 같은 기 살아서 뭐 할라고."

이런 악다구니와 함께 그녀도 지지 않고 찰거머리처럼 그에게 달라붙으며, 꼬집고 할퀴고 물어뜯고 쥐어박았다. 이미 이성을 잃은 서로의 입에서는 귀에 담지 못할 온갖 욕설이 튀어나왔다. 그들의 유일무이한 가구랄 수 있는 비록 구식이긴 해도, 아직 쓸만한 장롱이 박살나고 애꿎은 방문 문살이 줄줄이 부수어졌다. 그야말로 영락없는 한바탕의 전투였다. 따라서 그들의 보금자리인 안방은 한 시간 이상이나 치열한 공방전을 치른 격전지를 방불케 했던 것이다.

대강 얽어놓긴 했어도 거의 다 찌그러지다시피 한 장롱을 일별하자, 이제 와서 경덕은 새삼스럽게 아깝다는 생각이 들었다. 결혼할 때 그것 하나나마 부모님이 공들여 해 준 것으로서, 모양은 구식이라도 꽤 잘 짜맞춘 오동나무 장롱이었다. 어젯밤 부부싸움은 여느 때에 비해 아무래도 지나쳤던 것 같았다. 삼신할미로부터 귀한 생명이 점지되어, 이제 겨우 모태에 자리를 잡았다가, 세상구경도 미처 못한 채 제 어미와 함께 죽은 핏덩이를 생각하면, 경덕은 그 놈이 지지리도 운수가 나빠서 부모를 잘못 선택한 죄 아니겠느냐는 회한이 안겨졌다. 그러나 사실 엄격히 따져보면 정작 분자를 죽게 만든 결정적인 요인은 어젯밤의 부부싸움 그 자체가 아니었다고 생각하는 경덕이었다. 걸핏하면 티격태격 잘 하곤 하는 부부싸움으로 자살할 분자였다면 분자는 벌써 죽었을지 모른다. 이미 죽어도 여러 번 죽었을 터였다. 그럼 그기 혹시? 하다 말고 음! 하며 자기도 모르게 신음을 삼켰다 간밤에도 부부싸움하던 중에 단단히 오금을 박으려고 예의 그 상투적인 수법을 썼던 것이다. 그 말을 입 밖에 냈다 하면 이상하게도 기가 팍 죽어, 다시는 더 대들지 못하던 그녀였지 않은가. 경덕은 그게 틀림없다는 생각을 하는 것이었다.

"야, 이 등신같은 년아. 니년이 얼마나 못난 년이면 그렇노 이 년아. 일평생 한번 뿐인 시집을 오면서 지(제) 서방 입을 가다마이 하나도 안 해 오는 년이 어데 있노? 이 망할 년아. 고런 년은 니년 밖에 안 봤단 말이다. 그래 가지고도 니년이 뭘 어쩌고 어째 이년아. 니년이 입이 열 개라도 할말 있나? 떠그날 년아."

시집올 때 양복 한 벌도 안 해 온 걸 가지고 경덕이 쐐기를 박듯이 말했을 때였다. 분자는 별안간 몸을 푸드들 떨며 눈을 하얗게 까집더니, 제 성깔에 못이겨 그예 까무러치고 말았다. 그 말이 그녀에게 그리도 충격적이고 치명적일 줄은 몰랐다. 어쩌다 그 말만 하면 곧잘 그렇게 되곤 하는 그녀의 심경을 경덕도 전연 이해하지 못하는 건 아니었다.

자기로서도 생각하면 할수록 그게 죄스러워 그러겠거니 했다. 아니 어쩌면 제 자신도 그렇게 한 것이 정말 억울해서 그러는 것이겠지 하기도 하며, 그로서는 아무튼 그 말만 꺼내면 빌어먹을 년이 그런 앙큼스런 짓을 하게 되는 게 가소로울 수 밖에 없었던 것이다.

그러나 누가 뭐래도 가장 억울한 놈은 자기 밖에 없다는 생각을 경덕은 또 한번 하고 있었다. 부모를 비롯한 두 형들 내외하며, 세 명이나 되는 누이들하며, 가까운 친척들 모두가 분자에게서 예물 하나 받지 못한 것을 밥먹듯이 입에 올리며 걸핏하면 어떻게 그럴 수 있느냐고 깨씹어댔지만, 아무려면 그들의 마음이 자기와 같을 것인가. 넉넉

하지도 못한 가정에 6남매 중에서 막내로 태어나 공부마저 남들 만큼 못했으므로, 직장에 나가면서 깔끔하게 양복을 뽑아입고 다니는 친구들이 그리 부러울 수 없었다. 아무리 배운 건 없어도 타고 난 남다른 재능이라도 있거나, 그 놈의 빽이라도 있으면 무엇이든 할 수 있겠는데, 워낙 이것도 저것도 아니어서 별수없이 농사를 짓고 있는 것이었다. 그러나 아무리 농사꾼이 되었어도 자그마한 소망 하나만은 잃지 않고 싶었던 것이다. 어떻게든 그것 한 가지는 반드시 실현시키고 말아야지 하고 있었다. 그게 바로 어쩌다 한번씩 출타하게 될 때 적어도 남들처럼 버젓이 양복 정도는 빼어 입고 다니겠다는 소망이었다. 웬만하면 그렇게들 하고 있어서보다 양복을 의젓하게 걸치고 나서면, 사회적인 신분이나 개인적인 직업 같은 건 겉으로 드러나지 않을 게 아니냐는 생각 때문이기도 했다. 결혼하게 되면 그런 것쯤은 자연적으로 해결될 줄 알고 그리 신경도 쓰지 않았건만, 결과는 너무 뜻밖이어서 실망이 여간 크지 않았던 것이다. 그래서 분자를 구박하기에 이른 것이었다. 화풀이를 할 수 있는 방법이란 그것 밖에 없어서였는지 모른다. 경덕으로서는 세상에서 가장 만만하게 상대할 수 있는 대상이 자기 아내 분자 뿐이었으므로.

점심 때가 다 되어 갈 무렵이었다. 서슬이 시퍼런 문수와 인수 형제가 찬 바람을 몰고 경덕의 집으로 들이닥쳤다. 사람이 죽은 집안이 너무 조용한 데 대해 대뜸 비위가 거슬렸는지 그들은 이글이글 불이 타는 듯한 눈길로 집안을 쭉 훑어보는 것이었다. 경덕의 살붙이라곤 한 사람도 눈에 띄지 않는 게 감정을 팍 긁었을까. 방안으로 들어서면서 내뱉는 첫 마디부터가 벌써 험구였다.

"이것 봐. 멀쩡한 우리 동생 죽여놓고 모두 어데로 내뺐노?"

문수가 이러나 하면, 인수는 경덕에게 무섭게 눈을 부라리며 대뜸 "야 이 새끼야. 너 임마 우리 분잘 와 죽였노?"하는 것이었다. 인사말이 그 정도면 그 다음은 가히 짐작하고도 남을만 했다.

일단 그렇게 겁부터 준 다음 인수는 일부러 시위를 하려는 듯, 덮어놓은 홑이불을 홀떡 걷어제치고 분자의 시신을 겁없이 끌어당기며 와락 껴안아 버렸다.

"이 못난 녀석아. 죽기는 니가 와 죽노? 이 놈아. 니가 그리도 시집살이 힘들고 어렵거든 집으로 올 일이지 죽긴 니가 와 죽노 말이다, 이 놈아. 우리 분잘 죽여놓고 이놈의 집구석 기둥뿌리가 성할 줄 알았다면 그건 지나친 착각이고 크나큰 오산이다이. 불쌍한 우리 누이 동생 시집 한번 잘못 보내 가지고 이기 웬일이고? 아이구 이렇게 분하고 원통하고 절통한 일이 어딨노? 분자야. 야 이 놈아. 니 원혼을 위로할라고 우리가 한 걸음에 달려왔는데도, 이 무정하고도 미련한 인간아. 너는 와 말 한 마디도 못하고 있노? 아이구 이 불쌍한 것아. 니가 얼마나 살기 지겨웠으면 지 스스로 모진 목숨을 끊는단 말이고? 으흐흐흐, 으흐흐흐... 니가 무슨 원한을 품고 죽었는지 모르지만, 이 오래비가 기어이 니 원한을 풀어주고 말 기다이. 믿어다고 분자야이. 으흐흐흐, 으흐흐흐."

인수는 가슴 속 깊숙이서 솟구쳐오르는 울음을 토해냈다. 애통에 겨운 그의 울부짖음이 경덕은 물론, 집안에서 얼쩡대는 이웃 사람들의 가슴까지 뭉클거리게 하는가 하면, 바늘 끝으로 꼭 꼭 찌르는 듯한 아리움을 느끼게 했다. 문수는 그 때 또 문수대로 분자의 시신 한 부분을 움켜잡고 말 한 마디도 제대로 못한 채 훌쩍거리며 흐느껴 울었다.

한 동안 구성지게 통곡을 자아내다 말고 인수는 갑자기 발작이라도 일으킨 사람처럼, 그 새 방 한 쪽 구석으로 멀찍이 밀려나 있는 경덕에게 달려들며, 그의 멱살을 나꾸어채는 것이었다.

"이 새끼야. 너도 인간이가? 털끝 만큼이라도 니가 이 새끼야, 양심이 있는 놈이가? 으흐흐흐... 니 놈한테도 양심이 있다면 두 말 말고 내 동생 살려내라, 이 놈아. 내 동생을 살려내. 으흐흐흐... 내 동생하고 무슨 원수가 졌기에 니놈이 얘를 이렇게 죽였노, 이 새끼야. 으흐흐흐... 와 죽였노? 와 죽였어? 죽일 땐 니 맘대로 죽였을지 몰라도 니깐 놈이 내 동생 안 살려 났단 봐라, 내 손으로 반드시 니놈을 죽이고 말 기다. 으흐흐흐... 요 놈의 새끼야. 내 동생 살려낼 기가 안 살려낼 기가? 어데 한번 대답해 봐라. 요 놈의 배락맞아 뒤질 인간아. 대답하란 말이다."

흰자위까지 할갛게 드러내면서 부라리는, 가뜩이나 큰 인수의 두 눈은 번들거리는 왕방울을 방불케 했다. 더욱이 그의 눈엔 광기마저 곁들여 있었다. 얼굴 표정 또한 험상궂게 일그러져, 흉측스런 악마의 모습으로 착각될 지경이었다.

"억... 억..."

우악살스런 인수의 손아귀에 꼼짝 못할 정도로 잔뜩 멱살을 움켜잡힌 경덕은, 속절없이 작은 처남한테 죽게 되나 보다 하고 가쁘게 숨만 헐떡거렸다. 정말 죽여버릴 생각인지 인수는 두 손에다 더욱 힘을 주어 경덕을 쩔쩔 흔들어대기까지 했다. 그러면서 다그치는 것이었다.

"분잘 살려낼 기가? 안 살려 낼 기가? 어서 대답을 해라. 어서."

"컥...컥..."

경덕은 숨넘어가는 소리를 간신히 내며, 두 손을 내저으며 바둥거렸다. 그래도 인수는 손에서 힘을 빼지 않았다. 빼기는커녕, 오히려 더 힘을 가하고 있었다.

"우리 분잘 살려낼 거가? 안 살려낼 거가? 이 인간 말종아."

바로 곁에 있는 문수가 보기에도 인수가 그예 큰 일을 저지를 것만 같은 조짐이 없지 않았다. 왠지 불안스러웠다. 그렇다고 말린다는 것도 이상했다. 이러지도 저러지도 못해 마음으로만 저래선 안 되는데, 할 따름이었다.

천만 다행이라고나 할까. 그 때 마침 이웃 사람 두엇과 경직이 우르르 방으로 뛰어들어 인수의 행동을 제지시켰다. 그냥 두었다간 아무래도 생사람을 죽이고 말 것 같은 판단에서였는지 모른다. 그들이 만일 그러지 않았던들 죽기까지는 몰라도 인수에 의해 경덕은 질식했을지 모른다.

"사형(査兄). 진정하이소. 물론 분하고 원통하실 줄은 압니더. 하지만 아무리 그렇다 캐도 그렇죠. 일을 이렇게 감정적으로 처리하면 됩니꺼? 어쩌다 그렇게 됐는지 경위부터 먼저 따져본 다음에, 해결할 기 있거나 문책할 기 있더라도 순리적으로 하시든지, 법으로 할 기 있으면 법으로 해야지, 이랜다고 해결될 일도 아니잖습니꺼? 이 손부터 좀 노이소. 우리 말로 합시더. 그래는 기 원칙이고 순리 아니겠습니꺼? 안 그래예?"

경직은 그렇게 말하는 한편, 경덕의 멱살을 움켜잡은 인수의 억센 손을 떼어내려 했다. 그러자 한 손으로 그에게 상앗대질을 하며 인수가

"당신들이 뭔데 이래노? 제삼자들은 뒤로 물러나라이. 그리고 이 봐라. 당신이 이 일 책임질 기가? 그것부터 대답해 봐라. 자기 사촌 동생만 중하고 내 동생은 죽어도 싸단 말이가? 그렇지? 안 그렇나?"

신랄하게 따졌다. 평소부터 서로 잘 아는 꽤 친한 사이임에도 아예 인수는 안면을 몰수한 채 막판처럼 말을 마구 하고 있었다. 그러자 경직으로선 더 할말이 없는 것이다. 그건 입장이 서로 바뀌었어도 마찬

가지였을지 모른다. 다만 경직은 인수가 경덕을 더 이상 어찌지 못하도록 그들 사이를 가로막을 따름이었다. 경직과 함께 방으로 뛰어든 이웃 사람들도 인수를 만류하며

"이래선 안 됩니더. 이래 가지곤 일이 오히려 더 어려워집니더. 일을 이성적으로 해결해야죠."

괜히 한 마디 했다가

"당신들까지 와 이래쌓노? 당신들이 무슨 권리로 남의 일에 배 놔라 감 놔라 카지? 동생이 죽었는데 당신들 같으면 얌전히 보고 있겠나? 내가 그냥 있으면 내 동생을 당신들이 다시 살릴 수 있나? 그럴 재주들이 있거던 자신있게 대답해 보소. 그럴 능력이 없거던 제삼자는 나서지 않는 기 신상에 이로울 기구만. 안 그랬다간 어떤 놈이든 가만 두지 않을 기다. 그 놈부터 먼저 조지삘릴 거니까."

이런 악담을 인수로부터 듣게 되었다. 아무튼 그러느라 잠깐이나마 경덕은 숨통을 틀 수 있는 기회가 생겼다. 그로서는 그런 다행이 없었다. 그렇다고 인수가 그에게서 완전히 손을 놓은 건 아니었다. 한 손은 아직도 떼지 않고 있었다. 한 손으로나마 인수는 다부지게 멱살을 움켜쥔 채,

"야, 요 놈의 악마 같은 새끼야. 내 동생을 니놈이 안 살려놨단 봐라. 니놈도 바로 오늘이 영천장에 콩팔로 가는 날이 될 기다. 여직까지 암 말 안 하고 죽은드끼 있으니 우릴 어리비기 병신들인 줄만 알았지? 야 이 새끼야. 어림도 없다 흥. 니까짓 놈이 이 새끼야. 무슨 빽을 믿고 내 동생을 죽였는지 모르지만, 너 같은 놈 난 절대로 용서 못한다. 너 같은 악당을 내가 어째 용서하겠노? 이 놈아. 우리 분잘 살려 내라. 어서! 어서 말이다. 니놈이 용서 받을 수 있는 딱 한 가지 방법은 그것 밖에 없단 말이다. 이 개새끼야."

다른 손으로는 몇 번이고 거듭 경덕의 옆구리를 사정없이 쥐어박는
것이었다.

죽은 분자의 친정 오빠들이 몰려와 야료 아닌 야료를 부린다는 소식
이 전해졌을까. 경덕의 부모와 형제들 부부 뿐만 아니라, 가까운 친척
들까지 얼굴을 드러내기 시작한 건 바로 그 때였다. 아마도 그건 문수
와 인수 형제의 기세를 꺾으려고 한꺼번에 몰려든 것 같았다. 이를테
면 인해전술 같은 거라도 쓰려는 게 아닌지 모른다. 웬만하면 수적인
우세로 기선을 잡을 수도 있으므로. 하지만 오합지졸이나 다름없는
그들에게 주눅이 들 문수도 아니었고, 인수는 더욱 더 아니었다. 일당
백으로 정신무장을 단단히 하고 온 두 사람의 살기등등한 기세 앞에
서, 그들은 되레 기가 죽으며 썰썰 기듯이 방으로 들어서는가 하면,
방안이 빼곡히 채워지자 그 나머지는 마루까지 메우고 섰다. 떼거리
치고는 적은 숫자가 아니었다. 스무 명은 채 안 될지 모르나 여남은
명은 훨씬 넘는 것 같았다. 하지만 혹시나 두 형제의 비위라도 거스를
까 봐서 다들 눈치를 슬슬 보아가며, 하나같이 그들은 세심하게 주의
를 하고 있는 게 틀림없었다.

분자가 살아 있을 적에는 그녀에게 당당하게 굴었을 테지만 그녀의
시신 앞에선 어이없게도 숨 한번 크게 못쉬고 쩔쩔 매다시피 하는 그
들이었다. 물론 그녀의 두 오빠가 시신 옆에 떡하니 버티고 있기 때문
이겠으나, 될 수만 있으면 서로 구석진 곳을 찾으려는 짓거리들이 여
간 가소롭지 않은 것이었다.

어느 새 경덕의 멱살은 인수의 손아귀에서 벗어나 있었다. 그렇다고
결코 인수가 그들이 두려워 그런 건 아니었다. 경덕에겐 물론이지만,
그들 모두에게 하고 싶은 말이 많았으므로 잠시 그를 제쳐두고, 좀 더
공격의 대상을 확대하기 위함인 것이다.

인수는 우선 그들의 기세부터 꺾기 위해, 일부러 험악한 눈길로 꿰미를 꿰듯이 쭉 한번 훑어 보았다. 일단 그런 다음에야 억양이 투박한 말투로 입을 열었다.

"여직까지 어데 가서 꼭꼭 숨어 있다가 자기네 살붙이가 우리한테 맞아 뒤질까 봐서 이렇게 개떼처럼 몰려왔구만. 안 그렁교?"

첫 마디부터 비비 꼬아붙이는 말이어서 결코 곱게 들리지 않았다.

"그기 아니고..."

경덕의 부친 영식씨가 변명을 하려 했으나, 그게 인수에겐 통하지 않는 것이었다.

"우릴 그렇게 얕보지 말란 말입니더. 우리 동생 분자는 여간해선 그리 쉽게 죽을 인간이 아니라고예. 누가 뭐라 캐도 우리 동생 분자를 죽인 건 당신들 모두라는 걸 모르는 줄 압니꺼? 두 말할 것 없습니더. 도대체 어쩔 긴교? 우리 동생 다시 살려낼 긴교? 안 살려낼 긴교? 우리 동생만 도로 살려놓으면 두 말도 안 하겠지만, 그렇지 않으면 어떤 수단과 방법으로도 당신들 모두를 가만 두지 안 할 거란 말이다. 나한테 당하지 안 할라거든 어서 우리 분잘 살려 노소. 어서요, 자 어서요."

이러한 협박과 함께 인수는 분자의 시신 위의 홑이불을 홀떡 걷어제쳤다. 그러자 그들 대부분이 질겁을 하며 어쩔 줄을 모르고 쩔쩔 매었다.

분자의 시신 가까이 바싹 다가앉아 있는 영식씨가 인수가 걷어 제친 홑이불을 도로 덮으며

"이 사람아. 우리가 죽을 죄를 지었네. 용서해 주게, 이 사람아."

한 집안의 어른으로서의 체면이나 위신이나 자존심 같은 건 어디다 팽개쳤는지, 비굴하게 허리까지 굽히며 인수에게 애걸했다. 덩달아

경덕의 어머니 가뭇골댁은 울먹이다시피 하며 기어들어가는 음성으로

"사지(제) 양반요. 우리도 사람인데 가(개)가 죽은 기 와 안 원통하겠습니꺼. 분하고 억울하다는 생각도 안 드는 기 아닙니더. 지가 그렇기 죽을 기 뭡니꺼 글씨? 하도 엄청나고 몸서리가 쳐서 어째야 할지를 미처 몰랐습니더. 우리가 이런 데 사돈네야 또 어떻겠습니꺼? 외동딸을 잃었으니 오죽이나 가슴 아프겠습니꺼."

변명인지 위로인지 구분할 수 없는 말을 간교하다 싶게 지껄였다. 그 때까지 잠자코 있던 문수가

"우린 그런 인사 받을라고 온 기 아닙니더. 누이 동생이 와 죽었는지 그 연유를 알고 싶단 말입니다. 사람이 죽었는데도 지금까지 어디가 있다가, 어쩔 수 없이 인제사 이렇게 나타난 걸 봐선, 어차피 죽을 사람이 잘 죽었다, 그기 아니고 뭡니꺼? 누이 동생이 무슨 죽을 죄를 지었습니꺼? 어데 한번 말해 보이소. 행실이 나쁘던가예? 시부모 잘 못섬기고 형제들 사이에 우애를 깼디꺼? 그렇지 않으면 일을 제대로 못하던가예? 말이 너무 많던가예?"

쫀쫀히 그들에게 따졌다. 비교적 느긋한 그의 성격으로도 처음부터 그들의 하고 있는 행태가 눈 밖에 났나 보다.

"그기 아니고 말입니더. 사실은 이렇게 된 깁니더."

경덕의 맏형 경일이 해명을 하려고 얼핏 입을 뗐다가 인수에 의해 묵살 당했다.

"입이 열 개가 있어도 무슨 할말이 있다고 구구하게 변명을 할라 카능교? 어떤 말도 다 듣기 싫으니 우리 분자만 살려내란 말요. 자 어서요. 어서."

인수는 또 한번 시신을 덮어놓은 홑이불을 걷어붙이려는 것이었다.

그러자 경덕의 작은 형 경삼이 그의 손을 덥썩 잡아쥐며

"이봐 인수 사형. 자네하고 나하곤 초등학교 동창이요 오랜 친구 사이 아닌가. 서로 사형간이라는 거추장스런 형식을 버리고 오직 친구로서 자네한테 하는 간곡한 부탁인데 말이다. 이거 좀..."

했지만, 인수는 완전히 안면을 몰수한 사람처럼

"이 마당에 있어서 이 새끼야. 학교 동창이 어덨고 친구가 어덨노? 이 시간부터 너하고 나하고는 동창도 친구도 아니다 이 새끼야. 니가 이 새끼야 내 생각을 조금이나마 했다면 일을 이 따위로 만들어 놓을 수 있나? 지금 당장 우리한테 필요한 건 분잘 도로 살려놓는 것 뿐이다. 개수작 말고 이 새끼야. 우리 동생이나 살려내라. 니가 임마 니 말대로 정말 내 동창이고 친구라면 이렇게 죽어 있는 내 동생이나 살려내란 말이다. 어서 이 새끼야."

경삼을 분자의 시신 옆으로 힘껏 끌어당겼다. 경삼은 겁을 집어먹으며 피하려 했고, 인수는 그냥 잡아끌기만 했다. 서로가 그건 억지 아닌 억지였던 것이다.

아무튼 그렇게 함으로써 아들이라고 그리도 당당하던 앉은 사돈네를 지금까지 딸 둔 죄로 죽어 지내던 설 사돈네가 밟고 올라서는 쪽으로 위치가 서로 바뀌어졌다. 그도 그럴 게 문수와 인수 형제로선 얼마든지 떵떵 큰 소리칠 수 있는 입장이 되었으나, 경덕이네는 할말도 제대로 못하는 처지가 되어 버렸으므로. 남의 집 양녀딸을 데려다 고이 거두진 못할 망정, 박대만 거듭하다가 끝내는 덜컥 죽여놓았으니, 이유야 어떻든 간에 변명 한 마디 할 수 없는 입장이 되고 만 것이었다. 그런가 하면 이제까지만 해도 분자를 시집보낼 때, 너무 허술하게 해서 보낸 게 죄밑이 되어, 찍 소리 한번 못하고 죽은 듯이 지내오다가 졸지에 분자가 그렇게 됨으로써, 하루 아침에 갑자기 처지가 뒤바

뀐 것이다. 이런 경우를 두고 쥐구멍에도 볕들 날 있다 할 것인가. 아무튼 인수네로서는 이번 기회에 분자가 죽은 데 대한 분풀이를 한껏하고 싶은 게 어쩌면 당연한 귀결일는지 모른다.

아무리 인수가 떼를 쓴다 해도 이미 유명을 달리한 분자를 다시 소생시킬 수 있는 재주는 그 누구에게도 없었다. 하느님이라면 모르지만. 이젠 완전히 입장이 반전되어 큰 소리를 떵떵 치고 있기는 하나, 아예 될 일도 아니려니와 절대로 될 수 없는 걸 요구하는 것부터가 벌써 억지였던 것이다. 인간의 생과 사를 주관한다는 창조주니 조물주니 하느님이니 하는 이가 아니고야, 죽은 사람을 어떻게 도로 살릴 수 있을 것인가. 처음부터 그건 인수가 억지를 부리기 위한 수단에 불과했다.

보나마나 거긴 어떤 복선이 밑바닥에 깔려 있을 게 틀림없을 거라고 경덕이네 쪽에선 판단을 내렸다. 그래서 문수와 인수 형제에게 사람을 하나 사이에 넣어, 은근슬쩍 수작을 걸어오게 되었다. 그 사람은 분자의 장례에서 호상을 맡게 될 경덕의 당숙이었다.

오십대에 접어든 그는 다방면에 걸쳐 남달리 경험이 많을 뿐 아니라, 권모술수는 몰라도 임기응변에 능하기로 근동(近洞)에서는 알아주는 사람이었다.

이웃집 조용한 사랑방에 오붓하니 술상 하나 차려놓고, 그가 문수와 인수 두 사람을 따로 정중히 모셨다. 언제까지 이러고만 있을 거냐, 해결책을 모색해야 하지 않겠느냐고 설득하는 바람에, 못이기는 듯이 그들은 슬그머니 그를 따라나온 것이다. 그들로서도 별 다른 뾰죽한 방법이 없었으니까.

"이거 박주입니다만, 목도 컬컬하실 건데 우선 술이나 한 잔씩 드십시다. 워낙 상심도 크실 텐데다, 분기가 탱천해서 목구멍으로 제대로 술이 넘어갈지는 모르겠으되, 그렇다고 자실 것까지 안 자실 수야 없지 않습니까? 물론 따질 것은 마땅히, 아니 당당히 따지셔야지요. 하나, 때려죽일 놈은 결국 때려죽이는 일이 있더라도 금강산도 식후경이라 했듯이, 앞에 놓인 술잔부터 먼저 비우고 보자는 것입니다. 안 그렇습니까? 두 분 심정을 모르는 바 아닙니다. 너무나 잘 압니다. 이 사람도 누이 하나를 이와 비슷하게 여읜 적이 벌써 오래 전에 있었으니깐요(난산 끝에 죽은 데 불과하다). 성질 대로 할 수만 있었다면 그때 다 패 죽이고 모조리 때려부수고 싶었지만, 그게 마음대로 안 되더라구요. 세상 일이 하나라도 자기 마음대로 할 수 있는 게 있어야 말이죠. 안 그렇던가요? 이거 내가 말이 너무 많군요. 공연히 쓸데없는 말만 한 것 같네요. 자. 자. 이러지들 마시고 속 시원히 한 잔씩 드시지요. 그래야 이 사람도 한 잔 마실 수 있을 것 아녜요."

그들은 그가 따라 바치는 정종 잔을 어쩔 수 없이 받기는 했으나, 그걸 얼른 들이켜려 하지는 않았다. 젊지도 않은 그가 수다스럽다 싶으리만큼 지껄이는 게 불쾌하게 느껴지는 것이었다. 아니 꺼림칙하게 여겨지기도 했던 것이다. 그래서 강한 거부감까지 그에게 갖게 되었다.

"와 이래시는 깁니꺼? 우리가 이런 술이나 얻어 마실라고 여기 온 줄 압니꺼? 정말 와 이래시는지 모르겠네."

입으로 가져가는 대신 탁, 소리가 나도록 상 위에 술잔을 도로 놓으며 문수가 따가운 눈길로 그를 쳐다보았다.

"아? 네!"

능글맞게 싱그죽이 눈웃음부터 짓더니

"아무리 범상치 않은 일이 발생했다고는 해도 이미 엎질러진 물 같은 사건을 가지고 망인이 누워 있는 자리에서 왈가왈부해 가면서 이러쿵저러쿵, 떠들썩하게 따지고 있다는 건 망인에 대한 예가 아니잖습니까? 그래서 두 분을 여기로 모시게 되었답니다. 그 점에 대한 오해를 푸시고 목이나 좀 축이세요."

하나 하면, 너털거리면서 호걸풍으로 헛웃음까지 터뜨리는 것이었다. 잔뜩 마뜩지 않은 눈길로 그가 하고 있는 짓거리를 지켜보던 인수가 비로소 입을 열었다.

"우리 동생을 도로 살려내기만 하면 아무 말도 안 한다는데, 무슨 이유가 그리 많고 웬 놈의 변명이 와 또 그렇게 많은 기요 예. 우리가 언제 술을 달라고 하던가예? 처음부터 우리가 요구하는 것은 동생을 살려내라는 것 뿐이지 다른 기 아니란 말입더. 내가 하는 말을 그렇게도 못알아 듣습니꺼? 예? 그렇거든 이 자리에 내 말 뜻을 제대로 알아들을 사람을 데리고 오소."

신경질적으로 말 끝을 맺으며 당신 같은 사람과는 더 말할 필요도 없다는 듯 자리를 박차고 일어나려 했다. 그가 인수를 황급히 붙잡고 늘어졌다.

"실은 말입니다. 당사자인 경덕이한테서 모든 것을 위임받은 사람입니다. 그러니까 때려죽이려면 나를 때려죽이든지, 따지려거든 나한테 따지시오. 실제로 요구하는 게 뭔지 솔직히 말씀해 보십시오. 변죽만 자꾸 울리지 마시구요. 내가 바로 전권대사니깐 나한테 얘기하란 말입니다. 제발 부탁입니다만, 무슨 말씀이든 나를 통해서 하라는 것입니다. 아시겠습니까?"

애원을 하고 있는 입장임에도 자못 여유를 보이는 그였다. 그만큼 느글느글한 사람이기도 했다.

"아 그래요? 그러면 좋소."

그에게 점퍼의 한쪽 소매를 잡힌 인수는 도로 주저앉았다. 그러면서 억지로나마 다소 느긋한 태도를 보이려 했다. 그러나 속으로 인수는 그래 당신 나한테 잘 걸렸구나, 어디 한번 혼 좀 나 봐라, 당신이란 인간이 어떤 인간인지 대강 알고 있지만, 계획적으로 내가 어거지를 쓰고 있는 데 대해 어떻게 대처하는지 어디 두고 보자, 하고 있었다.

　"자. 술 한 잔씩 들도록 합시다요. 뭐니뭐니 해도요, 우리 남자들 세계에서는 술이 들어가야 일이 제대로 되는 거라구요. 술이라는 건 윤활유와 같은 것이라서, 서로 맞물려서 잘 돌아가지 않는 기계를 스무드하게 잘 돌아가게 하는 솔벤트처럼, 술도 또한 그와 같은 역할을 하는 거 아니겠습니까. 몇 잔 쭉 드시고 나면 답답하던 가슴이 탁 트일 거란 말입니다."

　그의 권유 때문이 아니라, 순전히 자의에 의해 인수는 그제야 자기 앞에 있는 술잔을 집어들었다. 조금 아까까지도 주전자에서 김이 나는 것 같았으나, 언제 그랬더냐는 듯 어느 새 술은 식어 있었다. 인수는 집어든 술잔을 단숨에 벌컥벌컥 들이켰다. 술잔이라는 게 작지도 않은 1홉들이 글라스였다. 술도 정종이었다. 사실 목이 마르기도 했던 것이다. 치밀어오르는 성깔 대로 하려 들었으면 벌써 어느 놈이든 실컷 두들겨패 주었을지 모른다. 그러지 못한 그의 가슴 속에선 부아가 부글부글 끓고 있었다. 지금이라도 앞뒤 잴 것 없이 까짓 것 모조리 와장창 때려부수고 싶은 심정이긴 마찬가지였다. 그래서 술이나 마셔야겠다 작심한 것이다. 술의 힘을 빌려보려는 속셈인 것이었다.

　인수는 옆에 있는 문수를 힐끔 돌아보았다. 형은 어쩌고 있나 해서였다. 문수도 그 때 술잔을 잡았다. 그러나 술은 반 밖에 비우지 않고 잔을 도로 놓았다. 맞은편에 자리잡은 영걸은 잔을 입에 갖다대는 체하고는, 두 사람의 눈치랄까 동정이랄까를 살피기에 여념이 없었다.

"기왕 드신 김에 몇 잔씩 거푸 드십시오. 정종인데도 이건 좀 순한 편입니다."

인수의 빈 글라스에 술을 채우며 그가 꼬드기듯이 하는 말이었다.

"큰 사형도 그 잔 비우시죠."

이젠 뭔가 제대로 돌아가려나 싶은지 그의 눈가엔 희심의 미소가 엷게 지어졌다. 그 나름으론 꽤나 만족스러워하는 것 같은 표정이었다. 안주로 돼지고기 비계 한 점을 집어 먹으며 인수는 다시 얼굴을 문수에게로 돌렸다. 그가 입을 열 기미를 보였으므로. 좋은 게 좋은 거 아니겠느냐며 타협을 하고 싶어 하는 쪽인 형보다, 자기 뜻을 그대로 관철시키겠다는 생각으로 가능한 한 그에게 말할 기회를 주지 않으려는 인수였다. 눈치 하나는 비상하게도 빠른 영걸이 그걸 놓칠리 없었다. 인수의 그러한 마음을 어느 새 읽고는, 그 아닌 문수를 은근한 눈길로 넌지시 건너다보며

"무슨 말씀이든 기탄없이 해 보십시오. 어떤 요구 조건이라도 이 사람이 적극적으로 추진해 볼 테니까요. 말씀해 보세요. 주저하지 마시구요."

영걸은 문수로 하여금 입을 열도록 은근히 부추기고 있었다. 동생보다 형과 타협하는 게 현명할 것 같다고 판단했는지 모른다. 하지만 그 때 막 입을 달막거리는 문수를 인수가 재빨리 가로막고 나섰다.

"우리한테 요구 조건이 있다면 그것은 오직 한 가지 뿐입니다. 우리 동생을 다시 살려노라는 것 밖에 다른 건 없단 말입니다. 그기 안 될 때는 법에다 호소해서라도, 분자를 죽게 만든 년놈들을 징역살이시키든가 그렇게 해도 안 되면 어쨌든 단단히 복수를 하고야 말 기니까 그렇게만 아십시오."

조금 전보다 다소 누그러졌지만, 단호하기 이를 데 없는, 거의 폭탄

이나 다름없는 선언이었다. 바늘로 찔러도 피 한 방울 나지 않을 것 같은, 굳은 의지가 비치는 인수의 두 눈에선 차가운 냉기가 감돌았다. 골탕을 먹여도 보통 먹이지 않고 되우 먹이고 말겠다는 외곬스런 고집을 조금도 꺾지 않고 있는 그였다.

인수가 미처 가로막을 겨를도 없이 그예 문수는 입을 열었다.

"여동생 하나 때문에 우리가 지금까지 얼마나 속을 썩혔는지 압니꺼? 일찍부터 아부지가 안 계시는 집안이라서 원체 어려운 살림살이였기 때문에, 뭘 하나 제대로 할라 캐도 워낙 형편이 돌아가지 않아서 못해 온 걸 가지고, 두고 두고 설움을 주고 구박을 줬다니 그런 걸 못해 보낸 우린들 어찌 맘 편할 수 있겠습니꺼? 딸을 시집보낼 때 반드시 그 많은 예단하고 심지어 가장집물까지 다 해서 보내야 한다면 없는 놈은 딸을 그대로 늙힐 수 밖에 없는 것 아닙니꺼? 없는 것도 서러워 죽겠는데 그럴 수 있단 말입니꺼? 사람들이 잘못된 건지 세상이 잘못된 건지 모르지만, 그런 일로 우리 동생을 죽게 만들다니 그기 말이나 되는 깁니꺼? 사람 나고 돈 났지 돈 나고 사람 났단 말입니꺼? 똑똑한 분의 말 한번 들어봅시더. 말 좀 해 보십시오."

울먹이면서 그는 말을 끝냈다. 부지런히 일만 하면 잘 살 수 있다고 하나, 자기네 경우는 그렇지가 않았다. 어릴 때 아버지를 여읜 다음 삼남매가 편모 슬하에서 온갖 고생 다하며 살아오는 동안, 바탕이 워낙 없어선지 아무리 부지런히 설쳐대도 좀처럼 펴이지 않던 형편이, 이제야 겨우 끼니 걱정을 면할 수 있지만, 몇 해 전까지만 해도 집안 형편이라는 건 말이 아닐 정도였다. 그렇게 고생을 같이 하면서 살아온 누이 동생을 출가시켜, 별 걱정없이 살기나 했던들 얼마나 좋으랴만, 결과가 이렇게 되고 보니 원수 같은 가난이 새삼스레 예리한 칼끝으로 가슴을 우벼파는 것 같아서, 분자의 죽음이 문수에겐 더욱 더 큰

아픔으로 느껴지고 있었는지 모른다. 인수는 안도와 회한이 섞인 한숨을 자기도 모르게 쉬고 있었다.

몇 번이고 입맛만 쭉쭉 다시고 있던 영걸이 몸을 슬며시 일으켰다. 온다 간다 말 한 마디 없이 그는 슬그머니 자리를 떴다. 일이 순조롭게 해결되지 않고 아무래도 잘못 꼬여 들 것 같아서, 자기네만의 좀 더 깊은 의논을하지 않을 수 없다고 판단한 것이었다. 작전 계획을 다시 짜기 위함이었다.

경덕의 집으로 간 영걸은 어떻게 타협되었느냐는 영식씨에게 경위를 설명했다. 그럼으로써 가뜩이나 침울하던 집안 분위기는 더욱 더 침울해졌다. 인수의 행위가 처음부터 심상치 않기는 했어도, 그렇다고 기왕 죽은 사람 인데 이제 와서 설마 어떡할 것인가 한 것인데, 일은 정작 크게 벌어지고야 말 모양이구나 하며 불안감이 가중되었다. 그러나 한편에서는

"그 사람을 우리가 죽이기라도 했나 뭐. 못된 성깔에 받쳐서 지 스스로 끊은 목숨을 가지고 자기들이 와 그카는지 모르겠단 말이다. 보자 보자 하니까 그 사람들이 너무하는 거 아닌가?"

하나 하면,

"그 까짓 거 즈그들 하는 대로 내둡시더. 그런데 말야 도대체 자기들이 어쩔라고 그래는지 알 수가 없다니깐. 어쨌든 법으로 하자면 법으로 하는 기고, 주먹으로 하자면 주먹으로 하는 기지 별수가 없지 않능교?"

맞대결을 주장하는 젊은 측도 없지 않았다.

"쓸데없는 소리들 그만 해라 좀. 이것도 저것도 내가 아무 것도 몰라서 그러는 줄 아나? 내가 알고 있는 상식으로는 곱다시 당하게 돼

있는 건 그 사람들이 아니라, 바로 우리란 말이다. 그 사람이 목을 매고 죽은 건 우리가 공모해서 그렇게 만든 것이 아니냐고 들입다 몰아세우는 데야 무슨 할말이 있노? 그렇잖아도 예단 안 해 온 거 가지고 너 나 할 것 없이 마구잡이로 들쑤셔댄 건 사실인데, 그 사람들 말마따나 우리가 입이 열 개라도 할 말이 어딨노. 입이 옆으로 찢어졌어도 말은 바로 하랬다고, 그 질부 예단 안 해 온 게 그리도 큰 흉이 되는진 난 잘 모르지만, 그 사람 일 잘 하고, 인정 많고, 예의 바르고, 부지런하고, 다부지기로는 우리 일가 뿐만 아니라, 온 동네에서도 제일 아니었나? 그야말로 군계일학이나 다름 없던 그 질부가 자연사한 것도 아니고, 그렇다고 불의의 사고로 비명횡사를 한 것도 아니고 끔찍스럽게도 스스로 목을 매고 죽었는데 그게 어찌 우리 탓이 아니냔 말이다. 좀 더 일을 쉽게 풀어갈 수 있는 지름길은 우리의 의견일치로부터 출발해야 하는 거니까 이설(異說)을 가지고 함부로 중구난방하지 말란 말이다."

그들을 영걸이 점잖게 제재함으로써 아무도 엉뚱한 소리를 하지 못했다. 따지고 보면 끝까지 분자를 축으로 몰아붙여서 사사건건 물고 늘어지며, 그녀를 헐뜯고 흉보는 일이라면 한 바짓가랑이에 두 다리를 끼워넣고 설쳐댔던 자기들이기에, 그들로서는 할말이 없었는지 모른다.

다른 사람들은 다 그렇다 하더라도 무슨 말이건 마땅히 하지 않으면 안 될 입장에 놓인 영식씨까지도, 말 한 마디 입에 올리지 않은 채 잔뜩 우거지상만 짓고 있었다. 그가 입을 열기를 기다리다 못해 영걸은 그예 그를 집적였다.

"이 보세요. 형님."

그제야 깊은 생각에서 현실로 돌아오며

"응! 와?"

초점이 흐려 있는 눈으로 영식씨는 영걸을 물끄러미 쳐다보는 것이었다.

"어떻게 하실 겁니까"

"글쎄 말이다. 어째야 되겠노?"

"참 딱하시군요. 형님한테서 아무 대책이 없으시다면 이 일을 그럼 어떻게 처리하려고 하십니까? 그렇다면 좋습니다. 조카들. 자네들 의견은 어떤지 한 마디씩 해 보게나."

영걸은 영식씨에게서 거둔 눈길을 이번엔 경일과 경삼 형제에게로 가져갔다. 그러나 아예 묵묵부답인 그들은 이렇다 저렇다 말 한 마디 없을 뿐 아니라, 얼굴에는 어떠한 반응마저 일절 나타내지 않는 것이었다. 제수씨 한 사람 잘못 보았다가 창피스럽게도 이와 같은 수모를 당하게 되는구나, 하는 불쾌한 감정이 그대로 드러나 있는, 찌푸려진 표정들이었다. 그들인들 왜 하고 싶은 말이 없을 것인가. 하지만 그랬다간 오히려 자존심만 더 상할 것 같았다. 또 그러려면 먼저 부모님의 심정부터 헤아려야 하고, 그리고 누구보다 동생 경덕이 어떻게 나올지가 우려되어, 절로 그들은 조심스러워지지 않을 수 없었던 것이다. 경덕은 삼형제 중에서도 자기들과는 달리 급한 성격이었으므로, 무슨 짓을 저지르게 될지 예측을 불허하기 때문이었다. 경덕에겐 남다르게 이른바 불뚝성이라는 게 있었다. 그 놈의 못된 성깔만 한번 터졌다 하면 그야말로 물불을 가릴 줄 모르는 인간인 것이었다.

한 동안이나 침묵을 지켜왔던 경덕이 무슨 생각을 했는지, 방안에 함께 있는 사람들을 한 눈으로 꿰듯이 쭉 훑더니 짜증스럽게 입을 열었다.

"달려들어서 나를 날 것으로 뜯어먹든가, 갈갈이 찢어 죽이라 카소.

누가 뭐라 캐도 맞아 뒤질 놈은 나 밖에 더 있능교? 죄지은 놈은 벌을 받아야 마땅하지 않능교?"

그러자 경덕의 말을 얼른 받는 사람이 있었다. 다른 사람도 아닌 바로 가뭇골댁이었다.

"니가 무슨 죄를 지었단 말이고? 니 손으로 가(개)목이라도 졸랐다면 모르겠다만, 지가 세상 살기 싫어서 목숨을 지 스스로 끊은 걸 누가 무슨 수로 말길 수 있단 말이고? 니가 벌받을 일은 아무 것도 없었단 말이다."

그녀는 아들의 생각이 잘못 되었음을 깨우치려 했다.

"그렇다면 처남들이 와 몰려와서 그카능교?"

"즈그들 동생이 그렇게 죽었으니 하도 원통해서 그러는 거겠지만, 따지고 보면 그 따우로 해 가지고 동생을 출가시킨 즈그 잘못이 없지도 않으면서, 그것도 모르는 얌치 같은 것들이 바로 그 인간들이 아니고 뭐꼬. 그런데 이(예)단 못해온 죄 땜에 목매 죽은 즈그들 동생만 자꾸 살려내라는, 억지를 부리고 있으니 환장을 해도 단단히 환장을 한 인간들이지, 정신이 온전한 인간들 같으면 절대로 그카지는 안 할 기란 말이다. 즈그가 무슨 염치로 그칼 수 있단 말이고? 내가 만약에 남자였다면 그 인간들을 도로 모꾸라서(돌아서) 단단히 혼을 내주겠건만."

그녀는 온 집안 남자들을 비웃다시피 하고 있었다. 그랬다가 영식씨로부터

"이 할망구가 공연히 쓸데없는 말을 하는구만. 말이라고 하면 다 말인 줄 아나? 만약에 우리가 그 사람들 입장이 됐다고 가정해 봐라. 그렇다면 다른 사람은 몰라도 아마 임자는 그 사람들보다 더 하면 더 했지 눈곱만치도 덜 하진 않을 기구만. 그건 경덕이 너도 마찬가질 거

다. 그 뱃속에서 나왔으니 말이다. 폐얼언하고, 특히나 느그 모자(母子)가 주동이 돼서, 착한 우리 며느리 하나 그렇게 만들었다는 걸 솔직히 인정하지 않으면 안 된단 말이다. 그렇거든 잠자코나 있어야지 느그들이 뭘 잘 한 기 있다고 함부로 입을 총총 놀려대노? 놀려대길. 으응 쯔쯔쯔."

호된 책망을 듣게 되었다. 남편의 기세에 눌려 그녀는 두 번 다시 입을 떼지 못했다. 그러나 경덕은 달랐다. 그는 아버지에게 대들 듯이

"아부지가 와 애매한 저를 걸고 둡니꺼? 지가 뭐 동넷북이라도 되는 줄 압니꺼? 처남들한테 실컨 받친 저를 위로하진 못할망정, 저더러 어째라고 그캅니꺼?"

불공스럽게 눈까지 부라리며 말했다. 그러자 영식씨는

"다른 사람들이 아무리 지 처한테 구박을 하더라도, 그럴수록에 지 아비로서 지어미를 위로하고, 잘 다독거려야 할 것을 그래기는커녕, 지놈이 오히려 한 술 더 떠서 날마다 공연한 꼬투리를 잡아, 걸핏하면 부부싸움이나 일삼았으니 내가 가(개)라 캐도 그래 가지곤 단 하루도 못살았을 것이다. 입장이 바꿔서 만일에 니가 그래 됐으면 살 것 같나? 가가 차라리 잘 죽었지, 잘 죽었어. 한 평생 그렇게 살라 캤으면 하루 하루의 생활이 얼마나 고달프고 힘들 기고. 가도 그걸 알고 그 길을 택했을 기니까 살아 있기보다는 한결 마음이 편할 기구만."

분자에게 남편으로서의 구실도 제대로 못한 점을 들어, 뒤 늦게나마 점잖게 경덕을 나무라는 것이었다. 그의 말을 그대로 수용하지 못하고

"그렇지 않아도 남세스러버서 미칠 것 같은데, 아부지까지 정말 와 이캅니꺼? 자꾸만 그카시면 저는 죽어뿔릴 깁니더이."

경덕은 막말까지 하며 자못 괴로워 견딜 수 없는 듯, 몇 번이나 몸

을 푸드득푸드득 떨다가, 끝내 울음을 터뜨리는 것이었다. 예사로운 울음 같지 않았다. 가슴 밑바닥 깊숙이서 자아내는 격정어린 통곡을 그는 토해냈다. 조금 아까 눈을 부라리며 질책하던 영식씨에 의해 할 말을 못다한 가뭇골댁도 덩달아

"인제는 나도 낯짝을 들고 밖에 못나가겠다. 옛날도 아닌 요새 세상에 이런 재변이 어데 있노 말이다. 못된 지집 하나가 집안에 들어올 때부터 재수가 옴붙었다 캤딩이, 누굴 속터주고 골탕믹일라고 지 명대로 살다가 곱게 안 뒤지고, 이런 일까지 저질러 버렸으니 망신스러버서 어찌 산단 말이고? 아이구 괘씸하고도 분한 년."

방바닥을 손바닥으로 쳐대며 눈물을 꿀쩍꿀쩍 쥐어짰다. 그렇게 함으로써 집안 분위기를 한결 들뜨게 만들었다. 그들 모자의 울음은 쉽게 그치지 않았다. 결국 분자의 시신을 둔 안방에 함께 있던 그녀의 두 동서도 울음에 동참하기에 이르렀다. 그녀들이 저저끔 자아내는 울음 소리와 우는 모습들은 거의 대동소°했다. 그렇다고 그녀들 중에는 분자가 죽은 걸 슬퍼하고 있는 여인은 한 사람도 없는 것 같다.

"형님!"

영걸이 조용히 영식씨를 불렀다. 영식씨가 대답도 없이 돌아보았다. 그의 눈에도 눈물이 고여 있었다.

"이러고 있을 게 아니라, 이렇게 합시다."

"어떻게?"

손등으로 눈을 문지르며 영식씨가 물었다.

"큰 맘 먹고 논 마지기 값이나 쓰십시오."

"그렇게나?"

"그쯤 돼야 책임지고 제가 그 사람들하고 담판을 지을 수 있을 것

아닙니까?"

"그래도 그렇지."

영식씨의 표정이 찡찡해졌다. 못마땅한 얼굴빛이었다. 영걸이 그를 쏘아보며

"그렇게는 못하시겠다는 말인가요?"

하자 가타부타 하지 않는 영식씨였다.

"저쪽에서 쎄게 나오면 나올수록 더욱 불리해지는 게 누군 줄 아십니까? 그것은 바로 우리란 말입니다. 그걸 아셔야지요. 따라서 일을 더욱 확대시키지 않게 하려면 적어도 그만 정도 안 가지고 될 수 있을 것 같습니까? 당장 그만한 현금이 없어서 그러십니까? 그렇다면 저한테 맡기십시오. 그러나 이런 정도 가지고는 아예 생각조차도 하지 마십시오. 이것으론 도저히 저는 자신없습니다. 이건 자 도로 받아넣으십시오."

영걸은 양복주머니에서 만원권 지폐 반 묶음을 꺼내어 영식씨 앞에 놓았다. 그러니까 50만원쯤으로 문수 형제를 무마하려 했나 보다. 논 한 마지기라면 시골선 그리 적은 액수가 아닌 터였다. 그게 더욱이 경덕이네로선 여간 큰 돈이 아니었다. 그래서 영식씨가 마음을 쉽게 결정짓지 못하고 있는지 모른다. 영식씨도 영식씨지만, 그의 가족들은 어느 누구 할 것 없이 입에 모래가 든 듯한 표정이 아니면, 소태씹은 것 같은 얼굴빛을 하고 있었다. 어느 새 우는 사람들은 아무도 없었다. 심각한 문제를 앞에 놓고 그저 망연자실하고 있을 따름인 그들이었다.

그 때 경덕이 몸을 벌떡 일으켰다. 누가 붙잡을 사이도 없이 그는 방문을 박차듯이 열어제치며 밖으로 뛰어나갔다. 문수와 인수 형제가 들어앉아 있는 이웃 집 사랑방이 바로 그의 행선지였던 것이다.

"내가 죽일 놈이오. 나를 죽여주소. 나는 차라리 죽기가 소원이오."

말없이 술잔만 기울이고 앉아 있던 문수와 인수가 느닷없이 방문을 왈칵 열어제치면서, 방안으로 뛰어 들어오는 경덕을 뜨악하게 쳐다보았다. 그들의 얼굴빛은 빛깔 좋은 시뻘건 수박속처럼 바뀌어 있었다. 어느 새 그들은 주기가 꽤 올라 있었던 것이다.

"그래? 그기 소원이라면 좋다 그래. 차라리 그래는 기 나도 훨씬 좋겠다."

말과 함께 인수는 경덕을 향해 몸뚱이째로 돌진했다. 헤딩으로 댓바람에 경덕의 면상에 일격을 가해 버렸다. 문수는 미처 인수를 말리지 못하고 멍청히 쳐다보고 있었다. 설사 그럴 겨를이 있었다 해도 어쩌면 일부러 가만 두었을지 모른다.

경덕은 얼른 두 손으로 코를 움켜쥐었다. 인수의 육탄공격을 얼굴에 받고 코라도 터진 것일까. 코를 움켜쥔 경덕의 손가락 사이로는 새빨간 선지피가 풍겨나왔다.

"이거 보소. 이 정도 가지고는 죽을 내가 아니오. 죽도록 나를 두들겨패 달란 말이오. 자요. 자요."

피가 벌겋게 묻은 두 손을 앞으로 내밀며 경덕이 인수에게 애원 아닌 애원을 해 왔다. 경덕의 콧구멍에선 핏방울이 뚝뚝 떨어졌다. 콧등과 입가는 볼썽사납게 피로 얼룩이 졌다.

"기왕 니놈이 분자를 살려내지 못할 바엔 니놈이라도 죽어서 분자의 원한도 풀어 주고, 우리 분풀이도 실컨 하고 싶다, 이 새끼야."

"나도 인제 살고 싶은 생각 꿈에도 없단 말요. 나를 죽여서 그 사람 원한을 풀어줄 수 있고 분풀이를 할 수만 있다면 제발 날 좀 죽여주소. 자요. 자요."

경덕은 인수에게 몸뚱이를 숫제 내맡겨 버렸고, 그러한 경덕에게 인수는 마음껏 주먹을 휘둘렀다. 맞아죽는 게 소원이라면서 아득바득 덤벼드는 경덕이나, 한 대라도 더 때리려고 인정사정 없이 마구잡이 매타작을 하는 인수나, 그들은 이미 정상이 아니었다.

사람들이 이내 떼를 지어 몰려들었다. 그들은 인수와 경덕을 뜯어말렸다. 그러는데도 경덕은 그들을 필사적으로 뿌리치며

"이거 노소. 노란 말요. 나 같은 놈은 살아 있을 필요가 없단 말요. 차라리 난 작은 처남한테 맞아죽고 싶단 말요. 그기 소원이니까 나를 그냥 두란 말요. 이거 놔요. 노라니깐 와 이카노. 놔. 놔."

입안에 고인 침을 아무렇게 푸, 푸, 불어냈다. 흡혈귀가 사람의 피를 빨아마셨다가 도로 내뱉는 것 같은 섬찍함을 느끼게 했다. 경덕이 입에서 뿜어낸 피가 사람들에게 퉁겼다. 인수는 또 인수대로 뜯어말리는 사람들을 물리치며

"이 새낄 때려죽여서 우리 동생 원수를 갚을라 카는데, 당신들이 와 이카노? 당신들까지 내 동생 죽인 공범자로 몰리고 싶어서 그래나? 정말 이랠 기가? 안 비키나? 느그들이 무슨 권리로 이래노 말이다."

고함을 버럭버럭 질러대나 하면, 길길이 날뛰었다. 누구보다 인수의 옷은 더 심하게 피로 얼룩져 여간 흉하게 보이지 않았다.

몰려온 사람들에 의해 그예 경덕은 자기 집으로 끌려가다시피 했다. 그리하여 인수와 경덕이 두 사람의 결투 같지 않은 결투는 싱겁게 끝나고 말았다. 영걸이 세숫대야에 손수 물을 담아 방안으로 들고 들어와 친절하게시리

"자. 옷에 묻은 그 피 좀 지우시구료."

했다. 그에게서 인수는 대아를 받아 방바닥에 내려놓았다. 점퍼 주머니에서 손수건을 꺼내어 아예 그걸 대야에 담갔다.

"내 말 오해하지 말고 들으십시오. 아직 젊다고 해서 혈기만 가지고 일을 처리하려 하다 보면 결국은 피 밖에 볼 게 없다는 것을 알아야 합니다. 글쎄 그게 뭐에요, 깡패들도 아니고?"

다분히 빈정대는 투로 말하며 딱하다는 듯 혀까지 끌끌 차는 영걸이었으나. 그러는 그를 인수는 조금도 개의치 않고 점퍼에 얼룩진 부분을 물묻은 손수건으로 문질렀다. 점퍼가 무색이 아닌 회색이어서 그래도 다행이었다.

"또 무슨 협상을 하시려고 이렇게 왕림하셨습니꺼?"

영걸에게 문수가 힐문 아닌 힐문을 하자 영걸이 미처 대꾸도 하기 전에 문수에게

"그럼 형님은 타협을 할깅교, 이 분하고?"

인수가 따지듯이 말했다.

"언제 내가 타협한다 카더나?"

"아까부터, 아니 처음부터 형님은 협상을 제의해 오면 타협을 할라 카는 눈치였기 땜에 그러는 거 아닝교."

"어쩌면 너는 내 마음을 그리도 잘 아노? 독심술인가 뭔가를 하는 사람같이 말하는구나."

"그렇다고 형님이 지금 나를 비웃고 있능교?"

"내 심정도 제대로 모르고 니가 와 카노?"

"고만 둡시다. 그러나 절대로 타협은 안 합니더. 알았능교, 형님?"

"그래 알았다. 그런데 말이다. 니같이 그렇게 사람을 마구잡이로 때리다 보면, 때리는 사람이 도로 상하게 된다 카는데, 어데 다친 데는 없나? 니 마음 내가 모르는 기 아니다마는, 너도 이성을 좀 찾아야 되겠다."

"알았소."

두 형제의 대화를 듣고 있던 영걸이 슬그머니 끼어들며 짐짓 점잖게

"큰 사형 말씀이 맞는 말씀입니다. 이성을 찾아야 하구 말구요, 아무리 감정적인 문제라 해도 그렇지요. 매사를 감정으로 해결하려고 해서는 쉽게 해결될 수 있는 일도 어려워질 수 밖에 없는 거지요."

인수가 인상부터 먼저 쓰며

"아니 누굴 지금 충고하는 겁니꺼? 뭡니꺼?"

영걸을 공박했다. 험한 눈길로 노려보는 왕방울 만한 인수의 눈이 영걸의 얼굴을 훑었다. 공포감을 다소 느낀 영걸은 눈길을 인수에게서 문수에게로 옮겼다. 그에게 동의를 구하려는 것이었는지도 모른다. 하지만 그건 문수에게도 통하지 않았다. 그도 역시 무뚝뚝한 표정으로 바뀌어 어느 새 눈길을 바람벽에 붙박고 있었다.

"내가 꼭 두 분을 두고 그러는 건 아닙니다. 이치가 그렇다는 것 뿐입니다."

영걸은 변명 아닌 변명을 했다. 그렇게 군색하게나마 변명을 하지 않으면 안 될 이유가 있었을까. 그의 가슴엔 엉큼스러운 간기가 숨어 있는 게 틀림없었다.

영걸이 사람을 부르더니 술상을 새로 차려오라 했다. 곧 새 술상이 들어왔다. 누가 권하기도 전에 인수는 제 스스로 술상 앞으로 다가가 바투앉았다. 영걸이 술을 따르려 하자 가볍게 거절하고는 문수에게 먼저 잔을 건네며

"형님 한 잔 하이소."

주전자를 기울였다. 술은 역시 정종으로서 따끈히 데워져 있었다. 시골에서는 귀한 손님에게나 그러하듯이, 예의를 제법 깍듯이 갖추고 있는 것 같았다. 아까처럼 술잔은 커다란 글라스였다. 정종잔이라면 조그마한 게 따로 있었으나, 그것만은 좀 예외였던 것이다. 알만한 일

이었다.

이래 저래 별로 기분이 좋지 않은 문수였으므로, 인수가 자기에게 술 따르는 것도, 그리고 술도 사양하지 않았다. 술이라도 양껏 마시고 싶었다. 아까도 마시지 않은 건 아니었다, 그러나 오르다 만 취기는 어느 새 말끔히 가셔 있었다.

"자, 너도 한 잔 해라."

문수가 인수의 빈 잔에 술을 치려니까

"가만 있어 보이소. 내 술은 내가 따라 마싯게예."

인수는 자기 잔에 자작하더니 영걸에게

"어른도 한 잔 하이소. 나 같은 망나니 땜에 애 많이 쓰시고 계시는데, 내가 어떻게 술 한 잔 안 쳐드릴 수 있습니꺼, 잔이나 잡으이소."

하며 그의 잔에다 술을 따르는 것이었다.

"나한테까지 이럴 건 없습니다."

영걸이 말은 그렇게 하면서도 사양하지 않고 잔을 들어 인수가 따르는 술을 받았다.

"똥은 옆에 놓고도 얼마든지 마실 수는 있지만, 사람을 옆에 두고는 마실 수가 없다는데, 이 까짓 아무 것도 아닌 술을 가지고 마음 상할까 봐서 카는 깁니더."

인수는 어울리지 않는 농담까지 곁들였다.

"그렇지 않아도 마음이 쪼게 상할라고 카딩이."

줄곧 표준어만 골라 쓰던 영걸은 처음으로 원색적인 사투리를 구사하며 싱그죽이 웃었다. 인수는 그의 글라스에 넘치도록 술을 채웠다. 인수로서는 표준말만 써오던 세련된 영걸보다, 방금 투박한 사투리를 쓴 시골뜨기 같은 영걸에게 한결 더 친근감이 느껴졌다. 하지만 그러한 내색은 하지 않았다. 솔직히 말하면 이제까지는 그에게 이방인

같은 거리감만 느껴지지 않았는가, 하며 속으로 인수는 피식 웃을 수밖에 없었다.

그 때 영걸은 영걸이 대로 생각하고 있었다. 종형 영식씨는 될 수 있으면 돈을 쓰지 않으려 하고 있나 하면, 문수와 인수 형제에게선 타협의 실마리가 도무지 보이지 않고 있었으므로, 중간에서 어떻게 해야 하나 고민을 하고 있었던 것이다. 그까짓 일쯤 거뜬히 해결할 자신이 있다고 내가 괜히 나선 건 아닐까. 그런 일이라면 변소에 앉아서 개 부르기보다 더 쉬운 일이라면서, 처음부터 너무 얕보고 덤벼든 게 아닌가, 이걸 어쩌면 좋단 말인가... 아니 이렇게 해 보면 어떨까? 그래 맞아, 그렇게 해야겠다. 이윽고 영걸은 속으로 회심의 미소를 지었다.

"이번엔 말입니더, 내가 두 분한테 약주 한 잔씩 치면 안 되겠능교, 야?"

일부러 더 투박스런 억양의, 경상도 지방에서도 시골에서나 쓰는 사투리를 골라 쓰며, 그는 먼저 문수에게, 다음은 인수에게 술 주전자를 들이대는 것이었다. 그야말로 영걸로서는 은근히 수작을 부리기 위한 본격적인 작전개시라 할 수 있을지 모른다. 뜻밖에도 인수가 거부 반응을 보이지 않고, 술이 가득 채워진 글라스를 슬그머니 나꾸어챘다.

"좋습니더. 술 뿐만 아니라, 밥도 줄 기고 잠자리도 줄 기니까, 술이라면 언제까지라도 마실 자신이 있단 말입니더, 자 술 드시입시더."

인수는 갑자기 기분이 백팔십도로 바뀐 사람인양 너스레까지 늘어놓으며, 글라스의 술을 벌컥벌컥 잘도 들이켰다. 형만한 동생이 없다더니 처음에 인수는 술 같은 건 거들떠보지 않은 채, 자못 걱정스러운 눈길로 인수만 지켜보았다. 한 동안까지 그렇게 하고 있었다. 어쩔라고 쟤가 저렇게 깡술을 마시는지 모르겠다. 저래다간 결국 지 몸만 상할 건데 하면서.

순식간에 인수가 너댓 잔, 그러저럭 하다 보니 문수도 두어 잔, 영걸은 세 잔이나 마시게 되었다. 그러자 한 되들이 주전자도 바닥이 나 버렸다. 그들은 거나하게 취해 갔다.

"사형들요."

능글맞다 싶으리만큼 영걸이 은근한 음성으로 그들을 부르며, 묘한 미소를 머금은 눈길을 두 사람에게 진득이 보내왔다. 서로 약속이라 도 미리 한 것처럼 그들은 대꾸를 하지 않았다. 그 대신 그를 주시하 고 있었다. 왜 갑자기 또 저리 간사하게 구는가 하고, 다시 그들의 눈 네 개엔 경계하는 빛이 어렸다.

"애를 멕일라 카면 끝까지 철저히 멕이지 않고, 할일없는 사람들 맨 구로 술만 자꾸 마시능교? 이런다고 일이 뜻대로 잘 풀릴 줄 안다면 그건 참으로 큰 오산이란 말이오."

영걸이 뚱딴지 같이 지껄이는 뜻밖의 말에 그들은 의아스럽지 않을 수 없었다. 이 사람이 지금 왜 이런 엉뚱한 소리를 하고 있느냐며, 자 기네의 귀를 의심하는 것이었다.

"내가 한 가지 방법을 가르쳐줄까예. 어떻습니꺼 사형들?"

"무슨 뜻으로 그런 말을 하는 겁니꺼?"

저의가 무엇이냐고 문수가 영걸에게 되물었다. 여전히 경계심을 풀 지 않는 눈으로 그를 쏘아보며.

"하도 답답해서 하는 소리 아닝교. 절더로 다른 뜻은 없는 겁니더. 절대로요."

오해하지 말라고 영걸은 손까지 저었다.

"정말 그럴까예?"

아무래도 믿을 수 없는지 문수가 머리를 가볍게 저었다. 그는 어쩐

지 꿍꿍이속이 있다고 생각하는 것 같았다. 그러나 인수는 그와는 달리

"아니 형님. 무슨 이야긴지 들어봅시더. 들어본 다음에 그렇게 하고 안 하고는 우리 마음 아닝교."

하더니 이어서 인수는 영걸에게 말하는 것이었다.

"그 방법이라는 기 뭔데예?"

"이러면 내가 이적행위를 하는 기지만..."

어쩌구 하며 영걸은 덧붙여 말했다.

"매씨가 살아 있을 적에 그리도 애멕였던 사람들을 단단히 혼들을 내주지 않고 이대로 넘기고 말 깁니꺼?"

"?...!..."

인수의 머리가 자신도 모르게 끄덕여졌다 집에서 올 때는 분자네 시집 식구들 한 사람 한 사람을 그녀의 시신 앞에 무릎 꿇리고는, 지난 날 그들이 그녀에게 저지른 일들을 낱낱이 고백하게 하면서, 사죄하도록 해볼까도 안 한 게 아니었다. 속으로 인수는 무릎을 탁 치며 쾌재를 외쳤다. 그리고 몸을 벌떡 일으키는 것이었다.

"형님 일어나소."

느닷없이 인수가 문수의 손을 잡아끌었다.

"와 카노, 갑자기?"

영문을 몰라 하며 문수는 일어나려 하지 않았다.

"나만 따라 오소. 두 말 말고 어서요."

"무슨 일로 그래는지나 알아야 따라 가든가 오구리든가 할 거 아니가."

인수는 허리를 굽혀 아직 그대로 앉아 있는 문수의 귀 가까이로 자기 입을 가져갔다.

"그 사람들 하나 하나를 말입니더. 죽은 분자 앞에다 꿇어앉히고 선..."

"뭐라고?"

귀엣말을 다 들은 문수는 짐짓 놀라는 시늉부터 했다. 그래서 어쩌려는 것인가.

"나하고 같이 행동하기 싫거든 형님은 내 하는 걸 방해하지나 말고, 옆에서 말없이 지켜보기만 하면 됩니더. 어서 갑시더, 어서요."

"그기 나는..."

아무래도 못마땅한지 별로 달갑지 않은 표정을 짓는 문수에게 이제는 영걸이까지 의미있는 눈짓을 했다. 인수는 벌써 방문을 나서고 있었다. 어서 따라 가지 않고 뭘 하느냐며, 영걸이 문수에게 손짓을 하자 그제야 문수도 못이기는 듯이 슬며시 몸을 일으켰다. 인수 혼자로서는 그 일을 해내기 힘들 것이라고 생각했는지 모른다.

영걸은 방안에 앉은 채로, 방문 앞에서 신발을 신고 있는 문수와, 이미 사립께까지 나가 있는 인수를 내다보며,

"홍, 저 사람들에게 또 한바탕 곤욕을 치르겠구나. 실컷 당해 봐야 정신들을 차리겠지. 워낙 견문들이 없는 데다 너무나 식견들이 좁아서, 그 까짓 예물 같은 거 안 받으면 어때서, 그리도 착하고 바지런하고 실팍한 질부를 천덕꾸러기로 만들어 놓고선, 설움바가지만 덮어씌웠으니, 무슨 재주로 그 질부가 시집살이를 끝까지 할 수 있었겠는가. 해도 해도 너무했던 거야. 암 너무 하구 말구."

하는가 하면, 이어서

"나도 이러고 있어선 안 되겠지. 슬슬 따라 가볼까. 천연스럽게 말이다."

하더니 그 역시 천천히 몸을 일으키는 것이었다.

분자를 장사치르기도 되어 있는 날은 이른 아침부터 눈에 띌 듯 말 듯한 보슬비가 내리기 시작했다. 하늘마저 불행한 한 여인이 영결종 천하는 것을 애도하는 것일까. 그 날 따라 기온도 봄날 같지 않게 쌀쌀한 느낌이 들 만큼 음산해졌다. 날씨란 사람들의 감정이나 기분을 좌우하게 되는 것으로서, 문수와 인수는 그들대로, 경덕이네 살붙이들은 또 그들 나름으로 성격이 다소 다를지 모르나, 마음이 어수선하긴 매일반이었다. 그게 비단 그 날의 날씨 탓만은 아닌 것 같았다.

　이번 일로 몇 가지 우여곡절을 겪은 다음에야, 분자의 장례를 치르기로 두 집안이 어렵사리 합의를 본 것이었다. 하지만 그러한 문제와는 아무런 상관도 없는 학골마을 젊은 아낙네들은

　"그리도 마음씨 곱고 바지런스럽고 예의 발랐던, 너무나 참한 새댁이었는데, 그런 새댁이 장사날이 하필이면 궂을 기 뭐꼬? 하늘도 무심하시지 원!"

　하는 이들이 거의 대부분인가 하면, 한편으로는

　"그 새댁이 너무 한이 많아서, 그 한을 이기지 못해서 목을 맸기 땜에 하느님도 그것을 아시고, 날씨까지 이렇게 조화하는 기 아닌가 싶구만,"

　자기 나름대로 할 수 있는 해석과 판단을 내리는 여인들도 없지 않았다. 입이 싼 수다쟁이들은

　"아마 오늘 그 집에서부터 장지까지 가는 동안에, 정말로 볼 만한 굿거리 장단이 여러 마당이나 벌어질 기구만. 아예 일찌거니들 나가서 좋은 구경 많이 하라고."

　그 날 아침 일찍부터 온 마을에 바람을 일으키고 다니며 광고 아닌 광고를 했던 것이다. 그래서인지 경덕이네 집 안팎은 마을 사람들로

빼곡히 메워져 발들여 놓을 틈이 없을 정도였다. 몰려온 마을 사람들은 부녀자들이 절대 다수를 차지하고 있었다.

마당 한가운데서 상여꾼들이 상여를 조립하기 시작했다. 한 줄에 넷씩 들어서게 될 넉 줄의, 열 여섯 사람이 메어야 할 상여는 그리 어렵지 않게 차츰 형체가 갖추어져 갔다. 곧잘 해온 솜씨들이므로 서로 손발이 척척 잘 맞을 뿐 아니라, 손놀림들이 여간 능숙하지 않았다.

상여의 골격이 형성되자 상여 외형을 꾸미는 순서로는, 알록달록한 여러 가지 색실로 위에다 꽃술을 주렁주렁 매어달고, 노랑·빨강·분홍이 주종을 이룬 이름없는 조화를 가지고 더께더께 수를 놓았다. 화려하기보다 현란하다 할까, 아니 요란하다 할 수 있는 꽃상여가 이내 제 모습을 드러냈다. 이젠 안방에 안치된 분자의 시신이 든 관만 옮겨 실으면 될 차례였다.

분자의 시신은 무색의 비닐을 덮씌운, 소나무 판자로 튼튼히 만든 관 속에 염습이 된 채 반듯이 뉘여져 있다. 그것도 아주 쉽게 그렇게 된 건 아니다. 우리 동생 살려내라, 이대로는 절대 염 못한다면서 마구 떼를 쓰는 인수를 애걸복걸하며 간신히 떼어내고 어렵게 치러낸 작업의 결과였다. 분자가 설사 만에 하나 기적적으로 소생한다 해도, 그 안에선 도저히 어떻게 할 수 없으리만큼, 일곱 매의 삼베끈으로 단단히 묶어 놓았다. 묶으면 묶을수록 좋다는 게 바로 시신인 것이다. 한쪽에 셋씩 양쪽에서 여섯 사람이 들 수 있게, 튼튼한 광목으로 만든 들매를 관 밑에다 끼워 놓았다.

경덕의 사촌들과 육촌들에 의해 안방에서 조심스럽게 들려나온 분자의 관, 아니 분자의 시신은 마당에다 이미 꾸며 놓은 상여 위, 아닌 상여 속으로 정중히 모셔졌다.

"저것 좀 봐래이. 사진이 사진 안 같고, 꼭 살아 있는 사람 안 같나?"

"암만 캐도 나는 그 새댁이 죽은 기 어쩐지 자꾸 거짓말인가 싶다. 그렇게 목을 매어 죽을 사람이라곤 꿈에도 생각을 못했으니까. 그런 야무진 사람이 어떻게 죽노 말이다? 차돌이 바람들면 더 잘 깨진다 카덩이 쯧쯧."

사립 밖에 몰려 있는 젊은 아낙들끼리 주고 받는 말이었다

A4 용지 만한 크기의 액자에 끼워 놓은 분자의 영정은 그녀의 증명사진을 확대복사한 것으로서, 자잘하게 균열이 진 액자 속의 분자는 눈 가장자리에 잔잔한 미소를 짓고 있었다. 액자 상단 중앙에서부터 두 가닥을 지어 좌우로 시옷(ㅅ)자 비슷하게 내려뜨린 까만 리본만 아니었으면, 아직 앳되어 보이는 그녀를 누가 망자(亡者)라 할 것인가. 분자의 영정을 세 개의 삼각형으로 갈라놓은, 두 가닥의 까만 리본이 뜻하는 것은 산 이들 가운데서 죽은 이를 가름하는 암시인 것 같아, 그녀에게 보는 이들로 하여금 소원감을 느끼게 했다.

아낙네들 중에서 누군가

"우리 여자는 결혼만 했다 카면 이름 같은 건 잘 쓰질 않아서 서글프게 생각될 때가 많더니만, 저것 좀 보란 말이다. 여자는 죽어서도 영영 이름을 되찾지 못하는구만. 참 기가 차구나. 여자라는 존재가 말이다. 죽어서나마 이름을 되찾을 순 없을까."

하는 이가 있었다. 그녀는 학골 부녀자들 가운데선 제일 똑똑하다는 이장 부인이었다. 명정을 보고 그녀가 그렇게 말한 것 같았다. 그건 사실이었다. 견직(명주)의 붉은 천에다 흰 글씨로 내리쓴 거기엔 한글도 아닌 어려운 한자로 씌어 있었다. 그것도 '粉子'라는 분자의 한글이름같은 건 쏙 빼어 버린 채, '孺人金海金氏之柩'라 써 놓았으니, 얼마든지 그렇게 생각할 수 있게 되었다. 윗 부분을 가느다란 막대로 말

아서 펴고는, 양쪽 가장자리에 노끈을 매어 긴 장대 끝에다 깃발처럼 기다랗게, 그리고 높다랗게 달아놓았다. 그 밖에도 무슨 글자인지 이 것저것 여러 가지 잡다하게 써 놓은 것들을 몇 개인지 모르게 깃대 아 닌 장대 끝마다 매달았다. 웬만한 사람들은 그게 다 어디 쓰이는지조 차 알 수 없을 정도였다. 그래서 여느 사람들의 경우 거의 언제나 장 례라는 건, 신기하고도 신성해 보이는 게 꼭 죽은 사람 때문만이 아닌 것 같았다. 그와 같은 좀 별난 모양의 물건이나 장식이나 의식 같은 것 때문이 아닌지 모른다.

분자의 시신, 아니 상여 앞에는 커다란 제상이 하나 놓였다. 그건 잔등에다 짐을 잔뜩 짊어졌다. 제수라는 것으로서 삶은 돼지고기 한 다리를 비롯해, 대구 · 상어 · 북어 · 문어 · 낙지 · 가오리 · 오징어 따 위의 건어물과, 곶감 · 밤 · 대추 · 배 · 사과 등속의 과일류와, 송편 · 절편 · 인절미 같은 떡 종류와, 여러 가지 전붙이들까지 그야말로 상 다리가 휘어질만큼 거들먹하게 차려졌다. 술잔인 듯한 종발 하나가 제상 끝, 나무로 만든 잔대위에 외롭게 놓여 있다. 구색을 제대로 갖 추려고 그러는지 막걸리를 가득 담은 술 주전자도 제상 아래에 자리 하나를 차지했다. 그 옆엔 향로가 놓였다. 이제 바야흐로 출관 전에 치르는 발인제를 지낼 차례가 된 것이다.

경덕을 비롯해 그 형들 내외하며, 누나들 내외하며, 종형제들하며, 재종형제들하며, 그 밖에 가까운 친인척들까지 제상 앞에 도열했다. 아마도 30명 남짓 될 성 싶은 꽤 많은 떼거리라 할 수 있는, 그야말로 엄청난 숫자였다.

"곡부터 먼저 해라."

하는 영걸을 얼른 제지하며 앞으로 나서는 사람이 있었다. 다른 이가 아닌 그건 바로 인수였다.

"와 어른들은 안 나오능교? 시부모되는 분들하고 시삼촌 내외분들도 나와야 하지 않능교? 어른들이라고 해서 발원(인)제 참석하지 안한다는 법이 어데 있덩교? 그렇다면 좋습니더. 좋단 말입니더. 오늘 이 장사 못치는 줄이나 아소이. 어른들은 못나오겠다 그거지요?"

우렁우렁한 음성으로 인수가 고함을 치며 겁을 주는 것이었다. 그의 얼굴빛이 벌겋다 못해 시뻘겋게 취기와 노기를 띠고 있을 뿐 아니라, 왕방울 같은 두 눈을 무섭게 부라렸다. 제상 앞을 빼곡히 메운 상제들은 연신 그의 눈치를 흘끔흘끔 살폈다. 온갖 방법으로 그렇게도 애먹일 대로 애먹여놓고 또 무엇이 모자라서 그러느냐는, 무척 성가셔하는 표정들이었다. 원망스럽다느니, 지긋지긋하다느니, 진절머리난다느니 하는 눈빛들이 역력했다. 하지만 그들이 아닌 상여꾼들이나 구경 나온 마을 사람들, 특히 남의 잘못이나 실수 같은 걸 그냥 보아 넘기지 못하는 부녀자들은 눈을 반짝이며, 흥미있어 하는 모습으로 싱그죽이 미소를 머금고 있었다. 이제부터 진짜배기 구경거리가 벌어질 모양이라며 여간 기대들이 크지 않은 것이었다.

"형님들하고 형수님들하고 다 이리들 오십시오. 죄인들이니까 별수가 없지 않아요? 어서요. 어차피 한번은 치르게 되어 있는 통과의례 아니겠어요? 정말 무엇들 하고 계시는 거예요? 이러다간 오늘 장례도 못치르게 된다니깐요. 언제까지나 이러고만 있을 수는 없는 일 아녜요."

이렇게 영걸이 다그침으로써

"정말 어렵다, 어려버. 되기 어렵네."

"꼭 그래야만 분을 다 풀 수 있는 긴가, 제기랄."

노골적으로 불평을 늘어놓으며 마지 못해 어슬렁거리고 나타나나 하면, 숫제 아무 말도 하지 않은 채 입만 비쭉이 내밀며 상여 있는 데

로 나오는 남녀 노인들이 오륙명이나 되었다. 굵직한 음성을 한결 더 높여

"인제부터는 곡들을 하는데, 내가 벌써 누누이 말한 대로, 꼭 그대로만 하란 말요. 알았능교, 야? 알았으면 어서 시작하소. 만약에 트릿하게 하다간 상이(여)고 제상이고 나발이고 할 거 없이 모조리 다 둘러엎을 기니깐 알아서들 하소."

인수가 윽박지르며 공갈 아닌 공갈을 쳤다. 그래도 나름대로는 체면도 있고 또한 지켜보는 눈들이 많아서, 그의 지시에 쉽사리 순응할 눈치들 같지는 않았다. 그러자 영걸이까지 나섰다.

"기왕지사 치러야 될 곤욕이라면 별로 어렵지도 않은 걸 가지고 왜 그러고 있는 겁니까? 빨리 하고 맙시다. 그런다고 그냥 넘어갈 것 같습니까? 아마도 절대로 그냥 넘어가진 않을 겁니다. 그리고 말입니다. 집에서 꾸물대다간 제 시간에 하관도 못하게 될 거란 말입니다."

그는 호상답게 상제들을 족치듯이 했다. 정해진 하관 시각은 열두 시였다.

어쩔 수 없다고 여겼는지 먼저 영식씨의 입에서

"바지 저구리 한 벌, 두루매기 한 벌."

마지 못해, 그것도 기어들어가는 소리가 흘러나왔다.

"곡소리를 넣어서 큰 소리로 하란 말입니다. 크게예."

화를 벌컥 내며 인수가 고함을 버럭 질렀다. 그제야

"하안보옥 바아지이 저어구우리이 하안 버얼, 두우루우매애기이 하안 버얼."

영식씨가 제대로 곡소리다운 구슬픈 가락에 맞추었다. 그렇게 시작된 그의 곡소리는 한번으로 그치지 않고 몇 번이고 이어졌다. 경덕은

"야앙보옥(양복), 야앙보옥, 야앙보옥…"

하는 것이었고, 가뭇골댁이 덩달아

"이이부울 하안 채애(이불 한 채)…"

하는가 하면,

"치이마아 저어구우리이 하안 가암(치마 저고리 한 감)…"

하는 이가 있었으며,

"하안보옥, 하안보옥…"

"소온모옥시이계에 (손목시계)…"

"다암요오(담요)…"

"으은비이네에(은비녀)…"

"다암바아지이(담바지)…"

"구우두우(구두)…"

"으은수우저어(은수저)…"

"버어서언(버선)…"

"야앙마알(양말)…"

"워언피이스으(원피스)…"

투우피이스으(투피스)…"

등등 별의별 곡성들로 아주 다양한 메뉴를 갖추고 있었으므로, 상여
꾼들은 쿡쿡거리며 웃음을 참으려 애쓰는 이들이 대다수였고, 구경꾼
들 중엔 우스워 죽겠다고 걀걀거리며 넘어지는 이들도 있었으며, 아
예 박장대소하며 주저앉아 버리는 이들마저 없지 않았다.

"장사지내는 걸 한두 번 본 것도 아니지만, 이런 거는 내 머리 털나
고 첨 본다이. 살다 보니 이런 재밌는 구경을 다 하게 되다니. 인제 죽
어도 한이 없을 것 같다이."

"글쎄 말이야. 어제 죽은 사람 얼마나 원통하겠노. 이런 구경도 못
하니 말이야."

"욕심스럽게도 저런 걸 바랐다가 예물 안 해왔다고 새댁을 설움주고 구박하게 된 것도 그 사람들 나름대론 그럴듯한 빌미가 될 수도 있겠구만은. 딸을 키웠다가 우리도 그리 되지 않을까 걱정이다."

"그래도 욕심들이 그리 많은 편은 아니구만. 도시 사람들 같으면 새로 나온 세탁기·냉장고·테레비에다, 부엌살림 기구하며 장롱까지 다 사 가지고 가고도 모자라서 아파트 한 채·자동차 한 대 끼워서, 없는 것 없이 다 해 가지고 갈 뿐만 아니라, 게다가 시집식구들은 물론이고, 조금이라도 뼈가지가 걸리는 친척들하고, 심지어 사돈네 팔촌한테도 으련히 예단 한두 가진 다 해 가는 줄 알고, 또 그렇게 하기 인제는 상식처럼 되어 있다 카더라니깐."

"이래다가는 이 놈의 세상 장차 어찌 될지 여간 걱정이 아니구나."

"우리들같이 농사지어 가지고 딸을 치울라 카다가는 기둥뿌리가 열 개라도 모잘라겠다."

사립 밖에선 그 때 구경을 하고 있다 말고 요즘 결혼 풍습에 대해 심히 우려하며 땅이 꺼질 듯한 한숨을 내쉬는 사람들이 있었다. 그녀들 뿐 아니었다. 거기 모인 거의 모두에게서도 한 입에서 나온 소리처럼, 그것이야말로 망국적인 풍조가 아니냐며 개탄하는 말 밖에 없는 것 같았다. 소위 그 '가정의례준칙'이라는 게 생겨서 의식절차는 아주 간편해졌으나, 더욱 더 호화로워만 가는 혼수문제하며, 죽은 이들의 묘지 조성에 있어 점점 더 극성스러워진 사회 현실에 대해, 자기들은 위화감 밖에는 느낄 게 없다는 이야기가 남자들 사이에선 흘러나오고 있었다.

"어지간히들 했으니깐 이제는 절을 두 번씩 하십시오. 미리 부탁합니다만, 여기 있는 이 분들의 비위에 거슬리지 않도록 형님들이나 형수님들까지도 정중히 큰절을 하는 게 마음편할 거예요."

영걸의 그 말이 채 끝나기도 전에 그 기기묘묘한 곡소리의 하모니가, 경덕을 제외하고는 서로 약속이나 한 듯이 한꺼번에 툭 그쳤다. 그러고는 어느 누구 할 것 없이 맨땅에 무릎이나 엉덩이를 철썩 갖다 대며, 너붓이 또는 넙죽이, 그것도 한번이 아닌 두 번씩이나 그들은 상여를 향해 큰절을 했다. 마치 경쟁이라도 하는 듯이 하고 있었다.

경덕은 혼자서

"야앙보옥, 야앙보옥..."

제법 구성진 가락을 뽑아제치며 그도 남들이 하는 대로 넙죽, 넙죽, 큰절을 두 번 하는 것이었다. 여느 집안의 장례 같으면 제문인지 축문인지를 읽어야 발인제가 끝나는 터이지만.

"자. 이젠 발인제도 지냈으니 어서 술 한 잔씩 마시고 밥먹고 곧 바로 운상하잔 말이다."

영걸이 상여꾼들에게 일렀다. 어느 새 상제들이 물러난 제상 앞엔 그들 대신 상여꾼들이 자리를 잡았다. 한편에선 벌써 식사가 돌려졌다. 기껏 돼지국밥 정도지만. 한 상여꾼이 도마와 식칼을 가져와, 제상에 놓인 돼지고기부터 썰기 시작했다. 그걸 안주로 자기네 뿐 아니라, 상가에 온 마을 사람들에게까지 술대접을 하려는 것이다. 뒤를 이어 막걸리통의 허연 술이 물동이 같은 데에 부어지고, 그게 다시 여러 개의 대접에 의해 사람들에게 돌려지며, 조금 아까까지의 적이 우습기만 했던 상제들의 곡소리 같은 건 까맣게 잊은 채, 떠들고 웅성거리며 먹고 마시기에 여념들이 없었다. 상가에선 상여꾼들에 대한 대접은 소홀히 할 수 없는 문제였으므로, 발인제에 썼던 제수는 그들 마음대로 처분 할 수 있도록 묵인했다. 그런가 하면 상여꾼 개개인에겐 통상적으로 장렛날에, 적어도 타월 한 장, 신발(주로 고무신) 한 켤레, 흰장갑 한 켤레, 담배 한 갑씩이 주어진다. 영걸이 상여꾼 하나를 불

러 타월과 고무신과 장갑과 담배를 가져다 그들에게 일일이 나누어
주라 일렀다.

"아니 보소이. 수건에다 뭐라고 써 놨네. 저기 뭐꼬?"

어느 아낙이 남 먼저 발견하고는 의아해 했듯이 상여꾼들에게 분배
된 타월에 무슨 글씨인가 커다랗게 씌어 있었다. 얼른 보기엔 두 글자
였다. 상여꾼들의 머리에 질끈 동여매어진 타월에는 한글로 '양복'이
라 씌어 있는 것이었다. 거기다 굳이 무엇을 써야 할 필요가 있을까.
만일 그래야만 한다면 근조(謹弔)라고 쓰는 게 타당할 것 같은데, '양
복'이라니 그것 또한 여간 요상한 일이 아닌 것이다. 인수의 발상으로
그렇게 한 것이었다. 그 나름의 의도하는 바가 따로 있었는지 모른다.
하필 그게 양복인가 말이다.

그 때 인수는 문수와 함께 상여소리 먹일 사람을 따로 불러서 만나
고 있었다.

"그걸 미리 써서 제대로 외워 가지고 착오가 없도록 해 놓으시라는
부탁을 설마 그새 잊으신 건 아니시겠지예?"

확인이라도 하듯이 하는 인수의 질문에 그는

"그거를 내가 10년도 넘게 해온 사람인데 그런 것쯤은 미리 써서 연
습을 하지 않고도 얼마든지 실수없이 할 수 있단 말입니더."

자기 관록을 과시하려는 것처럼 짐짓 거드름까지 피웠다.

"물론 그 실력은 인정하고 있습니더만, 각별히 신경을 써 주셨으면
하는 부탁입니더."

인수는 만원 짜리 두 장씩 들어 있는 열 여섯 개의 봉투와 따로 좀
더 두꺼운 봉투 하나를, 악수까지 청하며 그에게 슬쩍 쥐어주었다.

"잘 알겠습니더."

사십대 중반에 접어든 그는 학골에선 '활량(한량)'이라는 별명까지

가지고 있는 사람으로서, 신소리를 잘 해 곧잘 사람들을 웃기는 재능을 타고 났으며, 노래 잘 부르고 입심 좋기로도 알아주고 있었다.

"어쨌든 특별히 좀 부탁하겠습니더. 제발 잘 해 주십시오."

문수까지 한 마디 거들었다. 그러자 허리를 굽실하며 그는

"그야 여부가 있겠습니꺼."

당장 달라진 모습을 보이더니, 한 구석으로 상여꾼들을 불러모아 봉투 한 개씩을 돌리는 것이었다. 그러면서 단단히 당부하기를 잊지 않았다.

"자네들 오늘 말이다. 상여소리를 낼 때에 우리가 늘 하던 대로, '너화홍, 너화홍, 너화넘차, 너화홍' 하지 말고 그 곡조에다 '야앙복, 야앙복, 야앙보옥, 야앙복'을 넣어서 하란 말이다. 알겠나? 미리 연습을 해서 실수없이 하도록 하란 말이다."

그러자 상여꾼들은

"한번도 안 해본 기 돼놔서 제대로 되겠습니꺼?"

하는가 하면,

"그까짓 어려울 거 어딨노? 하면 되겠지 뭐."

하기도 했고,

"그거 재미있겠는데 그래. 야앙복, 야앙복, 야앙보옥, 야앙복. 어때? 이만 하면 합격이지?"

장난삼아 연습까지 해보며 꽤 흥미있어 하는 사람도 있었다.

이윽고 상여꾼 열 여섯 사람이 제 자리를 차지하면서, 그들은 상여를 메었다. 상여가 바로 떠나는 건 아니었다. 경덕이네 마당에서 전후 좌우로 몇 차례나 왔다 갔다를 거듭했다. 늙은이 젊은이 남자 여자 할 것 없이 상제들도 상여가 움직이는 대로 이리 왔다 저리 갔다 하는 것이었다. 상여소리는 앞소리를 먹이는 정수에 의해 유도되고 있었다.

“야양복, 야양복, 야양보옥, 야양복.”

잘도 꺾어 넘기는 정수의 앞소리에 이어서

“야양복, 야양복, 야양보옥, 야양복.”

상여꾼들이 따라 하는 뒷소리가 처음엔 제대로 하모니가 이루어지지 않고 엉망이었다.

“아무리 인간 만사 새옹지마라지만.”

“야양복, 야양복, 야양보옥, 야양복.”

“사람이 이 세상에 태어나 가지고.”

“야양복, 야양복, 야양보옥. 야양복.”

“제 아무리 사람값 하며 살더라도.”

“야양복…”

“죽고 나면 모든 게 다 허사로다.”

“야양복…”

“세상 만사 말장 헛되고 헛되도다.”

“야양복…”

“개똥밭이라도 이승이 좋다지만.”

“야양복…”

“김해 김씨 가문 외동 딸 분자씨.”

“야양복…”

“편모슬하에 두 오빠와 함께.”

“야양복…”

“가난했던 지난 날을 살아올 제.”

“야양복…”

“고생인들 오죽이나 많이 했으며.”

“야양복…”

"피땀 또한 얼마나 흘리고 흘렸는고."

"야앙복..."

"밀양 박씨 가문에 시집을 와서는."

"야앙복..."

"아들 딸 낳고 잘 살아볼라고."

"야앙복..."

이제는 뒷소리 또한 앞소리 못지 않을 만큼 구성진 가락으로 잘도 어울렸다.

상여는 어느 새 분자가 설움 속에서 살아왔던 경덕이네 집을 나섰다. 그렇다고 곧장 산으로 향하지는 않았다. 영식씨와 가뭇골댁, 그리고 경일이 내외가 함께 살고 있는 큰집과, 경삼이네 집을 거쳤다가 가기로 계획이 미리 짜여져 있었다.

마을 사람들, 더욱이 아낙네와 아이들은 희한하기만 한, 뒷소리에 절로 솟구치는 웃음을 참을 수 없었다. 그러나 철난 어른들은 함부로 웃을 수도 없는 묘한 심정으로, 재미있는 구경을 하려고 마을길이 메워졌다.

인수는 정수를 비롯한 상여꾼들이 자기네 부탁 대로 잘 해 주고 있어서 여간 흡족하지 않은 것이다. 그것까지도 뜻대로 되지 않을 때는 어떻게든 보복을 단단히 하고야 말겠다는 생각으로, 늙은이든 여자든 할 것 없이 모조리 산으로 휘몰아가서, 마지막으로 정말 엄청난 골탕까지 먹일 작정을 하고 있었다. 그런데 상여꾼들이 워낙 잘 해 주고 있기에 그것만은 하지 않기로 했다.

운상의 행렬은 분자의 영정이 그녀의 어린 시조카의 가슴에 안겨, 맨 앞자리에 섰다. 명정을 비롯한 여러 가지 깃대들이 그 다음을 이었다. 그 다음이 상여의 순서였다. 경덕과 그의 형들, 종형제들과 재종

형제들과 그 밖의 친인척들이며, 별로 많지도 않은 한 마을 또는 인근 동의 조객들이 상여의 뒤를 따랐다. 문수와 인수도 그들 속에 끼어들었다. 상여소리는 그치지 않고 이어졌다.

"오죽하면 사람이 제 목숨을 끊을까."

"야앙복…"

"세상 사람들 이 내 말씀 들어보소."

"야앙복…"

"애시당초 딸 같은 건 낳질 마라."

"야앙복…"

"딸 하나 치우면 논 서 마지기."

"야앙복…"

"사람 잡을라고 예단은 생겼던가?"

"야앙복…"

"사람 목숨보다 예단이 중한 건가?"

"야앙복…"

"어데 한번 말해 봐라. 말해 봐라."

"야앙복…"

"그렇다고 구박을 해서 될 말이가?"

"야앙복…"

"너무 했다. 너무 했다. 너무 했다."

"야앙복, 야앙복, 야앙보옥. 야앙복."

구성지기보다 처량하기까지 한 상여소리는 온 마을로 울려퍼졌다.

상여가 경덕의 큰집과 경삼이네 집까지 어느 새 다 들르고 이제 그럭저럭 마을도 한 바퀴 돌았다. 그럼에도 상여소리는 좀처럼 그칠 줄 모르고 줄곧 이어지고 있었다. 상여가 이제 막 마을을 벗어나려 할 때였다. 경덕이 인수의 눈길을 잠깐 피해, 상여 앞소리를 먹이고 있는 정수에게로 접근해 갔다.

"인제 좀 그 소리 고만 할 수 없능교? 다른 소리도 많이 있는데, 와 그런 것만 가지고 소릴 멕이능교? 제발 좀 그런 건 고만 하소 야."

그는 정수를 붙잡고 애걸하듯이 했다. 가슴이 천 갈래 만 갈래로 찢어질 것 같기라도 한지, 그의 표정은 측은해 보일 정도로 우거지상이 되었다. 경덕으로 말미암아 정수의 입에서 앞소리가 멎자, 자연 상여소리도 멎을 수 밖에 없었다. 그러자 즉각 반응을 나타낸 사람은 인수였다.

"갑자기 와 이래노? 아니 저 놈이 저 사람한테 무슨 수작부리노?"

인수는 신경질적으로 내뱉으며 상여 앞쪽으로 잰걸음쳤다.

"니가 이 새끼야. 여기서 이칼 기가?"

대뜸 인수는 경덕의 멱살을 나꾸어채며 눈을 부라렸다.

"꼭 그런 상여소리를 해야 할 이유가 어딨노 말이다. 와 꼭 그래야 하노 말이다."

경덕이 기죽지 않고 따가운 눈길로 쏘아보며 반말 지껄이로 따졌다. 그게 평소에 인수에게 쓰고 있던 경덕의 말투인 것이다.

"이 새끼야. 니가 이유를 몰라서 그래나?"

"끝까지 꼭 그렇게 애를 멕이야 속 시원하겠나? 내 심통이 썩는 줄은 모르고."

"이 새끼야. 니가 뭘 잘 했다고 큰 소리고 큰 소리가? 못맞아 죽어서 몸이 근질근질하나?"

"나만 자꾸 죽일 놈으로 몰지 말란 말이다. 나한테도 할말이 있단 말이다."

"이 새끼가 점잖게 말로만 해서는 못알아 듣는 것 같은데, 그럼 좋다. 어데 따끔한 맛 좀 봐랏."

말이 끝나기도 전에 인수의 주먹은 벌써 경덕의 턱주가리로 날쎄게 날아갔다. 의외로 주먹이 셌는지 턱이 휙 돌아간 경덕은 순간적으로 정신이 아뜩해지며 그 자리에 풀썩 주저앉을 뿐 아니라, 뒤로 벌러덩 누워 버렸다. 그걸 보고 앞소리꾼 정수가 인수에게 따끔하게 한 마디 하는 것이었다.

"상주를 치는 짓은 삼가시오. 아무리 기분이 상하고 성이 나더라도 함부로 상주를 치지 못하게 돼 있소. 그건 서양 말로는 터부라고 하는 금기란 말이오."

질책이나 다름없는 준열한 말씨였다. 인수는 그의 말 때문이어서보다 이제 와서 분자는 아무래도, 다시 살아날 수 있는 사람이 아니라 생각하자, 가슴 속에서 울컥 치밀어오르는 벅찬 슬픔을 가눌 길이 없었다. 그는 자기도 모르게 엉덩방아를 찧듯이 땅바닥에 터들퍽 주저앉고 말았다. 경덕과는 손만 뻗히면 서로 닿을 수 있는, 규보의 거리였다.

상여꾼들이 길에다 상여를 내려놓고 싸우는 두 사람을 구경하려 했다가, 싸움이 계속되지 않고 싱겁게 끝나자 기대가 어긋났는지

"야. 술이 없다. 술 좀 가져온나."

하는 것이었다. 곧 바로 술통이 조달되었다. 그걸 상여꾼들이 스테인리스 주발에다 부어 마셨다.

"야, 이 놈의 인간아. 니놈도 와 그리 지지리 재수가 없는 놈이고? 야, 이놈의 문딩이 같은 새끼야."

인수는 경덕에게 무릎걸음으로 다가가며 말했다.

"이런 불쌍한 인간 같으니라고, 야 이 놈의 새끼야. 으흐흐흐흐..."

가볍게 경덕의 뺨을 찰싹 한 대 갈기며, 자신의 감정에 못이겨 오열

을 꿈쩍거리는 인수였다. 까무러친 줄 알았던 경덕이 눈을 번쩍 뜨며 인수를 빤히 쳐다보았다. 인수는 다행이라고 생각하며 경덕을 덥썩 끌어안고 그예 소리내어 울기 시작했다.

"처남. 내가 죽일 놈이다이. 제발 이 못난 놈 좀 죽여다오이. 이래 가지고는 도저히 난 못살 것 같다이. 나도 정말 죽고 싶은 생각 밖에 없단 말이다이. 으흐흐흐..."

경덕도 인수를 맞끌어안으며 격정에 받힌 울음을 토해냈다.

보슬비는 이미 말끔히 그쳤다. 엷은 구름 자락 사이로 햇빛이 새어 나왔다. 발쯤이 모습을 드러낸 해가 벙긋 웃고 있었다.

상여꾼들은 자기네끼리 막걸리 잔을 서로 돌리다 말고 무슨 일로 그러는지 별안간 신나게들 웃어 제치며 거리낌없이 너털거렸다.

상여에 실려 있는 관 속에서 분자는 그 때 울고 있을까, 웃고 있을까. 한 가지 너무 분명한 건 죽은 사람은 말이 없다는 사실이었다. 그런데 분자는 그렇지 않았던 것이다. 그녀는 죽어서도 말을 하고 있었다. 다음과 같이 울부짖고 있는 것이었다.

"나는 절대로 죽고 싶지 않았단 말입니더. 나는 살고 싶었단 말입니더. 그럼에도 불구하고 내가 와 죽어야 합니꺼? 그기 어찌 죽은 내 탓입니꺼? 살고 싶어도 죽을 수 밖에 없는 세상이 너무나 원망스럽단 말입니더."

〈끝〉

작품해설

제도와 인습에대한 비판의식
- 이재기, 『봄 아닌 봄』의 작품세계

강 희 근
〈문학평론가/경상대 교수〉

1.

　이재기의 소설집 「봄 아닌 봄」엔 중편 5편이 들어있다. 〈벌과 죄〉, 〈봄 아닌 봄〉, 〈나는 바보다〉, 〈하느님의 실수〉, 〈죽은 자 말이 있다〉가 그것이다.
　작가 이재기는 그동안 소설집으로 「낙제생」, 장편소설로 「햇무리」, 「부활의 쓴 잔 채우기」, 「생명의 길」(상중하) 등을 상재하면서 주로 가톨릭적 세계관을 드러내 왔다. 이번 작품들은 그런 세계관에 잇닿아 있지만 비교적 소설이 갖는 픽션으로서의 서사성에 더 충실한 것으로 읽힌다. 이 말은 종전에 비해 훨씬 의욕적이라는 말을 포함하고, 작가로서의 의식이 작품쪽으로 더 많이 이동해 있다는 뜻을 포함하기도 한다.

2.

이재기는 대체로 이번 작품들에서 제도나 인습에서 오는 문제점을 다루고 있다. 그런 면에서 그는 사회의식이 강한 작가임을 알 수 있다. 그러나 그 의식을 시대나 역사의 고리에 걸고 있지 않기 때문에 리얼리즘의 강한 면모를 드러내지는 않는다. 그럼에도 불구하고 그의 소설은 제도나 인습이 개인의 삶을 제한하고 있음을 세밀히 탐색함으로써 사회성의 질감대를 형성해 놓고 있다.

〈벌과 죄〉는 저지른 죄로 악인은 죽게 되지만 업보는 피해자들에게 그대로 남는다는 주제를 드러낸다. 비록 부수적인 문제로 제기되지만 동제(洞祭)에 유사한 일종의 추수감사제와 그 굿판에 대한 비판적 시각을 보여주고 있다.

윤식이 마을 사람들에게 온갖 행패를 다 부리며 악행을 저지르다가 온 마을 사람들이 지켜보는 가운데 자기 형 친구들에게 매를 맞아 죽는다. 철저히 제 욕심만 채우며 제 하고 싶은 대로 살다가 그렇게 된다. 필요할 땐 누구에게나 서슴지 않고 돈을 탈취하고 마을 부녀자들을 함부로 유린한다. 윤식을 없애는 데 앞장선 경태는 주범으로 지목

되어 재판을 받고 유죄 판결까지 받게 된다. 마을 사람들의 끈질긴 진정에 따라 경태는 수개월 후 풀려나게 되지만 아내가 낳은 아이가 자기 아들이 아니라는 것 때문에 번민하는 중에 마을 회관에서는 마을 사람들이 추수감사제를 올리고 마을의 평화를 빈다.

　마을 단위로 일어나는 사건이자 마을 공동체의 공적(公賊)에 대한 문제를 다루었고 사건 당일의 일과, 그 동안에 있어왔던 일들을 적절히 섞어 놓아 플롯이 매우 단단하다는 점에서 5편 중 가장 서사성이 강한 작품으로 볼 수 있다. 작가의 입담과 이야기 전개의 탄력이 긴장을 제고해 주는 가운데 경태의 심리 상태와 마을 사람들의 심리적 흐름을 잘 붙들고 있다. 다만 윤식의 악행이 왜 나왔는가 하는 근거의 제시를 설명으로 하지 않고 손창섭의 〈신의 희작〉에서처럼 행동 가운데 무의식적으로 내뱉게 하면 어떨까 하는 점에 유의해 볼 수 있다. 취향일 수도 있다.

　〈봄 아닌 봄〉은 장자(장남)로서 곤고히 사는 삶의 고단함을 주제로 하고 있는데 호주 상속제도의 문제를 제시한다. 늙으신 할머니를 비롯하여 능력없는 부모와 6남매의 형제 자매들이 보탬이라곤 조금도 되지 않고 부담이 되기만 하는 고달픈 장남의 삶을 살고 있는 '나' 는 스스로의 힘으로 대학까지 나온다. 그럭저럭 이름도 없는 서울의 한 기업에 취직이 되어 결혼생활을 하는데 시골에서는 처음부터 끝까지 서울만 바라보고 손을 내민다.

　아내는 언제까지나 이런다면 자기는 집을 나가겠다고 으름장을 놓기 일쑤다. 어느 날 아침 눈을 뜨자 아내도 어린 상훈이도 보이지 않자 아내가 가출한 것으로 알고 나는 착잡한 심정으로 출근하다. 그날 고향친구 '녀석'이 등장한다. 녀석은 시골의 형에게서 돈을 타서 쓰면서도 무위도식하며 생활이 방만하다. 나는 세상이 정말 고르지 못함을 느낀다. 계절은 봄이 올 시기이건만 한겨울처럼 눈이 퍼붓는다. 이 나라에, 나의 회사에, 그리고 우리집안에 봄은 언제 올까?

이 작품은 '나'의 곤고한 삶 자체에 집중함으로써 장남만 가정을 책임져야 하는 부당함을 은근히 비추어 놓고 있다. 말하자면 사회 제도가 모든 불합리함을 밑에다 깔아놓고 그 위에 참으로 고달픈 가장으로서 하루 하루를 말하고 있는 것이다. 그 하루 하루는 극히 쇄말한 것이어서 제도가 갖는 병폐가 인간 삶의 구석구석에 번져가고 있음을 독자는 인정하게 된다. 다만 이 작품에 욕심을 부린다면 문민정부 시대를 추상적으로 제시할 것이 아니라 그 시대의 사회 현실과 연결지었으면 어떨까 하는 생각이다. 쇄말한 개인의 삶이 시대적 지평에 놓일 때 주제가 더 크게 살아날 것으로 보기 때문이다.

〈나는 바보다〉는 정의로움이 뒤틀려 있는 사회 현상을 고발한다. 5편 가운데 유일하게 제도·인습에 대한 문제 제기와는 무관하다.

세상 물정을 모르는 순진해 빠진 '나'는 지방 잡지사 기자가 되어 「향토」를 창간한다. 하지만 몇 달 동안 일했는데도 봉급이 나오지 않아 생활이 영 말이 아니다. 때마침 유력 지방지인 자유일보에서 교정부장과 교정기자를 뽑는다 하여 거기다 원서를 낸다. 그런 낌새를 눈치챈 것 같은 박성구 사장에게 붙잡혀, 시험 전날 집에도 들어가지 못한 채 함께 술만 들이켜다가 사고를 당한다. 누구에게 왜 당했는지 알 길이 없다. 다음날 아침 눈을 떠보니 도립병원 응급실에 누워 있는 것이다. s파출소 김순경이 순찰을 돌다가 택시에 신고 병원으로 이송

했다는 것이다. 몸은 온통 찰과상을 입었고 뒤통수엔 밤톨만한 상처가 생겼다. 몇 푼 안되는 응급 치료비도 치르지 못하고 집으로 돌아온 나는 후속 치료도 하지 못한 채 그럭저럭 넘긴다. 돈이 없었기 때문이다. 자유일보 시험도 물 건너가고 좋지 못한 건강상태로 어영부영하다가 결국 회사에 휴직원을 냄으로써 쥐꼬리만한 봉급을 뒤늦게 받는다. 그것으로 밀린 외상값도 급한 것부터 갚고 생명의 은인들을 찾아가지만 실망을 느끼고 만다는 이야기이다.

언론의 자유로 봇물처럼 쏟아져 나오던 지방신문과 지방잡지가 야기했던 문제의 하나를 소재로 하여 세태를 비판하고 있는 소설이다. 제대로의 여건을 갖추지 않은 채 발간에만 급급한 사주의 횡포가 적나라하게 기술되어 있다. 거기다 '민중의 지팡이'의 표본으로 생각하고 존경의 염을 가졌던 김순경이나 그대로 뒀으면 다시 깨어나기 힘들었을 '나'를 응급 조치해 준 의사까지도 속물들임을 안다는 내용을 포함함으로써 총체적인 세태를 문제삼고 있다. 이 소설에서 지적할 수 있는 것은 주인공 '나'의 성격 문제이다. 박성구 사장이나 김순경, 또는 담당의사의 성격에 비해 지나치게 무기력하게 처리되고 있다. 무기력 그 자체를 하나의 모델로 제시할 목적이 아니다. 세태의 비판에 목적이 있다고 볼 때 성격이 우유부단한 것으로는 비판이 제대로 살아나기 힘들다.

다른 소설 〈죽은 자 말이 있다〉는 여기에 비추어 성격들이 잘 갖추어져 있음을 본다.

〈하느님의 실수〉는 남아 선호 사상이 빚어내는 가정의 비극을 그려내고 있다. 뿌리 깊은 가톨릭 신자 가정이면서도 남아 선호 사상을 버리지 못하는 현실을 꼬집고 있는 작품이다.

뿌리 깊은 인습과 신의 섭리에 따라야 하는 가톨릭 신앙과의 갈등을 그렸는데 작가가 심혈을 기울여 쓴 흔적이 역력하다. 천주교 상식 문제라든가 아들 낳기 처방에 관한 것이라든가 피임에 관한 상식이 폭넓게 제시되는 것 등에 그런 흔적이 있다.

독실한 가톨릭이기 때문에, 선조들 중에 순교 성인을 두고 있기 때문에 아내는 들어서는 대로 아이를 낳았다. 어느 새 아홉 딸을 낳았고 이제 열번째 아이를 분만하기 위해 입원을 했다. 무매독자인 '나'에게서 어머니와 장모는 손자 하나 보기가 소원이다. 딸 밖에 없어서 나에게 얹혀 사는 장모는 더 간절하다. 가문의 대를 이어야 함은 물론이요 늙마에 제대로 봉양을 받고 살려면 반드시 아들이 있어야 한다는 것이 그녀들의 지론이다. 그러나 아내는 열번째도 딸을 낳는다. 실망이 너무 큰 나머지 나는 실소를 하며 하느님이 실수를 했다고 절규하게 된다.

이 소설은 구세대 내부의 신앙적 갈등과 구세대와 신세대간의 갈등이라는 이중적 갈등으로 전개된다. 구세대 내부의 갈등은 인습에 크게 지배됨으로써 갈등 자체의 가시적 사건이 일어나지 않는다. 할아버지와 어머니의 태도에서 이를 읽을 수 있는데 이들은 혈통의식은 겉으로 드러나 있되 구교우(오래된 천주교 신자)로서의 가톨릭적 고뇌가 겉으로 드러나지 않는다. 아내 한 사람만 출산에 있어 가톨릭적 태도를 견지하고 있고, '나'는 비교적 양자 사이의 갈등이 전형적으로 드러나는 인물로 설정되어 있다. 이러한 인물들의 혼재 현상은 한국 가톨릭의 현주소를 알려 주는 대목으로 주목된다.

다만 할아버지와 어머니 세대의 가톨릭적 고뇌가 '나' 수준으로 드러나 있었다면 플롯의 양자 구도가 보다 확실해지는 것이 아니었을까 추측해 보게 된다.

　〈죽은 자 말이 있다〉는 혼수 때문에 빚어지는 비극을 그리고 있다. 어떤 일이든 지나치게 몰거나 핍박을 가하게 되면 반드시 낭패를 보게 된다는 이야기로 플롯이나 인물 설정이나 상황의 설정이 참으로 잘 되어 있는 수작으로 읽힌다. 이 소설은 그러므로 결혼 풍습에 대한 비판의식을 바탕에 두고 있다고 보면 된다.

　분자는 홀어머니 밑에서 두 오빠와 함께 너무나 가난하게 자랐다. 그래서 억척같이 살지 않으면 안되었다. 그러다 보니 어느새 몸은 사내처럼 튼튼해졌고 누구 못지 않게 생활력이 강한 여자가 되었다. 그러나 아예 한 가지도 해 가지고 가지 못한 결혼 예물때문에 끝내는 자살을 하게 된다. 남편과 시집식구들로부터 오는 구박을 견뎌내기 힘들었던 것이다. 분자가 자살했다는 소식을 전해들은 친정에서 그녀의 두 오빠가 댓바람에 달려와 분자를 되살려 내라고 윽박지르며 폭력을 쓴다. 분자의 남편과 시댁 식구들은 워낙 잘한 것이 없기에 고스란히 당한다. 장례식 날 상여소리를 '너화홍, 너화홍'으로 하지 않고 '야앙복, 야앙복'으로 하게 하는 분자 둘째 오빠의 복수 행위는 매우 코믹하게 진행된다. 그러나 상여가 마을을 벗어날 무렵 분자의 남편 경덕이 상여소리를 그만하게 하려 하자 둘째 오빠는 경덕을 주먹으로 실신시킨다. 순간 복수심은 사라지고 경덕이 불쌍한 듯 일으켜 세우며 끌어안는다는 내용이다. 이 장면이 매우 감동적이다. 이재기의 소설 가운데 가장 극적이라 할 수 있다.

　이 소설은 처음부터 끝까지 이야기의 전개에 틈이 없다. 손에 땀을 쥐게 하는 흐름을 보여줌으로써 픽션이 갖는 필연성과 긴장과 속도를 창출해 내고 있다. 그런 가운데 만들어 놓은 코믹함은 픽션 속에서의 진실에 값하고 있음을 본다.

3.

이재기의 소설은 제도·인습에 대한 비판의 앵글을 갖고 출발한다. 그만큼 작가는 리얼리즘에의 경도를 보이긴 하지만 앞에서 지적한 대로 시대나 역사의 물굽이에서는 벗어나 있음이 확인된다. 개별적인 세태에의 접근을 더 소중한 것으로 파악하는 작가적 성향이 있기 때문이리라.

이재기의 소설 5편은 비교적 주제의식이 강하고 플롯이 단단함을 유감없이 보여주고 있다. 그 중 〈죽은 자 말이 있다〉는 소설의 기법면이나 짜임이나 주제의 깊이, 그리고 완성도 면에서 근래의 수작이라 평가할 만하다. 이를 딛고 서는 앞으로의 진전을 기대해 본다.